Für Gaby

Ich freue mich über unsere Freundschaft!

Herzlichst

Ellie Field

Riehen, im Juni 2010

Ellie Field

Von Vätern und Ehemännern

oder die Kunst trotzdem glücklich zu sein

„Für meine Mutter,
der die Männer immer ein wenig suspekt geblieben sind"

Bibliografische Information der Deutschen Nationalbibliothek:
Die Deutsche Nationalbibliothek verzeichnet diese Publikation in der Deutschen Nationalbibliografie. Detaillierte bibliografische Daten sind im Internet über http://www.dnb.de abrufbar.
ISBN 978-3-85022-305-8

Alle Rechte der Verbreitung, auch durch Film, Funk und Fernsehen, fotomechanische Wiedergabe, Tonträger, elektronische Datenträger und auszugsweisen Nachdruck, sind vorbehalten.

© 2008 novum Verlag GmbH, Neckenmarkt · Wien · München
Lektorat: Viola C. Didier
Coverillustration: Rosemarie Zacher

Gedruckt in der Europäischen Union auf umweltfreundlichem, chlor- und säurefrei gebleichtem Papier.

www.novumverlag.com

– 1 –

Jeder Mensch hütet die Erinnerung an das erste bedeutsame Ereignis in seinem Leben. Gerüche, Farben, Geräusche kehren immer und immer wieder, Fragmente, die sich zu einem schemenhaften Ganzen formen. Eine Situation manifestiert sich tief im Inneren, oft verknüpft mit den beiden Menschen, die ein Leben lang eine besondere Stellung einnehmen werden: Vater und Mutter. Wohl dem, dessen erste Erinnerung sich freudig an einem Augenblick entlangtastet, welcher der Idylle einer Kinderschokoladenwerbung entsprungen sein könnte! Dieses Glück wurde mir leider nicht zuteil. Das erste bewusste Erlebnis, das sich in meine Seele gebrannt hat, steht zwar auch mit meinen Eltern in direktem Zusammenhang, allerdings als Momentaufnahme einer Situation, in welcher sich ihre kaputte Ehe bereits im Zustand der Auflösung befand.

Ein sonnendurchflutetes Esszimmer, tanzende Staubpartikel im Licht, der leichte Duft nach Rasierwasser, der meinen Vater immer umwehte, das Kuscheltier im Arm, so sehe ich ein kleines Mädchen, das den Final Countdown der elterlichen Beziehungskrise vom Türrahmen aus beobachtet. Sie sieht, wie die beiden wichtigsten Menschen ihres kurzen Lebens sich gegenseitig mit verbalen Gemeinheiten und Anschuldigungen überhäufen. Wie ein Löwe im Käfig, die überschäumende Wut mühsam im Zaum gehalten, wandert der Vater unablässig auf und ab – das Mädchen konnte damals nicht wissen, dass diese Szene den Schlusspunkt unter das gemeinsame Familienleben setzen und einer der letzten Eindrücke sein würde, der ihm vom Papa für lange Zeit blieb.

Damals war ich drei Jahre alt und der erste bedeutende Mann meines Lebens hatte bereits das Weite gesucht.
Als im Scheidungskrieg dann empörenderweise meiner Mutter das alleinige Sorgerecht zugesprochen wurde, verlor mein Erzeuger, der seine Vorstellung vom Glück längst in ei-

ner neuen Beziehung zu verwirklichen suchte, schlagartig das letzte bisschen Interesse an der „alten" Familie, die inzwischen um ein weiteres Mitglied bereichert worden war: Mein Bruder Jan hatte während der laufenden Verhandlung das Licht der Welt erblickt. Er hätte sich für den Eintritt in sein Erdendasein kaum einen ungünstigeren Zeitpunkt aussuchen können.

Stolz trägt meine Mutter noch heute als eine Art Siegestrophäe vor sich her, dass mein Vater „schuldig" geschieden worden sei. Ich habe nie verstanden, welchen Unterschied das machte. Schuld oder nicht Schuld, der Effekt war der gleiche – mein Papa war weg.

Recht schnell wurde mir klar, dass für das Scheitern einer Ehe immer beide Parteien verantwortlich sind, die heutige Rechtsprechung zollt diesem Umstand ja glücklicherweise ihren Tribut. In den 60er Jahren des ausklingenden zwanzigsten Jahrhunderts aber war die Welt leider nicht nur im Fernsehen auf Schwarz und Weiß reduziert. Von nun an würde es für mich also nur noch Weiß geben.

Für meine Mutter war das Scheidungsurteil recht bequem, hatte sie doch von offizieller Seite nun die beruhigende Bestätigung erhalten, dass sie am ungerechten Lauf der Dinge völlig unschuldig war. Aber sei's drum. Wer auch immer das Dilemma zu verantworten hatte – die Folge konnte offensichtlicher kaum sein: Mutter, Brüderchen Jan und ich waren ab sofort völlig auf uns allein gestellt.

Ihrer leichten Orientierungslosigkeit hinsichtlich des finanziellen Erhalts der kleinen Familie (mein Vater hielt sich in puncto Unterhaltszahlungen nämlich vornehm zurück) trat Mama im Rahmen einer zwei Jahre andauernden Findungsphase mit reger Betriebsamkeit entgegen. Zunächst lenkte sie einen kleinen Bus mit Schulkindern, was recht praktisch war, da sie die eigenen Kinder mit durch die Gegend schaukeln konnte und das Söhnchen dabei stets friedlich schlummerte.

Der Frieden aber nahm eines Tages ein jähes Ende, als ich im Auto vor uns den feuerroten Schopf meines Vaters erkannte.

Nach großem Geschrei und Geheule meinerseits fügten sich die beiden Streithähne schließlich in ihr Schicksal – ich sollte ein paar Tage beim heiß geliebten Papa verbringen.

Von halbwegs vernünftigen Besuchsregelungen konnte zur damaligen Zeit keine Rede sein, man lebte nach dem Motto: Aus den Augen aus dem Sinn. So musste man(n) sich wenigstens nicht mehr mit den Hinterlassenschaften einer gescheiterten Beziehung auseinandersetzen. Hatte nicht die Ehefrau die Unverschämtheit besessen, die Scheidung einzureichen? Für den ausgeprägten Chauvinisten ein guter Grund, ihr zu zeigen, wo der Hammer hängt. Soll sie doch sehen, wie sie *ihre* Kinder groß bekommt. Man(n) kann sich schließlich mit der nächsten Frau jederzeit neue machen.

Irgendwie war mir wohl unterschwellig klar geworden, dass der Mann mit den auffälligen Haaren nicht mehr so wirklich mein Papa war und so ging das Geschrei „ich will sofort zu meiner Mami" in die andere Richtung los.

Zugegebenermaßen ist Vaterschaft manchmal wirklich nur schwer erträglich, zumal die Abkömmlinge nur selten bereits als Erwachsene auf die Welt kommen. Da die lieben Kleinen meist nicht wissen, was sie eigentlich wollen und sich so gar nicht darüber freuen können, plötzlich zur gleichen Zeit nur noch mit einem Elternteil Umgang haben zu dürfen, ist es nur allzu verständlich, dass man(n) diesem Umstand durch konsequenten Rückzug aus dem Leben der Sprösslinge begegnet und in der Versenkung verschwindet. Manch einer könnte böswillig meinen, dass mein Vater sich der Verantwortung seinen Kindern gegenüber kunstgerecht entzogen hat, aber das würde er doch äußerst ungerecht finden. Schließlich hatte seine Frau sich von ihm getrennt und nicht umgekehrt und der gemeinsame Nachwuchs war von einem ignoranten Richter unverständlicherweise ihr allein zugesprochen worden. Den Sohn kennenzulernen hatte sich nach der Trennung keine Gelegenheit mehr ergeben, na ja, und mit der Tochter hatte er eigentlich auch nur wenig Zeit verbracht. Als er ging, war sie erst drei Jahre alt und die kurze Zeitspanne, die man gemeinsam verbracht hatte, war durch Arbeit und abendliche

Aktivitäten in einschlägigen Kneipen stark eingeschränkt gewesen.

Und was soll's auch, die paar Gene, die man(n) vielleicht weitergegeben hat, bedeuten noch lange keinen Anspruch ihrer Träger auf sein Interesse oder gar seine Zuneigung. Letztlich würden diese Kinder immer Fremde für ihn bleiben, ohne ein moralisches Anrecht auf eine irgendwie geartete Unterstützung seinerseits.

Immerhin zahlte er als Strafe für seine Jugendsünden den gesetzlich vorgeschriebenen Mindestsatz an Unterhalt, enorme Ausgaben für etwas, woraus er persönlich überhaupt keinen Nutzen mehr ziehen konnte.

Zeit seines Lebens sollte mein Vater als Selbstständiger in der Baubranche tätig sein, viel Geld verdienen und seine Firma erst seiner zweiten Frau, später dann den aus dieser Ehe hervorgegangenen Kindern überschreiben und sein Vermögen so nach allen Regeln der Rechtsprechung dem gierigen Zugriff seiner Kinder aus erster Ehe entziehen. Dass ebendiese Kinder weit mehr nach seiner Aufmerksamkeit und seiner Achtung als nach seinem Geld hungerten, das vermochte sein letztlich einfacher Geist nicht zu erfassen.

Kurz und gut – nach meinem unerfreulichen und erfolglosen Ausflug in das neue Leben meines Erzeugers begnügte ich mich künftig mit einer Stoffpuppe, die ich „Papi" nannte: Ein runder Kopf mit knallroten Haaren und Knollennase (die quietschte so herrlich, wenn man nur fest genug draufschlug) ohne Körper, dafür mit schlaksigen Armen, die direkt am Hals abzweigten. Wie oft sie Schläge bekommen hatte, bewies die speckige Stelle auf ihrer Nase. Insgesamt allerdings kein schlechter Tausch, blieben mir im Umgang mit ihr als meinem Ersatz-Papi doch weitere Enttäuschungen zunächst einmal erspart.

Einstweilen jedenfalls war ich mit mir und meinem neuen Leben durchaus zufrieden.

– 2 –

Nachdem meine Mutter weitere unfreiwillige Familientreffen auf offener Straße vermeiden wollte, entschied sie sich, den Wohnort zu wechseln. Das Busfahren war sie ohnehin längst leid und so konzentrierte sie sich als Nächstes auf eine stets abwechslungsreiche Branche: Die Gastronomie. Als äußerst attraktive Frau Anfang 30 hatte sie keinerlei Schwierigkeiten, den verantwortlichen Mitarbeiter einer Brauerei von ihren Qualitäten zu überzeugen und dazu zu bewegen, ihr eine kleine Gaststätte in the middle of nowhere im Herzen Nordrhein-Westfalens anzuvertrauen. Ein in der Nähe gelegener, recht überschaubarer Campingplatz versprach konstante Umsätze – und die Gefahr, dem reichen Ex-Mann als mittellose Frau entgegentreten zu müssen, war außerdem gebannt.

Das Leben kann wirklich ungerecht sein: Als Spross einer alten Adelslinie war meine Mutter noch mit Chauffeur und eigenem Kindermädchen aufgewachsen. Der Krieg hatte ihrem angenehmen Leben zwar schlagartig ein Ende gesetzt, der Dünkel jedoch und das Gefühl, etwas Besseres zu sein als der Rest der Menschheit, blieben ihr ein Leben lang erhalten. Und wehte der Wind auch noch so rau und steckte man auch bis zum Kinn im Dreck, der Kopf und besonders die schöne, aristokratisch geformte Nase blieben immer ganz oben. Im Gegensatz zu der meiner Mutter in die Wiege gelegten Arroganz litt mein Vater trotz unglaublicher geschäftlicher Erfolge an einem nagenden Minderwertigkeitskomplex. Auch der größte Mercedes und die schönste Villa konnten ihn seine einfachen Wurzeln nicht vergessen lassen – mein Großvater väterlicherseits war nämlich Hufschmied gewesen. Ein ehrbarer Beruf sollte man eigentlich meinen. Doch die natürliche Selbstsicherheit, die den Sprösslingen der besseren Gesellschaft mit auf den Weg gegeben wird, konnte mein Vater zeit seines Lebens nie für sich erlangen. So versuchte er durch das Zurschaustellen aller möglichen und unmöglichen Statussymbole zu beweisen, dass er auch dazugehörte. Meine Mutter hatte für seine fruchtlosen Bemühungen nur ein spöttisches Lächeln und einige gezielt herablassende Äußerungen übrig. Noblesse oblige.

Wer würde nicht verstehen, wie hart es für sie war, mit ansehen zu müssen, wie er immer größere Reichtümer anhäufte, während sie, die sie doch naturgemäß in derartigem Luxus hätte leben müssen, lange Zeit am Existenzminimum entlang segelte?

Meine Ausgangsposition zum Aufbau eines halbwegs normalen Verhältnisses zu *beiden* Elternteilen war verständlicherweise denkbar ungünstig …

Nun waren wir drei also in einer kleinen, heruntergekommenen Gaststätte mit Zwei-Zimmer-Einliegerwohnung gelandet. Weiter konnte man sich vom Leben der High Society, der sich Mama innerlich noch immer zugehörig fühlte, wohl kaum entfernen. In der ihr eigenen Art machte sie das Beste daraus. Immerhin konnte sie meinem Bruder und mir rund um die Uhr nahe sein, was für eine alleinerziehende, berufstätige Mutter in den frühen 1970er-Jahren, als Kindergartenplätze Mangelware waren, keine Selbstverständlichkeit bedeutete.

Besonders die Männer vom nahen Campingplatz faszinierte die reizvolle neue Wirtin und geschäftstüchtig, wie sie war, ließ Mutter sich gern von ihren zahlreichen Verehrern in der eigenen Kneipe einladen, um die Drinks dann in einem geeigneten Moment unauffällig in den Ausguss zu schütten. Der Umsatz stieg und stieg und irgendwann musste sogar meine Großmutter mit anpacken, um den reibungslosen Ablauf in der Gaststätte zu gewährleisten.

Und während mein Bruder torkelnd seine ersten Runden im Gastraum drehte, entdeckte ich, inzwischen vier Jahre alt, eine der großen Leidenschaften meines Lebens: das Reiten. Meine Freundin Petra hatte ein Shetlandpony mit dem verheißungsvollen Namen Fury zum Geburtstag bekommen. So wenig es optisch seinem berühmten Namensvetter glich, so wild und unbeugsam war sein Charakter. So manche Stunde verbrachte ich fortan glückselig ohne Sattel und Zaumzeug auf Furys breitem Rücken. Damals ahnte ich glücklicherweise noch nicht, dass mein unbeschwert-fröhliches Leben schon sehr bald ein Ende finden sollte.

– 3 –

„Das kann er nicht wirklich tun!" Meine Großmutter schimpfte laut, während sie in der Küche der Gaststätte mit Töpfen und Pfannen hantierte.

„Oh doch, er meint es bitterernst, so gut kenne ich Klaus bereits. Wenn ich mich nicht schnellstens um einen neuen Job bemühe, schickt er mir das Jugendamt auf den Hals." Mutter versuchte, sich ihre Müdigkeit und Verzweiflung nicht anmerken zu lassen.

„Das hast du nun davon, dass du dich auf dieses traurige Abenteuer einlassen musstest. Ich habe dir von Anfang an gesagt, du sollst deinen verdammten Stolz herunterschlucken und bei Bert bleiben. Er hätte sich niemals von dir scheiden lassen. Nun stehst du da mit zwei Blagen am Hals, ohne Geld und ohne ein richtiges Zuhause. Fristest ein unwürdiges Dasein in dieser Pinte. Der Klaus hat so unrecht nicht – dies ist kein Ort für kleine Kinder. Sollen sie zusehen, wie ihre Mutter sich ständig von diesen widerlichen Kerlen ein Bier nach dem anderen spendieren lassen muss, um über die Runden zu kommen?" Großmutter scheute nie davor zurück, ihrem Unmut lautstark Luft zu machen.

„Meine Scheidung ist meine Sache, schließlich hatte ich einen guten Grund zu gehen! Hätte ich etwa akzeptieren sollen, wie Bert seine Affäre schamlos auslebt und dabei auf mein Hausfrauendasein reduziert auch noch gute Miene dazu machen? Du weißt genau, wie hinter meinem Rücken getuschelt wurde. Jeder im Ort wusste, was er trieb. Tut mir leid, Mutti, kein Geld der Welt kann mir das geben, was mir wirklich wichtig ist – und dazu gehört auch mein Stolz." Mutter hatte sich in Rage geredet. Wieder einmal stand sie mit dem Rücken zur Wand, aber sie wäre keine von Salem, wenn sie nicht auch dieses Mal eine Lösung für die verzweifelte Lage, in die sie sich hineinmanövriert hatte, finden würde. „Mir wird schon etwas einfallen, tu' mir den Gefallen und halt' dich da raus."

Großmutter fauchte sie wütend an. „Soso, du wirst also einen Weg aus der Misere finden. Sieht der dann wieder so aus, dass ich die Feuerwehr spielen muss, wenn alle Stricke reißen?"

„Deine boshaften Kommentare kannst du dir sparen. Ich bin dir wirklich sehr dankbar dafür, dass du hier eingesprungen bist. Aber letztlich bezahle ich dir deine Arbeit, und wenn wir einmal ehrlich sind – du hast im Moment sowieso nichts Sinnvolleres zu tun. Schließlich musst auch du von irgendetwas leben! Seit Albert tot ist und dir nichts hinterlassen hat, hattest du mit Sicherheit keinen angenehmeren Job als die Arbeit hier. Sicher, die Umgebung könnte stilvoller sein, aber immerhin habe ich damit für uns alle gesorgt. Also lass' mich in Ruhe versuchen, einen Ausweg aus dem Schlamassel zu finden." Damit war für Mutter die Diskussion beendet. In ihrem Kopf keimte bereits eine Idee, aber es war noch zu früh, sie mit jemandem zu teilen.

Klaus Hegenbach, der uns den Ärger eingebrockt hatte, dinierte inzwischen gut gelaunt mit seinen Eltern im Herrenhaus des kleinen Dorfes. Er war es gewohnt, dem geerbten Gutsherrenstand seiner autoritären Vorfahren entsprechend, Zeichen zu setzen und ernst genommen zu werden. Die hübsche Wirtin aus der Kneipe um die Ecke hatte es ihm angetan. Aalglatt ließ sie die Avancen ihrer zahlreichen männlichen Verehrer an sich abprallen. Er würde sich nicht in die Reihe dieser Hampelmänner begeben. Er wusste, dass die Festung nur durch Kampf eingenommen werden konnte. Den Krieg hatte er ihr heute erklärt. Nun war sie am Zug.

– 4 –

Und so kam es, wie es kommen musste. Klaus schickte uns nicht das Jugendamt in die Gaststätte. Stattdessen sorgte er dafür, dass wir Kinder in eine angemessenere Umgebung umsiedelten. Meine Mutter, froh dem Kneipenmief entkommen zu können, packte die Gelegenheit, die sich ihr so unverhofft bot, beim Schopf. Nach zweijähriger Einsamkeit ließ sie sich wieder auf eine Beziehung ein. War der neue Verehrer zugegebenermaßen auch etwas jung – mit seinen 19 Jahren zählte er genau 13 Lenze weniger als sie – so kam er doch aus einem erfreulich wohl situierten Umfeld. Weniger begeistert zeigten sich seine Eltern über die Leidenschaft ihres Filius für diese charismatische, für ihren Geschmack aber bei Weitem zu erfahrene Frau mit den zwei kleinen Kindern. Doch so zielstrebig, wie Klaus die Angebetete erobert hatte, setzte er sich nun für ein gemeinsames Leben mit ihr ein. Als neuen Lebensmittelpunkt einigte man sich auf ein verschlafenes Dorf in der Nähe von München, zum Aufziehen des Nachwuchses bestens geeignet. Für Klaus brachte der Umzug den unschätzbaren Vorteil mit sich, dass er sich – 600 Kilometer vom Haus seiner Eltern entfernt – ihrem direkten Zugriff erfolgreich entziehen konnte und Mutter hatte endlich die Chance, eine hinreichend große Distanz zwischen sich und den Ex-Mann, mit dem sie noch immer eine Art Hass-Liebe verband, zu legen. Beste Voraussetzungen also, um die Familienidylle aufzubauen, nach der sie sich seit Langem gesehnt hatte.

Mann Nummer zwei hatte somit Einzug in mein inzwischen fünf Jahre dauerndes und schon recht bewegtes Leben gehalten. Die nächsten acht sollten durch ihn geprägt werden.

Sie wurden die Hölle.

– 5 –

„Lisa, weck' Klaus auf und sag' ihm er soll sich beeilen. Wir müssen noch einkaufen." Es war Samstagmorgen und Mutter versuchte Ordnung in das Küchen-Chaos zu bringen. Die Möbel für unsere schöne Neubau-Wohnung ließen wochenlang auf sich warten, und wir behalfen uns mit Camping-Tisch und Klappstühlen. Die erste Euphorie in Bezug auf den verheißungsvollen Neuanfang in München hatte bereits merklich nachgelassen.

Schnell flitzte ich ins Schlafzimmer, um ihren Auftrag auszuführen und erkannte im Dämmerlicht des abgedunkelten Raumes sogleich, dass Klaus, mein jugendlicher Stiefvater, gar nicht mehr schlief. Er lag im Bett und weinte. Ich war sprachlos. Eigentlich weinen doch nur Kinder. Ich dachte immer, dass bei großen Menschen die Augen ausgetrocknet sind. Stumm blickten wir uns an. Schließlich sauste ich in die Küche zurück.

„Warum weint er denn?", verwirrt versuchte ich mein Weltbild wieder ins Lot zu bringen.

„Er hat Heimweh, auch Erwachsenen passiert das bisweilen. Das vergeht wieder." Mutter zeigte sich wenig beeindruckt. Große Gefühlsregungen waren nie ihr Ding gewesen. Dass der Klaus zu jenem Zeitpunkt kein Kind mehr, aber in seinen jungen Jahren mit der Rolle des Familienernährers hoffnungslos überfordert war, wollte sie nicht sehen. Durch ihn hatte sie die Möglichkeit, wieder einigermaßen gesellschaftsfähig zu werden und dieser neue Status musste um jeden Preis gewahrt bleiben.

So vergingen Wochen und Monate. Wenn Klaus später noch geweint hat, dann hat er es heimlich getan. Ich habe ihn jedenfalls nicht mehr dabei erwischt.

Stattdessen trat immer häufiger eine ausgesprochen hässliche Seite seines Charakters zutage: der Jähzorn.

So sehr mein Bruder und ich uns auch bemühten, ihn nicht herauszufordern – die Ausbrüche kamen heftig und unvorhersehbar. Nicht selten hagelte es Ohrfeigen und wüste Beschimpfungen.

Einmal war ich beim Spielen auf meinen Kleiderschrank geklettert, um ein Spielzeug herunterzuholen, dabei rutschte ich aus und stürzte ab. Dummerweise ging das nicht geräuschlos vor sich, sondern verursachte einen ziemlichen Radau. Einige Sekunden später stand Klaus mit stierendem Blick in der Tür.

„Was habt ihr schon wieder angestellt, ihr Berserker?", brüllte er, außer sich über die plötzliche Störung.

„Ach, ich bin nur aus dem Bett gefallen, nicht weiter schlimm." Ich schaffte es, die Tränen zurückzuhalten, bis er verschwunden war. Meine Hüfte schmerzte schrecklich, sie war geprellt, doch wollte ich nicht riskieren, für meine Dummheit auch noch geschlagen zu werden.

Noch härter traf es kurz darauf meinen Bruder Jan.

„Komm' schnell, wir müssen nach Hause, sonst gibt es wieder Ärger!" Hastig zog ich meine neuen Schlittschuhe aus. Es war unser erster Winter in Bayern. Der Dorfweiher war zugefroren und für uns gab es kein größeres Vergnügen als mit den Nachbarskindern auf der glitzernden Eisfläche um die Wette zu schlittern. Auch Jan wurde langsam nervös.

„Beeil' dich doch, Lisa", meinte er ungeduldig, „es wird schon dunkel." Endlich hatte ich meine Schuhe an und lief über die Wiese in Richtung Dorfrand. Der kleine Bruder sauste hinter mir her. Die Angst vor der stiefväterlichen Wutattacke, falls wir nicht rechtzeitig zum Abendessen zu Hause ankämen, trieb uns vorwärts. Ein furchtbarer Schmerzensschrei ließ mich herumfahren. Jan war gestürzt. „Nun steh' schon auf, ich warte auf dich", ungehalten über sein Missgeschick half ich ihm auf die Beine. Sein schmerzverzerrtes Gesicht ließ mich erschaudern – dies konnte kein normaler Sturz gewesen sein. Seine Hose färbte sich bereits rot. Ich blickte an ihm herunter und erkannte den Grund seiner Verletzung: Er war in einen großen rostigen Nagel gestürzt. Langsam und vorsichtig führte ich ihn durch das Dorf. Das Herz schmerzte mir vor Mitleid. Leise schluchzend legte er tapfer den Weg nach Hause zurück. Endlich angekommen, flog auch schon die Haustür auf, kaum dass ich den Klingelknopf gedrückt hatte. „Wisst ihr eigentlich, wie spät es ist, ihr verdammten Blagen? Jan, hör' sofort mit dem Geschrei auf, sonst bekommst du Schläge", brüllte Klaus uns schon im Treppenhaus entgegen. Jan schleppte sich mühsam in die Wohnung. „Stell' dich nicht so an, so schlimm kann das gar nicht sein." Mein Stiefvater betrachtete die blutige Hose. „Zieh' dich um und komm' zum Essen – und hör' endlich auf zu heulen, ich hatte einen anstrengenden Tag und habe verdammt noch mal ein wenig Ruhe verdient!" Erschrocken über den Anblick ihres Sohnes hatte Mutter sich inzwischen vom Tisch erhoben. „Mein Gott, siehst du denn nicht, dass das Kind schwer verletzt ist?" Blitzschnell packte sie Jan ins Auto und fuhr mit ihm zum Arzt.

An diesem Abend sah ich die beiden nicht mehr. Jan musste sofort operiert werden. Unglücklich ging ich zu Bett und betete für meinen kleinen Bruder. Die Schwere seiner Verletzung wurde mir erst viel später bewusst. Der rostige Nagel hatte einen Hoden durchbohrt.

Dies war erst der Auftakt zu Jans Neigung, sich schwerste Blessuren zuzuziehen. Es folgten Löcher im Kopf und in den Schienbeinen, gebrochene Knochen und Prellungen. Seine Affinität zu Unfällen würde ihn Jahre später direkt auf die Intensivstation eines Münchener Krankenhauses katapultieren. Wie gut, dass man manche Dinge nicht im Voraus weiß.

– 6 –

Um den stiefväterlichen Wutausbrüchen weitestgehend zu entkommen, gewöhnten Jan und ich uns an, möglichst wenig Zeit innerhalb der Wohnung zu verbringen. Stand der gefürchtete orangefarbene Mercedes des Stiefvaters vor dem Haus, blieben wir eben so lange draußen, bis wir nach Hause mussten. Schlimm waren vor allem die Mahlzeiten, die immer gemeinsam eingenommen wurden. Keine verging ohne Streit. Entweder gingen meine Mutter und Klaus wie zwei Kampfhähne aufeinander los oder es erwischte uns Kinder. Gründe dafür wurden immer gefunden – unsere Art zu essen, zu reden, zu schauen oder einfach nur die Tatsache, dass wir da waren.

Eines Tages bekamen wir vorübergehenden Familienzuwachs in Form eines Pflegekindes, das zu meiner geringen Begeisterung auch noch in dem kleinen Zimmer, das ich mir bereits mit meinem Bruder teilen musste, einquartiert wurde. Tina war eingeschüchtert und unglücklich, ihre Eltern lebten in Scheidung und ihre berufstätige Mutter hatte keine Tagesmutter, die sich um die Kleine kümmern konnte, gefunden. Das arme Mädchen reagierte auf das aufbrausende Temperament meines Stiefvaters mit regelrechter Panik.

„Alles wird aufgegessen. Das gilt auch für dich, Tina! Bei uns wird der Teller immer leer gemacht, wir schmeißen nichts weg. So viele Kinder auf der Welt müssen hungern, da ist es eine Schande, wenn Lebensmittel im Müll landen!" Klaus blickte uns durchdringend an.

Pflichtschuldigst machten wir drei Kinder uns über die Hähnchenstücke auf unseren Tellern her. Tina aß und aß. Ich fragte mich, wie man für das bisschen Fleisch nur so lange brauchen konnte. Nach einer halben Stunde wurde uns endlich klar, dass sie aus Angst vor Klaus versuchte, die Knochen mitzuessen – schließlich durfte ja nichts auf dem Teller zurückbleiben.

Nach dieser Episode war Tina ganz plötzlich wieder aus unserem Leben verschwunden. Wir haben weder sie noch ihre Mutter jemals wiedergesehen.

Die Zeit verging und ich wurde eingeschult. Jedes überstandene Jahr brachte mich der Freiheit ein klein wenig näher. Ich wollte endlich erwachsen sein, um mein eigenes Leben führen zu können und mich nicht mehr vor den furchteinflößenden Blicken meines Stiefvaters in Sicherheit bringen zu müssen. Oft stand ich vor dem Spiegel, fixierte das blasse Gesicht, aus dem mir große traurige Augen entgegenblickten, und murmelte meinen Namen „Lisa Müller, Lisa Müller, Lisa Müller … Soso, das bin ich also." Irgendwie hatte ich das Gefühl im falschen Körper zu stecken – zur falschen Zeit, am falschen Ort zu sein. Ob Gott sich wohl geirrt hatte? Falls es ihn überhaupt gab, ich war mir da nicht so sicher. Mein Antlitz blieb mir lange Zeit fremd. Nur langsam lernte ich, mich mit der seltsamen Person im Spiegel zu identifizieren.

„Nun bist du schon ein großes Mädchen, Schäbige." Klaus grinste mich schief an. Es gefiel ihm neuerdings, mich mit diesem, wie er sagte, „Kosenamen" zu belegen. Überhaupt stellte ich immer öfter fest, dass es ihm Spaß bereitete, andere Menschen zu demütigen. Mir war bewusst, dass ich aufgrund meiner mageren Statur, meiner glatten, stumpfen Haare und der zu breiten Nase dem gängigen Schönheitsideal nicht gerade entsprach. Umso mehr verletzte es mich, immer wieder damit konfrontiert und als „schäbig" gebrandmarkt zu werden.

„Soll' ich dir mal zeigen, was große Leute miteinander machen, wenn sie sich mögen?" Ohne auf eine Antwort zu warten, hatte er sich bereits zu mir hinunter gebeugt und drückte seine leicht geöffneten Lippen auf meine. Sein Bart kratzte furchtbar, aber schlimmer noch empfand ich seine Zunge, die sich immer tiefer in meinen Mund bohrte. Mit meinen sieben Jahren konnte ich mich für diese Art der Liebesbezeugung so gar nicht begeistern. Ich empfand nichts als Ekel. „Igitt, lass' das. Soll das doch tun, wer will. Ich find's grässlich." Klaus lachte selbstzufrieden und ließ mich für den Moment in Ruhe.

In diese alles andere als erfreuliche Situation hinein meldete sich urplötzlich und ohne Vorwarnung mein Vater zurück:

Eines schönen Tages stand ein fremder Mann neben einer mir unbekannten, wasserstoffblonden Frau in unserem Wohnzimmer und Mutter wandte sich scheinheilig an mich: „Lisa, weißt du noch, wer das ist?", dabei zeigte sie mit dem Finger auf den großen Mann mit den roten Haaren.

„Nein, den kenne ich nicht." Meine Antwort schien alle Anwesenden mit Ausnahme des rothaarigen Hünen sehr zu erheitern. In seinem Blick lag Betroffenheit. Meine Mutter kostete die Situation voll aus: „Ich kann verstehen, dass du dich nicht an ihn erinnerst. Er hat dich auch lange nicht besucht", melodramatisch stieß sie den Rauch ihrer Zigarette langsam durch die Nase aus. Dabei musste ich immer an Frau Malzahn, den bösen Drachen aus „Jim Knopf und Lukas der Lokomotivführer" denken. Ich kicherte.

„Der Mann ist dein Vater." Diese Offenbarung beeindruckte mich zu Mutters unverhohlener Schadenfreude nicht sonderlich. Das war also der Papi. Ich hatte ihn längst vergessen und auch überhaupt nicht vermisst, warum sollte ich jetzt so tun, als ob ich mich darüber freuen würde, ihn so unverhofft wieder zu sehen?

Mein Vater wechselte in unserer Küche noch ein paar salbungsvolle Worte mit mir – wohl in der Hoffnung, auf die Schnelle Zugang zu mir zu finden, versprach sich künftig mehr um meinen Bruder und mich zu kümmern und rauschte in seinem dicken Mercedes mitsamt seiner aufgetakelten Frau wieder davon. Dieses erste Versprechen mir gegenüber brach er genauso wie die vielen anderen, die im Laufe der Jahre noch folgen sollten. Aber vielleicht gaukelte mir meine kindlich verschrobene Wahrnehmung auch nur Dinge vor, die gar nicht existent waren. In diesem konkreten Fall war das Missverständnis wohl in einer unterschiedlichen Interpretation des Wortes „kümmern" begründet. Wie auch immer – zunächst jedenfalls blieb meine Einstellung ihm gegenüber eher indifferent.

Ehrgeizig hatte ich mir vorgenommen, meine gerade begonnene Schulkarriere mit größtmöglichem Erfolg zu absolvieren. Lesen und Schreiben bereiteten mir zwar einigermaßen Kopfzerbrechen, aber ich übte so lange, bis ich zu den Klassenbesten gehörte.

Klaus war nun häufig auf Geschäftsreise, was sehr zum harmonischen Ablauf unseres Familienlebens beitrug. Auch meine Mutter wirkte fröhlich und gelöst, wenn er unterwegs war. Je länger desto besser. Ich spürte, dass sie sich lieber heute als morgen von ihm getrennt hätte. Allerdings fürchtete sie das raue Leben einer alleinerziehenden Mutter. Die Erfahrungen der letzten Jahre hatten ihr gezeigt, dass man Stolz nicht essen kann und auch ein noch so kleines Dach über dem Kopf irgendwie finanziert werden muss. Sie zügelte ihren Unmut – dieses Mal wollte sie nicht überstürzt und unüberlegt handeln. Zuerst musste ein Job her. Dann konnte man weitersehen.

„Wenn ich euch nicht hätte, dann würde ich jetzt einen tollen Beruf haben und viel Geld verdienen", pflegte sie mir häufig zu sagen. Es machte mich traurig, dass meine Existenz offensichtlich für ihren persönlichen Misserfolg verantwortlich war. Damals war mir noch nicht klar, dass sie aus der Zeit vor meiner Geburt auch keine nennenswerten beruflichen Erfolge vorweisen konnte. Wie einfach ist es doch, anderen die Schuld für das eigene Versagen aufzuhalsen! Dieser Abgrund des menschlichen Charakters sollte mir leider noch oft im Leben begegnen.

Schließlich bekam sie ihre Chance in Form einer Anstellung als Verkäuferin in einem Bahnhofskiosk. Sie musste zwar schon um sechs Uhr morgens Zeitungen und Zigaretten an übellaunige Kunden ausgeben, verdiente aber ihr eigenes Geld und war mittags, wenn ich aus der Schule kam, wieder zu Hause. Insgeheim schämte sie sich, diese scheinbar anspruchslose und nicht gesellschaftsfähige Tätigkeit auszuüben, nahm sie aber in Kauf, um uns Kindern nachmittags uneingeschränkt zur Verfügung stehen zu können. Ich bin ihr heute noch dankbar dafür, dass sie mir eine einsame Kindheit vor leeren Kochtöpfen erspart hat. Von ganzem Herzen bedauerte ich meine Freundin Margit, deren Eltern ganztags arbeiten gingen, um die Hypothek für ihr schönes großes

Haus bezahlen zu können. Es wunderte mich nicht, dass Margit in ihrem späteren Leben mit den Auswüchsen der Magersucht zu kämpfen hatte.

Die Dinge schienen sich langsam zum Guten zu wenden – ich liebte die Freiheiten, die mir das Leben auf dem Dorf bescherte, die Schule machte Spaß, meine Mutter nahm sich viel Zeit, um mit mir und meinem Bruder ausgiebige Fahrradtouren zu unternehmen und mein Stiefvater blieb unter der Woche meist unsichtbar.

„Lisa, guck' mal nach, ob der Klaus immer noch nicht wach ist. Wir wollen frühstücken." Es war Sonntagvormittag, Mutter war längst aufgestanden und hatte den Tisch gedeckt. Arglos begab ich mich ins stockdunkle Schlafzimmer. Klaus schlief nicht mehr. „Mami möchte frühstücken, kommst du bitte?", damit hatte ich meinen Auftrag erledigt und wandte mich zum Gehen. „Guten Morgen, Schäbige, mach doch die Tür zu und leg' dich noch einen Augenblick zu mir, dann stehen wir zusammen auf." Um ihn nicht zu verärgern, schloss ich gehorsam die Tür hinter mir und legte mich auf Mamas Seite des Bettes. Eigentlich wollte ich lieber zu meinem „Hanni und Nanni" Buch zurück, das gerade so spannend war.

„Komm' doch näher, du fehlst mir, wir sehen uns nur noch so selten", Klaus kuschelte sich an mich und schlüpfte zu mir unter die Decke. Die ungewollte Nähe zu ihm bereitete mir Unbehagen. Stocksteif blieb ich liegen.

„Schau mal, wenn du mich hier ein bisschen streichelst, dann tut mir das unheimlich gut." Er nahm meine Hand, führte sie zwischen seine Beine und schloss meine Finger um etwas Hartes. Dann begann er sich langsam hin und her zu bewegen. Ich wusste nicht, was ich davon halten sollte. Ich fühlte mich unangenehm berührt, wagte aber nicht, ihm meine Hand zu entziehen oder irgendetwas zu sagen. Klaus seufzte wohlig. Tief im Inneren war mir klar – was wir hier taten war ganz und gar nicht in Ordnung. Während ich noch überlegte, wie ich dieser unangenehmen Situation entrinnen könnte, ohne seinen schnell auflodernden Zorn herauszufordern, brach er seine Bewegungen plötzlich ab und erhob sich. „Lass' uns etwas essen gehen, ich habe einen Bärenhunger. Ach ja – sag Mami nichts von unserer Kuschelstunde. Das soll ein Geheimnis bleiben. Nur für Lisa und Klaus."

„In Ordnung", antwortete ich, froh ihm endlich entwischen zu können. Ich hatte sowieso nicht vorgehabt, mein seltsames Erlebnis mit jemandem zu teilen, schon gar nicht mit meiner Mutter.

– 7 –

Ein paar Tage später brachte Klaus ein Geschenk mit nach Hause: Ein flauschiges kleines Zwergkaninchen. Ich war entzückt. „Um Himmels willen, Hasen stinken und ziehen Ratten an, ich will so etwas nicht in meiner Wohnung haben", Mutter blickte angewidert auf das Fellbündel in meinem Arm. „Aber Mami, ich habe noch nie eine Ratte im Haus gesehen und auch draußen nicht, bitte, bitte lass' mich das Häschen behalten, es ist so süß. Ich will es auch jeden Tag sauber machen. Unter meinem Schreibtisch habe ich doch Platz für einen Käfig, da stört er doch gar nicht", bettelte ich. Schon immer hatte ich mir sehnlichst ein Haustier gewünscht – nun war es zum Greifen nahe. Ich würde die Wohnung putzen und auch die Spielsachen meines Bruders immer brav aufräumen, wenn ich es nur behalten dürfte. Noch nie hatte ich mich für einen Wunsch derart hartnäckig eingesetzt. Die Seligkeit meiner kleinen Welt hing auf einmal am Besitz des niedlichen Nagers. Wie tröstlich würde es sein, das Gesicht in seinem weichen braunen Fell zu vergraben und alles um mich herum zu vergessen. Die Kümmernisse meines bisherigen Lebens schienen in Anbetracht der Möglichkeit, den kleinen Kerl wieder zu verlieren, bedeutungslos. Aber all meinen Versprechungen, Gebeten und Tränen zum Trotz musste ich mich von Schnuffi, so hatte ich das niedliche Langohr getauft, wieder trennen.

Schnell hatte meine Mutter eine Möglichkeit gefunden, das ungeliebte Haustier elegant zu entsorgen: Die Eltern meiner Schulfreundin Monika erklärten sich bereit, das obdachlose Kaninchen bei sich aufzunehmen. Immerhin hatte diese Lösung, da Monika in der Nachbarschaft zuhause war, den Charme, dass ich Schnuffi täglich besuchen konnte. Zudem musste er nicht mehr im Käfig leben, sondern hatte einen großen Auslauf unterm Dach und schien mit sich und seinem Dasein äußerst zufrieden zu sein. Überzeugt, das Beste für meinen Freund getan zu haben, fügte ich mich schließlich in mein Schicksal.

Leider blieb Schnuffi das Glück nicht hold. Die Eltern meiner Freundin befanden nach einigen Wochen, dass einem Kaninchen ein derartiges Luxusleben gar nicht zustünde und so wurde er kurzerhand in einen Bretterverschlag im Fahrradschuppen verbannt. Traurig versprach ich ihm nach seiner ersten Nacht im Exil, eine bessere Lösung zu finden. Ich kannte ein Mädchen im Dorf, deren Vater Bauer war und viele Tiere hielt. Die würde ich morgen fragen, ob sie nicht einen schöneren Platz für ihn hätten als dieses dunkle Loch, in dem er nun sein Dasein fristen sollte.

„Hallo Schnuffi, heute ist ein guter Tag für einen Spaziergang, endlich wird es Frühling", begrüßte ich ihn am nächsten Tag nach der Schule. Mein Blick glitt durch den offenen Verschlag, die Augen mussten sich nach dem hellen Sonnenschein erst an das Zwielicht, das hier herrschte, gewöhnen. Wenigstens war der Schuppen nicht abgeschlossen und ich konnte „mein" Häschen besuchen, wann immer ich wollte. Endlich sah ich ihn. Er lag in einer Ecke, die Hinterläufe ausgestreckt, den Kopf merkwürdig verdreht. Ich sprang in den Verschlag, kniete neben ihm nieder und wusste, dass es keinen neuen Platz für ihn mehr geben würde. Nie wieder. Er war tot. Eine Katze hatte ihm die Kehle zerfetzt. Meine Trauer über seinen Verlust war unsäglich.

In jener Phase der Verzweiflung wollte es ein gnädiger Zufall, dass ein alter Bekannter die Bühne meines Lebens erneut betrat: Fury, das freche Shetlandpony, das mir in meiner frühen Kindheit so viel Spaß bereitet hatte, tauchte mit einem Mal wieder aus der Versenkung auf. Es lebte noch immer in dem Dorf, in welchem meine Mutter die Gaststätte geführt und Klaus kennengelernt hatte. Ab und an verbrachten wir unsere Ferien nun im düsteren Gutshaus seiner Eltern, das inzwischen durch seinen älteren Bruder bewirtschaftet wurde. Seine Mutter war vor Kurzem an Krebs gestorben und der Vater ein Pflegefall. Die beiden waren nie darüber hinweggekommen, dass ihr jüngster Sohn sich eine derart unpassende Frau gesucht hatte. Unverständlich blieb ihnen auch, warum ebendiese Frau nicht bereit war, ihren hoffnungsvollen Sprössling zu ehelichen, konnte sie durch eine solche Verbindung schließlich nur profitieren. Irgendwann hatten sie es aufgegeben, seine Unvernunft zu beklagen und akzeptierten – wenigstens nach außen hin – seine Entscheidung für die viel ältere Frau mit den kleinen Kindern. Der verlorene Sohn erklärte sich daraufhin endlich bereit, bisweilen mit „seiner" Familie im elterlichen Herrenhaus zu logieren und so den Kontakt zu ihnen nicht ganz abreißen zu lassen.

„Lisa, komm' runter, die haben das Pony geholt!" Mutter war ganz aufgekratzt. Mein konsequenter Rückzug in mich selbst und das Desinteresse, das ich dem familiären Leben seit Schnuffis Tod entgegenbrachte, bereiteten ihr große Sorgen. Wie üblich hatte ich mich trotz herrlichstem Wetter mit einem Buch in das schummrige Schlafzimmer im ersten Stock des alten Hauses verkrochen. Ich wollte mit dem Treiben um mich herum möglichst wenig zu tun haben. Vielleicht ließen sich dadurch ja weitere Verletzungen, die das Leben für mich noch bereithalten könnte, vermeiden. Eingetaucht in die heile Fantasiewelt meiner Bücher fand ich das triste Dasein einigermaßen erträglich.

„Was denn für ein Pony?", immerhin hatte Mutters Ausruf mich aufhorchen lassen.

„Keine Ahnung, schau es dir doch einfach mal an. Klaus will, dass du es reitest. Hast du Lust?"

Ob ich Lust hatte zu reiten? Was für eine Frage. Meine Begeisterung für Pferde kannte keine Grenzen. Mutter wusste, wie gerne ich im Reitstall des heimatlichen Dorfes Longestunden nehmen würde, aber man hatte mir gesagt, dass ich noch zu klein sei, um auf den großen Pferden zu reiten. Sie lächelte. „Zieh' schnell deine Turnschuhe an und rauf auf das Pony!" Selten war ich einer Aufforderung lieber nachgekommen. Atemlos kam ich im Hof an – und glaubte meinen Augen nicht zu trauen. Vor mir stand mit wirrer Mähne und kugelrundem Bauch das braun-weiß gescheckte Shetlandpony Fury. Petra, seine Besitzerin, hatte längst das Interesse an ihm verloren und so stand es schon seit einer ganzen Weile vergessen auf einer Wiese und frönte dem Müßiggang.

Was für ein wunderbares Gefühl es war, Furys warmen weichen Körper nach so langer Zeit wieder zu spüren! Ich ritt ohne Sattel und mit einem Zaumzeug, das Klaus behelfsmäßig aus einem Strick gefertigt hatte. Zum ersten Mal seit vielen Wochen war ich glücklich.

„Ich habe Lisa noch nie so ausgelassen erlebt. Ich wünschte, ich könnte diese Momente festhalten!", seufzte meine Mutter am Abend. Wie so oft saß sie bis Mitternacht mit Klaus und seinem älterem Bruder Helmar im Esszimmer und spielte Karten. Helmar war bereits 33 Jahre alt, arbeitete als Lehrer im Gymnasium des Nachbarortes und suchte verzweifelt eine Frau, die sich bereit erklärte, das große Haus mit ihm zu unterhalten. Hinzu kam die Pflege des gebrechlichen Vaters, der nun wirklich keinen einfachen Charakter hatte. An eine potenzielle Anwärterin wurden also hohe Anforderungen gestellt. Die Tatsache, dass Helmar am gängigen Schönheitsideal gemessen entschieden zu viele Kilos mit sich herumtrug und einigermaßen antriebslos in den Tag hinein lebte, erschwerte die Brautsuche noch zusätzlich. Umso mehr freute er sich über die Abwechslung, die unsere Besuche mit sich brachten.

„Ich könnte doch mit dem Besitzer reden, vielleicht verkauft er euch das Pony. Soweit ich weiß, steht der kleine Kerl sowieso nur auf der Weide und langweilt sich", nahm Helmar den Gedanken meiner Mutter auf.

„Kaufen ist eine Sache. Wenn wir es haben – was machen wird dann damit? Sollen wir das Viech auf unseren Balkon stellen? In München sind die Boxmieten für Pferde sehr hoch, das können wir uns beim besten Willen nicht leisten." Klaus war wenig begeistert von der Aussicht, für ein weiteres Familienmitglied sorgen zu müssen.

„Na, das sollte nun wirklich kein Problem sein. Wir haben so viel Platz. Lasst ihn einfach hier und Lisa kann in den Ferien immer zum Reiten kommen. Auf diese Weise sehe ich euch beiden vielleicht auch öfter. Das wäre klasse." Helmars Angebot hatte Mutter überzeugt. Am nächsten Tag kaufte sie Fury seinem Besitzer für 500 Mark ab.

Mein eigenes Pony. Kein Traum, sondern Wirklichkeit. Ich platzte vor Stolz. Da nahm ich die kleine Unannehmlichkeit, dass es 600 Kilometer weit von mir entfernt lebte, gern in Kauf.

In den kommenden Jahren sollten wir oft im Gutshaus unseren Urlaub verbringen. Auch wenn ich das altmodische Gemäuer als ungemütlich, ja sogar bedrohlich empfand – die Zeit mit Fury hat mir die wertvollsten und schönsten Kindheitserinnerungen beschert. Ich bewahre sie noch heute wie einen Schatz in meinem Herzen.

– 8 –

Aber nicht nur der kleine Pony-Wallach war in mein Leben zurückgekehrt. Immer öfter äußerte nun auch mein Vater den Wunsch, Jan und mich in den Ferien bei sich zu haben. Eigentlich eher mich als meinen Bruder. Papa wusste nie so recht, was er mit seinem Sohn anfangen sollte und quartierte ihn deshalb meist postwendend bei meiner Großmutter, die nur etwa fünf Kilometer von ihm entfernt lebte, ein. In seiner Wohnung wäre ja sowieso nur Platz für *ein* Kind. Außerdem sei der große Swimming Pool, der sich im Keller seiner luxuriösen Eigentumswohnung befand und bequem über eine Wendeltreppe zu erreichen war, ohnehin eine nicht zu unterschätzende Gefahr für einen kleinen Jungen. Da wollte man doch lieber nichts riskieren.

Überhaupt war mein Vater Weltmeister darin, die Dinge stets so lange zu drehen und zu wenden, bis er den Status quo erlangte, aus dem er persönlich den größtmöglichen Spaß und Nutzen ziehen konnte. Welche Kollateralschäden seine Aktionen für die übrigen Beteiligten mit sich brachten, interessierte ihn nicht im Mindesten.

„Hey du kannst doch reiten", sagte er eines Tages zu mir. „Wäre es nicht nett, ein Stündchen gemeinsam durch den Wald zu zockeln? Ein paar Kilometer von hier entfernt hat ein Freund von mir einige Pferde stehen, die können wir uns ausleihen."

„Das wäre schon toll, aber gibt es da auch Ponys?", antwortete ich vorsichtig. Ein richtiges Pferd zu reiten traute ich mir eigentlich noch nicht zu, da meine Beine kaum über den Sattel hinausreichten.

„Och, wir werden sehen. Es wird sich schon ein passender Hottemax für dich finden, Schätzken. Sei nicht immer so anspruchsvoll. Da vergeht mir fast schon die Lust, überhaupt hinzufahren. Ich wollte dir doch nur eine Freude machen, wir können es aber auch gerne bleiben lassen, wenn du Angst hast", erwiderte er gereizt.

„Nein, nein. Ich würde furchtbar gerne mit dir reiten gehen. Außerdem wollte ich es längst auf einem großen Pferd versuchen." Eilig war ich darum bemüht, meinen Fauxpas zu relativieren und Papa bloß nicht zu enttäuschen. Seinen Unmut wollte ich mir schon gar nicht zuziehen, also behielt ich die durchaus berechtigten Zweifel bezüglich meiner Reitkünste lieber für mich. Schließlich war er erwachsen und würde schon wissen, was er tat.

„Hoffentlich kommt die Kleine mit Betty klar. Normalerweise ist sie ganz brav, aber ein Ausritt", der Stallknecht pfiff durch die Zähne, „ganz schön mutig, muss ich sagen."

„Lisa macht das schon, schließlich hat sie neuerdings ein eigenes Pony." Papa nestelte am Zaumzeug von Frigo, dem hübschen braunen Wallach, den er sich ausgesucht hatte, herum.

Obwohl ich mich durch das Vertrauen meines Vaters äußerst geehrt fühlte, machte sich ein mulmiges Gefühl in meiner Magengegend breit, als der Pferdepfleger mich auf den Rücken der riesigen Schimmelstute hob. Wie ich befürchtet hatte, reichten meine Beine nur knapp über den Rand des Sattels. Ich sah einen endlos langen Hals vor mir und hatte eher den Eindruck, auf einer gezäumten Giraffe zu sitzen.

Mein Vater hatte sich inzwischen ebenfalls schwerfällig in den Sattel plumpsen lassen und es konnte losgehen. Mit großen Schritten stakste Betty Richtung Hoftor. Lautlos betete ich vor mich hin, dass es mir wider jegliche Vernunft irgendwie gelingen möge, den riesigen Gaul unter Kontrolle zu halten. Zunächst verlief alles unerwartet reibungslos. Über einen grasbewachsenen Feldweg waren wir am Waldrand angelangt.

„Halt' kurz meine Zügel fest, ich muss mal", Papa hatte bereits ein Bein über den Sattel geschwungen und landete im Gras. Schnell drückte er mir seine Zügel in die Hand und war Sekunden später im Wald hinter einem Baum verschwunden. War ich mit Betty bereits hoffnungslos überfordert gewesen, so gab mir die Koordination von zwei Pferden gleichzeitig nun den Rest. Frigo entschied, dass die Gelegenheit günstig wäre, um in den Stall zurückzukehren. Einen Reiter hatte er schließlich nicht mehr und der Floh, der seinen Zügel hielt, stellte kein ernsthaftes Hindernis für ihn dar. Ein kurzer Ruck mit dem Kopf und er war frei. Freudig machte er ein paar Bocksprünge und im Galopp ging's ab Richtung Heimat. Unglücklich sah ich ihm nach, bis er hinter der ersten Wegbiegung verschwunden war.

Betty widmete sich inzwischen selbstvergessen den Grashalmen zu ihren Füßen. Ich argwöhne, dass sie meine Versuche, ihren riesigen Schädel wieder nach oben zu ziehen, gar nicht bemerkte.

„Wo ist mein Pferd geblieben?" Papa trat endlich aus dem Gebüsch hervor und blickte sich ratlos um.

„Es ist weg. Einfach abgehauen. Und mit dieser blöden Stute komme ich auch nicht zurecht", schluchzte ich.

„Ja nun – ich dachte du kannst reiten? Muss ich mich wohl geirrt haben. Hör' auf zu heulen, der Gaul ist sicher längst wieder zu Hause. Ist nicht so schlimm, ein Spaziergang tut mir ganz gut, ich muss dringend abnehmen." Damit schnappte er sich die Zügel und führte mich zum Stall zurück. Ich schämte mich entsetzlich für meine Unzulänglichkeit. Endlich angekommen fing ich einen mitleidigen Blick des Stallburschen auf. Er murmelte etwas von „unvernünftigen Sonntagsreitern" während er mir vom Pferd half. Frigo machte sich längst friedlich in seiner Box stehend über ein wohl verdientes Abendessen her.

Die Schmach saß tief und ich nahm mir vor, endlich zu wachsen und richtig reiten zu lernen.

Mit meinem Vater jedoch sollte ich nie wieder einen gemeinsamen Ausritt unternehmen. Bei ihm bekam man immer nur *eine* Chance, sein Können unter Beweis zu stellen und die hatte ich – jedenfalls was das Reiten anbelangt – gründlich vermasselt.

– 9 –

Die Monate vergingen, ich hatte in der der Reitschule inzwischen viel gelernt und freute mich riesig auf die Sommerferien, die ich bei meinem Pony verbringen sollte. Mutter würde zu Hause bleiben, da sie keinen Urlaub nehmen konnte und Klaus sollte Jan und mich begleiten. Er kehrte gerne in sein Elternhaus zurück und ich nahm seine Gesellschaft wohl oder übel in Kauf, um bei Fury sein zu können. Eigentlich war ich ganz froh, dass Mama nicht mitkam, da sie und Klaus immer stritten, sobald sie zusammen waren.

Es waren die ersten Ferien in dieser Konstellation und obwohl mein Stiefvater auch hier keine Gelegenheit ausließ, um mit meinem Bruder oder mir zu schimpfen, genoss ich die Freiheit, die das große Haus und das weitläufige Gelände mir boten. Man konnte stundenlang spielen, ohne einem Menschen zu begegnen. Zudem hatte ich Glück und das Wetter war herrlich. Ein Tag schöner und strahlender als der andere. So verbrachte ich die meiste Zeit draußen – immer in der Nähe meines Ponys. Nur zu den Mahlzeiten traf ich auf den Rest der Familie. Kaum hatte ich die letzten Bissen hinuntergeschlungen, verschwand ich eilig wieder auf die Weide, schwang mich auf Furys Rücken und erkundete die nähere und weitere Umgebung. Niemand hielt mich je davon ab, den Hof zu verlassen und so war ich oft allein im Gelände unterwegs.

Eines Tages entfernte ich mich besonders weit vom heimatlichen Gutshof und war nach einem zweistündigen Ritt über Felder und Wiesen schließlich einen mit Ginster und dichten Büschen bewachsenen Hügel hinaufgeritten, um die Aussicht über das weite Land zu genießen. Es dämmerte bereits und ich dachte gerade darüber nach, dass es wohl an der Zeit wäre umzukehren, als mein Pony seinen Schritt verlangsamte. Beunruhigt blickte ich um mich. Alles schien friedlich. Und doch lief mir ein Schauer über den Rücken. Meine Nackenhaare sträubten sich.

„Komm' Dicker, lass' uns noch ein Stückchen weitermarschieren, ich möchte sehen, wohin dieser Weg führt", ich drückte meinem Pony die Schenkel in die Flanken. Die eigene Stimme klang seltsam hohl in meinen Ohren, ich fühlte mich wie in einer Glaskugel. Es war so still um uns herum, die Natur schien den Atem anzuhalten. Vor mir wand sich der Feldweg wie eine riesige Schlange über den Grat des Hügels. Links und rechts nahm mir dichtes Buschwerk die Sicht. Fury hatte seine kleinen Ohren starr nach vorne gerichtet und hielt den Kopf unnatürlich hoch. Ich spürte, wie seine Muskeln sich spannten.

„Reiß' dich zusammen, Lisa. Was soll denn hier schon sein?", murmelte ich. Das Selbstgespräch half mir, gegen die aufkommende Panik anzukämpfen.

„Schneller, du Faulpelz, noch um die nächste Kurve und dann gehen wir nach Hause." Ich ließ meine Gerte auf Furys Hintern klatschen.

Er blieb stehen. „Hey, was soll das? Wir drehen gleich um, aber jetzt geh' gefälligst vorwärts!" Ich wollte mir von einem Pony nicht vorschreiben lassen, wann es Zeit war, umzukehren und stieß ihm meine Füße heftig in den Bauch. Es rührte sich nicht.

Dann sah ich ihn. Etwa 20 Meter vor uns trat ein Mann aus dem Gebüsch hervor und ging langsam auf mich zu. Fury bewegte sich vorsichtig rückwärts. Die Welt hörte auf sich zu drehen.

„Mädchen, komm' mal her! Ich möchte dich was fragen." Die Stimme klang tief und einschmeichelnd. Noch zehn Meter, er streckte seine Hand aus.

Fury wieherte laut und stieg leicht auf die Hinterbeine. Meine Erstarrung löste sich. Ich riss die Zügel herum und schrie „Lauf!." Als hätte es auf das erlösende Kommando gewartet, machte mein Shettie auf dem Absatz kehrt und galoppierte los. Die Büsche flogen vorbei. Am Ende des Hügelkamms angekommen, warf Fury sich um eine enge Biegung. Er verminderte sein Tempo nicht und ich klammerte mich verzweifelt an seiner Mähne fest, um den Halt nicht zu verlieren. Unser Weg führte nun steil bergab. Zwischen Ginsterbüschen hindurch rasten wir weiter. Zweige zerkratzten meine nackten Beine. Unten angekommen zügelte ich ihn, um schnell einen Blick über die Schulter zu werfen. Der Mann rannte ebenfalls bergab. Von Weitem sah ich sein Gesicht – es war wutverzerrt. Nun gab es kein Halten mehr, im gestreckten Galopp flog Fury mit mir über Feldwege und Wiesen zurück nach Hause. Der Mann war längst außer Sichtweite, doch die Angst trieb mich weiter in halsbrecherischem Tempo voran.

Völlig außer Atem trabten wir auf den Gutshof. „Wo warst du denn so lange? Ich wollte gerade losgehen, um dich zu suchen!" Klaus zerrte wütend an der Leine des Hofhundes Moritz, der mich fröhlich begrüßte.

„Och, wir waren wie üblich auf den Feldern unterwegs, ich habe wohl die Zeit vergessen. Tut mir leid, wird nicht wieder vorkommen", antwortete ich so ruhig wie möglich – in der Hoffnung, dass er meine Aufregung nicht bemerkte. Aber meine Sorge erwies sich als unnötig. Klaus interessierte sich nicht im Geringsten für meinen Gemütszustand, sondern begutachtete bereits ungehalten das schweißnasse Pony.

„Wenn du ihn weiter so jagst, wirst du ihn noch umbringen. Er ist nicht mehr der Jüngste, vergiss das nicht. Führ' ihn noch im Schritt, bis er trocken ist, damit er sich nicht erkältet", damit war das Thema für ihn erledigt. Er legte Moritz zurück an die Kette und ging ins Haus.

Mit zitternden Knien ließ ich mich von Furys Rücken fallen. Ich fragte mich, ob er wohl wusste, dass er an diesem Tag wahrscheinlich mehr als nur mein Leben gerettet hatte.

– 10 –

Obwohl das erschreckende Erlebnis noch lange Zeit in meinem Kopf nachhallte, beschloss ich, nichts darüber zu erzählen. Warum war mir selbst nicht ganz klar. Wahrscheinlich fürchtete ich ein jähes Ende der einsamen Ausflüge, die ich so sehr liebte, und den Rest der Ferien mit Fury auf der heimischen Weide verbringen zu müssen.

Zufällig erfuhr ich kurze Zeit später, dass vor einigen Wochen in der Gegend, in der ich die Begegnung mit dem furchterregenden Mann gehabt hatte, zwei Pärchen bei einem Spaziergang erschossen worden waren. Der Mörder lief noch frei herum. Ich fragte mich oft, was wohl geschehen wäre, wenn Fury nicht instinktiv gescheut hätte und ich dem Mann direkt in die Arme gelaufen wäre. Besser nicht darüber nachdenken. In Zukunft würde ich mich allein nicht mehr so weit vom Hof entfernen.

Die Ferien gingen bis auf die Tatsache, dass ich mich bei einem weiteren Ausritt mit meinem Pony auf einem umgepflügten Acker im Galopp überschlug, einigermaßen ereignislos zu Ende. Klaus hatte mich weitestgehend in Ruhe gelassen. Seine unangenehme Eigenschaft, mir beim Baden in der Wanne „behilflich" zu sein, ausgenommen. Ich war der Meinung, dass ich längst in der Lage war, mich allein zu waschen – er war offensichtlich anderer Ansicht. Glücklicherweise nahm ich zu jener Zeit nur einmal in der Woche ein Bad, sodass sich die Gelegenheiten, bei denen er einen Vorwand finden konnte, mich zu betatschen, in Grenzen hielten. Wenn ich doch endlich groß und weit weg wäre! Die Zeit würde für mich arbeiten, eines schönen Tages würde ich ihn los sein, das war mir klar. Aber im Moment sah ich nur einen hohen Berg vor mir, der unüberwindbar schien. Mehr denn je verkroch ich mich hinter meinen Büchern, die mir mit ihrer heilen Zuckerwatten-Welt den einzigen Trost spendeten, den ich mir zu jenem Zeitpunkt holen konnte.

Zurück in München nahmen die Streitigkeiten zwischen Klaus und meiner Mutter an Heftigkeit zu. Ich fürchtete, dass ihre Auseinandersetzungen irgendwann in einer Schlägerei enden würden. Jan und ich verkrochen uns regelmäßig unter unseren Bettdecken und hielten uns die Ohren zu. Wir sehnten die Tage herbei, an denen er auf Geschäftsreise war.

„Mama, warum könnt ihr euch nicht trennen, wenn ihr euch nicht mehr versteht? Es ist immer so schön, wenn Klaus nicht da ist und wir drei unsere Ruhe haben. Du freust dich doch auch, wenn wir allein sind." Ich meinte, es sei nun an der Zeit deutlich Stellung zu beziehen. War ich froh, dass die beiden nie geheiratet hatten.

„Lisa, ich wünschte, es wäre so einfach", seufzte meine Mutter, „ich würde lieber heute als morgen mit euch fortgehen. Aber wovon sollen wir dann leben? Das Geld, das ich verdiene, reicht nicht einmal für die Miete. Von Essen und Kleidung ganz zu schweigen. Im Moment haben wir keine andere Wahl: Wir müssen die Zähne zusammenbeißen und da durch. Es ist für uns alle nicht leicht, aber irgendwann werde ich vielleicht genügend Geld verdienen, um alleine mit euch durchzukommen." Ich wusste, dass ich ihr in diesem Moment einen stichhaltigen Grund für eine Trennung von dem gefürchteten Stiefvater hätte liefern können. Und doch sagte ich nichts.

Durch mein Schweigen hoffte ich, ihr noch größere Sorgen und Nöte ersparen zu können. Ein Stachel in meinem Fleisch blieb dabei die Haltung meines superreichen Vaters, der unserem Leid so leicht ein Ende hätte bereiten können. Ein paar Mark mehr Unterhalt im Monat wären für ihn völlig bedeutungslos gewesen, hätten uns aber ein neues, sorgenfreies Leben ermöglicht. Er sah jedoch keinerlei Veranlassung darin, seine Ex-Frau und die Kinder, deren Existenz er unter dem Vermerk „Jugendsünde" innerlich abgelegt hatte, über das gesetzliche Mindestmaß hinaus zu unterstützen. Und Mama war zu stolz, ihn um Hilfe zu bitten. „Lieber esse ich trockenes Brot", war ihr Standard-Spruch, wenn ich darauf drängte, ihm unsere Situation klar zu machen. Ich konnte mir einfach nicht vorstellen, dass ihn das Unglück seiner Kinder so gar nicht interessieren sollte. Doch Mutters Meinung zu dieser Angelegenheit war unmissverständlich und so behielt ich die Übergriffe meines Stiefvaters weiter für mich.

– 11 –

„Ist das nicht eine tolle Idee?", Papa strotzte vor guter Laune. „Oma, Jan, du und ich, ganz allein im Urlaub. Das hatten wir noch nie, was meinst du, Lisa?" Selbst über das Telefon meinte ich Papas Begeisterung spüren zu können.

„Und was ist mit Gitte und Melanie? Kommen die denn nicht mit?" Ich hatte wenig Lust, die Ferien in Österreich in Gegenwart meiner Stiefmutter und der kleinen Halbschwester zu verbringen, die ich zugegebenermaßen glühend um die vorbehaltlose Liebe meines Vaters beneidete. In letzter Zeit hatte ich es vermieden, ihn zu besuchen. Er war so, wie ich mir einen Papa gewünscht hätte, und blieb doch so unerreichbar für mich. Ihn im liebevollen Umgang mit seiner kleinen Tochter zu sehen, die er mit unendlicher Aufmerksamkeit überschüttete, brach mir das Herz. Ich wollte nicht eifersüchtig sein, Melanie traf schließlich keine Schuld an meinem Unglück, aber ich konnte nicht umhin, sie mitsamt meiner Stiefmutter auf den Mond zu wünschen.

„Nein, Gitte möchte mit Mel lieber zu Hause bleiben und Oma würde sich sehr freuen, mit dir und Jan ein paar schöne Tage zu verbringen. Komm' schon, sag' einfach ja."

Wie hätte ich der Versuchung widerstehen können, das erste Mal in meinem Leben allein mit meinem Vater in den Urlaub zu fahren – na ja, fast allein jedenfalls. Meine Großmutter und meinen Bruder sah ich nicht als Konkurrenz in meinem Kampf um seine Gunst an. Irgendwie bildeten Großmutter und Jan schon immer eine Einheit und so würde er mir uneingeschränkt zur Verfügung stehen – dachte ich jedenfalls. Ich freute mich riesig auf die gemeinsamen Tage in Söll. Dann müsste nur noch das Wetter mitspielen und vielleicht würde er es sogar noch einmal wagen, mit mir auszureiten. Der würde Augen machen, wenn er erst sähe, wie groß ich geworden war und wie toll ich inzwischen mit Pferden umgehen konnte! Ich verlor mich in Tagträumen und sehnte den Urlaub herbei.

Mitte August war es endlich so weit. Mein Vater fuhr mit Großmutter in seinem großen Mercedes vor und packte Jan und mich samt unseren reichlich abgewetzten Kinder-Köfferchen ein. Am Abend erreichten wir unser Ziel. Das Hotel war für meinen Geschmack deutlich zu rustikal, die Zimmer fanden vor allem Großmutters Zustimmung, waren sie doch sauber und schlicht. Jan und ich sollten mit ihr in einem Raum schlafen, Papa hatte für sich ein Einzelzimmer gebucht. Müde fiel ich ziemlich bald ins Bett, gespannt darauf, was der nächste Tag an Überraschungen und Aktivitäten wohl bringen würde. Kaum hatte ich die Augen geöffnet, musste ich zu meiner großen Enttäuschung feststellen, dass es in Strömen regnete.

„Oje, was sollen wir denn heute bloß machen", wandte ich mich mürrisch an meine Großmutter, die gerade dabei war, sich anzuziehen.

„Ja nun, es wird sich schon etwas finden. Ihr seid nicht die einzigen Kinder hier, da gibt es sicher Möglichkeiten, sich auch bei Regenwetter zu beschäftigen." Großmutters gute Laune war sprichwörtlich. Das bisschen Wasser da draußen konnte ihr nichts anhaben. „Lasst uns erst mal frühstücken gehen und hören, was euer Papa meint. Der hat sicher schon einen Plan."

Er hatte keinen. Gelangweilt marschierten wir nach dem Essen zu viert mit unseren neu erworbenen Regenschirmen durch den Ort. „Du hast doch gesagt, hier wären noch andere Kinder", ich lugte fragend unter Großmutters Regenschirm, „wo sind die denn?"

„Ich weiß auch nicht, vielleicht bleiben die bei schlechtem Wetter in ihren Hotelzimmern. Das wollen wir aber nicht tun – wenn man schon einmal in so wunderbarer Luft spazieren gehen kann, dann muss man die Gelegenheit nutzen!" Fröhlich wich sie einer Pfütze aus.

„Vielleicht gibt es hier ein Hallenbad, da stört uns doch der Regen nicht", Jan machte den ersten vernünftigen Vorschlag des Tages.

„Ich habe keine Badehose dabei, und Wasser habe ich für heute schon genug gesehen. Außerdem kann ich jeden Tag in meinem Pool baden, das muss ich nicht auch noch im Urlaub haben." Mein Vater war genervt. Ihm war schleierhaft, wie er die Woche überstehen sollte. Normalerweise pflegte er mit den Mitgliedern seines Kegelklubs fortzufahren – ob Mallorca, Gran Canaria oder Thailand, immer war Party bis zum Umfallen angesagt. Alkohol in Strömen und schöne, willige Frauen. Das bedeutete Erholung. Eine Woche mit Muttern und Kindern – und ein Ende des schlechten Wetters nicht in Sicht, das war noch schlimmer als befürchtet. Welcher Teufel hatte ihn bloß geritten, als er sich auf ihren, zugegebenermaßen gut gemeinten Vorschlag eingelassen hatte, einmal allein mit ihr und seinen Kindern aus erster Ehe, zu denen er so gar keinen Bezug hatte, in den Urlaub zu fahren? Ihr zuliebe hatte er der Idee zugestimmt, wusste er doch, wie wichtig diese gemeinsamen Tage für sie waren.

Seine Gleichgültigkeit vor allem seinem Sohn gegenüber war Großmutter in den letzten Jahren nicht verborgen geblieben und es schmerzte sie sehr, ansehen zu müssen, dass nicht alle seine Kinder gleichermaßen einen Platz in seinem Herzen hatten. Sie wurde nicht jünger und was sollte erst werden, wenn sie nicht mehr da war, um aus der Ferne eine schützende Hand über ihre Enkel zu halten und dafür zu sorgen, dass die beiden bei ihrem Vater nicht ganz in Vergessenheit gerieten? Dieser Urlaub war ihr Versuch, alles doch noch zum Guten zu wenden und so etwas wie eine familiäre Zusammengehörigkeit heraufzubeschwören. Offensichtlich erfüllten sich ihre Hoffnungen jedoch nicht, zeigte sich ihr Sohn an den Kindern doch so wenig interessiert wie eh und je.

„Lasst uns erst mal auf unsere Zimmer gehen. Da könnt ihr etwas fernsehen und dann sehen wir weiter. Hier draußen werden wir alle pitschnass und holen uns den Tod. Eure Mama wäre nicht besonders erfreut, wenn ich euch nächste Woche krank zu Hause abliefere." Papa eilte zielstrebig Richtung Hotel und zog sich umgehend in sein Zimmer zurück.

Jan, Großmutter und ich vergnügten uns zwei Stunden lang mit dem österreichischen Fernsehprogramm. Zu Hause fand ich grässliches Wetter gemütlich – aber hier?

Der Regen prasselte noch stärker ans Fenster und der Nachmittag zog sich wie Kaugummi dahin. An Unternehmungen im Freien war überhaupt nicht zu denken. Also versuchten wir, uns die Zeit irgendwie zu vertreiben: Jan erfreute sich an ein paar Spielzeugautos und baute Massenkarambolagen, Großmutter löste Kreuzworträtsel und ich widmete mich dem neuesten Band über Britta und ihr Pony Silber. So gerne ich mich sonst hinter meinen Büchern versteckte, diese Ferientage hatte ich mir anders vorgestellt. Mein Vater blieb bis zum Abendessen unsichtbar.

„Um neun Uhr gehen wir in die Disco, das ist doch eine Supersache, was?", meinte er leutselig, als wir schließlich miteinander am Tisch saßen. „Junge, glaubst du wirklich, dass das für die Kinder das Richtige ist?" Großmutter blickte zweifelnd in die Runde. Nie übte sie offen Kritik, sondern pflegte diese stets diplomatisch in rhetorischen Fragen zu verpacken.

„Ach was, die sind doch schon groß. Du wirst sehen, das wird ein Heidenspaß. Was sagst du dazu, Lisa?" Papa ließ sich nicht beirren. Er hatte den ganzen Nachmittag geschlafen und war nun voller Tatendrang.

„Wird sicher lustig, klar, ich bin dabei." In einer Disco war ich noch nie gewesen. Ich fühlte mich mit einem Mal richtig erwachsen. Meine Freundinnen würden staunen. Der Tag schien unverhofft doch noch spannend zu werden.

„Wie sieht's mit dir aus, Jan?" Überrascht sah mein Bruder von seinem Teller auf. Er konnte sich nicht erinnern, dass mein Vater ihn je nach seiner Meinung gefragt hatte.

„Logisch, ich komme mit", sichtlich geschmeichelt strahlte er Papa an, „ich weiß zwar nicht, was man da macht, aber es ist sicher toll."

Mein Vater grinste selbstgefällig. „Haha, überstimmt. Jetzt mach' doch nicht so ein Gesicht, Mama. Wenn du schon einmal in deinem Leben aus Lasphe rauskommst, dann wollen wir es auch richtig krachen lassen. Da kannst du mal erleben, was in der Welt wirklich passiert!"

„Na, sehr freundlich von dir. Mir hat es in unserem Dorf immer gut gefallen, auch ohne Disco und anderen überflüssigen Schnickschnack. Bisher habe ich auch ohne solchen Blödsinn gewusst, was sich in der Welt außerhalb von Lasphe tut",

Großmutter schmollte. „Nur um den Kindern den Spaß nicht zu verderben, werde ich mitgehen."

Jan und ich klatschten in die Hände. Endlich tat sich etwas.

Gegen neun Uhr begaben wir uns tatsächlich geschniegelt und gestriegelt in die Kellerräume des Hotels, wo allabendlich den Gästen ein mehr oder weniger aktuelles Musikprogramm geboten wurde. Jans Backen glühten vor Aufregung.

„Yes Sir, I can Boogie", dröhnte gerade aus den Musikboxen, als Papa mit uns im Schlepptau zielstrebig einen Tisch in der Nähe der Tanzfläche ansteuerte. Großmutter verzog das Gesicht.

„Da wird man ja taub! Was kann man daran bloß finden?"

„Einfach Spitze!" Die Meinung meiner Großmutter teilte ich so gar nicht und wippte vergnügt im Takt der Musik. Die bunten Lichter, das leckere Getränk, Papa an meiner Seite – was könnte schöner sein? Auch die Tatsache, dass wir die einzigen Gäste waren, tat meiner Begeisterung keinen Abbruch.

Eine Weile nuckelten wir stumm an unseren Getränken. Eine Unterhaltung kam wegen des „Lärms", wie meine Großmutter die Musik nannte, nur schwer in Gang, und obwohl inzwischen zwei Frauen die Tanzfläche betreten hatten, die uns eine kostenlose Probe ihres Könnens lieferten, begann Jan sich zu langweilen.

„Lass uns lieber hoch gehen und Fernsehen gucken", brüllte er mir ins Ohr.

„Nee, ich find's toll hier, ich möchte noch bleiben", schrie ich zurück. Ich gedachte mich noch ein Weilchen an den lustigen Verrenkungen der beiden Hopfdohlen, wie Papa die Tänzerinnen eben getauft hatte, zu erfreuen.

In diesem Augenblick betrat ein junges Pärchen den Raum. Die hübsche Frau mit dem eng anliegenden schwarzen Samtkleid setzte sich an den Tisch neben uns, während der Mann sich um die Getränke bemühte. Sie schlug die Beine elegant übereinander und nahm eine Zigarette aus einem edel aussehenden Etui. Ganz Gentleman beugte mein Vater sich sogleich zu ihr hinüber und bot ihr Feuer an. Ein, wie ich später lernte, unter Erwachsenen gängiges Ritual, um Kontakt aufzunehmen und sein Gegenüber in ein unverfängliches Gespräch zu verwickeln. Sie blickte ihm tief in die Augen.

Bis die Getränke auf dem Nachbartisch standen, hatte mein Vater bereits die Seiten gewechselt und unterhielt sich angeregt mit der jungen Dame. Der dazugehörige Herr schien daran keinen Anstoß zu nehmen. Das fand ich einigermaßen merkwürdig.

Nachdem Papa sich nun am Nebentisch amüsierte, die Laune meiner Großmutter zusehends schlechter wurde und auch mein Bruder anfing zu quengeln, dass der nun genug von der Disco gesehen habe, erklärte ich mich bereit, das Feld zu räumen. Ich tippte meinem Vater auf die Schulter, in der Hoffnung, dass er mich auffordern würde, mich zu ihm zu setzen und noch ein Weilchen zu bleiben. Sein kurzes „Schlaf gut, Schätzken. Bis morgen" zeigte mir jedoch, dass meine Gegenwart überflüssig war und so trat ich brav den Rückzug an.

Morgen war schließlich auch noch ein Tag. Der Regen musste ja irgendwann nachlassen und Papas ungeteilte Aufmerksamkeit war mir sicher. Dachte ich.

„Na, ihr Langschläfer, auch schon aufgestanden?", begrüßte mein Vater uns am nächsten Morgen fröhlich. Er hatte bereits gefrühstückt.

„Das ist Susi, sagt mal schön guten Tag", dabei deutete er auf die junge Frau, die neben ihm am Tisch saß und in der ich die Samtkleid-Trägerin aus der Disco erkannte.

Freundlich nickte sie meinem Bruder und mir zu.

„Hallo ihr beiden, gut geschlafen?"

„Na ja, geht so", grummelte ich. „Papa, gehen wir heute Kutsche fahren?"

„Hm, das Wetter sieht nicht recht stabil aus", meinte Vater halbherzig.

„Aber die Wolken reißen doch hier und da schon auf. Und du hast gesagt, dass wir zu den Pferden gehen, sobald es nicht mehr regnet." Ich war überzeugt, dass Jan und mir, nachdem wir gestern klaglos im Zimmer ausgeharrt hatten, nun ein Belohnungsprogramm zustand. Ein Blick aus dem Fenster zeigte mir, dass ich im Recht war.

„Stimmt, du hast es versprochen", kam Jan mir zu Hilfe. Auch er schien keine Lust darauf zu haben, auf dem fadenscheinigen Teppich in unserem Zimmer mit seinen heiß geliebten Autos für den Rest des Tages wieder Karambolagen zu bauen.

„Versprochen hab' ich gar nichts. Und außerdem halte ich einen Ausflug in der Kutsche unter diesen Umständen für keine gute Idee. Jeden Moment kann es wieder anfangen zu regnen. Ihr könnt doch stattdessen mit Oma ins Kino gehen. Zu den Pferden können wir immer noch, wenn die Sonne scheint."

Weitere Einwände würden zu nichts führen, so gut kannte ich ihn immerhin.

„Aber …", setzte ich trotzdem zum nächsten Gegenargument an – so leicht wollte ich mich diesmal nicht geschlagen geben – als Jan mir fröhlich krakeelend ins Wort fiel:

„Hurra wir gehen ins Kino, hurra wir gehen ins Kino."

Damit war die Diskussion über die Art des nachmittäglichen Ferienprogramms endgültig beendet.

„Susi, kommen Sie mit Ihrem Mann denn auch mit? Das wäre doch nett", schaltete Großmutter sich nun erstmals in das Gespräch ein, wobei sie die junge Dame wohlwollend anlächelte.

„Oh nein, ich gehe nicht gern ins Kino. Und Thomas – der ist übrigens mein Bruder", antwortete diese und warf einen unsicheren Blick in Richtung meines Vaters.

„Geht ihr drei man schön alleine. Ich spiele mit Susi und Thomas Tennis. Im Kino schlafe ich immer ein und außerdem tut Bewegung dringend not" Papa klopfte sich auf seinen zugegebenermaßen deutlich erkennbaren Bauch.

Behagte meiner Großmutter diese Wendung auch gar nicht, sie ließ es sich nicht anmerken. Nie hatte sie sich offen in die Angelegenheiten ihrer Söhne eingemischt und so würde sie es auch in Zukunft halten. Die Kinder, die ihren Vater so lange entbehrt hatten, taten ihr von Herzen leid, aber Bert war schließlich erwachsen und sie hatte kein Recht, ihm vorzuschreiben, mit wem er seine Zeit zu verbringen hatte.

Die restlichen Ferientage liefen nach dem gleichen Muster ab. Papa sahen wir nur noch beim Frühstück. Das Wetter blieb schlecht und Spaziergänge mit Großmutter durch den kleinen Ort waren die einzige Abwechslung.

Ich war froh, als wir endlich unsere Koffer packten, um nach Hause zu fahren.

Susi sah ich zwar nie wieder, aber sie blieb noch viele Jahre ein unauffälliger Schatten meines Vaters. Er kaufte ihr ein Haus in der Nähe von München und besuchte sie regelmäßig. Lange hegte sie wohl die Hoffnung, dass er seine Frau verlassen würde, um mit ihr zu leben. Dass mein Vater mit ebendieser Frau noch ein zweites Kind, einen Sohn, bekommen hatte, erfuhr sie erst viel später. Wie vor Jahren meine Mutter, so betrog er nun auch Gitte mit einer Geliebten. Aber auch die Geliebte wurde schließlich zur Betrogenen, in einem Spiel, das keine der Frauen auf Dauer gewinnen konnte. Ich schwankte zwischen Mitleid und Verachtung. Warum ließen sie sich von ihm benutzen? Die Antwort war erschreckend einfach: Mein Vater war reich. Und er bekam immer, was er wollte. Zum ersten Mal zollte ich meiner Mutter Hochachtung für die Tatsache, dass sie ihn verlassen hatte. Sie hatte sich nicht von ihm kaufen lassen, war die Einzige, die ihm jemals die Stirn geboten und die Fähigkeit, mit erhobenem Haupt in einen Spiegel blicken zu können, einem sorgenfreien Leben im Luxus vorgezogen hatte. Ich war stolz auf sie.

– 12 –

Die 4. Klasse war fast vorüber. Ich hatte den Übertritt auf das Gymnasium geschafft, freute mich auf Latein und Geschichte und zog mich, sobald ich zu Hause war, nach wie vor in das kleine Zimmer zurück, das ich noch immer mit Jan teilte. Hier konnte ich ungestört stundenlang lesen, da mein Bruder sich meist draußen aufhielt, um mit seinen Freunden zu spielen. Entsprechend schlecht waren seine schulischen Leistungen. Meine Mutter schien das nicht zu stören. Auch meine Schullaufbahn interessierte sie nie wirklich. Glücklicherweise spornte mein Ehrgeiz mich dazu an, auch ohne einen Anstoß von Außen das Abitur anzustreben. Vernünftig wie ich war, wollte ich mir für später alle beruflichen Optionen offen halten.

„Was ist das wieder für ein Blödsinn? Das Mädchen soll auf die Hauptschule gehen und Verkäuferin werden!", polterte mein Vater los als Mama ihm eröffnete, dass ich im nächsten Schuljahr auf das Gymnasium gehen würde. Es war zu einer dieser seltenen Gelegenheiten, die er wahrnahm, um Jan und mich zu besuchen.

„Bert, das ist nicht dein Ernst", erwiderte meine Mutter sichtlich betroffen, „sie ist auch *deine* Tochter. Dir ist es völlig egal, was aus den Kindern wird – die Bezeichnung Vater hast du weiß Gott nicht verdient!"

„Deine Vorwürfe kannst du dir sparen. Meine Meinung werde ich wohl noch äußern dürfen, ohne dass ich mich sofort wieder beschimpfen lassen muss! Für eure Möglichkeiten ist das der einzig richtige Weg, das kannst selbst du nicht leugnen – oder willst *du* ihr etwa ein jahrelanges Studium finanzieren? Sie soll möglichst bald arbeiten gehen, damit ist allen Beteiligten am besten gedient." Papa lebte nach seiner eigenen bestechenden Logik. Darüber hinaus konnte er tatsächlich nichts Schlechtes an seinem Vorschlag finden, schließlich hatte *er* ja auch kein Abitur.

Trotzdem trafen mich seine Worte bis ins Mark. Ich hatte ein Lob für meine guten Leistungen erwartet und dann das. Ich war wütend. Die Väter all meiner Freundinnen hatten sich riesig gefreut, dass ihre Töchter so erfolgreich die Grundschule absolviert hatten und nun auf eine höhere Schule gehen konnten. Nur meiner nicht.

Langsam dämmerte mir, dass er mich nicht als *sein* Kind, sondern lediglich als Tochter meiner Mutter ansah. Er hatte nichts zu meiner Entwicklung beigetragen und konnte sich somit auch mit meinen Lorbeeren nicht schmücken. Meine Fortschritte hatten mit ihm rein gar nichts zu tun. Das ärgerte ihn maßlos. Und meiner Mutter gönnte er den Triumph nicht, dass *ihre* Kinder auch ohne seine Unterstützung erfolgreich ihr Leben meisterten. Es war nicht die letzte Gelegenheit, bei der mich diese Wahrheit wie eine Keule treffen sollte. Obwohl ich die Zusammenhänge blitzartig erfasst hatte, quälten mich immer und immer dieselben Fragen. Sie drehten ihre endlosen Runden in meinem Kopf wie die Autos auf einer Carrera-Bahn. Warum schaffte er es nicht, meine Mutter und mich als zwei eigenständige Wesen zu sehen? Was konnte ich dafür, dass sie sich von ihm getrennt hatte? Gab es vielleicht so eine Art Erbschuld, die ich mir durch ihren Weggang aufgeladen hatte? Warum war ich es nicht wert, dass in meine Zukunft investiert wurde? Was hatte *ich* ihm eigentlich getan? Zum ersten Mal mischte sich ein leise gärender Zorn in die vorbehaltlose Liebe, die ich trotz seines offensichtlichen Desinteresses an mir immer für ihn empfunden hatte.

Ich wollte nicht länger ein Spielball der Gemeinheiten sein, mit denen er meiner Mutter das Leben schwer machte und so beschloss ich, mich in Zukunft nicht mehr von seinen unqualifizierten Äußerungen herunterziehen zu lassen. Oder es wenigstens zu versuchen.

„Dem werd' ich's zeigen", sprach ich mir selbst Mut zu. Ich würde ihm beweisen, dass ich weit mehr konnte, als hinter einer Kasse zu sitzen oder Waren in Regale zu füllen. Nicht aus Geringschätzung für Mutters Arbeit wollte ich beruflich mehr erreichen als sie, vielmehr hatte ich erkannt, wie schwer es war, den eigenen Lebensunterhalt ohne eine gute Ausbildung zu bestreiten.

Damals habe ich mir geschworen, mich niemals von irgendjemandem abhängig zu machen. Diese frühe Einsicht sollte für mein späteres Leben sehr viel wichtiger sein, als ich zu jenem Zeitpunkt ahnen konnte.

– 13 –

Drei Jahre gingen ins Land. Mutter und Klaus spielten die Hauptrollen in ihrem eigenen kleinen Beziehungsdrama. Nachdem sie jahrelang exzessiv die heftigsten Auseinandersetzungen ausgefochten hatten, befanden sie sich nun in einer Phase der Entfremdung. Gemeinsame Unternehmungen an den Wochenenden wurden selten, worüber Jan und ich wahrlich nicht traurig waren. Klaus hatte irgendwann aufgehört, mich im Badezimmer zu besuchen und ließ mich auch sonst in Ruhe. Wahrscheinlich fürchtete er, mit meinem zunehmenden Alter auf massive Gegenwehr zu stoßen. Vielleicht hatte er auch außerhalb der Beziehung mit meiner Mutter jemanden gefunden, dem er all seine Aufmerksamkeit schenken konnte.

Wie dem auch sei, das Leben daheim war bis auf seine gelegentlichen verbalen Unflätigkeiten, die Mutter geflissentlich zu überhören pflegte, einigermaßen erträglich geworden. An alltäglichen Belanglosigkeiten, wie der Frage „welche Farbe soll unser neues Auto haben", nahm er immer weniger Anteil und die Kosenamen „Schäbige" und „Klapperzahn", mit denen er mich immer bedacht hatte, verschwanden aus seinem Repertoire.

Eines wunderschönen Tages stand er plötzlich mit einem Koffer in der Tür und verließ uns. Er hatte sich ein paar Kilometer entfernt eine Wohnung gemietet und war damit dem Drängen meiner Mutter nachgekommen, endlich das Feld zu räumen.

„Was sollen wir jetzt nur anfangen, wovon sollen wir leben?" Meine Freude über seinen Weggang wurde erheblich durch die Angst vor einer ungewissen Zukunft gedämpft.

„Ich habe alles im Griff, demnächst fange ich einen neuen Job an und werde mehr arbeiten. Mach' dir also keine Sorgen, Lisa. Es wird uns gut gehen" Meine Mutter war zuversichtlich.

Sie sollte Recht behalten.

Ein Jahr lang ging es mir so gut wie noch nie zuvor in meinem Leben. Ich bekam ein eigenes Zimmer, war am liebsten zu Hause und genoss die wunderbare neue Leichtigkeit des Daseins.

Die Schule machte Spaß, ich mochte meine Freunde, alles war fein.

Bis – ja, bis Knut kam.

— 14 —

„Ich habe jemanden kennengelernt", verkündete Mutter Jan und mir eines Abends, während sie nervös in den Bratkartoffeln auf ihrem Teller herumstocherte.

„Was meinst du damit? Du lernst doch dauernd Leute kennen. Etwa einen Mann?" Alarmiert hielt ich in der Belegung meines Wurstbrots inne. Sie hatte so einen merkwürdigen Ausdruck in den Augen. Die Sache gefiel mir ganz und gar nicht.

„Ja, einen Mann. Er hat mich zum Essen eingeladen. Übermorgen."

„Wieso willst du mit dem weggehen? Du hast doch uns. Reicht dir das denn nicht mehr?" Verständnislos blickte mein Bruder sie an.

„Wir haben es so schön, soll das vielleicht schon wieder vorbei sein?" Trotzig warf ich meine Serviette auf den Tisch. Der Appetit war mir gründlich vergangen.

„Meine Güte – nur weil ich einmal im Jahr ausgehen möchte, heißt das doch noch lange nicht, dass jemand bei uns einzieht. Ich bin noch jung und möchte mich auch mal wieder amüsieren. Nur Arbeit und Haushalt, mehr hatte ich in den letzten Jahren nicht. Gönnt ihr mir nicht einmal ein kleines bisschen Spaß?" Ihre anfängliche Unsicherheit war verschwunden. Sie redete sich förmlich in Rage, „alles, was ich will, ist doch eine kleine Abwechslung im täglichen Einerlei. Von meinen Kindern hatte ich wirklich mehr Verständnis erwartet."

Damit war fürs Erste alles gesagt. Natürlich ließ sie sich zum Abendessen ausführen. Meine anfängliche Hoffnung, dass es sich dabei um eine einmalige Veranstaltung handeln könnte, sollte sich leider nicht erfüllen.

„Der Herr, mit dem ich neulich ausgegangen bin, kommt am Samstag zu uns zum Essen. Ich möchte, dass ihr euch anständig benehmt. Kann ich mich darauf verlassen?", fragte sie keine zwei Wochen später.

„Wenn's sein muss", murmelte ich wenig begeistert. „Ich werd's versuchen. Wie heißt denn der Typ?"

Auch mein Bruder schäumte nicht gerade über vor Freude. Tadelnd fixierte meine Mutter uns mit ihrem „ich finde, ihr seid unmöglich" – Blick. Niemand konnte ohne Worte Unmut und Verachtung deutlicher zeigen als sie. Das Ziel einer derartigen Attacke zu sein, war mir ein Gräuel.

„Er heißt Herrmann. Knut Herrmann."

„Knut. Knuuuut. Was für ein komischer Name", gluckste Jan.

Mir lag ein ähnlicher Kommentar auf der Zunge, doch ich hielt ihn vorsichtshalber zurück als ich sah, dass sich auf Mutters Stirn bereits dunkle Gewitterwolken zusammenbrauten.

„Ihr könnt gerne am Wochenende bei Oma übernachten. Dann muss ich mich nicht mit euch herumärgern." Sie blitzte uns an.

Ich wusste, es war an der Zeit, einzulenken. „Nein, lieber nicht. Wir versprechen, brav zu sein. Ich möchte ihn gerne kennenlernen", säuselte ich versöhnlich. Nicht zuletzt deshalb, weil meine Großmutter mütterlicherseits mehr als anstrengend war und ich Knut Herrmann – im Moment jedenfalls – für das kleinere Übel hielt.

Samstagabend kam und wir standen alle drei herausgeputzt wie für den Opernball als Empfangskomitee an der Wohnungstür, um Herrn Herrmann (was für ein Zungenbrecher) gebührend zu begrüßen. Das Erste, was wir die Treppe heraufkommen sahen, war ein riesiger Strauß roter Rosen. Jan pfiff leise durch die Zähne, was ihm umgehend einen kräftigen Knuff in die Seite und Mutters berühmt-berüchtigten Reiß-dich-am-Riemen-Blick einbrachte.

„Ja schau mal an, alle miteinander, wie nett." Er drückte Mutter die Rosen in die Hand und sah ihr dabei für meinen Geschmack ein wenig zu lange in die Augen. Da war etwas zwischen den beiden, das meinen Bruder und mich nicht mit einschloss. Eine Vertrautheit, die mir unerklärlich war. Schließlich kannten sie sich erst seit kurzem und hatten sich erst einmal getroffen – oder sollte Mutter uns angeschwindelt haben? War mir vielleicht irgendetwas entgangen? In Gedanken versunken hatte ich nicht bemerkt, dass sich Herr Herrmann inzwischen mir zugewendet hatte.

„Lisa, was für ein schöner Name. So hieß die ältere Schwester meiner Mutter. Warum guckst du denn so nachdenklich? Schau, ich habe dir eine leckere Tafel Schokolade mitgebracht."

Mechanisch nahm ich die Schokolade entgegen.

„Danke." Sonst sehr gesprächig fehlten mir im Moment schlichtweg die Worte. Mutter war währenddessen mit ihren Rosen beschäftigt und redete fröhlich drauflos. So fiel meine ungewöhnliche Sprachlosigkeit wenigstens niemandem auf. Er folgte ihr in die Küche und ich wurde das Gefühl nicht los, dass an der ganzen Sache irgendetwas faul war. Sie verhielten sich wie zwei Kinder, die einen Streich ausgeheckt hatten. Ich beschloss, die beiden im Auge zu behalten.

Das Abendessen verlief friedlich. Jan und ich benahmen uns Mutter zuliebe vorbildlich, fielen uns ausnahmsweise weder an noch gegenseitig ins Wort und antworteten höflich, wenn wir angesprochen wurden. Herr Herrmann schien angenehm überrascht.

„Sagt mal, seid ihr denn immer so brav?", wandte er sich in seinem bayerisch anmutenden Dialekt an Jan und faltete seine Serviette zusammen.

„Meistens schon. Aber heute geben wir uns ganz besonders viel Mühe, weil Mama gesagt hat, dass ein älterer Herr zu uns kommt, der schlechte Manieren gar nicht leiden kann. Sie hat außerdem gesagt, dass sie mir den Popo versohlt, wenn ich frech bin. Das hat sie schon einmal gemacht. Mit einem Kochlöffel. Der ist dann dabei zerbrochen. Das war gar nicht schön, da bin ich dann doch lieber brav." Jan strahlte Herrn Herrmann mit seinen großen blauen Augen unschuldig an.

„Na, das sind ja raue Sitten hier. Und sooo alt bin ich auch wieder nicht." Herr Herrmann lachte wiehernd. Mutter schoss wütende Blicke in Jans Richtung, rang sich ein gequältes

Lächeln ab und murmelte etwas wie „was Kindern so alles einfällt."

Jan wollte gerade zu einer Antwort ansetzen, als ich ihn unter dem Tisch kräftig vor sein Schienbein trat. „Au", maulte er, „die blöde Ziege hat mich getreten." Bevor wir uns wie die Hyänen aufeinander stürzen konnten, was wir zum Leidwesen meiner Mutter zugegebenermaßen häufig taten, schrie sie dazwischen: „Okay, ab nach draußen, bis es dunkel wird." Sie wusste, dass sie uns nicht bremsen könnte, wenn wir ernsthaft eine Schlägerei anfingen und das wollte sie ihrer Neuerrungenschaft nicht schon am ersten Abend zumuten. Der würde uns noch früh genug kennenlernen.

Wir ließen augenblicklich voneinander ab, froh, der gezwungenen Atmosphäre, die am Tisch herrschte, entfliehen zu können. Und ab ging's lärmend und gar nicht gesittet nach draußen. Die Freunde waren längst versammelt, Länderball war angesagt. Weit unterhaltsamer als mit einem fremden, langweiligen Mann am Tisch zu sitzen und sich wohlerzogen zu geben.

Schade nur, dass ich nun keine weiteren Anhaltspunkte über die Art der Beziehung zwischen ihm und meiner Mutter sammeln konnte.

Gelegenheiten dafür sollte es allerdings in den folgenden Wochen noch öfter geben als mir lieb war.

Bereits einige Tage später hörte ich Mutter im Flur ins Telefon flöten: „Aber sicher Knut. Das ist eine tolle Idee. Die Kinder werden begeistert sein. Bis Sonntag dann!", damit legte sie den Hörer auf und drehte sich zu mir um.

„Lisa, stell' dir vor, der Knut hat ein großes Segelboot am Starnberger See und lädt uns drei am nächsten Sonntag dorthin ein. Ist das nicht furchtbar nett von ihm?"

„Ich wollte doch mit Moni und ihren Eltern Kutsche fahren", maulte ich. Die Vorstellung mit einem Langweiler und dem nervigen kleinen Bruder mein heiliges Wochenende zu verbringen, fand ich entsetzlich. „Geh' du doch mit Jan hin. Der findet das sicher interessant."

„Ich habe aber jetzt schon für uns alle zugesagt. Kutsche fahren kannst du doch immer mal wieder. Aber einen Törn auf einer Privat-Yacht – den gibt es nicht alle Tage! Manchmal verstehe ich dich einfach nicht. Wenn man mir als junges Mädchen so etwas geboten hätte … Aber für dich ist ja nichts gut genug, nie bist du zufrieden!"

Mutter sah endlich eine Möglichkeit, sich wieder standesgemäß zu positionieren und wollte sich diese unter keinen Umständen von mir vermasseln lassen, das war mir klar. Ihren Angriff auf meinen Charakter fand ich allerdings mehr als ungerecht. Und die affektierte Art, mit der sie das Wort „Törn" betonte, brachte mich auf die Palme.

„Ich bin sogar ausgesprochen zufrieden", antwortete ich wütend „*Ich* brauche nämlich keine Yacht, um glücklich zu sein. Aber weil *dir* das so imponiert, müssen alle mitspielen. Versucht man sich dagegen zu wehren, wird man beschimpft. Das ist total unfair!"

„Okay, wenn du es so siehst, dann tu es eben für mich. Ich habe mich weiß Gott in den letzten Jahren für euch krummgelegt. Jetzt hast du eine Gelegenheit, mir etwas zurückzugeben. Das ist doch wohl nicht zu viel verlangt." Die Ich-mach-dir-ein-schlechtes-Gewissen-Tour zog bei mir immer, das wusste Mutter nur allzu gut.

„Na schön", murrte ich, „dann sag ich der Moni eben ab. Aber ich hoffe, dass das nicht zur Gewohnheit wird."

„Brave Lisa-Maus, ich wusste, dass ich mich auf dich verlassen kann." Mutter drückte mir einen Kuss auf die Backe und verschwand eilig in ihrem Schlafzimmer, um ihren Kleiderschrank nach einem angemessenen Outfit für das große Ereignis am Sonntag zu durchforsten. Bestens gelaunt ließ sie den Rest der Woche an sich vorüberziehen und schien das Wochenende im Gegensatz zu mir kaum erwarten zu können. Ich konnte Boote nicht ausstehen, riss mich aber zusammen, um ihr die Freude nicht zu verderben.

Endlich hatte das Warten ein Ende.

Jan blickte aufgeregt auf den See „Und das große Schiff da vorne gehört wirklich Ihnen?" Er konnte sein Glück kaum fassen. Nie zuvor in seinem Leben war er auf einem Segelboot gewesen. Herr Herrmann dirigierte uns in das hölzerne Beiboot, mit dem wir zu der Yacht, die unweit des Steges an einer Boje vertäut lag, rudern sollten.

„Da schaust, Burli, was?" Mutters Verehrer war bester Laune. Stolz präsentierte er uns sein schwimmendes Kleinod. Selbst ich, die mir Schiffe ein Graus waren, konnte, nachdem er die große blaue Persenning abgenommen hatte, erkennen, dass die alte Holzyacht in einem Top-Zustand war. Aufgetakelt würde sie sicher einiges hermachen. Mutter war beeindruckt.

Wider meinen düsteren Erwartungen wurde es ein wirklich schöner Tag. Eine strahlende Sonne ließ die Wasseroberfläche funkeln. Ab und an zog in der Ferne ein Ausflugsdampfer vorbei, dessen Bugwellen die Yacht immer wieder kräftig schaukeln ließen. Wir Kinder jauchzten jedes Mal vor Begeisterung und schwammen stundenlang nach Herzenslust im See. Wagemutig tauchte Jan immer wieder unter dem Kiel des Bootes durch und strapazierte damit Mutters Nerven. Auch ich hatte bisweilen Sorgen, dass er irgendwo hängen bleiben und auf der anderen Seite nicht mehr ankommen könnte. Aber der Herrgott hatte ein Einsehen und Jan überstand seine nicht ganz ungefährlichen Aktionen ausnahmsweise einmal unbeschadet.

Flaschen wurden an Stricken ins Wasser gelassen, damit sie kühl blieben, Mutter hatte Unmengen von Schnittchen, Wienern und Kartoffelsalat für unser Abenteuer vorbereitet und die Mannschaft war entsprechend fidel. Herr Herrmann lachte beinahe bei jedem Satz, den Mutter von sich gab. Ständig wuselte er um sie herum. Ich beobachtete sein Treiben mit wachsender Sorge.

Jan war gespannt, wie es wohl sein würde, in dem schnittigen Boot über den See zu gleiten.

„Das sind ja riesige Masten, wann ziehen wir denn die Segel auf und fahren los?" Nach endlosen Tauchgängen müde geworden, ruhte er sich auf einer der beiden Pritschen in der kleinen Kajüte aus. Mit hinter dem Kopf verschränkten Armen genoss er das sanfte Schaukeln des Bootes.

„Burli, heute tun wir das nimmer. Es ist so aufwendig und braucht so viel Zeit, die großen Segel hochzuziehen, das lohnt sich nicht. Da müssen wir schon früher anfangen. Aber ich versprech' dir, das nächste Mal, wenn wir hier sind, dann takeln wir gleich morgens auf und segeln los. Vorher muss ich euch Landratten aber erst noch ein paar Instruktionen geben. Das große Schiff kann ich nicht alleine wenden." Knut räkelte sich auf der Bank und biss genüsslich in ein Schinkenbrot.

„Schade, ich hatte mich so gefreut. Mami hat gesagt, wir gehen segeln. Aber wir sind bloß geschwommen, jetzt kann ich meinen Freunden gar keine tollen Geschichten erzählen." Jan zog einen Flunsch.

„Sind wir etwa nicht auf einem Segelboot und hat das Schwimmen dir etwa keinen Spaß gemacht? Du hast gehört, was Herr Herrmann gesagt hat – wenn wir wieder hierher kommen, dann wird richtig gesegelt. Wenn du aber weiter so ein Gesicht machst, kannst du nächstes Mal zu Hause bleiben." Mutter war sauer und sah ihn grimmig an. Jan wusste, dass er schleunigst einlenken musste, um der angedrohten Strafmaßnahme zu entgehen. Mutter pflegte grundsätzlich zu ihrem Wort zu stehen – im Guten wie im Bösen.

„Das Schwimmen war wirklich ganz toll, hoffentlich dürfen wir bald wieder mitkommen", beeilte er sich deshalb anzumerken und lächelte Herrn Herrmann entwaffnend an.

„Aber gern, wir können gleich am nächsten Sonntag wieder herkommen, das heißt, wenn deine liebe Mutter das erlaubt." Fragend blickte er in Mamas Richtung. Er schien sich ihrer weniger sicher zu sein, als ich befürchtet hatte.

„Mal sehen, wir können ja noch telefonieren. Ich wollte am Wochenende eigentlich zu Mutti fahren." Überrascht sah ich von meinem Kartoffelsalat auf. Ich hatte gedacht, dass es für sie im Moment nichts Interessanteres gab, als ihre Freizeit mit Knut Herrmann zu verbringen. Der Ausflug zu Großmutter würde nicht mehr als einen Nachmittag in Anspruch nehmen. Theoretisch war also durchaus noch Luft für ein weiteres Treffen mit ihrem Verehrer. Ob sie schon wieder genug von ihm hatte? Das konnte ich mir kaum vorstellen. Schien er doch das zu verkörpern, was sie in den letzten Jahren so schmerzlich entbehrt hatte: ein gewisses Maß an Wohlstand und Sicherheit. Wahrscheinlicher war also, dass sie ihn ein wenig zappeln lassen wollte. Eine Frau musste schließlich umschwärmt und erobert werden. Mama hatte bezüglich der Beziehung zwischen Männern und Frauen sowieso ganz eigene und ausgesprochen altmodische Ansichten. Herr Herrmann würde sich anstrengen müssen, um ihren hohen Ansprüchen zu genügen und zu beweisen, dass er ihre Gunst auch tatsächlich verdiente. Ihm als Kavalier der alten Schule traute ich es allerdings zu, die schwere Aufgabe, die ihm da bevorstand, bewältigen zu können.

Im Moment konnte ich aber auf seinem Gesicht ablesen, dass die offensichtliche Zurückweisung durch meine Mutter ihn verletzte. Obwohl ich so gar keine Lust auf einen neuen lästigen Stiefvater hatte, tat er mir leid. Irgendwie war er ja ganz nett. Und im Gegensatz zu Klaus malträtierte er seine Umwelt nicht mit regelmäßigen Wutausbrüchen. Ein guter Grund also, für ihn eine Bresche zu schlagen.

„Ach komm, Mami, sag doch ja! Oma können wir auch am Samstag besuchen und dann haben wir am Sonntag Zeit, um mit Herrn Herrmann zu segeln", hörte ich mich auch schon sagen. Meine mitleidige Ader sollte mich noch oft im Leben Dinge tun lassen, zu denen ich selbst eigentlich überhaupt keine Lust hatte.

Verwundert sah Mutter mich an. Dass ausgerechnet ich Herrn Herrmann zu Hilfe kommen könnte, damit hatte sie nicht gerechnet.

„Ihr scheint euch ja bereits verbündet zu haben. Jetzt steht es drei gegen einen und ich muss mich wohl oder übel der Mehrheit beugen und dem Vorschlag zustimmen." Ein allzu großes Zugeständnis schien ihre Zustimmung für sie aber nicht zu bedeuten, wirkte sie doch den Rest des Nachmittages äußerst zufrieden und im Einklang mit sich und der Welt. Jan und Herr Herrmann strahlten um die Wette.

Der nächste Sonntag kam. Herr Herrmann holte uns schon früh morgens mit seinem geräumigen Ford ab, Taschen voller

Getränke und belegter Brötchen wurden eingeladen und wieder ging es hinaus an den Starnberger See.

Dort angekommen musste zunächst das Ruderboot zu Wasser gelassen werden. Es war in einem Bootshaus, das vor Spinnen jeglicher Art und Größe nur so wimmelte, untergebracht. Ich schüttelte mich. Wenn ich irgendetwas fürchtete und gar nicht mochte, dann waren es dicke schwarze Spinnen. Hier gab es reichlich davon. Schnell begab ich mich nach draußen auf den Steg und wartete, bis das Ruderboot zum Einstieg bereit war. Bevor es endlich losging und wir das große Schiff stürmen durften, machte Herr Herrmann uns ausführlich mit den Regeln vertraut, die auf einem aufgetakelten Segelschiff zu beachten sind. Jan folgte seinen Ausführungen voller Vorfreude und mit wachsender Begeisterung, während ich sie ziemlich öde und mehr als überflüssig fand. Unauffällig beobachtete ich meine Mutter. Sie zupfte an ihrem Kopftuch herum und schien dem Vortrag unseres Kapitäns ebenfalls ausgesprochen gelangweilt zu folgen. Insgeheim waren wir beide der Meinung, dass das Aufziehen der Segel und das Hantieren mit Stricken und Tauen, sowie das Bedienen des Steuerruders Männerarbeit ist. Wir gedachten nicht, uns in den aufwendigen Ablauf mit einzubringen. Immerhin stellten wir uns ja als dekorative Galionsfiguren zur Verfügung. Das musste genügen.

Endlich unterbrach der eloquente Herr Herrmann seinen Monolog und ruderte los. Er musste sich ganz schön anstrengen, um das reichlich beladene Holzboot vorwärtszubewegen. Nachdem wir an der Boje angelegt hatten und das Bötchen dort sicher befestigt war, schaukelten wir drei Landratten noch eine Weile auf den stärker werdenden Wellen gemütlich vor uns hin, während Herr Herrmann sich umsichtig an die Arbeit machte und die Persenning, die das Segelboot abdeckte, um es vor Verschmutzung und Wettereinflüssen zu schützen, entfernte. Bei den meisten anderen Schiffen war diese mit Vogelkot übersät. Nicht so bei Herrn Herrmann. Er hatte flatternde bunte Bändchen zwischen den Masten gespannt, um ebendiese ekelige Verunreinigung zu verhindern. Überhaupt war sein Boot das gepflegteste weit und breit. Nachdem die Persenning ordentlich verstaut war, durften Mama, Jan und ich an Bord kommen. Ich dachte, dass es nun bald losgehen würde. Weit gefehlt – bis Herr Herrmann mit Jans Hilfe die Segel aufgezogen hatte und alles so war, wie er sich das vorstellte, war es bereits später Vormittag. An Schwimmen war bei all dem Gewusel nicht zu denken. Mama und ich drückten uns erfolgreich vor jeglicher Art von Arbeit und standen ständig im Weg herum. Als ich schon fast nicht mehr damit gerechnet hatte, war es dann endlich so weit. Wir legten ab. Ich muss zugeben, es war schon ein tolles Gefühl, mit diesem schnellen und eleganten Schiff durch die Wellen zu pflügen. Nicht so erhaben wie ein Ausritt durch duftende Wälder und über blühende Wiesen, aber immerhin. Wir nahmen flotte Fahrt auf.

„Burli, zieh mal an der Strippe! Wir wollen wenden", rief Herr Herrmann meinem Bruder zu. Pflichtschuldigst riss Jan sogleich an irgendeinem Strick.

Ich sah noch wie Herr Herrmann, der sich am Heck zu schaffen gemacht hatte, von einem heransausenden Quermasten getroffen wurde, dann war er verschwunden.

„Mann über Bord", brüllte Jan auch schon lauthals.

„Was treibt ihr denn da? Wo ist Knut?" Mutter hatte vor sich hingedöst und war mit einem Schlag hellwach.

„Keine Ahnung, eben war er noch da", meinte ich ratlos.

„Der ist vom Boot gefallen, als wir versucht haben zu wenden", schrie Jan „Da hinten schwimmt er." Dabei deutete er auf einen blauen Hut, der in einiger Entfernung hinter uns auf dem Wasser trieb. Unter dem Hut tauchte plötzlich ein bekanntes Gesicht auf und brüllte „Wenden, ihr müsst WENDEN!" Der Anblick war unbeschreiblich komisch.

„Lisa hilf mir, ich kann das nicht alleine." Jan geriet in Panik.

„Ihr müsst irgendwas tun, wir segeln mit ziemlicher Geschwindigkeit auf das Ufer zu." Mutters lakonische Bemerkung gab mir den Rest. Ich prustete los.

„Wenden, schnell wenden, Jan zieh an der dünneren Strippe" Die Stimme, die über das Wasser zu uns herwehte, wurde leiser. Wir schipperten ungebremst weiter dem Badestrand entgegen. Bald würden wir auf Grund laufen. Ich war vor

Lachen völlig unfähig, irgendetwas zu unternehmen. Tränen kullerten über mein Gesicht.

„Ich kann nicht, ich kann einfach nicht, das ist ja nicht auszuhalten", japste ich mit Blick auf den immer kleiner werdenden Kommandos rufenden Hut hinter uns.

„Oh Gott, oh Gott, gleich sind wir am Ufer."

Mutter hatte den Ernst der Lage zwar inzwischen erkannt, wusste aber nicht so recht, an welchem Strick sie ziehen sollte, um das drohende Unglück abzuwenden.

„Mama, drück das Steuerruder nach rechts", Jan zog noch immer hektisch an irgendwelchen Tauen herum. Mutter setzte sich in Bewegung, packte das Ruder mit beiden Händen und schob es mit einem Ruck in die genannte Richtung. Und – wer hätte das gedacht – die Yacht änderte ihren Kurs, wir wendeten und wurden merklich langsamer. Mit einem Mal hingen die Segel schlaff an den Masten. Als wäre nichts geschehen schaukelte das große Boot nun harmlos auf den Wellen. Mein kleiner Bruder hatte es tatsächlich geschafft. Nicht auszudenken, was geschehen wäre, wenn wir das Schiff auf Grund gesetzt hätten.

Herr Herrmann schwamm währenddessen weiterhin unverdrossen hinter uns her. Mittlerweile war er so nah, dass man seine Gesichtszüge wieder deutlich erkennen konnte. Er wirkte ausgesprochen erleichtert.

„Ja sagt mal, Kinderchen, was war denn des für a Sach?", meinte er, als er uns endlich erreicht hatte und über die Badeleiter ins Boot kletterte.

„Schlecht, wenn ausgerechnet der Kapitän über Bord geht, aber es ist ja noch einmal gut gegangen", antwortete Mutter sarkastisch, „eigentlich hatte ich nicht vor, die Yacht bei unserem ersten gemeinsamen Törn sofort zu versenken."

„Ohne Jan wären wir gestrandet." Ich hatte mich wieder beruhigt und warf meinem Bruder einen anerkennenden Blick zu. In einer solchen Situation die Nerven zu behalten und das Kommando zu übernehmen hätte ich ihm nicht zugetraut. Zum ersten Mal sah ich in ihm nicht den kindlichen Clown, sondern einen ernst zu nehmenden Menschen.

Gemütlich tuckerten wir, durch den kleinen Bordmotor angetrieben, zur Boje zurück. Die Segel hatten wir vorsichtshalber eingeholt und auch in den kommenden Jahren vermied Knut Herrmann es tunlichst, ohne tatkräftige Unterstützung an Bord, beispielsweise in Form meines Onkels, wieder auf große Fahrt zu gehen. Ich kann es ihm nicht verdenken.

– 15 –

Mutters neuer Kavalier wurde immer mehr zu einem festen Bestandteil unserer Freizeitgestaltung. Ohne es zu merken, gewöhnte ich mich an ihn und nahm nicht länger Anstoß an seinen häufigen Besuchen. Er bemühte sich sehr darum, einen freundschaftlichen Kontakt zu Jan und mir aufzubauen und nahm sich immer viel Zeit, um sich mit uns zu unterhalten und unsere schulischen Erlebnisse zu teilen. Meinen anfänglichen Ressentiments zum Trotz gewann ich ihn fast lieb. Er war irgendwie anders als Vater Nummer eins und Vater Nummer zwei. Er schien sich tatsächlich für Jan und mich zu interessieren.

Wie selbstverständlich wurden Mutter und er zu einem eingespielten Team. So war ich auch nicht überrascht, als Mama sich eines Morgens feierlich an meinen Bruder und mich wandte.

„Knut hat mir einen Heiratsantrag gemacht. Wie findet ihr das?" Jan war sprachlos.

„Na ja, ich weiß nicht so recht. Wir hatten viel Spaß in letzter Zeit – aber müsst ihr denn gleich heiraten? Ich meine – warum kann es denn nicht so bleiben, wie es ist? Und überhaupt wo sollen wir dann wohnen?", äußerte ich skeptisch.

„Um deine Frage zu beantworten – leben würden wir bei ihm. Es wäre doch toll, in einem eigenen Haus mit großem Garten zu wohnen, oder? Ich hätte endlich wieder ein separates Schlafzimmer und ihr könntet toben und so laut Musik hören, wie ihr wollt! Allerdings habe ich darüber hinaus auch einige Bedenken. Nach der Pleite mit eurem Vater hatte ich mir geschworen nie wieder zu heiraten. Ich bin ziemlich hin- und hergerissen im Augenblick." Mutter wirkte unsicher.

„Großes Haus? Mag sein. Aber liebst du ihn denn? Er ist fast 20 Jahre älter als du – sicher, jetzt ist das noch kein Problem. Aber überleg mal, wenn du 60 bist, ist er 80. In einem Alter, in dem du noch fit und voller Tatendrang bist, wirst du einen alten Mann pflegen müssen – egal wie jung er heute auch wirken mag. Ich persönlich habe nichts gegen Knut. Meinetwegen können wir auch in sein Haus ziehen, ich hab' es zwar noch nicht gesehen, aber es ist sicher schön. Entscheiden musst du trotzdem selbst, das kann dir keiner abnehmen. Lass' dir lieber ein bisschen Zeit mit deiner Antwort." Ich mochte Knut, den wir inzwischen duzen durften, zwar gern, der große Altersunterschied aber machte mir Sorgen. Erst der 13 Jahre jüngere Klaus, jetzt der 19 Jahre ältere Knut. Verdammt, warum konnte Mutter sich nicht einmal einen Mann suchen, der altersmäßig in ihrer Liga spielte?

„Mir ist egal wie du dich entscheidest. Ich würde gerne hierbleiben, weil hier meine Freunde sind. Aber ein großes Haus wäre auch klasse. Und Knut ist okay. Tu' einfach, was du für richtig hältst." Wie üblich hatte Jan zu den elementaren Fragen des Lebens keine Meinung. Er nahm alles, wie es kam, und schaffte es, dabei stets bester Laune zu sein. Wie glühend ich ihn um diese Gabe und um sein sonniges Gemüt beneidete.

„Du hast Recht, Lisa. Ich werde mir mit der Antwort noch ein wenig Zeit lassen. Schließlich drängt mich ja niemand. Aber ehrlich gesagt – finanziell gesehen würde ich mich durch eine Ehe mit Knut viel besserstellen."

Ich hatte befürchtet, dass dieser Punkt für ihre Entscheidung den Ausschlag geben könnte. Wenn ich diese Sicht der Dinge auch nicht gerade romantisch fand, konnte ich doch verstehen, dass sie sich bei dem kleinen Einkommen, das sie als Verkäuferin erwirtschaftete, um ihre Zukunft, vor allem um ihr Alter, sorgte. Die Rentenansprüche, die sie in der Zeit vor meiner Geburt angesammelt hatte, hatte sie sich ausbezahlen lassen, als mein Vater sein erstes 24-Familien-Haus baute (damals war das dummerweise noch möglich gewesen). Ihr ganzes Geld war damit in sein Projekt geflossen und auf Nimmerwiedersehen verschwunden. Ganz nüchtern betrachtet hatte Mutter, sofern sie nicht bis zu ihrem letzten Atemzug arbeiten wollte, gar keine andere Wahl, als wieder zu heiraten und sich dadurch für ihr Alter finanziell abzusichern. Die Frage war nur, ob Knut Herrmann jenseits dieser Überlegungen, die vornehmlich um den schnöden Mammon kreisten, tatsächlich der Richtige war. Würde Mutter andererseits aber überhaupt noch einmal so eine Chance bekommen? Obwohl noch immer erfreulich attraktiv, die magische 40 hatte sie überschritten und zwei pubertierende Halbstarke am Rockzipfel, dazu ihr eigenes, ausgesprochen eigenwilliges Wesen – diese Rahmenbedingungen erhöhten ihren Marktwert nicht gerade.

Darüber hinaus war ich ehrlich davon überzeugt, dass Knut auch nicht schlimmer sein konnte als die anderen Männer, die im Leben meiner Mutter eine Rolle gespielt hatten, seitdem ich auf der Welt war. Ganz im Gegenteil. Er war neulich sogar mit mir auf ein Rock-Konzert gegangen. Styx. Mein erstes Livekonzert. Und er hatte sich trotz seines fortgeschrittenen Alters tapfer gehalten. Es sollten noch weitere Veranstaltungen dieser Art folgen: Erst AC/DC, dann Pink Floyd in der Dortmunder Westfalenhalle. Das war sogar seine Idee gewesen. Damit hatte er endgültig meine Stimme für sein Projekt Hochzeit gewonnen. Als eine Vaterfigur, mit der man durch dick und dünn gehen konnte, so hatte er sich uns unermüdlich über Monate hinweg präsentiert. Solange kann sich kein Mensch verstellen, dachte ich. Wie sollte ich mich doch täuschen.

– 16 –

Mutter entschied sich schließlich dafür, dem Drängen ihres Kavaliers nachzugeben und einer Heirat zuzustimmen. Welcher Punkt letztlich den Ausschlag gegeben hatte, ist mir nie so ganz klar geworden. Ihr selbst wahrscheinlich auch nicht. Ich denke, es war zum einen die verlockende finanzielle Sicherheit und zum anderen die Tatsache, dass Knut mit Jan und mir so gut zurechtkam. Natürlich hatte sie ihn gern, aber Liebe … die war, jedenfalls was sie anbelangte, wohl eher nicht im Spiel.

Das Pendel hatte also zu seinen Gunsten ausgeschlagen, als hinderlich erwies sich allerdings der Umstand, dass Knut sich zu diesem Zeitpunkt noch im Stand der Ehe befand. Seit Jahren bereits getrennt lebend vertrat er die Meinung, dass es nur eine Formsache sei, die Scheidungsurkunde ausstellen zu lassen. Als ganz so einfach erwies sich die Geschichte dann aber doch nicht. Seine Ex-Frau kämpfte mit harten Bandagen und Knut ließ finanziell kräftig Federn: Die Hälfte seiner lebenslang hart erarbeiteten Renten- und Pensionsansprüche war schlagartig weg. Ebenso sein gesamtes Barvermögen, das zugegebenermaßen so groß nicht gewesen war. Damit verkörperte er bei weitem nicht mehr die gute Partie, die er bislang so selbstbewusst zur Schau getragen hatte.

Meine Mutter heiratete ihn trotzdem. Und so zog ich mit 14 Jahren an der Schwelle zur wildesten Phase der Pubertät aus unserer gemütlichen 90 qm – Wohnung in das düstere Haus meines neuen Stiefvaters Knut Herrmann.

Es sollte eine für alle Beteiligten unvergessliche Zeit anbrechen.

„Was ist denn das für ein langes Ding da unter dem Fenster, Sir?", meine Mutter deutete auf den in meinem neuen Zimmer an der Wand liegenden Segelmasten. Der Umzug war in vollem Gange. Aus Hella und Knut waren nun Schatze und Sirli geworden und die beiden turtelten seit ihrer unspektakulären Hochzeit vor einem Monat ununterbrochen miteinander herum. Ich fand das Getue peinlich.

„Der wird die Lisa sicher nicht stören, er nimmt ja kaum Platz weg. Ich weiß nicht, wo ich ihn sonst unterbringen könnte." Für Knut war das Thema damit erledigt. Das Haus gehörte schließlich ihm und wir mussten uns eben irgendwie um seinen Kram, der überall verstreut lag, herum platzieren.

„Das kommt überhaupt nicht infrage! Lisas Zimmer ist Lisas Zimmer und deine Sachen musst du dann halt woanders hinräumen. *Du* wolltest doch, dass wir hier einziehen. Jetzt mach' gefälligst Platz für uns – und nimm die Zeitungen gleich mit!" Damit meinte Mutter einen etwa eineinhalb Meter hohen Stapel Yacht-Magazine, den Knut ebenfalls in meinem Zimmer zu belassen gedacht hatte. Um langwierigen Diskussionen mit seinem bisweilen ausgesprochen dickköpfigen Schatze zu entgehen, fügte er sich diesmal überraschend klaglos und sowohl Segelmast als auch Zeitungen verschwanden postwendend aus meinem Dunstkreis.

Der niedrige Raum, den ich ab sofort mein Eigen nennen durfte, drückte vom ersten Tag an schwer auf mein Gemüt. Vom Eingangsbereich im Parterre aus kommend musste man in den Keller hinuntersteigen, um ihn zu erreichen. Da das Haus am Hang lag, hatte er zwar ein richtiges Fenster, nichts ließ jedoch einen Zweifel daran aufkommen, dass man sich tatsächlich auf dem Weg in den Keller befand, sobald man die erste einer Reihe von schmalen, sich nach unten windenden Stufen erreicht hatte. Der Gang war eng, die Wände klamm und gegen die Feuchtigkeit mit wasserfester Farbe gestrichen. Selbst im Sommer überlief mich ein Frösteln, sobald ich die Treppe betrat, die zu meinem Zimmer hinab führte. Selbst der neu verlegte Teppichboden vermochte hier keine Spur von Behaglichkeit zu vermitteln, er wirkte merkwürdig deplatziert.

War das Ende der Treppe erreicht, fand man sich in einer Art unterirdischer Diele wieder, von der mehrere Türen abgingen – unter anderem auch diejenige, die zu meinem Reich führte. Direkt gegenüber befand sich der nach Öl stinkende Heizungsraum, daneben die Waschküche. Kurz und gut – nicht gerade die Art von Ambiente, die sich ein seelisch labiler Teenager heimlich erträumt.

Der Blick nach draußen war ebenfalls nicht dazu angetan, meine angeschlagene Stimmung zu heben. Vor dem vergitterten Fenster, das sich in einer Höhe von etwa fünfzig Zentimetern über dem Erdboden befand, zog sich entlang der Hausmauer ein schmaler Kiesweg. Er endete abrupt vor einem Dutzend verwitterter Treppenstufen, welche wiederum in den auf einem höheren Niveau befindlichen Rasen mündeten. Hinter dem kleinen Weg vor meinem Fenster fiel das Grundstück steil ab. Eng stehende Bäume verhinderten erfolgreich, dass das Tageslicht bis in meine Kemenate vordringen konnte. Den alten Baumbestand mag ein Unbeteiligter als grandiosen Anblick empfunden haben, für die geplagten Hausbewohner hielt er jedoch nichts als Dunkelheit bereit, die sich wie ein Mantel über sie legte. Nie erreichte auch nur ein einziger Sonnenstrahl die kühle Gruft, in der ich nun lebte. Ich fühlte mich wie eine Kellerassel – ausgesetzt in einem düstern Verlies und für alle Zeit getrennt von einer lichten Welt, zu der ich von meiner Zelle aus keinen Zugang mehr finden konnte.

Weit schlimmer noch als Kälte und Finsternis aber waren die Spinnen, die hinter jedem Rohr und in jeder Ritze der alten Mauern lauerten. Mein Zimmer schienen sie besonders zu mögen. Vielleicht lag das an der grün gemusterten Tapete, die ein gewisses Urwald-Gefühl erzeugte. Vor dem Fenster hatte Knut mir ein Fliegengitter angebracht, von draußen konnten meine haarigen Freunde demnach nicht kommen. Wahrscheinlich krabbelten sie von der Waschküche aus fröhlich unter der großen Ritze meiner grau gestrichenen, etwas altertümlich anmutenden Zimmertür hindurch, um mich zu allen Tages- und Nachtzeiten erschrecken zu können. Seltsamerweise hatte Jan das Problem nicht. Sein kleines Zimmer, das eher an eine Besenkammer erinnerte, lag direkt neben dem Meinigen. Ich hörte ihn aber nie über derartige Invasionen klagen. Vielleicht fielen ihm die Zimmergenossen auch deshalb nicht auf, weil er seine Nachmittage nur selten zu Hause verbrachte.

Wie dem auch sei, die schwarzen Krabbeltiere begannen mir Albträume zu bereiten. Mein Bett hatte ich ein Stück von der Wand abgerückt, in der Hoffnung, sie auf diese Weise daran hindern zu können, nachts zu mir unter die Decke zu kriechen. Vor dem Schlafengehen pflegte ich den Bettrahmen noch einmal ruckartig und so fest ich konnte gegen die Mauer zu drücken. Mehr als einmal zerquetschte ich auf diese Weise einen unerwünschten Besucher.

Ich gewöhnte mir an, meine Decke bis zur Nasenspitze zu ziehen und meinen Körper so einzuwickeln, dass er hermetisch abgeschirmt war.

Immerhin blieb mir die Erfahrung, eines morgens aufzuwachen und einen achtbeinigen Gesellen auf meinem Kopfkissen neben meinem Gesicht sitzen zu sehen, erspart.

Die Zeit floss zäh dahin. In den Ferien unternahmen wir nicht mehr viel. Fury war gestorben und mit Klaus hatten wir kaum noch Kontakt. Der Gutshof der Hegenbachs kam somit als Reiseziel nicht mehr infrage. Auch das Verhältnis zu meinem Vater war seit unserem verunglückten Österreich-Aufenthalt merklich abgekühlt. Ihn zu Hause zu besuchen, um dann Tag für Tag seine Baustellen mit ihm abklappern zu dürfen, fand ich längst nicht mehr so erstrebenswert wie früher. Er selbst pflegte sich mit seiner Familie Urlaub auf Mallorca oder Gran Canaria zu gönnen. Jan und mich hat er nicht ein einziges Mal gefragt, ob wir Lust hätten, ihn zu begleiten. Obwohl er häufig in München war, um seiner Freundin Susi einen Besuch abzustatten, sah ich ihn nur noch selten.

Hobbys standen nicht zur Debatte. Das Reiten hatte ich aufgegeben und selbst das Lesen bereitete mir keinen Spaß mehr. Der einzige Ersatz dafür wurde die Musik. Zu Mutters großem Entsetzen ausgerechnet Hard Rock.

Eines Tages kaufte ich mir von meinem ersparten Geld eine Elektro-Gitarre und einen Peavey-Verstärker. Da ich zu faul war, mühselig Noten zu erlernen, besorgte ich mir das Gitarrenbuch von Peter Bursch – es hatte den unschätzbaren Vorteil, dass die Griffe hier aufgezeichnet waren und man keine einzige Note kennen musste, um einen Song nachzuspielen.

Ohne jemals das Instrument auch nur ansatzweise zu beherrschen, befand ich mich in der glücklichen Lage, mein Nichtkönnen durch Lautstärke zu kompensieren und quälte damit ebenso genüsslich wie regelmäßig meine Umwelt. Meine Busenfreundin Tanja hatte ähnlich eingeschränkte Interessen wie ich und von ihrem Vater einen Synthesizer zu Weihnachten bekommen. Wir beschlossen kurzerhand, eine Band zu gründen. Da wir allerdings über die ersten Akkorde von „Smoke on the water" und „Locomotive Breath" nie hinauskamen, war der Traum vom aufregenden Leben als Rockstar ziemlich schnell wieder geplatzt. Mit null Bock auf gar nichts war es ausgesprochen schwierig, überhaupt in irgendetwas einen Sinn zu sehen. Schon morgens aufzustehen bedeutete eine mittlere Herausforderung für mich. Darüber hinaus auch noch die Motivation aufzubringen, Schritt für Schritt ein Instrument zu erlernen, war mir in dieser Zeit der allgemeinen Antriebslosigkeit schlichtweg nicht möglich. Mein früherer Ehrgeiz war völlig erloschen. So kämpfte ich ohrenbetäubend und dilettantisch gegen meinen Frust über die eigene Unfähigkeit und das Leben an sich an. In der Schule hangelte ich mich merkwürdigerweise noch immer einigermaßen erfolgreich durch, wobei ich beinahe wöchentlich den Unterricht schwänzte und in jeder freien Minute Heavy-Metal-Klängen lauschend in meinem Zimmer abhing. Die Livekonzerte meiner Lieblingsbands wurden zu den Ereignissen, denen all mein Sinnen und Trachten galt. Diese Augenblicke schienen mir die einzigen Momente zu sein, für die es sich zu leben lohnte. Meine Welt schrumpfte auf das Format meiner Deep Purple und Kiss-Poster zusammen.

Die Kommunikation mit meiner Mutter und Knut wurde immer schwieriger. Seitdem wir in seinen heiligen Hallen Einzug gehalten hatten, schienen Jan und ich auch für Vater Nummer drei nur noch unwillkommenes Beiwerk zu sein. Er wollte meine Mutter und hatte sie bekommen, jetzt musste er dummerweise noch ein paar Jahre mit den lästigen Errungenschaften leben, die eine Ehe mit seinem geliebten Schatzele so mit sich brachte. Keine Rede mehr von gemeinsamen Ausflügen. Keine lustigen Sit-ins in meinem Zimmer, um die Situation im Allgemeinen oder meine Gemütslage im Besonderen zu diskutieren. Alles Schnee von gestern. Mit dem Ziel vor Augen, meine Mutter zu erobern, war Knut kein Sitzkissen zu hart und kein Teetischchen zu klein gewesen, um in meinem Zimmer auf dem Fußboden hockend Eindruck auf mich zu machen. Nun war der Weg in den Keller allein der Überprüfung der Ölheizung vorbehalten, ein Abstecher in meinem Zimmer war nicht drin. Wozu auch? Wir hatten uns nichts mehr zu sagen.

Auch zu Jan fand ich über den all-abendlichen Streit am Essenstisch hinaus keinen Kontakt. Innige geschwisterliche Gefühle hatten wir wahrlich nie füreinander gehegt, aber nun schienen unsere Wege vollends auseinander zu gehen. Man traf sich nur noch zu den Mahlzeiten. Die Themen, die uns bewegten, konnten unterschiedlicher kaum sein. In meinen Augen blieb er der nicht Ernst zu nehmende kleine Bruder, der sich für nichts außer Fußball und Autos interessierte. Tag für Tag war er mit irgendwelchen Freunden unterwegs – was er die ganze Zeit trieb, war mir schleierhaft. Mit Schule und Hausaufgaben jedenfalls hatte er nach wie vor nichts im Sinn. Meine Mutter ließ ihn gewähren – und als logische Konsequenz für sein mangelndes Engagement, nur die Hauptschule besuchen. Mir war vollkommen unverständlich, warum sie sich so gar nicht um seine Ausbildung kümmerte. Nie zwang sie ihn zum Lernen. Von der ersten Klasse an bestimmte er selbst, wann er etwas tat oder eben auch nicht. So quälte er sich von einer Klasse zur nächsten und hatte als einziges Ziel vor Augen, den Schulalltag, der ihn von den wirklich interessanten Dingen des Lebens abhielt, möglichst schnell hinter sich zu bringen.

– 17 –

Während ich auf die Zustände in meiner Familie zunehmend mit innerem Rückzug reagierte, hatte ich unbemerkt ein Alter erreicht, in dem Jungs nicht mehr nur für eine Schlägerei auf dem Schulhof gut waren.

Das Skilager, meine erste große Klassenfahrt, stand kurz bevor. „Eigentlich habe ich nicht die geringste Lust mit euch Chaoten auch nur quer über ein Fußballfeld zu spazieren", meinte unser Klassenlehrer Herr Eisenberg, „aber es wird mir wohl nichts anderes übrig bleiben, als das Ding mit euch durchzuziehen. Es wäre mehr als wünschenswert, wenn ihr wenigstens versuchen würdet, euch während unseres gemeinsamen Aufenthaltes im Ferienheim einigermaßen zusammenzureißen."

Ich konnte mir lebhaft vorstellen, wie ihm zumute war. Allein der letzte gemeinsame Wandertag war in einem Fiasko geendet. Herr Eisenberg, seines Zeichens Anhänger der Hippie-Bewegung und von antiautoritärer Gesinnung, hatte nach dem Ausflug noch einige meiner Klassenkameraden zu sich nach Hause eingeladen. Ein fataler Fehler, wie sich herausstellen sollte. Seine durchaus ehrbare Absicht war wohl gewesen, zu den Rüpeln unter den Jungs ein besseres, ja vielleicht sogar freundschaftliches Verhältnis aufzubauen. Der Schuss ging leider nach hinten los. Meine frühreifen Klassenkameraden hatten mit ihren 14 Jahren seine Hausbar geplündert und dann fröhlich grölend den Heimweg angetreten. Dass dadurch ein Dutzend ernsthaft erboster Eltern auf den Plan gerufen wurde, ist kaum verwunderlich. Herr Eisenberg konnte, nachdem der Schuldirektor mit ihm fertig war, noch von Glück sagen, dass er nicht kurzerhand vom Dienst suspendiert wurde. Wahrscheinlich aber wäre das im Verhältnis zu dem Psychoterror, dem er seit dem verhängnisvollen Besäufnis durch meine Klassenkameraden ausgesetzt war, noch die geringere Strafe gewesen. Der Deutsch-Unterricht fand in diesem Jahr jedenfalls nicht mehr statt. Herr Eisenberg stand in der Regel 45 Minuten an seinem Pult und leierte ohne Pause wie eine springende Schallplatte: „Setzt euch endlich hin. Peter halt den Mund. Könnt ihr nicht endlich mal ruhig sein. Verdammt, seid still! Ich kann mein eigenes Wort nicht verstehen. SEBASTIAN, halt die Klappe! Hört mir doch einmal zu …" Auch der Einsatz eines Vertrauenslehrers erwies sich als zwecklos. Das Chaos tobte weiter. Für sich genommen war jedes einzelne Mitglied unserer Klasse vielleicht erträglich, alle zusammen aber ergaben wir einen verhängnisvollen Cocktail.

Obwohl Herr Eisenberg mir fast ein wenig leidtat, fand ich die unverhofften Freistunden eigentlich ganz angenehm, war Deutsch doch nie eines meiner Lieblingsfächer gewesen. Neben meiner Freundin Tanja in der letzten Reihe sitzend, pflegte ich meist stumm den Irrwitz um mich herum zu beobachten und vom nächsten Rock-Konzert zu träumen. Außerhalb der Schule hatte ich zu meinen Klassenkameraden wenig Kontakt. Sie fielen in meinen Augen in die Kategorie „Popper" und waren für mich als eingefleischten Rock-Fan damit nicht nur unsichtbar, sondern als Umgang schlichtweg undiskutabel. Diejenigen, die nicht der Popper-Fraktion angehörten, nahm ich ob ihres überdrehten Verhaltens nicht für voll und verzichtete dankend auf gemeinsame Freizeitgestaltung. Der bevorstehenden Klassenfahrt sah ich deshalb mit eher gemischten Gefühlen entgegen.

Als der Tag der Abfahrt gekommen war, bestiegen fast alle Beteiligten bestens gelaunt den Reisebus. Eine Ausnahme bildete Herr Eisenberg – seine Gemütslage war so düster wie dieser trübe Februar Morgen. Ihm schwante nichts Gutes. Um ihm bei seiner schweren Aufgabe beizustehen und die Veranstaltung nicht aufgrund von Alkoholmissbrauch oder anderen Ausschweifungen vorzeitig abbrechen zu müssen, waren zwei weitere Lehrer eingeteilt worden, wohl in der Hoffnung, uns einigermaßen bändigen zu können. Beide galten als humorlos und ließen im Ernstfall nicht mit sich spaßen. Dass sie auf diese Art von Überstunden wenig Lust hatten, ließen sie sich jedoch zunächst nicht anmerken.

Der Bus hatte gerade unseren Heimatort verlassen, als mir von hinten ein zusammengefaltetes Zettelchen zugesteckt wurde. Ich öffnete es. Die Schrift war mir unbekannt und der Inhalt ließ mich einigermaßen verwirrt zurück. Neugierig beugte sich Tanja, die natürlich neben mir saß, über meine Schulter, um die Botschaft besser lesen zu können.

„Hey, das ist nur für mich gedacht" Schnell steckte ich den Zettel in die Hosentasche.

„Schau mal einer an, wer hätte das denn gedacht?", gluckste Tanja. Sie hatte den Inhalt offensichtlich erspäht. Ich hätte ihr am liebsten eine Ohrfeige verpasst. Es gab Dinge, die sie einfach nichts angingen. Wir wurden schon die eineiigen Zwillinge genannt, weil wir ständig zusammenhingen und uns ähnlich kleideten. So langsam fiel mir das auf die Nerven. Und nun las sie auch noch Briefe, die exklusiv für meine Augen bestimmt waren.

„Kannst du dich nicht um deinen eigenen Kram kümmern? Nur weil für dich niemand Interesse zeigt, musst du dich doch nicht ständig an mich hängen!" Wenn ich wütend wurde, schoss ich in letzter Zeit schnell über das Ziel hinaus und ärgerte mich nicht selten später darüber. Auch dieses Mal war mein Kommentar weit verletzender ausgefallen, als ich eigentlich beabsichtigt hatte. Zu spät. Ich biss mir auf die Unterlippe. Tanja drehte sich, wie zu erwarten gewesen war, beleidigt herum und zeigte mir für den Rest der Fahrt ihren Rücken.

Ich seufzte und nahm den kleinen Brief noch einmal zur Hand. Wieder und wieder las ich die kurze Nachricht, die zwischen Unmengen von gemalten Herzchen platziert war:

„Ich finde dich total nett. Willst du mit mir gehen? Tobias."

Ausgerechnet der schmächtige kleine Brillenträger Tobias Heller. Dass er es ernst meinte, daran war nicht zu zweifeln. Im letzten Schuljahr hatte er keinen Hehl aus seiner Vorliebe für unsere niedliche Klassenkameradin Helena gemacht und sie stundenlang während des Unterrichts angestarrt. Dabei zuckte er immer so merkwürdig ruckartig mit dem Kopf. Sein Getue hatte ich irgendwo zwischen „peinlich" und „albern" eingeordnet und mich mit Tanja nicht selten über ihn lustig gemacht. Aufgrund ihrer schlechten Leistungen war Helena aber dann unglücklicherweise durchgefallen und der Rest der Klasse hatte vermutet, dass Tobias in seinem Schmerz um die verlorene Liebe und aus Solidarität zu ihr ebenfalls eine Ehrenrunde drehen würde. Er tat es nicht.

Stattdessen hatte er nun offensichtlich beschlossen, nicht weiter Trübsal zu blasen und sich ein neues Objekt der Begierde zu suchen. Meine Begeisterung über seine Wahl hielt sich in Grenzen. Für meinen ersten Liebesbrief hatte ich mir wirklich einen anderen Absender erhofft. Einen richtigen Mann. Nicht so ein Würstchen. Dem würde ich schnellstens den Wind aus den Segeln nehmen. Nicht auszudenken, dass jemand glauben könnte, dass ich an *dem* interessiert wäre. Als würde ich keinen Besseren bekommen können. Pah. Allerdings – immerhin hatte ich nun wenigstens *einen* Verehrer. Tanja hatte nämlich gar keinen. Das war noch schlimmer. Vielleicht sollte ich Tobias eine Weile hinhalten, um mich in seiner Schwärmerei zu sonnen? Nachdenklich wägte ich die Folgen meiner Reaktion auf diese schicksalhafte Eröffnung ab.

Im Bus wurde unterdessen lauthals Pink Floyds „Another Brick in the Wall" mitgegrölt.

„We don't need no Education" – Roger Waters hatte wohl eine Eingebung gehabt, als er diese Zeilen verfasste. Nirgends schienen sie zutreffender zu sein als für meine Klasse. Der Song lief in einer Endlosschleife und die Stimmung wurde immer ausgelassener. Ich war neugierig, wie lange die Lehrer wohl noch stillhalten würden. Bevor die Situation aber endgültig aus dem Ruder lief und es schon vor unserer Ankunft Ärger geben konnte, rollte der Bus auf den Parkplatz vor unserer Pension im österreichischen Stertzing und kam zum Stehen. Möglichst unauffällig warf ich einen Blick auf die Sitzreihen hinter uns. Da stand er, der kleine Tobias, und strahlte mich mit seiner Zahnspange an. Jetzt bloß cool bleiben. Würdevoll und ohne eine Miene zu verziehen, nickte ich ihm zu. Ich hatte mich entschieden. Ich würde ihm noch heute mitteilen, dass er zwar ganz nett sei, für mich allerdings als Freund nicht infrage kam.

Es würde sich schon ein neuer Verehrer finden, durch dessen Aufmerksamkeit ich mein Selbstwertgefühl ein wenig aufpolieren konnte – schließlich war mein Äußeres wie ich mir eingestand gar nicht so übel. Aus der Schäbigen war inzwischen zwar kein Schwan, aber immerhin ein Perlhuhn geworden.

Nach dem Abendessen durften wir im Aufenthaltsraum noch Musik hören. Hier und da wurde getanzt. Tobias warf mir immer wieder fragende, leicht sehnsüchtige Blicke zu. Er schien auf eine Reaktion meinerseits zu warten. Höchste Zeit also, falsche Hoffnungen im Keim zu ersticken und dem Ganzen ein Ende zu bereiten.

„Komm doch mal bitte mit raus." Ich war von hinten an ihn herangetreten und tippte ihm auf die Schulter. Mit erhobenem Haupt drehte ich mich daraufhin um und verließ den Raum. Tobias folgte mir. Er sagte kein Wort. Draußen angekommen kam ich gleich zur Sache.

„Hör mal, ich fühle mich sehr geehrt, dass du mit mir gehen willst. Aber um es kurz zu machen: Ich muss dir einen Korb geben. Du bist überhaupt nicht mein Typ. Viel zu dünn. Und noch dazu kleiner als ich, das geht gar nicht."

Tobias sah mich an, offensichtlich hatte es ihm die Sprache verschlagen. Hinter seiner altmodischen Brille füllten seine Augen sich mit Tränen.

„Okay", murmelte er. Er hatte wohl nicht mit einer derart unmissverständlichen Abfuhr gerechnet. Ich war baff. Woher nahm der Kerl bei seinem Aussehen nur so viel Selbstbewusstsein? Ich selbst pflegte mein Spiegelbild mehr als kritisch zu betrachten und hätte es nie gewagt, auf jemanden, den ich nur halbwegs attraktiv fand, ohne Scheu zuzugehen oder ihn gar anzusprechen.

Als er nun so hilflos vor mir stand, hatte ich auf einmal das dringende Bedürfnis ihn zu trösten.

„Du wirst sicher eine andere Freundin finden. Wie wäre es denn mit Marion? Ich glaube, die mag dich ganz gern." Ich fand meine Idee bei näherer Betrachtung gar nicht so schlecht. Auch Marion litt an auffälligem Untergewicht und war dabei noch die Kleinste in der Klasse. Leider war sie auch sonst wenig reizvoll. Immer übellaunig und unfreundlich. Aber das würde sich vielleicht ändern, wenn sie einen Freund fände.

„Nein danke. Mach' dir mal keine Gedanken, ich komme schon zurecht", erwiderte er säuerlich und wandte sich zum Gehen. Mit Marion in einem Atemzug genannt zu werden war ihm dann doch zu viel. Ich zuckte die Schultern und folgte ihm erleichtert. Das Problem war erledigt. Den war ich los. Glaubte ich jedenfalls.

Tatsächlich sollte er sich in den nächsten Monaten und Jahren als weit hartnäckiger erweisen, als seine schmächtige Statur es vermuten ließ.

Der harte Kern unserer Klassenchaoten geriet wie zu erwarten gewesen war täglich ein wenig mehr außer Kontrolle. Die Stimmung war angespannt und die Betreuer behielten uns argwöhnisch im Auge. Ich hatte das Gefühl, dass irgendetwas in der Luft lag, und hielt mich vorsichtshalber von den üblichen Verdächtigen fern, was mir zugegebenermaßen nicht schwer fiel, da ich mit denen im Grunde sowieso nichts zu tun haben wollte. Wo die waren, gab es fast immer Stress, und Ärger jeglicher Art war mir nach wie vor ein Gräuel. Wie üblich wollte ich eigentlich nur meine Ruhe und zog mich meist schon nach dem Abendessen in mein Zimmer zurück, um zu lesen.

Mädchen und Jungen waren vorsichtshalber auf unterschiedlichen Etagen untergebracht worden. Natürlich war es strikt verboten, Alkohol auf den Zimmern zu trinken oder dort gemischte Diskussionsrunden zu veranstalten. Dafür war allein der Aufenthaltsraum vorgesehen. Nur für die Diskussionsrunden versteht sich. Alkohol war absolut tabu.

Unsere Betreuer kamen abends noch zweimal in die Zimmer, um zu kontrollieren, ob jeder in seinem eigenen Bett lag und auch das tat, was er sollte – nämlich schlafen. Nach vier Tagen hatten wir den Ablauf natürlich durchschaut. Was wäre also einfacher gewesen als die zweite Kontrollrunde abzuwarten, sich schlafend zu stellen und danach in das nächste Stockwerk zu schleichen, um sich dort mit den wartenden

Jungs in deren Zimmern zu treffen? Dachte sich ein Großteil der Klasse und setzte die Idee sogleich in die Tat um. Tanja und ich blieben als einzige Mädchen in unserem Zimmer zurück. Wir fanden die Aktion mehr als überflüssig und kindisch. Hatten wir nicht den ganzen Tag schon mit den Typen verbracht? Unser Bedarf war gedeckt. Glücklicherweise.

Kaum zehn Minuten, nachdem man sich zum munteren Stelldichein im oberen Stockwerk versammelt hatte, vernahm ich schwere Schritte, die die Treppe hinauf eilten. Diesmal begnügten sich unsere Lehrer nicht mit einer Verwarnung. Sie hatten die Nase endgültig voll und schienen auf einen Anlass wie diesen nur gewartet zu haben.

Diejenigen, die mit einer Flasche Bier in der Hand erwischt wurden, mussten sofort die Koffer packen und wurden am nächsten Tag auf direktem Wege nach Hause expediert. Das übrige Partyvolk durfte einen Tag lang nicht Ski fahren und den Berg, den man eigentlich gemütlich mit der Gondel bezwang, zu Fuß erklimmen. Die Ärmsten brauchten dafür mehrere Stunden, nicht wenige brachen im tiefen Schnee erschöpft zusammen. Das kleine Grüppchen, das den Gipfel erreichte, war nur mehr ein Häufchen Elend. Tobias war auch unter ihnen.

Ich konnte mir eine gewisse Schadenfreude nicht verkneifen. Wie oft hatten einige von ihnen über andere gespottet, hielten sich und ihre Kumpel für den Nabel der Welt. Sie alle stammten aus wohl situierten Elternhäusern, die Väter waren Rechtsanwälte, Ärzte und Direktoren. Probleme kannten sie nur in Form von schlechten Zensuren. Darüber hinaus mussten sie sich niemals um irgendetwas Gedanken machen. Geld und Aufmerksamkeit hatten sie von Geburt an im Überfluss. Ich muss zugeben, dass ich sie oft um ihr sorgloses Dasein beneidet habe. Nun waren ihnen endlich einmal Grenzen gesetzt worden. Hier und jetzt konnten sie sich nicht hinter ihren erfolgreichen Vätern verstecken. Sie waren nicht besser oder schlechter als alle anderen auch.

Der Denkzettel saß. Die restlichen Tage verliefen friedlich und ohne weitere Zwischenfälle.

– 18 –

Wieder zu Hause verfiel ich in meinen gewöhnlichen Trott. Kontakte zu den übrigen Familienmitgliedern vermied ich so weit wie möglich durch konsequenten Rückzug in mein verhasstes Zimmer.

Langsam wurde es Frühling und manchmal entfloh ich meinem Verlies, indem ich mich in den Garten setzte. Aber auch hier fühlte ich mich merkwürdig fremd und fehl am Platze. Ich sehnte mich in unsere schöne helle Wohnung zurück, nach unserem großen Balkon und Mutters fröhlichen bunten Geranien. Auch sie schien zunehmend unter der Düsterkeit des alten Gemäuers zu leiden.

„Du hast doch gesagt, wie toll Knuts Haus ist. Sehr glücklich wirkst du hier aber nicht gerade", sprach ich sie eines Tages an. Seit Tagen vergrub sie sich dumpf vor sich hinbrütend hinter ihrem Strickzeug.

„Das habe ich gar nicht behauptet. Mir hat unsere Wohnung schon immer viel besser gefallen. Ich wollte doch nur das Beste für euch", erwiderte sie vorwurfsvoll. „Außerdem musste ich erst einmal hier wohnen, um festzustellen, wie ungemütlich und kalt dieser alte Kasten ist. Eigentlich hatte ich auch erwartet, dass Knut ein paar Modernisierungen vornehmen lässt. Aber er hält das ja nicht für notwendig und so müssen wir es eben hinnehmen", ergänzte sie resigniert.

Wie recht sie hatte. Nicht nur meine Kemenate vermittelte eine unwirtliche und triste Atmosphäre – auch die Küche, das Bad und die Toilette waren in einem miserablen Zustand. Vor vierzig Jahren wahrscheinlich der letzte Schrei, wirkte nun alles herunter gewohnt und renovierungsbedürftig. Knut hatte zwar in der ihm eigenen peniblen Art sein Bestes getan, um das Haus in Ordnung zu halten, seine Reinlichkeit änderte jedoch nichts daran, dass die Armaturen veraltet und die Küchenausstattung rudimentär war. Außer einer kleinen Spüle fand sich hier lediglich ein alter Elektroherd, ein Kühlschrank, ein kleines Kästchen, in das ein paar Gläser und Teller passten, und eine Art Campingtisch samt vier mit Kunststoff bezogenen Stühlen. Keine Geschirrspülmaschine, keine Küchenschränke, nichts was das Hausfrauenleben heutzutage auch nur ansatzweise erleichterte. Neben der Küche führte eine Tür in die kleine Vorratskammer, in der Mutter Konserven zu stapeln pflegte. Das Fenster, das hinaus in den Garten zeigte, war vergittert. Nicht zuletzt durch dieses charmante Detail wurde eine einzigartige Knast-Atmosphäre erzeugt, die den Aufenthalt in Knuts Behausung für mich so unvergesslich machte. Mutter war schön dumm gewesen, nicht schon vor der Hochzeit mit ihrem Sir auf eine menschenwürdige Unterbringung zu bestehen. Damals hätte sie eine Renovierung noch zur Rahmenbedingung erklären können. Knut hätte sich auf jegliche Forderung ihrerseits eingelassen, um jeden Zweifel an der Ehrbarkeit seiner Absichten gar nicht erst aufkommen zu lassen. Nun war es zu spät. Nachbesserungen waren nicht zu erwarten. Wir mussten uns mit dem arrangieren, was er bereit war zu geben. Und das war, was uns anbelangte, nicht unbedingt viel.

Er selbst pflegte unter der Woche meist aushäusig zu speisen. War er dann am Wochenende anwesend, versteckte er sogar noch die Sonntagsbrötchen vor uns, aus Angst wir könnten ihm etwas wegessen. Wir fanden sie dann Tage später steinhart zwischen Tassen und Tellern oder in Töpfen wieder. Wäre es nicht so furchtbar traurig gewesen, hätte man darüber lachen können.

Mutter stellte er so wenig Haushaltsgeld zur Verfügung, dass sie trotz ihrer Arbeit als Verkäuferin in einem Schreibwarengeschäft, die ihr immer schwerer fiel, kaum über die Runden kam. Vater Nummer drei verdiente eigentlich nicht schlecht in seinem Job als Vertriebsleiter bei Ford, aber sein Gehalt floss in erster Linie in seine kostspieligen Hobbys. Allein die Wartung der Segel-Yacht verschlang Unsummen, ganz zu schweigen von ihrem Liegeplatz am Starnberger See. Sein zweites Steckenpferd war ein Militär-Jeep aus dem Zweiten Weltkrieg, den er in seiner Garage mit Inbrunst pflegte und in Stand hielt. Stundenlang konnte er sich damit beschäftigen, die Schalter und Knöpfe am Armaturenbrett auf Hochglanz zu polieren. Was die Ersatzteile kosteten, war ihm völlig egal. Für den Luxus, darüber hinaus noch eine Familie zu ernähren, reichte das Geld oft leider nicht mehr. Wieso sollte es auch? Es waren ja schließlich nicht seine Kinder, denen er immerhin großzügig ein Dach über dem Kopf zur Verfügung stellte. Er hatte keinerlei Veranlassung, sich ihnen gegenüber freigiebiger zu zeigen als unbedingt nötig.

Das Taschengeld hatte er Jan und mir konsequent bereits nach der ersten Unstimmigkeit für alle Zeit gestrichen. Bei jener Gelegenheit hatte er uns auch gesagt, dass wir gerne ausziehen könnten, wenn uns das Leben mit ihm nicht gefallen würde. Mein Bruder und ich hätten letztlich nichts lieber getan als das, allerdings erwies sich die Durchführung im Alter von 15 bzw. 12 Jahren als einigermaßen schwierig. Zu unserem Vater konnten wir auch nicht. Als ich ihn einmal vorsichtig darauf ansprach, folgte am nächsten Tag postwendend ein entsetzter Anruf seinerseits bei meiner Mutter. Sie könne doch wohl nicht wollen, dass er seine Ehe für uns riskieren würde, und möge mir das bitte schnellstens wieder ausreden. Komisch, dachte ich – hatte er für seine Geliebte seine Ehe etwa nicht aufs Spiel gesetzt? Aber das war verständlicherweise etwas ganz anderes. Jenes Risiko wurde schließlich durch ein nicht zu leugnendes Vergnügen gerechtfertigt, während sich der Spaßfaktor in Bezug auf die Erziehung zweier pubertierender Jugendlicher deutlich in Grenzen hielt. Im Grunde hatte ich keine andere Reaktion von ihm erwartet. Trotzdem tat es weh, wieder einmal erkennen zu müssen, dass Jan und ich ihm wirklich so gar nichts bedeuteten. Er war auch noch zu feige, mir die vernichtende Absage persönlich entgegen zu schleudern und benutzte meine Mutter als Sprachrohr. Ich beschloss, den Kontakt zu ihm zu minimieren und zu versuchen, mich gefühlsmäßig von ihm zu lösen. Die ständigen Zurückweisungen brannten schmerzhaft auf meiner Seele und es wurde Zeit, mich vor weiteren Verletzungen zu schützen. Aber echte Liebe hält leider auch den größten Enttäuschungen stand. Und ich vergötterte meinen Vater. Er war und blieb mein Held, egal was er auch sagte oder tat. Er hat nie kapiert, dass meine Liebe etwas Wertvolles war, da sie nur ihm ganz allein und nicht dem Status galt, den er erlangt hatte.

Irgendwann erwähnte Mutter dann, dass er, gemessen an seinem Einkommen, viel zu wenig Unterhalt für Jan und mich bezahlte. Bereitwillig nahm ich ihre Idee, gegen ihn zu prozessieren, auf, um diesem Tatbestand endlich Abhilfe zu verschaffen. Wenn ich schon keine Zuneigung und Achtung von ihm bekommen konnte, dann würde ich ihn wenigstens mit einer Klage ärgern. Dadurch wäre er vielleicht ein einziges Mal dazu gezwungen, sich ernsthaft mit mir auseinanderzusetzen. Sei es auch nur in einem Gerichtssaal. Dass das den familiären Umgang mit ihm nicht einfacher gestalten würde, war mir natürlich klar. Aber wenn ich auf andere Weise keine Aufmerksamkeit bekommen konnte, dann eben so. Wie die Sache ausging, habe ich nie wirklich verstanden. Sowohl Mutter als auch Vater waren der Meinung, als Sieger vom Platz marschiert zu sein. Wer durch die Aktion letztlich nur verlieren konnte, waren mein Bruder und ich. Was ursprünglich als Bestrafung für meinen Erzeuger gedacht war, traf mich selbst weit härter. Ich kämpfte verzweifelt darum, meine Gefühle ihm gegenüber auf ein Niveau herunterzufahren, das er verdiente. Es sollten allerdings noch viele Jahre und weitere herbe Niederlagen folgen, bis ich es endlich schaffen würde, ihm den Platz in meinem Herzen zuzuweisen, der ihm aufgrund seines Benehmens mir gegenüber zustand – nämlich gar keinen.

Nachdem es somit realistisch gesehen keine Alternative zu Knut und seiner dunklen Hütte gab, war die Devise wieder einmal die Zähne zusammenzubeißen und durchzuhalten. Ich versuchte mich vorübergehend damit zu trösten, dass wir mit Klaus noch weit Schlimmeres durchgemacht hatten – Vater Nummer drei schlug uns immerhin nicht und unangenehme Übergriffe musste ich von seiner Seite auch nicht befürchten. Unglücklicherweise besserte das meine Stimmung aber nicht. Ich hatte das Gefühl, dass meine Kindheit wie Sand durch meine Finger gerieselt war und nichts als einen schalen Nachgeschmack zurückgelassen hatte.

Mutter wurde immer trauriger und wortkarger. Auch sie driftete tiefer und tiefer in die innere Isolation. Eine Weile hatte sie versucht, sich die Situation schön zu reden, aber inzwischen kapitulierte sie vor der Ignoranz, die ihr Gatte ihrer Person und uns Kindern entgegen brachte. Geburtstags- oder Weihnachtsgeschenke gab es nie von im. Für keinen von uns. Schenkte Mutter Jan oder mir etwas, so tat sie es heimlich, um sich seinen Vorhaltungen gar nicht erst stellen zu müssen. Sie war müde und enttäuscht. Nach der Arbeit verschanzte sie sich hinter ihren Stricknadeln oder vor dem Fernseher. Die ständige Existenzangst seit der Scheidung von meinem Vater hatte sie ausgelaugt. Sie hatte ihre ganze Hoffnung auf Knut Herrmann gesetzt. Auf ein kleines Glück und ein halbwegs idyllisches Familienleben in der zweiten Hälfte ihres Lebens. Es war ihr nicht vergönnt. Ihr Traumprinz war zum Egomanen mutiert. Sie hatte den Zug auf das falsche Gleis gelenkt und jetzt keine Kraft mehr, die Notbremse zu ziehen. In rasender Geschwindigkeit donnerten wir auf ungeahnte seelische Abgründe zu.

– 19 –

„Ich muss für einige Tage ins Krankenhaus. Eine kleine Operation. Nichts Aufregendes", eröffnete Mutter uns beim Abendessen. Gerade hatten wir mehr oder weniger erfolgreich die gerichtliche Auseinandersetzung mit Vater Nummer eins hinter uns gebracht.

„Oh nein, das auch noch. Ich dachte, es würde jetzt endlich wieder Ruhe einkehren. Warum musst du denn operiert werden und wann?" Da Mutter offensichtlich keinen Anlass zur Besorgnis sah, regte mich ihre Ankündigung nicht ernsthaft auf.

„Ach, bloß so eine Frauengeschichte. In zwei Wochen ist der Termin für die OP angesetzt. Ich hoffe, ihr drei kommt eine Weile ohne mich zurecht", antwortete sie ruhig und warf Knut dabei einen zweifelnden Blick zu.

„Mami, ich will nicht, dass du ins Krankenhaus gehst. Bitte bleib hier. Was sollen wir denn ohne dich tun? Was wird aus uns, wenn dir etwas passiert? Das wäre ganz furchtbar", jammerte mein Bruder.

„Mach' dir keine Sorgen, Jan. Alles wird wieder gut, aber ich muss das machen lassen, sonst werde ich vielleicht richtig krank."

„Mami kommt bald wieder nach Hause und wir wollen ihr doch jetzt das Herz nicht schwer machen, oder Burli?" Knut war merkwürdig kleinlaut und still heute Abend.

„Es ist doch wirklich nur ein kleiner Eingriff, oder?" Ich sah misstrauisch von einem zum anderen.

„Versprochen! Mach dir keine Sorgen, Lisa-Maus." Mutter lächelte gequält.

Ich hoffte inständig, dass sie uns nichts verschwieg.

Der Tag der Operation war gekommen. Nach der Schule radelte ich so schnell ich konnte nach Hause, um Neuigkeiten zu erfahren. Knut hatte Mutter am Vorabend in der Schwabinger Frauenklinik abgeliefert.

„Wie geht es ihr?" Ich stürmte mit meinem Schulranzen unter dem Arm durch den Flur in die Küche.

„Sie ist noch in Narkose, es scheint aber gut gelaufen zu sein" Knut saß am Küchentisch und hatte den Kopf auf die rechte Hand gestützt, dabei starrte er auf eine halbe Zigarette, die er in der linken Hand hielt und selbstvergessen hin und her rollte. Er wirkte bedrückt und abwesend.

„Ich habe furchtbar schlecht geschlafen in der letzten Nacht. Wenn Schatze nicht da ist, ist es so leer hier. Ohne sie habe ich nicht einmal Lust, morgens aufzustehen." Eine Träne kullerte ihm übers Gesicht.

„Aber sie kommt doch wieder, du musst doch nicht so traurig sein" Ich setzte mich zu ihm. Aus meinem oft boshaften Stiefvater war ein müder alter Mann geworden. Unrasiert und mit wirrem Haar. Er tat mir Leid.

„Du wirst sehen, wenn sie aufgewacht ist und mit dir reden kann, wird sich deine Stimmung bessern und in zehn Tagen kommt sie wieder nach Hause und alles wird gut – so wie sie es versprochen hat. Sie tut immer was sie sagt, das weißt du doch" Scherzhaft knuffte ich ihn in die Seite.

„Ich hoffe es, ich bete darum", murmelte er leise.

„Was hast du denn mit der Zigarette vor, willst du die nicht zu Ende rauchen? Vielleicht beruhigst du dich dann ein bisschen", ich griff nach dem Feuerzeug.

„Nein, nein – nicht anzünden", seine Augen füllten sich wieder mit Tränen. „Das ist die letzte Zigarette, die Schatze geraucht hat, bevor ich sie ins Krankenhaus gefahren habe …" Die Stimme versagte ihm und er schluchzte auf.

„Nicht mehr weinen, sie wird wieder gesund – ich weiß es", versuchte ich ihn zu trösten. Vorsichtig streichelte ich seine Hand. Er ließ es geschehen. Ich wusste, dass ein vernünftiges Gespräch jetzt nicht möglich war. Versunken in seinem Kummer würde er keinem noch so sinnvollen Argument mehr zugänglich sein.

Die Auswüchse seiner Verzweiflung waren mir nicht unbekannt. Wann immer er mit Mutter Probleme hatte, brach er in Tränen aus. Sein Verhalten Jan und mir gegenüber konnte widersprüchlicher kaum sein. Stand er alleine, verbündete er sich mit uns. War dann zwischen den beiden wieder alles in Ordnung, stieß er meinen Bruder und mich von sich. Obwohl ich seine Sentimentalität kannte, ließen diese emotionsgeladenen Ausbrüche mich jedes Mal einigermaßen ratlos zurück. Ich konnte sein Verhalten objektiv betrachtet nicht nachvollziehen. In solchen Momenten schien er den Bezug zur Realität zu verlieren, er wurde wieder zum kleinen Jungen und ich zur tröstenden Mutter. Ich fühlte mich verantwortlich dafür, ihm in seinen Krisen beizustehen. In diesen Augenblicken hatte ich vielleicht endlich einmal das Gefühl geliebt und gebraucht zu werden – wahrscheinlich ließ ich es deshalb immer wieder zu, dass er sich an mich lehnte, um mich kurze Zeit später wieder zurückzustoßen. Nach derart peinlichen Zwischenfällen pflegte er mich mehr denn je wie einen Eindringling in seinem Haus zu behandeln.

Am Abend telefonierte er mit dem Chefarzt. Mutter hatte den Eingriff gut überstanden.

„Mami geht es so weit ganz gut. Jan, räum deine Sachen in dein Zimmer! Lisa, wie sieht denn die Küche aus?" Knut war wie üblich überraschend schnell aus seinem Stimmungsloch aufgetaucht und legte sein vertrautes Verhalten an den Tag. Immerhin hielt er es wenigstens für angebracht, uns kurz über Mutters Zustand zu informieren bevor er sich in den Haustyrann zurückverwandelte, der er im Grunde seines Herzens tatsächlich war. Mitleid kannte er nur für sich selbst. Andere Menschen – meine Mutter, Jan und ich eingeschlossen – waren in seinen Augen an den eigenen Dramen grundsätzlich alleine schuld. Nie habe ich von ihm, wenn es mir schlecht ging, auch nur ein kleines Wort des Trostes gehört. Aber was noch weit schlimmer war – auch meiner Mutter gegenüber verhielt er sich nicht anders. Liebe war für ihn eine Einbahnstraße. Sie führte nur in seine Richtung. Er hatte Mutter aus Eigenliebe geheiratet, nicht um ihrer selbst willen. Er wollte sie für sich haben, ob sie dabei glücklich war oder nicht, das lag nicht in seinem Fokus.

Ich habe lange gebraucht, um das zu durchschauen und ihm meine Hand zu verweigern, wenn er sich einmal mehr an mich klammern wollte. Ein Wesenszug, der mir noch allerhand Ärger im Leben bescheren sollte, offenbarte sich leider schon damals: Ich war furchtbar anfällig für das Leid anderer. Ein bittender Blick, eine traurige Stimmlage reichten normalerweise aus, um alles von mir zu bekommen. Mentale Unterstützung oder mein letztes Hemd. Völlig egal. Wie gut, dass ich damals nicht wusste, wie viele Jahre und schlimme Erfahrungen noch vor mir lagen, bis ich endlich in der Lage sein würde, mich gegenüber Menschen wie ihm und anderen Dieben meiner Lebensenergie abzugrenzen.

Am nächsten Nachmittag fuhr ich in Begleitung meiner Freundin Tanja mit der S-Bahn nach München, um meine Mutter im Krankenhaus zu besuchen.

Ich hasse den Geruch von Krankheit und Verfall, den alle Hospitäler dieser Welt gleichermaßen auszuströmen scheinen. Hier wurde mir immer bewusst, wie zerbrechlich unser Leben doch ist, das wir für so robust und unverwüstlich halten.

„Na, Mum, wie ist die Lage?" Ich setzte mich zu ihr auf das sterile Laken und forschte in ihrem Gesicht nach der unverfälschten Antwort, die ich in ihren Worten mit Sicherheit nicht finden würde. Sie beklagte sich grundsätzlich nie, wollte uns nicht belasten. So musste ich die Wahrheit zwischen den Zeilen suchen und ihrer Miene entnehmen. Ich hatte einigermaßen Übung darin.

„Es könnte schlimmer sein", erwiderte sie erwartungsgemäß und versuchte sich mühsam ein Lächeln abzuringen, das ihre trüben Augen jedoch nicht erreichte.

„Aber nicht viel schlimmer, wie ich dir unschwer ansehen kann. Was machst du bloß für Sachen? Wie geht es nun weiter?" Ich war beunruhigt. Ihr Zustand war schlimmer als ich befürchtet hatte.

„Sie haben einen Tumor entdeckt und mussten beide Eierstöcke und die Gebärmutter entfernen, da braucht man schon ein paar Tage, um wieder auf die Beine zu kommen."

„Um Gottes willen – Knut hat mir nichts davon erzählt", ich schluckte, „der Tumor ist doch nicht bösartig, oder?" Ich bemühte mich, das Zittern in meiner Stimme zu unterdrücken.

„Wir wissen es noch nicht. Dr. Gebert erwartet das Ergebnis der Untersuchung in den nächsten Tagen. Lisa, tu' mir einen Gefallen und sag Jan nichts davon. Ich möchte ihn nicht auch noch beunruhigen, zumal ich wirklich das Gefühl habe, dass bald wieder alles in Ordnung ist. Kopf hoch, Schatz." Ihre Stimme war immer leiser geworden. Das Reden strengte sie sehr an, schließlich gähnte sie und schlief ein. Ich saß noch eine ganze Weile auf ihrem Bett und beobachtete sie. Was würde nur werden, wenn sie nicht wieder nach Hause kam? Die Vorstellung war unerträglich. Ein Leben ohne sie war undenkbar. Ich würde es nicht überstehen. Gramgebeugt erhob ich mich schließlich. Tanja hatte die ganze Zeit über stumm am Fußende des Bettes gestanden und gewartet. Traurig nahm sich mich nun in den Arm und führte mich aus dem Zimmer. Ich war wie betäubt. Nichts und niemand würde meinen Kummer heute mildern können. Ich betete zu Gott, dass er sie mir nicht wegnehmen möge.

Diesmal hatte das Schicksal ein Einsehen. Der Tumor war gutartig und Mutter erholte sich schnell. Nach drei Wochen konnte sie das Krankenhaus endlich verlassen. Ausgelassen feierten wir ihre Rückkehr. Bis zu ihrer völligen Genesung sollten allerdings noch Monate vergehen.

– 20 –

„Meinst du nicht, dass es langsam an der Zeit ist, eine Tanzschule zu besuchen?", meinte sie einige Wochen später.

"Och, weiß nicht, Mami. Muss das sein?" Ich war von der Idee wenig begeistert. Rumba und Walzer-Klänge statt Iron Maiden und Judas Priest? Nein danke. Und außerdem – was sollte ich denn da anziehen? Meine schwarzen Lederklamotten etwa? Kleider besaß ich keine. Warum auch? Die passten kaum zu meinem sorgsam gepflegten Rocker-Image.

„Meine Güte, dich müssen sie wirklich nach der Geburt vertauscht haben. Wie hätte ich sonst zu einer Tochter kommen können, die sich wie ein Monster kleidet und diese schreckliche Musik hört? Wenn du dich schon nicht wie andere Mädchen in deinem Alter benehmen kannst, dann mach' wenigstens diesen Kursus, um mir noch einen Funken Hoffnung zu lassen, dass aus dir irgendwann ein halbwegs normaler Mensch werden könnte." Mutter musste die Sache viel bedeuten, sonst würde sie sich nicht so aufplustern, das war mir klar. Nachdem ich so froh war, dass wir sie halbwegs gesund wieder hatten, wollte ich ihr jegliche Aufregung ersparen und gab mich ausnahmsweise kampflos geschlagen.

„Okay, ich rede mal mit Tanja darüber. Wenn die mitmacht, werde ich es dir zuliebe versuchen. Aber erwarte nicht zu viel. Ich habe überhaupt kein Gefühl für diese Rumtata-Musik. Und will es auch gar nicht haben. Nur weil *du* schon vor Adenauer Gold und Silber getanzt hast, muss *ich* dafür noch lange keine Begabung haben."

„Wart's ab, du wirst sehen, dass es Spaß macht – auch wenn du dir das im Moment nicht vorstellen kannst. Wenn es wirklich so gar nicht klappen sollte, hast du es wenigstens versucht." Überrascht, auf so geringen Widerstand zu stoßen und um die Gunst der Stunde zu nutzen, beeilte Mutter sich noch hinzuzufügen „sobald ihr euch geeinigt habt, werde ich mich darum kümmern."

Gesagt, getan. Bereits zwei Wochen später fanden Tanja und ich uns in einem Tanzsaal wieder, welcher ebenso wie unser Tanzlehrer seine besten Tage längst hinter sich hatte. Die Farbe an den Wänden war vergilbt und das Parkett abgewetzt. Unser Vortänzer Herr Oberndorfer schob einen dicken Kugelbauch vor sich her und ich fragte mich, ob es wohl eine Frau gab, deren Arme lang genug waren, um mit ihren Händen seine Schulter erreichen zu können. Ich sollte es nie erfahren. Herr Oberndorfer pflegte seine dramatisch inszenierten Schrittfolgen nämlich stets allein vorzuführen. Dabei schien er trotz seiner Leibesfülle wendiger zu sein, als man ihm zugetraut hätte. Ertönten erst lateinamerikanische Klänge aus den Lautsprechern, erwachte hinter seiner bayerischen Fassade ein ungeahntes Temperament. Leidenschaftlich warf er sich in Pose und brachte damit nicht nur seinen Bauch, sondern auch seine voluminöse Hinteransicht zum Vibrieren. Man kann sich vorstellen, wie schwer es war, in diesen Momenten auf seine Schritte zu achten und sich nicht stattdessen laut lachend auf dem Fußboden zu wälzen. Ein großer Spiegel verschaffte uns blutigen Anfängern zudem die Möglichkeit, bei diesen exquisiten Vorführungen gleichzeitig seine Vorder- wie auch seine Rückansicht genießen zu können. Über diese ungewollt komischen Einlagen hinaus hielt der Spiegel einem jedoch gemeinerweise auch die eigenen unbeholfenen Schritte vor Augen, die einmal zu einem lässigen Foxtrott oder einem leichtfüßigen Walzer werden sollten.

Mit wachsendem Vergnügen nahm ich nun einmal in der Woche an diesen Veranstaltungen teil, war ich doch bei weitem das hübscheste Mädchen im Saal und alle Augen der schmachtenden Jünglinge waren von der ersten Stunde an ausnahmslos auf mich gerichtet. Tanja konnte aufgrund ihrer Größe und ihrer leicht männlich anmutenden Figur weniger punkten. Immerhin schien sie in der Gunst der männlichen Aspiranten noch auf Platz zwei zu rangieren, was sich bei der Partnerwahl unschwer feststellen ließ – zunächst stürzten sich die jungen Herren stets wie ein Rudel Löwen auf mich, war der Platz dann vergeben, warf sich die Meute ungebremst weiter in ihre Richtung. Sehr lustig. Zumal sich dieser Ablauf mehrmals pro Stunde wiederholte. Einmal hatte ein langbeiniger Typ mit dem wenig schmeichelhaften Spitznamen „Schmatzi" glücklich das Rennen gemacht und den Platz an meiner Seite erobert. Stolz stelzte er mit mir durch den Saal, um dann beim Jive über seine eigenen Beine zu stolpern und der Länge nach hinzufallen. Vor Lachen wäre ich fast neben ihm auf dem Boden gelandet. Der arme Kerl erholte sich nur mühsam von dieser peinlichen Panne, rappelte sich mit hochrotem Kopf auf und bat mich nie wieder um einen Tanz. Mir war's recht. Die zur Wahl stehenden Herrschaften hatte ich ohnehin fast ausnahmslos der Rubrik „uninteressant" zugeordnet. Ihr ungelenkes Gebalze war lediglich der Förderung meines Selbstwertgefühls dienlich. Persönlich fand ich nur an einem von ihnen Gefallen: an Achim Sauer. Er tanzte bei weitem am besten und machte den Kursus nur mit, um unserem kugelförmigen Lehrer einen Gefallen zu tun und den Damenüberhang auszugleichen. Auch Achim hatte angenehmerweise nur Augen für mich, stellte sich dabei aber nicht so tollpatschig an wie die übrige Herrenriege. Fast immer wurde ich von ihm aufgefordert (er pflegte sich strategisch so günstig in meiner Nähe zu positionieren, dass er am schnellsten bei mir war, ohne dabei jedoch lächerlich zu wirken) und so begann ich mich auf die abwechslungsreichen Tanzstunden zu freuen. Als ich während einer gemütlichen Rumba dann noch herausfand, dass Achim ein mindestens ebenso glühender Hardrock-Anhänger war wie ich, kannte meine Begeisterung keine Grenzen. Nicht zu fassen, ausgerechnet in diesem erzkonservativen Rahmen hatte ich einen Gesinnungsgenossen gefunden! Wir beschlossen, uns auch außerhalb des Tanzsaals zu treffen. Achim kannte eine Diskothek, in der „unsere" Musik gespielt wurde, und wollte mich am Wochenende dorthin mitnehmen. Ich war in Hochstimmung und fest entschlossen, mich durch niemanden von meinem Vorhaben, am kommenden Samstag mit Achim und seinem älteren Bruder Mike auszugehen, abhalten zu lassen. Zu meinem nicht geringen Erstaunen versuchte Mutter gar nicht erst, mir den Ausflug ins Münchener Nachtleben madig zu machen oder gar zu verbieten. Aufgeregt fieberte ich dem Wochenende entgegen.

Endlich fuhren Achim und Mike vor, um mich abzuholen. Vom Fenster aus beobachtete ich, wie Ersterer einem alten roten BMW mit zwei Blumensträußen in der Hand entstieg. Noch bevor er den Klingelknopf drücken konnte, riss ich die Haustür auf. Mutter folgte mir in den Flur, um festzustellen, mit wem das flügge werdende Töchterchen seine Zeit zu verbringen gedachte.

„Du siehst ja wieder unglaublich toll aus" Achim musterte mich mit unverhohlener Bewunderung, „Frau Herrmann, Sie haben wirklich eine bildhübsche Tochter, aber wie ich sehe, ist das ja kein Wunder – bei *der* Mutter!" Strahlend schüttelte er Mutters Hand und überreichte ihr einen Blumenstrauß. Sie war geschmeichelt und – was selten genug vorkam – sprachlos. Wahrscheinlich hatte sie einen von Bierdunst umflorten Rocker statt dieses gepflegten jungen Mannes erwartet. Verzückt blickte sie auf die Blumen in ihrer Hand. Inzwischen hatte Achim mir das zweite Gebinde überreicht. Ich warf Mutter einen triumphierenden Blick zu. Alle Achtung, mein Verehrer verstand es wirklich meisterlich, eine potenzielle Schwiegermutter um den Finger zu wickeln.

„Ich kann mir vorstellen, dass Sie sich große Sorgen machen, wenn Lisa mit zwei fremden Männern loszieht. Sie können aber ganz beruhigt sein, weil ich Ihnen verspreche, auf sie aufzupassen und sie gesund und munter wieder nach Hause zurückzubringen." Diesem entwaffnenden Auftritt hatte Mutter nichts entgegenzusetzen.

„Ich bin sehr froh, nun zu wissen, mit wem Lisa ausgeht und habe vollstes Vertrauen zu Ihnen", flötete sie gerade, als ich ihr meine Blumen in die Hand und einen Kuss auf die Backe drückte, um dann die Tür hinter mir ins Schloss zu ziehen.

„Na, wie habe ich das gemacht?" Frech grinste Achim mich an und hielt mir galant die Tür des BMWs auf.

„Ich bin mehr als beeindruckt. Du scheinst eine derartige Show nicht zum ersten Mal abzuziehen. Hallo, Mike – dein Bruder ist ein echter Frauenversteher, wusstest du das?"

Mike reichte mir die Hand „Hi! Schön, dich kennenzulernen, Lisa. Achim hat mir schon viel von dir erzählt. Du bist also der Schwarm der tanzenden Pickelhauben, haha. Na, dann mal auf ins Vergnügen." Damit fuhr er mit durchdrehenden Reifen los. Der Kies von Knuts Auffahrt spritzte in alle Richtungen. So etwas schätzte mein Stiefvater so gar nicht. Da würde ich mir morgen wieder eine Predigt anhören müssen. Aber bis dahin war noch Zeit. Nichts würde mich daran hindern, den heutigen Abend zu genießen.

Endlich erreichten wir einen großen Parkplatz am Rande eines Wohngebietes im Münchener Westen. Junge Leute standen in Grüppchen zusammen, rauchten und unterhielten sich. Gespannt stieg ich aus dem Auto und sah zum ersten Mal den Ort, der in den nächsten Jahren so etwas wie ein zweites zu Hause für mich werden sollte. In großen Lettern war der prägnante Schriftzug „Fantasy" über dem Eingang angebracht. Bässe dröhnten uns entgegen. Blitzschnell identifizierte ich den Song „Holy Diver" von Ronnie James Dio. Niemand konnte mir im Heavy-Metal-Genre etwas vormachen. Ich kannte alle einschlägigen Bands und wusste sofort, dass ich hier richtig war. Mit zitternden Händen nestelte ich das Eintrittsgeld aus meinem Portemonnaie und tauchte ein in die dunkle Höhle der Seligkeit. Hier gab es keine Väter, keine Zwänge, keinen Notendruck. Die Lautstärke erstickte jedes mühsam begonnene Gespräch im Keim. Ich war dankbar dafür. In der rauen Welt jenseits des dröhnenden Vergessens hielt ich mit aller Kraft die Fassade des fröhlichen Teenagers aufrecht. Im Chaos der lärmenden Gitarren konnte ich endlich nur ich selbst sein. Hier musste ich nicht beweisen, dass alles in Ordnung war. Der äußere Tumult spiegelte eindrucksvoll mein zerbrechendes Seelenheil wider. In meiner tiefen inneren Verzweiflung hatte ich jegliches Interesse mich mitzuteilen längst verloren. Trotz der Freundschaften und Kontakte die ich pflegte, fühlte ich mich unendlich einsam. Wie eine Fliege, über die ein Wasserglas gestülpt worden war, gewann ich immer stärker den Eindruck, von meiner Umwelt getrennt, hilflos im Kreise zu rudern, nicht mehr Teil des Geschehens zu sein. Degradiert zum Beobachter des bunten Treibens um mich herum, war ich nur mehr der Zuschauer einer Vorstellung, die ich im Grunde nicht sehen wollte. Die Farben der Realität schienen mehr und mehr zu verblassen je weniger ich

Anteil an einem Leben nahm, das für mich immer neue Enttäuschungen und Nackenschläge bereithielt.

Ich hatte einen Spruch gelesen, der sich in mein Gehirn gebrannt hatte: „Deine abgründige Einsamkeit beginnt dort, wo dein Ruf die Menschen nicht mehr erreicht." Mit jeder Pore meines Körpers empfand ich den Sinn dieser Worte. Tatsächlich konnte ich niemandem die unendliche Traurigkeit, die zu meinem ständigen Begleiter geworden war, erklären. Ihr Ursprung war mir schleierhaft – wie sollte ich anderen vermitteln, was ich selbst nicht verstehen konnte? Aber irgendjemand musste diesen Spruch verfasst haben und das gab mir ein Fünkchen Hoffnung, eines Tages vielleicht auf einen Menschen zu treffen, der meine unerklärlichen Gefühle verstehen würde. Einstweilen sah ich es jedoch als mein Schicksal an, als Einhorn unter Nilpferden zu leben und leitete für mich daraus die logische Konsequenz ab, mich der Welt und ihren beängstigenden Bewohnern mental zu entziehen. Das „Fantasy" half mir dabei. Die Musik leerte meinen Kopf und schenkte mir für einige Momente Frieden. Längst wollte ich nicht mehr Teil der Familie Herrmann – Müller sein. Ich wollte meinen eigenen Weg gehen. Frei sein. Nicht mehr zurück müssen in das düstere Haus, zu einem weiteren Vater, der sich nichts mehr wünschte, als mich endlich los zu sein. Ich sehnte mich danach, die Schule hinter mich zu bringen und all der Trübsal, die mich seit der Hochzeit meiner Mutter umgab, zu entfliehen. Vater Nummer drei war für meine zarte Kinderseele eindeutig zu viel gewesen.

Man könnte vielleicht meinen, dass ich in einer solchen Gemütslage für Drogen oder Alkohol anfällig gewesen wäre. Weit gefehlt. Nun offenbarten sich zwei meiner Stärken, die mich noch oft im Leben in stürmischer See auf dem richtigen Kurs halten sollten: Mein Durchhaltevermögen und meine unerschütterliche Disziplin. Ja, ich war zutiefst unglücklich und stellte mir oft vor, meine Schultasche mit dem Nötigsten zu packen, um dann fortzulaufen und nie mehr nach Hause zurückzugehen. Allein die Tatsache, dass ich die Folgen nicht absehen konnte, hielt mich davon ab, es wirklich zu tun. Es waren nur noch ein paar Jahre bis zum Abitur. Ich würde die

Zähne zusammenbeißen und es schaffen. Die Welt würde mir offen stehen, ich würde Geld verdienen und nie wieder mit Menschen zusammenleben müssen, die mich nicht verstanden. Eines Tages ... würde alles gut werden. An den Glauben klammerte ich mich mit all der Kraft, die ich aufbringen konnte.

Im Augenblick hatte ich immerhin das „Fantasy." Dafür war ich sehr dankbar. Nach meinem ersten Ausflug dorthin unter Achims wachsamen Augen sollte ich kein Wochenende mehr ohne die heilsamen Rhythmen der Hardrock-Hymnen verbringen. Freitag- oder Samstagabend war Pflicht. Manchmal auch montags und donnerstags.

Auch Tanja hatte ich mit dem „Fant-Fieber" infiziert. Und sogar Tobias Heller, mein unscheinbarer Klassenkamerad, dessen anhaltende Schwärmerei für mich inzwischen niemandem mehr verborgen blieb, gesellte sich zu dem illustren Kreis der Headbanger. Ich konnte mich des Verdachts nicht erwehren, dass er das nur tat, um mich zu beeindrucken. Zugegebenermaßen nahm ich ihn nun immerhin als männliches Wesen wahr, trug er seine Haare doch mittlerweile schulterlang und hatte er es zudem tatsächlich geschafft, mich um einige Zentimeter zu überragen. Hartnäckig machte er mir weiter den Hof. Dabei nahm er widerwillig zur Kenntnis, dass die Zahl meiner Verehrer beständig wuchs. So fand ich problemlos immer einen Begleiter für meine abendlichen Aktivitäten. Meist war ich zu Tobias' nicht geringem Ärger allerdings mit Achim unterwegs. Dieser hatte nämlich inzwischen ein eigenes Auto, wodurch er in meinen Augen deutlich an Attraktivität gewann. Ich fand es reichlich uncool, per S-Bahn zur Disco fahren zu müssen. Da war die Variante mit einem stilvollen MG zu Hause abgeholt zu werden doch deutlich reizvoller. Zugegeben, meine Haltung in diesem Fall war nicht gerade uneigennützig, konnte ich Achims zärtliche Gefühle mir gegenüber doch so gar nicht erwidern. Obwohl mir seine Aufmerksamkeiten und offensichtliche Verehrung sehr schmeichelten, fehlte mir in seiner Gegenwart das Quäntchen Bauchkribbeln, das ich für eine angehende Beziehung als unverzichtbar ansah. Er war charakterlich mit Sicherheit ein Hauptgewinn, aber trotz seines männlichen Charmes leider überhaupt nicht mein Typ. Seine Haare waren kurz, er trug eine Brille und seine Zähne – naja, sie erinnerten mich immer irgendwie an die Beißerchen einer Spitzmaus. So blieb es dann bei gelegentlichen Knutschereien – eben gerade genug, um den liebestollen jungen Mann bei der Stange zu halten und mir seine Bemühungen um meine Person weiter zu sichern. Ich konnte in meinem fragwürdigen Verhalten keine Bosheit erkennen, erwies ich ihm doch immerhin die Gnade, meine Zeit mit ihm zu verbringen. Das war schließlich mehr als ich so manch anderem Verehrer zugestand.

– 21 –

Meine zunehmende Arroganz dem männlichen Geschlecht gegenüber hatte ihren Ursprung einerseits in meiner unübersehbaren körperlichen Attraktivität, die mir überall bewundernde Blicke und Komplimente einbrachte, weit mehr allerdings in den Verhaltensweisen meiner drei Väter, die allesamt egoistisch und rücksichtslos meine Gefühle getreten und mein Weltbild dabei unglücklicherweise ganz wesentlich geprägt hatten.

Knut schaffte es tatsächlich, diese nicht enden wollende Reihe von Auswüchsen der männlichen Selbstliebe noch einmal zu toppen. Der Vorfall zerstörte das letzte bisschen Respekt, das ich dem vermeintlich starken Geschlecht entgegenbringen konnte.

Es war Freitagabend und ich war wieder einmal damit beschäftigt, mich für den Gang in die Disco herauszuputzen. Bei diesen Gelegenheiten nahm ich stets ein Bad, bevor ich mich mit dem Auftragen des Make-ups beschäftigte. Gut gelaunt lag ich in der volllaufenden Wanne und plantschte gedankenverloren mit den Füßen.

Das Badezimmer lag im ersten Stock und grenzte direkt an das elterliche Schlafzimmer an. Im Erdgeschoss befand sich an der gleichen Stelle eine Sitzecke mit Esstisch. Hier pflegte Knut häufig zu sitzen und häusliche Arbeiten für die Firma zu erledigen. So auch heute. Meine Mutter hatte beim Abendessen angekündigt, dass sie noch eine Freundin besuchen wolle. Ich nahm an, dass sie inzwischen aufgebrochen war. Mein Bruder übernachtete bei einem Klassenkameraden.

Achim hatte versprochen, mich gegen neun Uhr abzuholen und ich musste mich beeilen, um das übliche Verschönerungsprogramm in vollem Umfang abspulen zu können. Endlich war die Wanne voll und ich tauchte mit dem Kopf unter Wasser, um meine Haare zu waschen.

„Haha, ich freue mich, dich zu erreichen", hörte ich Knuts Stimme. Offensichtlich saß er in der Essecke und telefonierte. Ich grinste. Das war ja lustig. Das Wasser trug die Schallwellen an meine Ohren. Physik war nie meine starke Seite gewesen, aber ich glaubte, von diesem Phänomen schon einmal gehört zu haben. Wie auch immer – ich konnte ganz deutlich jedes Wort verstehen, das im Zimmer unter mir gesprochen wurde. Ich tauchte auf und überlegte einen Moment, ob es moralisch vertretbar war, einem Gespräch zu lauschen, das eigentlich nicht für mich bestimmt war. Ich entschied, dass das schon allein deshalb in Ordnung sei, weil Knut einen mehr als lausigen Stiefvater abgab.

„Mal sehen, was du da Wichtiges zu erzählen hast", murmelte ich erheitert vor mich hin und tauchte meine Ohren wieder unter die Wasseroberfläche.

„… die onanieren lieber", tönte es gerade aus dem Esszimmer.

„Was zum Teufel …" Ich schnappte nach Luft.

„Mit meiner Frau ist seit ihrer Operation nichts mehr anzufangen. Leider. Ich nehme dann also das übliche Programm. Nichts Ausgefallenes. Am Freitagnachmittag um zwei Uhr? Da haben wir dann genügend Zeit." Er schien auf die Antwort aus dem Telefon zu lauschen.

„In Ordnung. Ich freue mich. Bis Freitag – Servusle." Er legte auf.

Unfähig einen klaren Gedanken zu fassen verharrte ich bewegungslos in der Badewanne. Ich war wie gelähmt. Schließlich wurde das Wasser so kalt, dass ich mich zitternd erhob, nach einem Handtuch griff und mich mit hängendem Kopf auf dem Wannenrand niederließ. Der Mistkerl hatte sich ganz augenscheinlich mit einer Prostituierten verabredet. Nur wenige Monate nach Mutters schwerem Eingriff. Ich wollte es nicht glauben. Sie auf so gemeine Weise zu hintergehen. Das hatte sie nicht verdient. Sie tat mir unendlich leid. Um sie zu schützen, beschloss ich, kein Wort dieses widerwärtigen Gesprächs verlauten zu lassen. Niemandem gegenüber. Es sollte mein Geheimnis bleiben. Der Lauscher an der Wand hatte in diesem Fall zwar nicht seine eigene Schande gehört, dafür aber Dinge vernommen, von deren Existenz er gar nichts wissen wollte. Die ursprünglich verspürte Schadenfreude über den unvermuteten Einblick in die Privatsphäre meines ungeliebten Stiefvaters hatte sich in Entsetzen gekehrt und sich gegen mich selbst gerichtet. Traurig legte ich eine dicke Schicht Schminke auf. Niemand sollte merken, dass irgendetwas nicht in Ordnung war.

Knut hatte den letzten Rest Sympathie, den ich noch in einer verborgenen Ecke meines Herzens für ihn empfunden hatte, unwiederbringlich eingebüßt.

– 22 –

Ein paar Wochen später konnte ich bis in mein Kellerverlies hören, wie Mutter und er lautstark in der Küche stritten. Überrascht drehte ich den Lautstärke-Knopf meiner Musikanlage nach unten. Solche Töne waren mir aus ihrer Beziehung mit Klaus Hegenbach noch wohl bekannt – der vornehme Knut Herrmann hatte bisher jedoch niemals seine gute Erziehung vergessen und seine Stimme meiner Mutter oder uns Kindern gegenüber erhoben. Das war in meinen Augen aber schon der einzige mildernde Umstand gewesen, der die große Menge an negativen Verhaltensweisen, die er so selbstgefällig zur Schau trug, kaum aufwiegen konnte. Mit dem heutigen Tage war dieses eine charakterliche Highlight also auch dahin.

Ich lächelte freudlos. Keine unangenehme Enthüllung hinsichtlich der Charaktereigenschaften meiner Väter würde mich noch verwundern oder gar erschüttern – meinte ich jedenfalls. Sie waren in trauter Gemeinschaft an einem Punkt angelangt, an dem sie in meiner Achtung nicht mehr tiefer sinken konnten.

Soweit ich das auf die Entfernung beurteilen konnte, klang Knuts Stimme irgendwie verzweifelt. Leider konnte ich trotz konzentrierten Lauschens an meiner Zimmertür kein Wort der oben geführten Auseinandersetzung verstehen. Ob Mutter ganz ohne meine Hilfe seinen Ausflug in das horizontale Gewerbe aufgedeckt hatte? Ich setzte mich auf mein Bett und wartete gespannt darauf, wie weit die Situation im Erdgeschoss eskalieren würde.

Plötzlich wurde die Tür aufgerissen und Mutter stürmte in mein Zimmer. Sie wirkte aufgeregt und baute sich mit rotem Gesicht und vor der Brust krampfhaft verschränkten Armen vor mir auf.

„Mami, was …?" setzte ich an.

„Knut hat eine Affäre", schleuderte sie mir entgegen, wobei sie das Wort „Affäre" so betonte als handelte es sich dabei um eine ansteckende Krankheit. Ich konnte spüren, wie sie eine Verbindung zum Ende ihrer Ehe mit meinem Vater zog. Auch diese war damals durch die Untreue ihres Mannes in die Brüche gegangen. Die Wucht der Erkenntnis traf sie mit voller Härte. Konnte dasselbe wieder geschehen? Ihr Selbstwertgefühl war empfindlich verletzt und doch durfte sie nicht zu emotional reagieren und noch einmal ihre finanzielle Existenz auf's Spiel setzen. Über zehn Jahre nach der Pleite mit meinem Vater war ihr nur allzu bewusst, wie viel sie zu verlieren hatte.

„Wie hast du …" Ich wollte allzu gerne wissen, durch welch unglückliche Fügung sie ihm auf die Schliche gekommen war. Ungeduldig fiel sie mir mit einer abwehrenden Handbewegung erneut ins Wort.

„Kannst du dir das vorstellen? Ausgerechnet mit der Reichert!"

„WAS? MIT DER REICHERT?" Jetzt war ich doch sprachlos. Eben hatte ich noch gedacht, dass mich in Bezug auf Knuts zweifelhaftes Verhalten nichts mehr aus der Bahn werfen würde und nun das. Es konnte einfach nicht wahr sein. Der Dreckskerl hatte sich tatsächlich mit Mutters Kosmetikerin eingelassen.

„Ich Hornochse mache die beiden noch miteinander bekannt und schenke ihm zum Geburtstag einen Behandlungsgutschein", sie lachte hysterisch, „die Art von Behandlung hatte ich allerdings nicht damit gemeint!"

Erschöpft sank sie neben mir aufs Bett. Sie hatte ihr Pulver verschossen und ihre Wut schien einer dumpfen Ratlosigkeit zu weichen.

Ich legte ihr meinen Arm um die Schultern und zog sie an mich. Mir fehlten die Worte.

„Was soll ich jetzt tun?" Traurige hellblaue Augen blickten mich Hilfe suchend an.

„Wenn ich das wüsste, Mami", ich seufzte, „ich würde dir so gerne sagen – tu dies oder tu das. Aber wie soll ich wissen, was für dich auf lange Sicht das Beste ist? Jan und ich werden eines Tages fortgehen – du bist diejenige, die mit ihm weiterleben muss. Du wirst selbst entscheiden müssen, ob du das nach dieser Geschichte noch kannst. Läuft die Sache denn noch? Wie bist du eigentlich dahinter gekommen?"

„Knut schwört Stein und Bein, dass die Reichert nur ein Ausrutscher war und er sie eigentlich gar nicht wollte. Sie hätte ihn so lange bedrängt, dass er einfach nicht widerstehen konnte."

„Ach, der Ärmste. Er wurde von einer bösartigen Kosmetikerin missbraucht. Nicht zu fassen, was Männern so alles angetan wird." Den sarkastischen Einwurf konnte ich mir nicht verkneifen, obwohl ich es kaum erwarten konnte, das ganze Ausmaß der peinlichen Angelegenheit zu erfahren.

„Er sagt, es sei beendet", fuhr sie etwas ruhiger fort „aber stell' dir vor, die Reichert hat mich heute Nachmittag angerufen und mich angebettelt, ihn frei zu geben. So habe ich überhaupt erst erfahren, was da läuft. Ich hatte ja nicht die Spur einer Ahnung, dass etwas nicht in Ordnung sein könnte. Du kannst dir meinen Schock vorstellen, als sie mir die Geschichte auftischte."

„Mein Gott, ist das mies. Aber wie ich dich kenne, hast du Haltung bewahrt …"

„Schatz, ich wäre keine von Salem, wenn ich das nicht hätte", fügte sie mit einem Anflug von Stolz hinzu, „aber das Unglaublichste kommt noch."

„Was kann denn jetzt noch kommen? Ist die alte Kuh etwa schwanger?" Ich konnte mir kaum vorstellen, dass es noch weitere haarsträubende Enthüllungen geben würde. Für den Moment war mein Bedarf daran gedeckt.

„Halt' dich fest. Sie hat mir eine Million Mark geboten, wenn ich mich von ihm scheiden ließe."

Meine Kinnlade klappte herunter. Es schien wohl wirklich nichts zu geben, das es nicht gab. Hatte ich richtig gehört, Mutters wahnsinnige Kosmetikerin hatte ihr Geld für den alten Knaben geboten und dann auch noch so eine unglaubliche Summe? Ich schluckte.

„Meint die das ernst?"

„Bitterernst."

„Also wenn das so ist – ich würde mir das schriftlich geben lassen und das Geld nehmen. Vielleicht ist sie sogar bereit, noch mehr zu zahlen, wenn du es verlangst ... Wir hätten keine Sorgen mehr und wären den ollen Mieselpriem endlich los. Das eine Jahr, als Jan und ich mit dir allein waren, war das Schönste in meinem ganzen Leben. Diese Zeit wieder aufleben zu lassen wäre wie ein Traum, der wahr wird."

„Ich denke ganz so einfach ist das leider nicht. Ich habe Knut schließlich nicht nur zum Spaß geheiratet, sondern aus einem ehrlichen Gefühl heraus. Ich möchte ihn nicht auf diese Weise verlieren – und kann ihn schon gar nicht meistbietend versteigern. Auch wenn ich ihn im Augenblick am liebsten mit einem Fußtritt zur Tür hinausbefördern würde."

„Du hast also moralische Bedenken – und das bei den Gemeinheiten, die er dir antut? Ich hätte da auch noch eine kurzweilige Geschichte, die dir den Abschied von ihm mit Sicherheit erleichtern würde."

Ich sah meine Chance, ihm den Todesstoß zu versetzen, gekommen. Eine passendere Gelegenheit, meiner geplagten Mutter Knuts telefonische Verabredung im Rotlichtmilieu beizubringen, würde es wohl nicht mehr geben. Sie sah mich misstrauisch an. Schon bereute ich es, ihr in ihrer momentanen Verfassung auch noch diese Verfehlung ihres Göttergatten zuzumuten, aber für einen Rückzieher war es zu spät.

„Was meinst du denn damit?", unterbrach sie mein Schweigen, „nun sag' schon, was du mir mitteilen willst."

Ich räusperte mich, um Zeit zu gewinnen, suchte fieberhaft nach einer Ausrede. Mir fiel keine ein. Also Augen zu und durch.

„Er hat sich kürzlich mit einer Prostituierten verabredet. Ich habe alles gehört, weil er in der Essecke telefonierte, während ich mir in der Badewanne die Haare gewaschen habe. So jetzt weißt du's. Eigentlich wollte ich dir das gar nicht erzählen – aber nach dieser Sache heute hast du wohl das Recht, das ganze Ausmaß seines miesen Charakters zu erfahren."

Stumm blickte sie mich an. Sie war nun endgültig über den Punkt, Emotionen wie Wut, Ärger oder Verzweiflung artikulieren zu können, hinaus. Mechanisch erhob sie sich.

„Ich werde mit ihm reden. Und ich werde nachdenken. Sehr gut nachdenken. Niemand darf sich erlauben, mich so zu demütigen." Sie presste die Lippen aufeinander und wandte sich zum Gehen.

„Mami, ich wünschte, ich könnte dir helfen …"

An der Tür drehte sie sich noch einmal um. „Da muss ich jetzt allein durch. Ich denke ich werde zu Ingrid nach Bad Segeberg fahren, um den Kopf frei zu bekommen und Entscheidungen zu treffen." Damit verließ sie mein Zimmer.

Ich fühlte mich grässlich, war ich doch schließlich an ihrer desolaten Verfassung nicht ganz unschuldig. Hätte ich bloß den Mund gehalten. Andererseits hatte Knut es wirklich verdient, mit all seinen Schandtaten konfrontiert zu werden. Oder besser gesagt, mit all seinen bekannten Schandtaten. Wer außer ihm konnte schon wissen, ob es nicht noch weitere amouröse Verwicklungen gab? Und das in seinem Alter! Für den Spruch „je oller, je doller" hatte er wahrscheinlich Pate gestanden. Sein Benehmen erfüllte mich mit Abscheu. Wie sollte es mir bloß möglich sein, für den männlichen Teil der Schöpfung je wieder etwas anderes als Verachtung zu empfinden? Wie sollte ich, nachdem er nun wusste was ich gehört hatte, künftig mit ihm umgehen? Ihm meine Meinung zu seinem Verhalten im Allgemeinen und dieser Aktion im Besonderen sagen? Oder mich doch besser bedeckt halten, da es mich doch eigentlich nichts anging? Ob es mir gefiele, wenn meine Mutter sich eines Tages in meine Eheprobleme einschalten würde? Wohl kaum. Damit hatte ich eine Entscheidung getroffen: Ich würde mich ab sofort aus dem elterlichen Ehedrama ausklinken, da ich mich bereits zu sehr in die Angelegenheiten meiner Mutter eingemischt hatte.

Und so begegnete ich Knut kurze Zeit später in der Küche und tat, als wäre nichts geschehen. Ich nickte ihm zur Begrüßung zu. Statt einer Antwort füllten sich seine Augen mit Tränen. Obwohl ich mir geschworen hatte, mich nicht mehr durch seine Gefühlsduselei beeindrucken zu lassen, tat er mir schon fast wieder leid. Wortlos blickten wir uns an.

„Wie geht's jetzt weiter?", brach ich als Erste das Schweigen. „Ich weiß es nicht, Lisa. Ich weiß es wirklich nicht. Mami ▪kt ihre Koffer. Sie will mir nicht sagen, was sie vorhat. Bitte rede du mit ihr – ich … es tut mir alles so furchtbar Leid!" Er schluchzte auf.

„Na, na – jetzt wein' doch nicht. Lass' ihr Zeit, die Dinge zu verdauen, die sie heute erfahren hat", murmelte ich, nahm mir eine Tafel Schokolade aus dem Schrank und beeilte mich, in mein Zimmer zurückzukommen. Für den heutigen Tag war mein Bedarf an Gefühlsausbrüchen gedeckt.

Merkwürdigerweise schien Knut nicht einmal sauer darüber zu sein, dass ich die Sache mit seinem schlüpfrigen Telefonat ausgeplaudert hatte.

Mutter reiste am nächsten Tag für unbestimmte Zeit ab. Ich wusste, dass ihr Ziel Bad Segeberg war, hatte ihr aber versprochen, es für mich zu behalten.

Es brachen herrlich harmonische Tage zu Hause an. Knut kümmerte sich rührend um Jan und mich. Auf einmal gab es wieder diese lustigen Sit-ins in meinem Zimmer. Wir holten uns Pizza zum Essen und tranken auf dem Fußboden sitzend Tee. Hatte es die letzten beiden schrecklichen Jahre wirklich gegeben und war alles am Ende nur ein Albtraum gewesen? Es war wieder wie damals, bevor Knut zu Sir und Mutter zu Schatze geworden war. Wir führten lange Gespräche und statt ihn mit Vorwürfen zu überhäufen, versuchte ich meinen schwer geknickten Stiefvater wieder aufzurichten und ihn in seinem Unglück zu stützen.

Nach einer Woche rief Mutter an, um zu fragen, wie es bei uns denn so liefe. Man kann sich ihre Überraschung vorstellen, als ich ihr erzählte, dass es uns schon lange nicht mehr so gut gegangen sei und sie von mir aus gerne noch ein Weilchen bei Ingrid bleiben könne. Knut jammerte allerdings unablässig nach seinem geliebten Schatzele und war halb wahnsinnig vor Angst sie zu verlieren. Um ihn noch ein wenig schmoren zu lassen, blieb sie eine weitere Woche bei ihrer Freundin, hatte mir allerdings unter dem Siegel der Verschwiegenheit bereits verraten, dass sie ihm noch eine Chance geben würde. Sie hoffte, dass die traurige Geschichte wenigstens einen positiven Effekt mit sich brachte – nämlich, dass die Familie in Zukunft wieder näher zusammenrücken und glücklicher sein würde.

Als sie dann endlich zurückkam und ihm ihre Entscheidung kundtat, war er ausgelassen wie ein Schuljunge. Trotz seiner schändlichen Seitensprünge schien er sie doch sehr zu lieben. Soweit mir bekannt ist, hat er Mutter nie wieder betrogen. Er hatte seine Lektion ein treuer Ehemann zu sein gelernt. Was er leider nicht gelernt hatte, war die Lektion, auch ein guter Stiefvater zu werden. Kaum hatte meine Mutter ihre Koffer ausgepackt, waren Jan und ich bestenfalls noch Luft für ihn.

– 23 –

Meine Enttäuschung über sein Verhalten war größer als ich hätte in Worte fassen können. War ich nur der Abfalleimer, in den er seinen sporadisch anfallenden Beziehungsmüll kippen konnte? War ich selbst als Mensch denn gar nichts wert? Ich kam zu dem Schluss, dass es auf der Welt tatsächlich nur einen einzigen Menschen gab, an dessen Wohlergehen ihm wirklich gelegen war, und der hieß Knut Herrmann. Wieder einmal nahm mir vor, mich nie mehr vor seinen Karren spannen zu lassen.

Nach der gefühlsmäßigen Achterbahn der letzten Wochen zog ich mich endgültig aus dem ohnehin kaum vorhandenen Familienleben zurück. Jan und Knut machten den Eindruck, mit dem bestehenden Status quo durchaus zufrieden zu sein, während Mutter und ich, jede in ihr eigenes Drama verstrickt, immer tiefer in die dunklen Abgründe der Verzweiflung eintauchten.

Sie schien zwar erleichtert zu sein, die drohende Trennung umschifft zu haben, ein schaler Nachgeschmack über das lieblose Treiben ihres Gatten blieb jedoch zurück. Ich war mir ziemlich sicher, dass sie mit Jan und mir fortgegangen wäre, wenn sie noch die Kraft dazu gehabt hätte. Nachdem ihr Leben insgesamt aber so ganz anders verlaufen war, als sie es sich in jungen Jahren erträumt hatte, gab sie nun auf. Sie war zu müde, um noch einmal von vorne anzufangen – sich wieder Herausforderungen zu stellen, an denen sie letztlich scheitern musste. Inzwischen hatte sie erkannt, dass ihre stets zur Schau getragene Unabhängigkeit nur Makulatur gewesen war. Schmerzlich war ihr bewusst geworden, dass sie finanziell gesehen allein nicht existieren konnte. Sie schien dazu gezwungen, Kompromisse zu einzugehen. Ihr Zugeständnis an eine wie auch immer geartete Sicherheit war der Verzicht auf ehrliche Zuneigung und Verbundenheit. Dieser fiel ihr nicht einmal sonderlich schwer, zumal sie sich unter dem Vorwand, meinen Vater immer noch zu lieben, der Verantwortung, sich in aller Tiefe und Konsequenz mir ihrem zweiten Ehemann oder jedem anderen Partner auseinanderzusetzen, entzog. Wie einfach war es doch, eine längst vergessene Beziehung vorzuschieben, um sich aktuellen Problemen erst gar nicht stellen zu müssen! Allerdings keine schlechte Strategie – fand ich jedenfalls. Lässt man sich erst gar nicht auf eine ernsthafte Partnerschaft ein, halten sich die möglichen Verletzungen in Grenzen. Und so versteckte sie sich jahrzehntelang hinter einem Traum – einem Mann, den sie angeblich noch liebte, den es in dieser Form aber längst nicht mehr gab und vielleicht auch nie gegeben hatte. Sie hatte sich ihr Schlupfloch geschaffen, durch das sie vor der unschönen Realität entfliehen konnte. Nachdem das Leben so ganz anders verlaufen war, als sie es sich ursprünglich vorgestellt hatte, war ihre Maxime nunmehr die bloße Existenzsicherung. Unter diesem Aspekt erscheint ihr Verhalten durchaus nachvollziehbar. Was bringen schon tiefe Gefühle, wenn man nicht weiß, ob man die nächste Miete bezahlen kann? Kopfmäßig hatte sie eine klare Wahl getroffen: Ruhe und relative Sicherheit anstelle von zu teuer erkaufter Freiheit. Ihr Herz jedoch schrie nach einem ganz anderen Leben. Diese Diskrepanz zog sie schließlich in den verhängnisvollen Sog der Depression, in dessen Strudel ich mit untergehen sollte.

Nachdem ich zu Hause keinerlei Rückhalt und Ansprache mehr fand, entschied ich mich dazu, dem Drängen meines Klassenkameraden Tobias nachzugeben und seine Freundin zu werden – oder „mit ihm zu gehen", wie wir das damals nannten. Tobi konnte sein Glück kaum fassen. Ich sah die Sache eher gelassen, genoss allerdings seine kleinen Liebesbeweise und die übersprühende Begeisterung, mit der er mir begegnete. Irgendwie mochte ich ihn. Er war so fröhlich und immer gut gelaunt – meine Bosheiten und Stimmungsschwankungen schienen an ihm abzuprallen. Ich konnte mir nicht erklären, woher er ein so unerschütterliches Selbstvertrauen nehmen konnte, um die ständigen Sticheleien, mit denen ich ihn traktierte, wegzustecken. Ich beneidete ihn um sein ausgeglichenes Wesen und sein scheinbar intaktes Familienleben und muss zu meiner Schande gestehen, dass ich mich bisweilen regelrecht darum bemühte, ihm das Leben schwer zu machen.

Er entstammte einem wohl situierten Elternhaus, und da ich mir geschworen hatte, nicht die gleichen Fehler im Leben zu machen wie meine Mutter, war ich der Meinung, auf dem richtigen Weg zu sein. Dass er eigentlich gar nicht mein Typ war, verdrängte ich erfolgreich. Achim, wie auch die übrigen Verehrer, die auftauchten und wieder verschwanden, gefielen mir schließlich noch weniger: Sie waren zu klein, zu dick, zu spießig und überhaupt – einfach undiskutabel. Die Entscheidung für Tobias fiel damit mangels Alternativen nicht sehr schwer. Nun könnte man böswillig meinen, ich hätte mich nur auf ihn eingelassen, da mir gerade nichts Besseres einfiel. Einerseits war es wohl tatsächlich so, andererseits kann ich zu meiner Ehrenrettung anmerken, dass ich ihn immer lieber gewann je länger wir zusammen waren. Rückblickend hefte ich ihm heute einen Orden ans Revers, da er trotz des Irrsinns, dem er sich im Umgang mit mir bisweilen ausgesetzt sah, unerschütterlich an meiner Seite blieb.

– 24 –

„Lisa, Knut und ich wollen ein paar Tage Urlaub machen, um die überstandene Krise gebührend zu feiern", meinte Mutter eines Morgens beim Frühstück.

„Gute Idee, wohin soll's denn gehen? Wie lange wollt ihr fortbleiben?" Obwohl ich ihr von Herzen eine Auszeit gönnte, war mir bei dem Gedanken, allein mit Jan in dem düsteren Haus zurückzubleiben, reichlich mulmig zumute.

„Eine Woche – Knut hat ein schönes Hotel in Tirol ausgesucht, ein idealer Ausgangspunkt für wunderbare Wanderungen. Ich weiß, dass du hier ungern mit Jan allein bist. Ich habe Großmutter deshalb gebeten, euch Gesellschaft zu leisten. Da kann ich mir wenigstens auch sicher sein, dass ihr etwas Warmes zu essen bekommt und euch nicht nur von Wurstbroten und Süßigkeiten ernährt."

„Eine Woche mit Oma", seufzte ich, „danach bin ich dann mit an Sicherheit grenzender Wahrscheinlichkeit auch urlaubsreif …"

„Ach, Lisa-Maus, du machst das schon. Mutti ist wirklich nicht einfach, aber das Haus ist doch so groß – du kannst ihr aus dem Weg gehen, wenn sie dich nervt."

„Haha, selbst im Empire State Building kann man Oma nicht entkommen, wenn sie ihre hysterischen fünf Minuten hat, aber okay – mach' dir da mal keine Sorgen, die Woche kriegen wir schon irgendwie herum."

„Bist ein Schatz, dann sage ich Knut, dass er das Hotel buchen kann." Es rührte mich, dass Mutter die letzte Entscheidung, ob sie nun fuhr oder nicht, mir überlassen hatte. Ich nahm mir vor, ihr den mehr als verdienten Urlaub nicht zu verleiden und mich innerlich einigermaßen positiv auf sieben Tage Wahnsinn mit meiner nervenkranken Großmutter einzustimmen. Immerhin war mir diese Lösung noch lieber, als schweißgebadet jede Nacht aufzuwachen, um in der bedrohlichen

Dunkelheit auf Geräusche zu lauschen, die nur in meiner Einbildung existierten.

Allein die Tatsache, dass Mutter in ihrer Freude auf die bevorstehenden Urlaubstage der lähmenden Lethargie, die sie seit ihrer Krankheit befallen hatte, für eine Weile zu entkommen schien, wog jedes Zugeständnis meinerseits doppelt und dreifach auf.

Und so war es dann so weit: Großmutter, Jan und ich winkten dem kleiner werdenden Auto hinterher und blieben in der lobenswerten Absicht zurück, das Beste aus unserer erzwungenen Gemeinschaft zu machen. Ich jedenfalls hatte mir fest vorgenommen, mich nicht über Großmutters Gemecker aufzuregen oder mich von ihrer ständig schlechten Laune anstecken zu lassen.

Der erste Tag verlief noch einigermaßen friedlich. Am Zweiten gab es Pfannkuchen. Eigentlich kein Problem, sollte man meinen. Welches Konfliktpotenzial dem harmlos in einer Pfanne brutzelnden Teig aber wirklich innewohnte, zeigte sich allerdings schlagartig, als ich mich weigerte, die vor Fett triefenden Fladen zu essen.

„Du undankbares Blag", kreischte Großmutter, „dein Bruder isst sie doch auch. Ich habe für wichtige und reiche Leute gekocht, aber für das Fräulein hier ist's mal wieder nicht gut genug!"

„Doch, Oma, sicher ist es gut genug und Jan schmeckt's ja auch. Aber ich mag einfach keine Pfannkuchen, weil mir davon schlecht wird. Das richtet sich nicht gegen deine Kochkünste, die wirklich phänomenal sind, sondern gegen die Pfannkuchen im Allgemeinen. Ich vertrage sie einfach nicht." Beruhigend versuchte ich wider besseren Wissens auf meine ausrastende Großmutter einzuwirken. Innerlich schäumte ich vor Wut. Es waren lächerliche Situationen wie diese, die den Umgang mit ihr so frustrierend und schwierig machten.

„Stell' sich einer das mal vor – ihr wird schlecht von meinem Essen. Was für eine Unverschämtheit! Koch' dir den Rest der Woche doch selber etwas, wenn du meinst, dass du es besser kannst!" Großmutter wollte mich einfach nicht verstehen.

„Jetzt reg dich doch nicht so auf – ich habe nicht gesagt, dass mir von deinem Essen schlecht wird, sondern von den fettigen Pfannkuchen! Wenn es dir lieber ist, werde ich eben von Wurstbroten leben bis Mami wieder da ist!", antwortete ich schärfer als beabsichtigt, aber mir war endgültig der Geduldsfaden gerissen. Obwohl ich wusste, dass jegliche Auseinandersetzung mit meiner Großmutter völlig zwecklos war, ärgerte ich mich maßlos über ihre Ignoranz und gleichzeitig darüber, dass ich mich überhaupt auf eine derart sinnlose Diskussion eingelassen hatte.

„Ich soll mich nicht aufregen? Wie redest du denn mit mir, du blöde Göre? Meinst du etwa, mir macht es Spaß für eine Bagage wie ihr es seid den Babysitter zu spielen? Während deine Mutter die feine Dame spielt und sich amüsiert? Mir bleibt wie üblich nichts als Arbeit. Was habe ich überhaupt noch vom Leben? Nur Undank. Wäre ich doch endlich tot!" Derartige Schimpftiraden waren mir wohl bekannt. Wenn Großmutter ihre mehr als niedrig angesiedelte Frustschwelle überschritt, brachen alle Dämme einer Erziehung, die sie längst vergessen hatte. Ich hatte unbeabsichtigt eines ihrer locker sitzenden Ventile geöffnet und sie würde erst Ruhe geben, wenn sie sich die Wut über ihr verpfuschtes Leben einmal mehr von der Seele gezetert hatte. Unglücklicherweise hatte ich ihr wieder einmal eine Vorlage dafür geliefert, ihrer angestauten Aggression sich selbst und diesem ungerechten Dasein gegenüber Luft zu verschaffen und sich dabei noch völlig im Recht zu fühlen.

Wütend schmiss ich das Messer, mit dem ich mir gerade ein Brot schmieren wollte, mit lautem Geschepper auf den Teller, nicht länger dazu bereit, ihre Unflätigkeiten über mich ergehen zu lassen.

„Mir reicht's für heute. Lass' deine Unzufriedenheit gefälligst nicht immer an uns aus!" Damit stand ich auf und rannte in mein Zimmer. Ich zitterte. Die Woche würde furchtbar werden.

In der Küche hörte ich Großmutter weiterschimpfen.

Stillschweigend gingen wir uns den Rest des Tages aus dem Weg. Ich fragte mich, wie ich die Zeit mit ihr herumbekommen sollte, ohne ernsthaften geistigen Schaden zu nehmen.

Ich erwachte mit bohrenden Kopfschmerzen. „Hast du eine Tablette für mich, ich habe Migräne", fragte ich sie, als ich mich, bereits mit dem Schulranzen unter dem Arm, auf den Weg zur Haustür machte. Großmutter saß in der Küche und nippte, versunken in das Kreuzworträtsel der Tageszeitung, an ihrem unvermeidlichen Morgenkaffee. Wie üblich schien ihre Laune nicht die beste zu sein.

„Warte einen Moment", antwortete sie knapp und fingerte bereitwillig an ihrem ständig griffbereiten Pillenschächtelchen herum.

„Da, nimm die. Heute Mittag gibt's übrigens Hähnchen." Damit wandte sie sich wieder ihrer Zeitung zu.

„Danke", murmelte ich und zog die Tür hinter mir ins Schloss. Hähnchen mochte ich zwar auch nicht sonderlich, aber um des lieben Friedens willen beschloss ich, mir nichts anmerken zu lassen und klaglos hinzunehmen, was immer Großmutter auf den Tisch zu stellen gedachte.

Den Unterricht an diesem Vormittag nahm ich eher verschwommen wahr. „Ich frage mich, was mir meine liebe Oma da wohl verabreicht hat. Die Welt ist heute so rosarot und sogar der blöde Harald ist mir richtig sympathisch." Ich kicherte schon die ganze Lateinstunde über immer wieder ohne erkennbaren Grund vor mich hin. Besagter Harald, unser Klassenstreber, hatte gerade eine fehlerfreie Übersetzung aus Ciceros „De oratore" abgespult. Was mich unter normalen Umständen nervte, schien heute ein Anlass für unkontrollierbare Heiterkeitsausbrüche zu sein. Mein merkwürdiges Verhalten handelte mir nicht nur tadelnde Blicke aus Richtung des Lehrerpults ein, sondern auch die nicht geringe Verwunderung meiner sachlichen Busenfreundin Tanja.

„Das war wohl weniger ein Schmerzmittel als Hasch in Pillenform. Deine Omi scheint ja eine äußerst fidele Person zu sein, die musst du mir unbedingt vorstellen", sie grinste, „soll ich heute Nachmittag bei dir vorbeikommen?"

„Liebe Güte, bloß nicht! Meine Großmutter ist die größte Katastrophe seit Erfindung der Atombombe – außerdem hochexplosiv und man weiß nie, wann sie das nächste Mal ausflippt. Ich mache drei Kreuze, wenn die Woche um ist und sie wieder nur ihr eigenes Leben in Schutt und Asche legt!"

Tanja prustete los und durfte zur Belohnung den nächsten Absatz übersetzen. Um dieses Schicksal nicht ebenfalls zu erleiden, bemühte ich mich angestrengt darum, mir meine überschäumende Fröhlichkeit nicht weiter anmerken zu lassen. Das Leben hatte auf einmal eine ungeahnte Leichtigkeit.

Leider ließ dieser erfreuliche Zustand gegen Mittag langsam nach und zurück in den düsteren Räumen meines ungeliebten Zuhauses war der plötzliche Anfall von Unbeschwertheit wie weggeblasen. Klaglos aß ich Großmutters liebevoll zubereitetes Huhn und beschloss, mir noch weitere dieser „Gute-Laune-Pillen" zu organisieren. Nach dem Essen war die Gelegenheit dazu günstig. Sie begab sich ins Wohnzimmer und ruhte sich im Sessel vor sich hindösend aus. Schließlich war sie eingeschlafen. Netterweise hatte sie sich nicht die Mühe gemacht, ihre Tablettendose zu verstecken oder in ihr Zimmer zu räumen. Ohne die geringsten Gewissensbisse nahm ich den Deckel ab und fand ein buntes Sammelsurium an Tabletten und Pillen jeglicher Form und Größe vor. Wie herrlich – sie würde nicht einmal bemerken, dass ich mir einige davon stibitzt hatte. Gut gelaunt legte ich die Dose an ihren Platz zurück und schluckte postwendend zwei dieser freundlich aussehenden Miniatur-Bonbons. Zufrieden begab ich mich in mein Zimmer, um bei Räucherstäbchen und Pink Floyd-Sound die Wirkung abzuwarten. Nichts geschah. So eine Gemeinheit. Ich wollte meine rosarote Brille zurück. Aber sofort. Ich schluckte noch einmal zwei Tabletten, die aussahen wie diejenige, die Großmutter mir am Morgen gegeben hatte. Volltreffer. In wunderbare Nebelschwaden gehüllt verbrachte ich den Rest des Tages in meinem Zimmer. Großmutter merkte nichts. Wie sollte sie auch – war sie doch im Grunde nur mit sich selbst beschäftigt und damit bereits überfordert.

Am nächsten Morgen griff ich erneut in Omas glücksverheißende Dose. Ich wusste ja nun, welche der kleinen bunten Helferchen die gewünschte Wirkung erzeugten. Beschwingt machte ich mich auf den Weg zur Schule, in der Erwartung den öden Vormittag wieder in einer Woge aus Enthusiasmus an mir vorüberziehen zu lassen. Ich wurde enttäuscht. Warum auch immer, die blöden Dinger verweigerten ihren Dienst. Dummerweise hatte ich Blut geleckt und war nicht dazu bereit, diese Schlappe hinzunehmen. Wenn ich meine rosarote Brille auf diese Weise nicht bekam, dann würde ich sie mir eben anderweitig besorgen müssen. In Gedanken versunken stolperte ich in die Küche, um zu meiner geringen Begeisterung festzustellen, dass es Sauerbraten mit Rotkohl gab. Ausgerechnet. Das rangierte auf meiner Beliebtheitsskala nur unwesentlich hinter Pfannkuchen. Ich nahm mir eine entsprechend kleine Portion.

„Schmeckt es dir etwa schon wieder nicht?" Argwöhnisch beäugte Großmutter meinen Teller. „Ich habe heute Morgen zwei Stunden lang in der Küche gestanden, nur um euch etwas Gutes zu tun!"

„Nein, nein. Der Braten ist wirklich vorzüglich. Ich bin nur irgendwie nicht sehr hungrig heute", beeilte ich mich zu versichern. Das Letzte, was ich im Moment provozieren wollte, war eine weitere Auseinandersetzung.

„Ihr habt doch immer etwas zu meckern. Kein Hunger. So-so. Ich frage mich, warum ich dann überhaupt noch koche, wenn du sowieso nichts isst." Ich schwieg.

„*Mir* schmeckt's aber, Oma. Wirklich. Du kannst doch für mich kochen." Jan setzte sein Sonntags-Sonnyboy-Strahlen auf und Großmutters aufkeimender Ärger schmolz dahin.

„Du bist ein guter Junge. Wenigstens gibt es hier noch einen, der meine Bemühungen zu schätzen weiß!" Sie bedachte mich mit einem gehässigen Blick, drehte sich zur Spüle und begann, sich demonstrativ dem Abwasch zu widmen. Ich hatte keine Lust, mir diesen Zirkus weiterhin anzutun, zischte Jan ein wütendes „Schleimer" ins Ohr und rannte die Kellertreppe hinunter, um die Tür zu meinem Zimmer mit lautem Krach ins Schloss fallen zu lassen. Mir reichte es endgültig. Ich nahm die noch verbliebenen Exemplare aus Großmutters Tablettendose aus meiner Schreibtischschublade und betrachtete sie nachdenklich. Keine Ahnung wofür sie gedacht waren oder was sie zu bewirken vermochten. Eine Weile rollte ich die freundlich aussehenden bunten Dinger auf der Handfläche hin und her.

„Ach, was soll's. Runter damit." Ich zuckte mit den Schultern und schluckte eine nach der anderen hinunter. Was hatte ich schließlich zu verlieren? Schlimmer konnte es nicht mehr werden. Gespannt wartete ich auf die Wirkung. Meine Laune hob sich ein wenig. Die Leichtigkeit, die ich herbeisehne, wollte sich jedoch nicht einstellen. Ich hatte das Gefühl, dass die Zimmerdecke immer niedriger und niedriger wurde, bis sie schließlich drohte, mich zu erdrücken. Ich japste nach Luft und beschloss, mir draußen Erleichterung zu verschaffen.

„Ich geh' zu Tobias", schrie ich im Hinausgehen in Richtung Wohnzimmer und verließ das Haus. Keine Antwort. Ich atmete auf. Nur weg. Egal wohin. Ich lief los. Nach einem Kilometer hielt ich inne. So unangekündigt bei Tobias aufzukreuzen war vielleicht doch keine gute Idee. Ich mochte derartige Überfälle nämlich auch nicht. Nochmal zurückgehen, um vorher bei ihm anzurufen? Lieber nicht, da würde ich zwangsläufig meiner verrückten Großmutter in die Arme laufen. „Mist, was mache ich denn jetzt?", murmelte ich entnervt vor mich hin. Die Tabletten hatten nicht den gewünschten Effekt gebracht und Großmutters Pillendose war für weiterführende Experimente im Moment nicht greifbar. Fieberhaft dachte ich über eine Lösung dieses Problems nach und lachte laut auf. War ich blöd – die naheliegendste Möglichkeit hatte ich bisher noch gar nicht in Betracht gezogen – jeder konnte sich schließlich mit ganz einfachen Mitteln einen kleinen Ausflug in das Reich des Vergessens verschaffen. Warum war ich nicht früher darauf gekommen? Alkohol stand immer und überall zur Verfügung. Man musste sich nur bedienen. Bestens gelaunt klimperte ich mit den Geldmünzen in meiner Jackentasche. Das würde sicher für eine Flasche Schnaps reichen. Der Tag war gerettet.

Schnurstracks lief ich zum nächsten Penny-Markt. Da standen sie, die Flaschen mit den netten harmlosen Labels. Viel

Geld hatte ich nicht. Ich zählte noch einmal nach – knapp 4 Mark. Zu wenig für eine Flasche Schnaps, gerade genug für den billigsten Sherry. Was soll's, irgendeine Wirkung würde sich schon einstellen. Auf dem Weg zur Kasse befiel mich plötzlich das ungute Gefühl, dass mich eine pflichtbewusste Kassiererin mit einem lapidaren Hinweis auf das Jugendschutzgesetz ausbremsen könnte. Nervös wartete ich, bis die Reihe an mir war, und legte verschämt die verräterische Flasche auf das unbeeindruckt weiterlaufende Fließband. Irgendwie wurde ich das Gefühl nicht los, dass jeden Moment eine Alarmglocke schrillen müsste. Ich holte tief Luft und setzte vorsichtshalber mein Sonntagsschulmädchen-Gesicht auf. Sollte die gute Frau mich ansprechen, würde ich ihr mit meinem unschuldigsten Lächeln erzählen, dass ich eine Besorgung für meinen Vater machte. Es war so weit. Der Barcode der Flasche wurde eingetippt.

„3 Mark 69, bitte", die Verkäuferin blickte nicht einmal auf.

Schnell reichte ich ihr das Geld. Meine Sorgen hatten sich als unbegründet erwiesen.

Stolz verließ ich den Supermarkt, die wertvolle Flasche fest an den Leib gedrückt. Niemand würde sich jetzt noch zwischen mich und das Reich der seligen Träume stellen. Zielstrebig nahm ich Kurs auf eine Bank am Ufer des kleinen Flusses Würm. Eine alte Mühle unterstrich die Romantik des verschlafenen Ortes. Kein Mensch weit und breit. Endlich Ruhe. Kein Gemecker. Keine Vorschriften. Nur die Vögel im Baum über mir, meine Flasche und ich. Ich nahm einen kräftigen Schluck.

„Igitt, schmeckt ja scheußlich", ich verzog das Gesicht. Nie zuvor im Leben hatte ich einen einzigen Schluck Alkohol getrunken. Nun wusste ich warum. Schon der Geruch widerte mich an. Entschlossen hob ich die Flasche wieder an den Mund.

„Runter damit, Lisa. Du hast es so gewollt – kneifen gilt nicht." Ich hielt die Luft an und ließ etwa ein Drittel der Flasche so schnell wie möglich durch meine Kehle fließen. Atemlos hielt ich inne. Mein Magen rebellierte und schien sich zu heben.

„He, was soll das? Du wirst gefälligst drinbleiben! Nun habe ich mich so gefreut, dass alles fein geklappt hat …" Mir war entsetzlich übel. Bloß nicht bewegen. Eine Weile blickte ich still auf das fließende Wasser, in der Hoffnung, dass mein in Aufruhr geratener Magen sich wieder beruhigen würde. Tatsächlich ging es mir langsam besser.

„Ist ja toll, hihi", brabbelte ich vergnügt, als sich die Welt langsam um meine Bank zu drehen begann.

„Der Rest muss auch noch weg, dann fahren wir Karussell, nicht wahr meine Gute", nahm ich das Zwiegespräch mit der Flasche in meinem Arm wieder auf. Mit dem Mut der Verzweiflung hielt ich mir die Nase zu und leerte sie in einem Zug. Endlich geschafft. Ich schüttelte mich heftig, erhob mich vorsichtig und versenkte die Flasche im nächsten Papierkorb. Über das Gefühl der Übelkeit war ich hinaus. Stattdessen wurde mir ziemlich schwindlig. Ich schwankte.

Irgendwie schämte ich mich nun doch ein wenig.

„Wie ein Penner", murmelte ich vor mich hin, „Zeit, dem lieben Tobi einen Besuch abzustatten. Er freut sich sicher, mich zu sehen." Dies war der letzte klare Gedanke, an den ich mich später erinnern sollte. Wie ich den knappen Kilometer zum Haus meines ahnungslosen Freundes zurücklegte, ist mir nur noch bruchstückehaft im Gedächtnis. Meine Beine müssen ihren Weg völlig selbstständig gefunden haben – ohne die geringste Unterstützung durch mein benebeltes Gehirn. Sie bewegten sich wie in Trance. Seltsamerweise haben sie mich an den gewünschten Ort getragen. Was sich dann abspielte, wurde mir am nächsten Tag in allen Einzelheiten berichtet. Es treibt mir noch heute die Schamesröte ins Gesicht und hat mit Sicherheit dazu beigetragen, dass ich um jegliche Art von Alkohol fürderhin einen großen Bogen machte.

Nachdem ich also heftig schwankend bei Tobi angekommen war, taumelte ich sturzbetrunken von einer Ecke seines Zimmers in die andere. Weder er noch seine Mutter schafften es, mich festzuhalten oder gar zu stabilisieren. Schließlich bestand ich darauf, auf die Toilette zu gehen, um Sekunden später kopfüber neben der Kloschüssel zu landen – allerdings nicht ohne im Vorbeifliegen den Handtuchhalter aus der

Wand zu reißen. Frau Heller hatte nun endgültig die Nase voll und rief aus Sorge um meine Knochen und ihr Mobiliar einen Krankenwagen.

Ein Blick auf meinen bedauernswerten Zustand genügte dem medizinisch geschulten Auge und man entschied, dass es für alle Beteiligten das Beste sei, mich postwendend aus dem Verkehr zu ziehen und mein Wohl in professionelle Hände zu legen.

Die Fahrt ins Starnberger Krankenhaus sollte den Rettungssanitätern ob des Heidenradaus, den ich veranstaltete, für lange Zeit in lebhafter Erinnerung bleiben. Die Tatsache, dass man mich gegen meinen Willen auf der Bahre festgeschnallt hatte, ließ meine ohnehin schlechte Laune wohl ziemlich gegen null gehen.

Endlich am Ziel angekommen, hielt der Diensthabende Arzt es für angezeigt, mir den Magen auspumpen zu lassen, da niemand so genau sagen konnte, was ich mir alles zu Gemüte geführt hatte.

Stunden später erwachte ich gefesselt und mit einem Katheter verbunden in meinem Krankenbett, ohne jede Erinnerung an die Vorkommnisse, die mich in diese merkwürdige Situation hineinmanövriert hatten.

Immerhin blieben mir die Nachwehen meines Besäufnisses in Form eines überdimensionalen Katers erspart. Ich öffnete die Augen und fühlte mich eigentlich gar nicht schlecht. Allein die Tatsache, das Bett nicht verlassen zu können, ärgerte mich maßlos.

Es dauerte nicht lange, da öffnete sich die Tür und Mutter stand vor mir. Kurz nach ihr schob sich auch Knut vorsichtig in den weißgetünchten Raum. Stumm sahen sie mich an. Sie wirkten einigermaßen ratlos.

„Oje, habt ihr etwa meinetwegen euren Urlaub abgebrochen? Ihr wolltet doch erst am Samstag zurückkommen", brach ich das Schweigen.

„Großmutter hat uns angerufen und erzählt, was geschehen ist. Ich hatte keine Ruhe mehr. Wie hätte ich nach all dem Theater hier das Wandern in Tirol noch genießen können? Warum hast du das getan?", fragte meine Mutter ruhig.

„Wenn ich das wüsste, würde ich es dir sagen. Ich war so unglücklich. Oma hat furchtbar genervt und ich dachte, ich könnte auf diese Weise die Zeit, bis ihr wieder da seid, besser herumkriegen. Dass die Sache derart aus dem Ruder läuft, habe ich wirklich nicht gewollt." Zerknirscht zupfte ich an meiner Bettdecke. Ich hatte ein schrecklich schlechtes Gewissen. Meine Mutter fuhr so selten weg und diesmal hätte sie die Erholung wirklich dringend nötig gehabt. Durch meine Dummheit hatte ich ihr alles vermasselt. Ich hätte mich ohrfeigen können.

„Wie soll es denn jetzt weitergehen? Gedenkst du dich noch öfter so unmöglich zu benehmen? Ich würde dir gerne helfen, aber ich weiß beim besten Willen nicht wie." Hilflos und konsterniert blickte Mutter mich an.

Ich hatte sie enttäuscht – das war fast schlimmer, als die erniedrigende Situation, in der ich mich momentan befand. Ich begann mich richtig grässlich zu fühlen.

„Ich werde das nicht wieder tun, versprochen. Es tut mir so leid. Ich wollte euch die Ferientage nicht verderben", sagte ich leise.

„In Ordnung. Ich werde mit dem Arzt reden und darauf drängen, dich möglichst bald zu entlassen. Dann sehen wir weiter." Damit verließ sie mit meinem Stiefvater im Schlepptau das Krankenzimmer.

„Verdammt, das hätte echt nicht sein müssen", murmelte ich und zerrte überflüssigerweise an meinen Fesseln, „hoffentlich lassen sie mich hier nicht verrotten."

Sie ließen nicht.

Einige Zeit nachdem Mutter und Knut den Kriegsschauplatz geräumt hatten, tauchte ein ausgesprochen wichtig aussehender Herr im weißen Kittel auf. „Na, was hast du denn gestern so alles geschluckt, liebes Kind?" Gönnerhaft lächelte er auf mich hinab.

„Eine Flasche Sherry", antwortete ich kurz angebunden. Der Typ war mir alles andere als sympathisch.

„Nur eine Flasche Sherry? Kann ich mir kaum vorstellen. Du hattest zwar eine nette Alkoholvergiftung, aber ich tippe doch darauf, dass du dir zusätzlich noch ein paar Drogen eingeworfen hast."

„Nein habe ich nicht. Ehrlich", alarmiert blickte ich ihm in die Augen. Ich wollte mir auf keinen Fall das Image eines abgewrackten Junkies verpassen lassen. „Ich nehme keine Drogen. Ich wollte nur einmal ausprobieren, wie Alkohol bei mir wirkt. Es war so eine Art Selbstversuch."

„Hm, tatsächlich. Ein einmaliges Experiment also. Dann würde ich vorschlagen, so einen Versuch nicht noch einmal zu starten, ansonsten lasse ich dich ohne Umweg in die geschlossene Abteilung des Max-Planck-Institutes einweisen. Eigentlich könnte ich das zu deinem eigenen Schutz auch jetzt schon tun."

„So etwas werde ich nie wieder tun", beeilte ich mich zu bekräftigen. „Toll war die Erfahrung nämlich nicht gerade. Das Ganze ist überhaupt nur deshalb passiert, weil meine Mutter im Urlaub war und meine Großmutter ewig gemeckert hat." Ich biss mir auf die Lippen. Die Geschichte klang wirklich mehr als lächerlich. Schließlich war ich dem Alter der mütterlichen Dauerbetüttelung längst entwachsen. Ich hoffte, mich mit dieser kindischen Aussage nicht noch tiefer in den Schlamassel hineingeritten zu haben. Der arrogante Weißkittel hatte alle Befugnisse, mich für lange Zeit von der Bildfläche verschwinden zu lassen, das war mir schlagartig klar geworden. Unsicher fügte ich schnell hinzu „Wie geht es denn nun weiter? Ich möchte so gerne nach Hause." Ich hoffte inständig, dass er Gnade vor Recht ergehen lassen würde. „Bitte lieber Gott, mach', dass er mich gehen lässt", betete ich in Gedanken, „dann werde ich auch nie wieder so etwas Blödes tun."

Nachdenklich sah er mich an. Die Sekunden tropften zäh wie Sirup dahin. Endlich räusperte er sich. Ich wagte kaum zu atmen. Mein weiterer Lebensweg schien auf einmal in seiner Hand zu liegen. Einer Hand, in die ich zugegebenermaßen am liebsten kräftig hineingebissen hätte.

„Ja, ich weiß – deine Mutter ist inzwischen aus dem Urlaub zurückgekehrt" Seine Augen funkelten spöttisch. Ich hatte den dringenden Wunsch, ihm sein überhebliches Dauergrinsen aus dem Gesicht zu schlagen, rang mir stattdessen aber lieber ein gequältes Lächeln ab – schließlich saß der Kerl im Moment eindeutig am längeren Hebel und das nicht allein durch die Tatsache, dass ich im Gegensatz zu ihm ohne jegliche Bewegungsfreiheit in einem Gitterbett fixiert war.

„Es wird allerdings noch ein Psychiater zu dir kommen, der feststellen soll, ob man dich, ohne es später zu bereuen, wieder auf die Menschheit loslassen kann", fügte er noch gleichmütig hinzu und drehte sich ruckartig um. Schon griff er nach der Türklinke.

„Wann ...", setzte ich an, aber er zog die Tür bereits hinter sich ins Schloss.

„Hochnäsiger Depp", maulte ich in mein Kissen und unterdrückte mühsam die Tränen, die sich in meinen Augen sammelten. Was hatte ich mir da nur eingebrockt? Meine ersten Erfahrungen mit dem Geist des Alkohols hatte ich mir wahrlich anders vorgestellt. Erst diese nicht wieder gut zu machende Blamage in Tobis Elternhaus und nun der Ärger mit den selbstgefälligen Herren in den weißen Kitteln.

„Geschieht dir ganz recht, du dumme Gans. Warum musst du es auch immer übertreiben?"

Es heißt ja, Selbsterkenntnis sei der erste Weg zur Besserung. Heute wurde mir eine ordentliche Portion davon beschert, ließ man mich zur Strafe für meine Sünden doch noch eine Zeit lang in meinem Büßerbett schmoren. Nachdem der freundliche Psycho-Doktor mir dann endlich geistige Gesundheit attestiert hatte, durfte ich die nächste Nacht wieder unangebunden im heimatlichen Kellergemach verbringen. Allerdings wusste ich nun, dass es noch schlimmere Dinge gab, als sein Bettchen mit Spinnen und Asseln zu teilen.

Bei allem Ungemach nahm ich für künftige Lebenskrisen aus dieser Geschichte immerhin mit, dass das geistige Abtauchen in die Untiefen der Trunkenheit nicht zur Lösung etwaiger Probleme beiträgt, sondern lediglich in deren Potenzierung endet.

– 25 –

Das tägliche Leben änderte sich durch meinen kleinen Ausflug in die Welt der geistigen Umnachtung nicht im Mindesten. Die Eckdaten blieben die gleichen. Mutter und ich dämmerten, jeder mit seinen eigenen Dämonen beschäftigt, tage-, wochen- und monatelang antriebslos vor uns hin. Im Grunde sehnten wir uns beide nach nichts anderem als einem heimeligen Zuhause. Einem Ort, der uns Schutz gab vor der rauen, trostlosen Wirklichkeit. Einer Wirklichkeit, in der Träume niemals wahr wurden und der Spruch „und so lebten sie glücklich bis ans Ende ihrer Tage" reine Illusion bleiben musste. Mutter hatte längst kapituliert und mich in ihrem Strudel mit nach unten gerissen. *Mein* Leben fing gerade erst an und doch hatte ich das Gefühl, dass bereits alle Weichen gestellt waren und keine Chance mehr bestand, jemals glücklich zu werden. Ich sah kein Licht am Horizont.

Sicher würde ich eines Tages ausziehen – aber was dann? Womit würde ich meinen Lebensunterhalt verdienen? Keine Frage, weder auf Mutter noch auf Vater Nummer eins würde ich mich im Falle meines Scheiterns jemals stützen können. Ich fühlte mich auf einem Drahtseil in schwindelnder Höhe balancieren, ohne Netz und doppelten Boden. Nichts würde mich aufhalten, wenn ich fiel, das war mir viel zu früh im Leben bereits klar. Aber sollte tatsächlich jetzt schon alles vorbei sein? Nur weil ich nicht wie andere einen familiären Hintergrund hatte, der mir Halt gab? Drei Väter und eine Mutter hatte ich vorzuweisen, dummerweise aber niemanden, der mir die Hand reichen und mich auffangen würde, wenn ich versagte.

Mutter konnte ich für das Drama, das meine Kindheit darstellte, im Grunde keine Schuld geben. Sie war mit sich selbst und den Unwägbarkeiten ihrer eigenen Existenz bereits komplett überfordert. Wie sollte sie in ihrer desolaten Verfassung die Nöte einer heranwachsenden Tochter verstehen und lindern? Ein Ding der Unmöglichkeit. Und so köchelte unser Verhältnis viele Jahre lang an der Oberfläche einer Gefühlswelt, deren Abgründe uns beide zutiefst ängstigten. Jeder fürchtete unbeabsichtigt beim anderen die geballte Wucht der Verzweiflung freizusetzen, die wie ein Ungeheuer in den Untiefen unserer Seelen lauerte.

Mein einziger Rückhalt in dieser Zeit hieß Tobias Heller. Der kleine Tobi mauserte sich immer mehr zu einem ernst zu nehmenden Partner an meiner Seite. Er war für mich da, wenn die Wellen der Ohnmacht über mir zusammenschlugen. Tatsächlich wurde er das, was ich so schmerzlich vermisst hatte: Der Fels in der Brandung, der mir half, die schlimmsten Stürme zu überstehen. Die tragende Rolle, die er in meiner Schulzeit gespielt hatte, wurde mir leider erst Jahre später bewusst. Bescheiden und dankbar nahm er an, was ich bereit war zu geben – und das war nicht eben viel. Enttäuscht von den unglücklichen Erfahrungen meiner Jugend ließ ich ihn oft spüren, dass ich von seinen Geschlechtsgenossen im Allgemeinen und ihm im Besonderen wenig bis gar nichts hielt. Mit stoischer Ruhe nahm er diese Ungerechtigkeit hin und wertete sie als das, was sie tatsächlich war: Als Trauer über den Verlust einer Kindheit, die es für mich nie gegeben hatte. Er zeigte eine menschliche Größe, die seinesgleichen suchte. Den unsäglichen Vorfall meiner Volltrunkenheit erwähnten weder er noch seine Mutter jemals in meinem Beisein. Auch dafür zollte ich ihm Hochachtung. Die übrigen halbstarken Vertreter seines Alters hätten sich ausnahmslos damit gebrüstet, eine derart durchgeknallte Freundin zu haben oder sich allenfalls über die Auswüchse meines Mega-Besäufnisses lustig gemacht. Nicht so Tobias. Liebevoll hielt er mich allen Unbilden zum Trotz auf der richtigen Spur und ersparte uns beiden weitere Erfahrungen wie meinen Ausflug in das Reich des Sherry-Monsters. Allein seiner Unterstützung verdanke ich die Tatsache, dass ich schließlich trotz aller häuslichen Querelen meinen achtzehnten Geburtstag im Kreise meiner lieben Familie feiern konnte. Selbst mein Erzeuger gab sich zu diesem Anlass die Ehre. Er hatte großspurig verkündet, mir den Führerschein zum Geschenk zu machen. Man kann sich vorstellen, wie groß meine Freude war, als er mir dann den entsprechenden Scheck überreichte: Er war über 1000 Mark ausgestellt. Der Führerschein kostete 1500.

Ich ärgerte mich nicht einmal darüber. So war er eben, mein Vater. Immer für eine negative Überraschung gut. Manche Dinge ändern sich nie. Netterweise übernahm Mutter stillschweigend die Differenz. Auch das war typisch – sie versuchte, die Scherben, die ihr Ex-Gemahl im Umgang mit Jan und mir hinterließ, unauffällig aufzukehren. Eigentlich bestand dazu nicht der geringste Anlass – umso dankbarer war ich ihr für diese Geisteshaltung.

Mit dem so lange herbeigesehnten achtzehnten Geburtstag hielt durch meinen neu erworbenen Führerschein nicht nur ein gewisses Maß an Unabhängigkeit Einzug – vielmehr noch trat das Gefühl, endlich frei sein zu wollen, immer stärker zutage. Ich hatte das gestörte Familienleben im Hause von Vater Nummer drei endgültig satt. Vier Jahre reichten. Ich wollte weg. Lieber gestern als heute. Wie schön wäre es doch, nicht mehr morgens in das griesgrämige Gesicht meines Stiefvaters zu sehen und seinen ständigen Putzorgien beiwohnen zu müssen. Er hatte die ungemütliche Angewohnheit, bereits kurz nach dem Aufstehen lärmend mit dem Staubsauger durch das Haus zu ziehen. Sein Reinlichkeitstick nahm immer bedenklichere Ausmaße an. Wahrscheinlich hätte er Jan und mich als Urheber der Verunreinigungen am liebsten mit eingesaugt. Mehr denn je hatte ich das Gefühl, in seinem Haus nicht willkommen zu sein. Aufgrund meiner Volljährigkeit sah er sich wohl auch nicht länger in der Pflicht, mir *sein* Dach über meinem Kopf zur Verfügung zu stellen. Dummerweise musste ich allerdings noch fast zwei weitere lange Jahre die Schulbank drücken.

Das Dilemma löste sich eines Tages völlig unerwartet von selbst: Eine harmlos anmutende Auseinandersetzung zwischen Knut und mir eskalierte. Worum es ging, weiß heute niemand mehr, es war wohl nur eine Lappalie. Aber die Gemüter erhitzten sich mehr und mehr und die Situation geriet außer Kontrolle. Im Verlauf des immer heftiger werdenden

Disputs warf ich schließlich die Portion Eierravioli, die sich gerade auf meinem Teller befand, an die Wand. Ein rauschender Schlussakkord in einer Oper, die längst niemand mehr hören wollte. Das war definitiv zu viel für meinen reinlichen Stiefvater. Ich muss heute noch lachen, wenn ich an sein fassungsloses Gesicht denke, als er auf die Ravioli starrte, die gemächlich an der weißen Wand hinunterrutschten und dabei eine schmierige orange-rote Farbspur hinterließen.

Das war das traurige Ende eines ausgesprochen unerfreulichen Abschnittes meiner Jugend. Ich zog aus.

– 26 –

Mithilfe von Tobis einflussreichem Vater fanden wir in kürzester Zeit ein Appartement, das nicht nur besonders gemütlich war, sondern sich angenehmerweise auch noch unweit von Tobis Zuhause befand. 55 qm Freiheit – nur für mich allein. Eine Küche, eine Schlafecke und eine große Loggia, das alles im 6. Stockwerk. Ich konnte es kaum fassen. Endlich Ruhe. Kein Gemecker. Kein Staubsauger. Keine vorwurfsvollen Blicke. Keine Spinnen. Das Ende meines Kellerassel-Daseins.

Reine, überschäumende Glückseligkeit.

Nach der anfänglichen Hochstimmung aber hielt aufgrund des immer gegenwärtigen Geldmangels eine latent lauernde Katerstimmung Einzug in meine heile Welt. Meine Mutter kratzte jeden Monat mühsam das Geld für die Miete meines Appartements zusammen, für meinen Lebensunterhalt reichte es kaum. Ich lebte von 200 Mark im Monat. Davon musste ich noch Strom und Telefon bezahlen. Nun könnte man meinen, dass mein wohlhabender Vater sich ab und an zu einer mehr oder weniger großzügigen Spende hinreißen ließ. Weit gefehlt – er stattete mir zwar ein oder zwei Mal einen Besuch ab, Unterstützung in Form von Möbeln, Kleidung oder Bargeld brachte er jedoch nicht. Jobsuche war also dringend angesagt. Die Möglichkeiten, die sich einem Schüler in puncto Geld verdienen bieten, waren damals wie heute leider ausgesprochen eingeschränkt. Eine Bekannte vermittelte mir schließlich eine Stelle als Putzhilfe. Mangels besserer Alternativen griff ich sofort zu. Zwar ekelte ich mich vor dem Dreck, den die schmuddelige Familie, für die ich nun arbeitete, überall schamlos hinterließ, aber der Lohn für die zusammengebissenen Zähne war ab und an ein Kleidungsstück oder eine neue Pflanze für meine schöne helle Wohnung. War ich froh, als ich mithilfe eines ebenfalls unter ständigem Geldmangel leidenden Klassenkameraden einen neuen Job ergattern konnte: In der Küche der Gaststätte „Wienerwald" durfte ich monatelang zwei bis drei mal pro Woche Salat putzen, Geschirr waschen und mich um die Vorbereitung der Gummiadler kümmern. Was für ein Gefühl, morgens um acht Uhr vor einem Gestell mit hundert Bluttropfenden angetauten Hähnchen zu stehen, den unangenehmen Geruch des kalten Todes in der Nase und die dankbare Aufgabe vor sich, Talgdrüsen abzuschneiden und verbliebene Organe zu entfernen.

Ich schüttelte mich und hielt durch. Was waren schon diese verhältnismäßig kleinen Unannehmlichkeiten im Vergleich zu der Tatsache, nicht länger auf Discobesuche und Konzerte verzichten zu müssen? Zum ersten Mal seit sehr langer Zeit war ich mit mir und meinem Leben einigermaßen im Reinen.

Nicht nur kleinere Anschaffungen waren durch meine Arbeit im Geflügel-Imperium nun möglich, sogar ein bescheidener Urlaub war in greifbare Nähe gerückt.

Tobi wälzte begeistert Reise-Kataloge. In dem Punkt waren wir uns einig – trotz meines notorisch kleinen Budgets waren wir für unser Leben gern unterwegs.

„Mallorca wäre günstig", meinte er nachdenklich. „Relativ teuer ist allerdings der Flug."

„Ich fliege sowieso nicht gerne. Suchen wir uns doch ein Ziel, das wir mit dem Auto erreichen können."

„Mit welchem Auto denn? Mit der alten Kiste von meiner Mutter werden wir nicht weit kommen …"

Ich überlegte. „Hm, ich wüsste schon jemanden, der für einen gemeinsamen Urlaub gerne sein Auto zur Verfügung stellen würde."

„Achim?", erwiderte Tobi zweifelnd.

„Nee, der würde allenfalls mit mir alleine wegfahren. Ferien zu dritt tut der sich nicht an. Ich meine Georg."

„Georg? Der verklärte Physiker? Lieber Gott, der ist ja auch in dich verknallt."

„Na und – der ist schon dankbar, wenn er nur Zeit mit mir verbringen darf. Auf weitere Zugeständnisse spekuliert er gar nicht. Außerdem finde ich ihn ganz nett, abgesehen vielleicht von der Tatsache, dass er das Geld seiner Eltern ein bisschen sehr raushängen lässt."

Georg hatte mir als ich noch zuhause wohnte Nachhilfe in Physik, meinem absoluten Alptraumfach, erteilt. So waren wir Freunde geworden. Ich wusste, dass er eine Schwäche für mich hatte, und er wusste, dass er nicht die Spur einer Chance hatte, bei mir zu landen. Damit waren die Fronten geklärt und einer lockeren Freundschaft stand nichts im Wege.

„Wenn du meinst, das klappt mit ihm, können wir das meinetwegen anpeilen. Dann würde ich aber gerne noch Paul mitnehmen. Zu dritt in den Urlaub zu fahren, noch dazu in der Konstellation, halte ich nämlich für keine gute Idee." Tobi freundete sich bereits mit meinem Vorschlag an. Na bitte.

„Dann frage ich noch Jan, ob er auch mitkommen will. Der ist schon lange nicht mehr in die Ferien gefahren. Und fünf Leute passen problemlos in Georgs Passat."

Tobi nickte „Billiger wird's außerdem, je mehr Leute mitfahren. Wohin soll's gehen? Italien vielleicht?"

Ich dachte nach. „Wie wäre es mit Frankreich?"

„Auch nicht schlecht. Ich hole gleich morgen Prospekte bezüglich der Ferienhäuser bis fünf Personen. Da lässt sich sicher was finden."

Die Vorbereitung der Reise lief reibungslos. Sowohl Georg, als auch Jan und Paul wollten gerne mitkommen und Tobi fand ein günstiges Haus in der Bretagne mit fünf Schlafplätzen.

Ich war voller Vorfreude. Die letzten Sommerferien meiner Schullaufbahn – sie würden sicher etwas Besonderes werden.

Das wurden sie in der Tat. Allerdings auf andere Weise, als ich mir vorgestellt hatte.

Die Probleme begannen schon auf der Hinfahrt.

„Wir machen einen Stopp in Paris. Meine Eltern sind zu der Zeit dort und mir ist es zu anstrengend, den weiten Weg in einem Rutsch durchzufahren. Ich werde also eine Nacht bei ihnen im Hotel bleiben", meinte Georg zwei Tage bevor es losgehen sollte.

„Aha, und wo sollen wir währenddessen unterkommen?" Ich fand seine Art der Routenplanung ziemlich egoistisch und wenig erbaulich. Mein Geld reichte gerade für meinen Anteil an der Miete, für die Fahrtkosten und das Essen. Eine Übernachtung in Paris war beim besten Willen nicht mehr drin. Ebenso wenig für Paul. Seine finanzielle Situation hatte verblüffende Ähnlichkeit mit der meinen. Auch er verdingte sich in der Küche des Wienerwalds, um irgendwie über die Runden zu kommen.

„Da drum müsst ihr euch selbst kümmern. Sorry, das ist nicht mein Problem." Damit war die Sache für Georg, den wohlhabenden Bankierssohn, erledigt.

Und so fuhren wir dann zu fünft nach Paris. Am ersten Etappenziel angekommen, parkte Georg sein Auto in der Tiefgarage des Novotels, schnappte sich seine Reisetasche, geleitete uns noch nach oben und schickte sich an, in der vornehmen Eingangshalle zu verschwinden.

„He Georg, gib' uns doch wenigstens den Schlüssel, dann können wir später im Auto schlafen, wenn wir müde sind", rief Tobi ihm nach.

„Nein, das ist hier nicht erlaubt. Ihr müsst euch schon um einen anderen Schlafplatz bemühen. Bis morgen um elf Uhr, Leute", sprach's und verschwand.

„Ich fass' es nicht", murmelte Tobi ungläubig. „Ein toller Freund, ich bin beeindruckt", sagte Paul sarkastisch.

Ich enthielt mich jeglichen Kommentars, meine Enttäuschung über Georgs unsoziales Verhalten war einfach zu groß.

„Na dann wollen wir uns einmal die Stadt ansehen. Wohin gehen wir zuerst? Notre Dame?", fragte Tobi, krampfhaft um einen unbeschwerten Tonfall bemüht. „Wir lassen uns von dem Kerl den Tag doch nicht vermiesen." Damit schritt er beherzt aus. Wir alle wussten, dass Tobias sich ein Zimmer im noblen Novotel problemlos leisten konnte – niemals hätte er Jan, Paul und mich jedoch einfach zurückgelassen. Für ihn hatte das Wort „Freundschaft" einen hohen Stellenwert und ein derartiges Verhalten konnte er mit seinem Ehrenkodex nicht in Einklang bringen. Es war typisch für ihn, dass er nun versuchte, aus der vertrackten Situation das Beste zu machen.

Missmutig trabten Paul, Jan und ich hinter ihm her. Zunächst steuerten wir das Centre Pompidou an und verzehrten hungrig auf dem Vorplatz unseren mitgebrachten Proviant. Schon jetzt waren wir todmüde, wussten aber, dass uns noch fast 24 Stunden bevorstanden, die wir in der Stadt an der Seine absitzen mussten. Zu Fuß ging's weiter zur Kathedrale Notre Dame und von dort aus zum Eiffelturm. Nach oben zu fahren, konnten Paul und ich uns nicht leisten, also setzen wir uns auf dem Marsfeld ins Gras. Eine Weile genossen wir den grandiosen Anblick. Inzwischen war es später Nachmittag und wir bekamen Hunger. Meine Füße taten mir weh. Sie waren durch das stundenlange Laufen in den billigen Turnschuhen unangenehm aufgeweicht.

„Lasst uns auf die Champs Elysées gehen, da bekommen wir sicher etwas zu essen." Tobi war wie üblich zuversichtlich.

„Ist das weit? Ich kann nicht mehr", jammerte Jan, „können wir nicht mit der U-Bahn fahren?"

„Ich habe noch 20 Francs übrig, dafür kann ich entweder U-Bahn fahren oder etwas essen, ich entscheide mich für das Essen", maulte Paul übellaunig.

„Es ist nicht weit, wir gehen ganz langsam. Auf geht's Großer – das schaffst du schon", versuchte Tobi meinem erschöpften Bruder Mut zuzusprechen.

Wir schleppten uns mühsam am Arc de Triumphe vorbei in Richtung der Pariser Prachtstraße. Ausgerechnet hier etwas zu essen zu ergattern, das für uns erschwinglich war, erwies sich als unmöglich. Mir war zum Heulen zumute. Niemand machte Tobi jedoch einen Vorwurf. Er versuchte lediglich, eine Möglichkeit zu finden, den Tag einigermaßen unbeschadet zu überstehen. Schließlich verzehrten wir alle vier gemeinsam eine Pizza. Sie kostete 60 Francs.

Unterdessen war es Abend geworden.

„Ich bin endfertig. Lasst uns einen Platz suchen, wo wir die Nacht verbringen können." Jan und ich stimmten Paul aus ganzem Herzen zu. Allein Tobi wirkte noch einigermaßen munter.

„Wir gehen in Richtung Place de la Concorde, unterwegs gibt es sicher Bänke, auf denen wir eine Weile ausruhen können." Müde schlichen wir hinter unserem Leitwolf her. Und tatsächlich – kurze Zeit später fanden wir einen kleinen Park mit einem halben Dutzend leeren Bänken.

„Wie für uns gemacht", Tobis Fröhlichkeit kannte wirklich keine Grenzen, „voilà Madame et Messieurs, die Betten sind gerichtet." Damit ließ er sich gut gelaunt nieder und zog mich neben sich auf die Bank.

„Schlaf Schatz, ich passe auf, dass dir nichts geschieht." Liebevoll lächelte er mich an.

Erschöpft legte ich meinen Kopf in seinen Schoß, und während er mich sanft in den Schlaf streichelte, sah ich noch, wie Paul und Jan sich in nächster Nähe ebenfalls auf einer Bank ausstreckten. Dann schlief ich ein.

Irgendwann im Laufe der Nacht wurde ich wach. Kein Tobi neben mir. Ruckartig setzte ich mich auf. Mein Blick fiel auf die Bänke rundum – sie waren leer! Ich erschrak.

„Die können mich doch hier nicht einfach liegen lassen und abhauen!" Wütend erhob ich mich. „Wo soll ich denn jetzt hin?" Ratlos lief ich auf den Ausgang des Parks zu.

„Rechts oder links? Die werden sicher nicht weit sein, sonst hätten sie mich mitgenommen." Wie immer führte ich Selbstgespräche, um eine aufkommende Panik niederzukämpfen.

Am Ende des Parks entschied ich, die Champs Elysées in Richtung Place de la Concorde hinunterzumarschieren.

Und plötzlich sah ich sie. Jan verharrte reglos inmitten des großen Kreisverkehrs. Paul und Tobias standen am Rande der Fahrbahn und riefen ihm irgendetwas zu. Mein Bruder zeigte keine Reaktion. Atemlos versuchte ich die drei zu erreichen und eine Erklärung für diese äußerst bizarre Szene zu erhalten. Eine Mutprobe vielleicht?

„Die sind wohl komplett übergeschnappt!", murmelte ich und konnte beobachten, wie Tobias losrannte, Jan am Arm packte und ihn in Richtung Bürgersteig zog.

Beinahe gleichzeitig erreichten wir Paul, der am Rand des Kreisverkehrs wartete.

„Was um Himmels willen treibt ihr hier? Wollt ihr euch umbringen?", schleuderte ich den Dreien entgegen. Sie beachteten mich nicht.

„Ist er o. k.?" Paul fasste meinen Bruder an den Schultern und schüttelte ihn kräftig „Jan, hey, wach auf, Junge!"

Jetzt erst war mir klar, dass Jan noch immer am Schlafen war. Seine Augen waren zwar offen, aber er zeigte keinerlei Reaktionen. Tobi tätschelte seine Wangen „Großer, aufwachen! Schau wir sind in Paris und wollen bald weiter. Hallo!"

Langsam kam Leben in Jans Augen. „Wo bin ich?" Verwirrt sah er sich um.

„Mitten in Paris und nur knapp einer Katastrophe entgangen, schätze ich", erwiderte Paul ungerührt.

„Was für ein Glück, dass hier nachts nicht so viel los ist, sonst hätte das wirklich ins Auge gehen können." Selbst Tobi wirkte nun übermüdet und besorgt.

Und Georg hätte ihn auf dem Gewissen gehabt. Keiner sprach diese Worte aus und doch dachten wir alle das Gleiche.

„Wie konnte das nur passieren?", wandte ich mich an Tobi.

„Ihr drei habt tief geschlafen und so schön geschnarcht, da bin ich irgendwann eingedöst, obwohl ich eigentlich Wache halten wollte. Da in unserer Nähe ständig ein Polizist Streife gegangen ist, habe ich es gewagt, die Augen ein wenig fester zu schließen. Aus irgendeinem Grund bin ich plötzlich wach geworden und habe festgestellt, dass Jan verschwunden war. Ich habe Paul geweckt, um nach ihm zu suchen. Kurz nachdem wir losgelaufen sind, bist du wohl auch aufgewacht. Na ja, den Rest der Geschichte kennst du."

„Was machen wir jetzt? Zum Park zurück?" Paul scharrte resigniert mit dem Fuß.

„Wie spät ist es denn? Mir ist so kalt und ich habe Angst, dass Jan etwas geschehen könnte! Ich möchte mich nicht noch einmal auf die Bank legen." Mit zitternden Knien lehnte ich mich an meinen Freund.

„Es ist vier Uhr, das Schlimmste haben wir hinter uns. In einer Stunde öffnet die Metro. Im Untergrund können wir dann noch ein paar Stunden schlafen. Da ist es wenigstens warm." Tobi war nie um eine Idee verlegen.

„Der beste Vorschlag des Tages", seufzte Jan und gemeinsam setzten wir uns in Bewegung, um eine U-Bahn-Station zu suchen.

„Ich komme mir vor wie ein Obdachloser", kicherte Tobi. Es gab wirklich nichts, was ihm seine gute Laune verderben konnte. Meine dagegen war längst auf dem Nullpunkt angekommen.

„Das Traurige ist, dass wir uns nicht nur obdachlos fühlen, sondern es im Moment tatsächlich sind", antwortete ich bissig.

Irgendwann fanden wir eine Metro-Station, brachten die verbleibende halbe Stunde bevor sie ihre Pforten öffnete noch irgendwie herum und atmeten auf, als wir die heimelige Wärme des U-Bahn-Schachtes spürten. Im Laufe der Nacht war es empfindlich kalt geworden. Für Anfang September nicht weiter ungewöhnlich. Jan rollte sich sofort auf dem Fußboden liegend ein und war nach wenigen Minuten wieder am Schlafen. Gerührt beobachtete ich ihn. Er war so tapfer gewesen und tat mir so entsetzlich leid. Meine Wut auf Georg wuchs ins Unermessliche. Am liebsten hätte ich ihm seinen elitären Hals umgedreht.

Aus Angst davor, dass mein kleiner Bruder wieder auf Wanderschaft gehen könnte, machten Tobi, Paul und ich kein Auge mehr zu. Außerdem war mir allein die Vorstellung, wie eine Gestrandete auf der Erde zu liegen, während um mich herum die Leute auf dem Weg zur Arbeit mitleidige Blicke in unsere Richtung warfen, unerträglich.

Fünf weitere Stunden später machten wir uns auf den Weg zum Novotel. Diesmal leisteten wir uns den Luxus einer U-Bahn-Fahrt. Tobias lud uns alle dazu ein. Keiner von uns wäre mehr in der Lage gewesen, den Weg zum Hotel zu laufen.

Punkt elf Uhr trafen wir den bestens gelaunten Georg in der Hotel-Lobby. Fröhlich plapperte er los: „Na, Leute, wie war euer Tag im schönen Paris? Ich bin mit meinen Eltern fünf Stunden lang im Louvre herumgelaufen. Ich kann euch sagen, das war echt anstrengend. Am Abend stand zur Belohnung dann ein köstliches Essen in einem der besten Restaurants am Platze auf dem Programm. C'était formidable. Hier lässt sich's wirklich aushalten. Ich habe beschlossen, bald wieder zu kommen. Es gibt noch so viel zu besichtigen. Ein Tag ist viel zu kurz, um dieser herrlichen Stadt gerecht zu werden!" Nach diesem Redeschwall holte er erst einmal tief Luft, um nach einem Blick in mein verschlossenes Gesicht schnell noch hinzuzufügen: „Hat's euch denn auch gefallen?"

„Sehen wir so aus?", blaffte Paul ihn mit funkelnden Augen an.

„Äh, ich würde sagen, ihr seht ziemlich müde aus", erwiderte Georg hilflos.

„Ach wirklich? *Ich* würde sagen, dass das nach einer Nacht, in der man zwischen Parkbank und U-Bahn-Station wählen konnte, um sein müdes Haupt zur Ruhe zu betten, doch sicher nicht weiter verwunderlich ist." Tobi äffte Georgs überkandidelten Tonfall nach. Noch nie hatte ich meinen sonst so ausgeglichenen Freund derart wütend erlebt.

„Wie soll ich das verstehen?" Georg blickte ratlos von einem zum anderen.

„Genau so, wie Tobi es gesagt hat. Und nun lasst uns endlich weiterfahren", meinte ich knapp. Stillschweigend kamen wir überein, Georg nicht an unseren Erlebnissen der letzten 24 Stunden teilhaben zu lassen. Ihn aus unserer Gemeinschaft für den Rest des Urlaubs auszuschließen, war unsere einzige Möglichkeit, sein unsensibles und eigennütziges Benehmen angemessen zu bestrafen. Meine Freundschaft mit dem zerstreuten Physikus sollte sich von diesem verunglückten Auftakt unserer ersten gemeinsamen Reise nie mehr erholen.

Am späten Nachmittag erreichten wir endlich unser Feriendorf im Norden der Bretagne. Jeder einzelne Knochen meines Körpers schmerzte und meine Füße spürte ich nicht mehr. Sie steckten seit zwei Tagen in den gleichen Socken und Turnschuhen. Ich war völlig am Ende, aber noch wach genug, um wahrzunehmen, dass das Feriendorf gänzlich unbewohnt war. Sämtliche Häuser waren verwaist und Büschel trockenen Seegrases wehten einsam durch die Straßen. Der erste Eindruck vermittelte einen Hauch von Weltuntergangsstimmung. Genau das, was mir in meinem desolaten Zustand noch gefehlt hatte.

„Das ist nicht wahr, oder?", äußerte ich mich nach der ersten Schrecksekunde mit einem Anflug von Hysterie.

„Ich komme mir vor wie in einem schlechten Western", meinte Paul amüsiert.

„Darüber kann ich gar nicht lachen", antwortete ich böse. Zu Scherzen war mir wahrlich nicht mehr zumute.

„Lasst uns erst mal auspacken und etwas essen. Wenn wir morgen dann ausgeschlafen sind, sieht die Welt sicher schon ganz anders aus", versuchte Tobi die Wogen zu glätten. Beruhigend strich er mir über den Rücken.

Trotzig schob ich die Unterlippe vor. Nichts wünschte ich mir in diesem Augenblick sehnlicher, als bei einer kühlen Cola entspannt zuhause auf meinem Balkon zu sitzen und den Sonnenuntergang zu genießen. Stattdessen stand ich nun hier, erschöpft und hungrig in einer an Trostlosigkeit kaum zu überbietenden Gegend. So hatte ich mir meine buchstäblich vom Mund abgesparten Ferien wirklich nicht vorgestellt.

„Der Strand ist nicht weit, morgen sehen wir uns die nähere Umgebung an – das wird sicher schön, Schatz." Tobi lächelte mir aufmunternd zu und versuchte beschwingt die Haustür zu öffnen. Diese klemmte offensichtlich. Ein kräftiger Tritt – und er war verschwunden.

„Du hast ja recht. Hauptsache, das Haus ist sauber. Wie ich mich auf ein weiches Bett freue", murmelte ich leise vor mich hin und betrat nun ebenfalls unser Domizil.

Im Zwielicht konnte ich zwei Zimmer erkennen, die an den engen Eingangsbereich grenzten.

„Aha, Wohnzimmer und Schlafzimmer. Tobi wo steckst du?", rief ich in Richtung eines verschlissenen Vorhangs, der wohl als Sichtschutz für einen Garderobenschrank dienen sollte.

„In der Küche", kam eine Stimme hinter dem Vorhang hervor. Ich zog den Stoff zurück. Tatsächlich befand sich dahinter ein schmaler Tisch sowie eine Herdplatte und ein kleiner Hängeschrank.

„Du lieber Gott, was ist denn das?" Paul war direkt hinter mir ins Haus getreten und lugte mir entsetzt über die Schulter.

„Ich fürchte, das was Sie hier sehen meine Damen und Herren, liebe Kinder, ist die Küche des Hauses." Tobias hatte sich auf einen der wackeligen Stühle fallen lassen.

„Das darf einfach nicht wahr sein." Ich fühlte, wie sich meine Augen mit Tränen füllten, und drängte sie mühsam zurück. „Und wie schmutzig es hier ist …"

„Komm' Lisa, die Küche und deren Möglichkeiten nehmen wir uns später vor, jetzt suchen wir erst die Betten, dann kannst du dich ein wenig ausruhen." Mitleidig legte Paul mir einen Arm um die Schultern und führte mich in eines der angrenzenden Zimmer.

„Das Wohnzimmer, soso. Recht spartanisch eingerichtet will ich meinen. Zwei Schlafmöglichkeiten auf den beiden Sofas. Einigermaßen asketisch, aber bitteschön – man muss nehmen, was man bekommt." Er grinste mich schief an.

Ich war zu entsetzt, um mich noch in irgendeiner Form zu äußern. Wäre ich doch daheimgeblieben. Das kommt davon, wenn man es wagt, ohne Geld in der Tasche in die weite Welt hinaus zu ziehen. Paul zog mich ins nächste Zimmer, das Tobias bereits in Augenschein nahm. Es wurde durch ein leicht schief stehendes französisches Doppelbett beherrscht. Das übrige Mobiliar bestand aus einem unscheinbaren kleinen Schrank. Von der Decke hing eine hässliche alte Küchenlampe. Paul prustete los.

„Wenigstens ein richtiges Bett. Das ist für Lisa und Tobi. Oder seid ihr anderer Meinung?" Damit drehte er sich grinsend zu Jan und Georg um, die sich inzwischen der Schlossbesichtigungstour angeschlossen hatten.

„Nein, natürlich nicht. Die beiden sind das einzige Pärchen hier – sie bekommen auch das Doppelbett, ist doch klar", antwortete Jan. Ich konnte Georgs Gesichtsausdruck entnehmen, dass er da sehr wohl anderer Ansicht war, aber nachdem er nach seiner Übernachtungsaktion in unserer kleinen Reisegruppe sowieso keinen leichten Stand mehr hatte, wagte er keinen Widerspruch.

„Ich möchte im Wohnzimmer schlafen", meldete Jan sich wieder zu Wort.

„Okay. Dann haben wir hier also Lisa und Tobias, im Wohnzimmer Jan und Georg. Fehlt nur noch mein Bett.", resümierte Paul.

In den nächsten zehn Minuten suchten wir fieberhaft nach dem fünften Schlafplatz. Wir fanden ihn schließlich hinter einer vermeintlichen Schranktür in einem Gang, der zu einem heruntergekommenen Badezimmer führte. Das „Zimmer" bestand aus einer einzigen Liege und besaß kein Fenster.

„Da werd' ich wohl besser die Tür auflassen." Paul hatte sichtlich Mühe, seinen aufkeimenden Unmut zu verbergen, „wenn einer eine Reise tut …"

„Dann ist er selber schuld", schloss ich zynisch und ging zum Auto, um meinen Koffer zu holen.

Das Erste, was ich am nächsten Morgen sah, waren mehrere Küchenschaben, die vergnügt über meine Bettdecke wanderten. Ich schrie gellend. Der arme Tobias kippte vor Schreck fast über die Bettkante.

„Mach' sie weg, mach' sie weg …" Ich fuchtelte wild mit den Händen in der Luft herum.

Schnell griff er ein Krabbeltierchen nach dem anderen und warf sie durch das offene Fenster nach draußen. Er wusste, welche Ängste ich bei derartigen Kreaturen ausstand.

Einmal waren wir während einer Schlauchboottour an der einzigen Stelle der Würm gekentert, an der man nicht stehen konnte. Und das nur, weil plötzlich eine Spinne mein Bein als Landeplatz auserkoren hatte und ich daraufhin so panisch herumzappelte, dass das Boot schließlich umkippte und sämtliche darin befindlichen Dinge auf Nimmerwiedersehen verschwanden. Damit aber noch nicht genug – ich weigerte mich nach diesem hinterlistigen Angriff auf meine Person hartnäckig, wieder in das Boot zu steigen und eine weitere gemeine Attacke zu riskieren. So schleppten wir es mühsam auf unseren Schultern bis zum verabredeten Treffpunkt mit seinen Eltern. Die staunten nicht schlecht, als sie uns auf dem Landwege kommen sahen.

Tobi hatte also reichlich Erfahrung mit meiner Unzurechnungsfähigkeit im Umgang mit krabbelndem Getier und durchsuchte ab sofort in regelmäßigen Abständen unser Bett und das übrige Zimmer nach weiteren verdächtigen Exemplaren aus dem Reich der Spinnen und Insekten. Nie ging er dabei leer aus. Der überwiegende Teil unserer sympathischen Mitbewohner fand sich immer wieder aufs Neue in unserem Bett ein.

„Wo kommen die bloß alle her?", ratlos suchte er nach Ritzen im Mauerwerk.

Die Lösung war denkbar einfach.

Eines Morgens fiel mein Blick nach dem Aufwachen auf die geschmackvolle Deckenlampe, die über unserer Schlafstatt baumelte. Und siehe da, unter der Abdeckung des Stromanschlusses spazierten fröhlich hintereinander drei „Fühlerwackler", so hatten wir unsere kleinen Freunde zärtlich getauft, hervor. Tobias kaufte noch am gleichen Tag eine Rolle Klebeband und verschloss den Schaben damit ihren Durchgang in die Freiheit. Keine Ahnung, welchen Weg sie fürderhin wählten, wir hatten jedenfalls endlich Ruhe.

Nach unserem Sieg über das gemeine französische Ungeziefer verliefen die restlichen Ferientage weitestgehend ereignislos. Tatsächlich befand sich unser marodes Häuschen ganz in der Nähe eines schönen Strandabschnittes. Obwohl es zum Schwimmen bereits zu kalt war, hielten wir uns jeden Tag viele Stunden dort auf.

„Meine" Männer hatten die Küche übernommen, worüber ich nicht undankbar war. Sie fütterten mich jeden Tag mit Nudeln und Weißbrot. Als Folge davon schaffte ich es zwei Wochen lang nicht, auf die Toilette zu gehen. Ab dem zehnten Tag hatte ich das Gefühl, statt eines Bauches einen Ballon mit mir herumzutragen. Aus mehr als einem Grund war ich schließlich unsagbar erleichtert, als es endlich nach Hause ging!

Meine Beziehung zu Tobias war nach dem hinreichend verunglückten Urlaub schöner denn je. Er kümmerte sich nach wie vor rührend um mein Wohlergehen. Wenn das Geld mal wieder nur für Nudeln mit Butter und Salz (oder für meine einzige Variante – Kartoffeln mit Butter, Ei und Salz) reichte, nahm er mich kurzerhand mit zu sich nach Hause, wo ich mich für die nächsten drei Tage satt futterte. Ich erinnere mich an ein

Familienfest im Hause Heller. Tobis Großmutter beobachtete mit wachsendem Erstaunen, wie Mengen an Salat, Fleisch und Süßspeisen in meinem Mund verschwanden.

„Wenn du die einmal ernähren willst, musst du aber viel Geld verdienen, Junge", wandte sie sich schließlich todernst zur Erheiterung aller Umstehenden an ihren Enkel.

„Da kannst du sicher sein, Oma, das werde ich", antwortete mein edler Ritter ungerührt. Derlei Äußerungen konnten mich nicht aus der Fassung bringen. Ungeniert stürzte ich mich zum Nachtisch auf den leckeren Fruchtsalat.

Obwohl Tobi mich mit nahezu unerschöpflicher Zärtlichkeit überschüttete, hielten sich unsere sexuellen Kontakte ziemlich in Grenzen. In Anbetracht der Tatsache, dass die schwierige Phase der Pubertät nun weitestgehend hinter uns lag, mag das einigermaßen merkwürdig anmuten. Für uns beide war es jedoch völlig in Ordnung und nicht mehr als eine logische Folge der Erfahrungen, die uns geprägt hatten. Seit meiner Kindheit waren mir Küsse und körperliche Nähe ausgesprochen unangenehm. Tobi hatte das immer akzeptiert und mich nie dazu gedrängt, etwas zu tun, was ich nicht wollte. Das rechnete ich ihm hoch an.

Mit sechzehn waren wir beide der Meinung gewesen, dass es an der Zeit wäre, miteinander zu schlafen. Schließlich taten es alle und wir wollten da nicht nachstehen. Nun ja, wir versuchten es jedenfalls. Er unerfahren, ich reichlich gehemmt und verspannt – das Ergebnis war dementsprechend unspektakulär und kaum dazu angetan, in den Annalen unseres Lebens einen Ehrenplatz einzunehmen. Der nächste Versuch ließ dann entsprechend lange auf sich warten. Aber weder ihm noch mir bereitete das Verdruss. Ganz im Gegenteil. Wir schmusten und knuddelten uns und schliefen meist selig Arm in Arm miteinander ein. Sexuelle Erfahrungen zu sammeln, hatte bei uns einfach nicht den Stellenwert, den er bei unseren gleichaltrigen Freunden einzunehmen schien.

Tobi blieb in meiner Wahrnehmung immer der kleine Junge mit der großen Brille, der zu mir aufsah und mich als unerreichbare Göttin verehrte. Dass er zum Mann herangewachsen war, entging mir völlig. Ich sah in ihm einen Kumpel, den besten Freund, den man sich nur wünschen konnte, aber ganz sicher nicht das sexuell ausgerichtete männliche Wesen, zu dem er sich zweifellos entwickeln musste. Vielleicht wäre zu dieser Zeit ein mit beiden Beinen im Leben stehender, reiferer Partner die bessere Lösung für mich gewesen. Mehr als alles andere wünschte ich mir nämlich eine Schulter, an die ich mich anlehnen konnte. Obwohl Tobi sich große Mühe gab, diesem Anspruch gerecht zu werden, war mir letztlich doch bewusst, dass noch ein weiter Weg vor uns lag, den ich mehr oder weniger auf mich selbst gestellt würde bestreiten müssen. Nach der Schule stand für ihn der Wehrdienst an und danach wiederum ein jahrelanges Studium – wer weiß wo. Uns verband eine tiefe Freundschaft, darauf konnte ich mich verlassen, aber das Gefühl in letzter Konsequenz allein zu sein, wollte nicht weichen. Tobias war wohlbehütet in einer leidlich intakten Familie aufgewachsen und in dieser fest verwurzelt, während ich mich wie ein Blatt im Wind fühlte – ohne die geringsten familiären Bande, ohne eine wirkliche Heimat. Ich spürte, dass er nicht der Anker war, an dem ich mein Schiff dauerhaft festmachen konnte, sondern vielmehr ein Rettungsring, der mich geraume Zeit vor dem Ertrinken bewahrt hatte, aber im Grunde nur vorübergehend einen Hauch von Sicherheit versprach. Die Geborgenheit eines funktionierenden Familienverbandes hatte ich nie kennengelernt – wie sehr hatte ich mich nach Unabhängigkeit gesehnt, nur um nun festzustellen, dass es im Leben eben doch nichts Bedeutenderes gab, als eine Familie zu haben, hinter der man sich vor den Widrigkeiten des Lebens verstecken konnte. Die mit Rat und Tat zur Seite stand, wenn es darauf ankam. Aber nachdem mein Elternhaus mir diese Art von Schutz sowieso nie geboten hatte, fühlte ich nun keinen Verlust – wie kann man schließlich etwas verlieren, das man nie besessen hat? Ja, ich beneidete Tobias um seinen Rückhalt. Ihn und all die anderen, die meine Nöte und meine Einsamkeit nie wirklich würden ermessen können, da es immer jemanden gab, der fest zu ihnen hielt. Immerhin schöpfte mein Tobi aus ebendieser familiären Gemeinschaft die Kraft, die er brauchte, um mir in meiner geballten Unzulänglichkeit und Hilflosigkeit über einen wichtigen Abschnitt meines Lebens hinweg eine Stütze zu sein.

Wie gut, dass ich damals nicht ahnte, dass noch unendlich viele Jahre ins Land gehen würden, bevor ich die starke Schulter, nach der ich mich so verzweifelt sehnte, endlich finden sollte.

– 27 –

Beinahe unbemerkt neigte sich unsere Schulzeit ihrem Ende entgegen. So sehr ich mich darauf freute, keine langweiligen Latein- und Biologie-Stunden mehr absitzen zu müssen, so groß war meine Ratlosigkeit in Bezug auf das Leben danach. Natürlich war auch ich früher oft gefragt worden, was ich denn einmal werden wolle. Die übliche Antwort „Tierärztin" oder „Anwältin" pflegte mir zu solchen Gelegenheiten immer leicht über die Lippen zu gehen. Als es nun ernst wurde, musste ich zu meiner Schande eingestehen, dass ich nicht die Spur einer Ahnung hatte, in welche Richtung mein beruflicher Weg mich nun führen sollte. Ich verschanzte mich noch ein halbes Jahr vor dem Abitur hinter der Aussage, dass ich dieses sowieso nicht bestehen würde und mir demnach im Moment auch keine Gedanken über einen möglichen Beruf machen müsse. Meiner mangelnden Vorbereitung zum Trotz schaffte ich die Prüfungen ziemlich problemlos und zu meiner nicht geringen Überraschung sogar einigermaßen erfolgreich mit einem passablen Notendurchschnitt. Nun war guter Rat teuer.

„Lisa, lass' dir doch von mir helfen! Ich habe enge Verbindungen zu den Münchner Banken, warum sollen wir die nicht nutzen?" Ich hatte Tobis Vater in der Leitung, der mit mir über meine berufliche Zukunft sprechen wollte. Er selbst war Chef-Syndikus einer bekannten Münchner Privatbank und stets daran interessiert, all seine Lieben samt deren Anhang standesgemäß unterzubringen.

„Ja, äh, ich weiß nicht so recht. Banken … Ich wollte eigentlich studieren … Aber mit der Wohnung … äh … keine Ahnung wie das funktionieren soll …", stotterte ich in den Hörer.

„Hör' mal, Lisa – das ist doch gerade der springende Punkt. Was du jetzt brauchst, ist zum einen ein sicheres Einkommen und zum anderen eine gute Berufsausbildung. Einen Grundstock, auf den du später weiter aufbauen kannst, wenn du es noch willst. Was würde sich da besser eignen als eine Banklehre? Sieh' mal, der Dieter hat das doch auch nach der Schule gemacht und studiert jetzt BWL. Einen besseren Start ins Berufsleben kann man sich doch gar nicht vorstellen!", redete Herr Heller weiter eifrig auf mich ein. Seine Begeisterung bezüglich dieses langweiligen Metiers kannte offensichtlich keine Grenzen. Um ihn nicht zu enttäuschen und da mir momentan nichts Besseres einfiel, gab ich nach.

„Okay, ich kann's ja mal versuchen", ich seufzte hörbar, „vielleicht wollen die mich überhaupt nicht", fügte ich noch hoffnungsvoll hinzu.

„Die werden dich wollen, du wirst sehen. Ich kümmere mich gleich morgen darum", antwortete Herr Heller schnell und legte mit einem kurzen „ich melde mich wieder" auf, um mir keine Gelegenheit zu geben, es mir noch einmal anders zu überlegen. Gedankenverloren legte ich den Hörer auf die Gabel.

„Bank, wie schrecklich", ich seufzte noch einmal vernehmlich.

Aber natürlich hatte Tobis Vater recht – ich musste möglichst schnell und dauerhaft eine Lösung für meine materielle Misere finden und eine Banklehre würde mich immerhin mittelfristig in die Lage versetzen, mein Leben selbstständig zu finanzieren. Wenn ich ehrlich war, wusste ich eigentlich sowieso nicht, was ich studieren sollte. Besondere Interessen hatte ich keine, ganz zu schweigen von außergewöhnlichen Begabungen. Na ja, Sprachen zu lernen fiel mir relativ leicht – aber was macht man mit dieser Art Fähigkeit? Dolmetscher? Auslandskorrespondent? Überzeugte mich nicht. In Ermangelung einer zündenden Idee fügte ich mich also in mein Schicksal, das im öden Umfeld eines Kreditinstitutes seinen Lauf nehmen sollte. Andere Leute hatten das tägliche Einerlei, das ich mit einer derartigen Tätigkeit in Verbindung brachte, schließlich auch überlebt, versuchte ich mir Mut zuzusprechen. Dieter zum Beispiel, Tobis älterer Bruder – die personifizierte Langeweile im Marken-Anzug. Ein arroganter Snob, mit dem ich so gar nichts anfangen konnte, geschweige denn gemein hatte. Soweit mir bekannt war, fand er die Ausbildung nicht nur sinnvoll, sondern auch anregend. Kein Wunder. *Der* passte ja auch da hin. Aber ich? Die nietengeschmückte Metal-Braut? Kaum vorstellbar. Hätte ich doch beizeiten Gitarre gelernt, dann könnte ich nun an meiner Karriere in einer Hard Rock Band basteln – im Grunde die einzig wirklich erstrebenswerte Art von Beschäftigung auf dieser Welt. Da ich aber dummerweise über die ersten Akkorde auf meiner E-Gitarre nie hinausgekommen war, so gar nicht singen konnte und auch kein Millionär darauf wartete, mich ehelichen zu dürfen, musste ich wohl einstweilen mit der Bank vorlieb nehmen. Vielleicht würde sich ja ganz unerwartet noch eine andere Möglichkeit auftun, um Miete und Lebensunterhalt abdecken zu können. Die Hoffnung stirbt bekanntlich zuletzt.

Mit dem festen Vorsatz im Kopf, sobald wie möglich wieder das Weite zu suchen, begab ich mich zwei Wochen später in das erste Vorstellungsgespräch. Herr Heller hatte sich in der Personalabteilung der Bayerischen Vereinsbank für mich stark gemacht und eine entsprechende Einladung ließ nicht lange auf sich warten. So fand ich mich – brav verpackt in das rosa Kleidchen, das Mutter mir vor derartige Anlässe vererbt hatte – in einer Runde mit drei weiteren hoffnungsfrohen Bewerbern und zwei freundlich blickenden Bankmenschen wieder.

„Was wäre denn Ihr Traumberuf?", wandte sich einer der netten Herren nach einer kurzen Einleitung direkt an uns Aspiranten für eine Ausbildung im Finanzwesen.

„Balletttänzerin", kam die wie aus der Pistole geschossene Antwort der aufgetakelten Anfang Zwanzigerin neben mir. Ein irritiertes Hüsteln von Seiten der Schreibtischtäter war die Folge. Ich grinste. Die hatte Mumm.

„Na, das ist ja nun eine ganz andere Richtung. Welches Geschick hat Sie denn zu uns geführt?" Der Schlipsträger hatte seine Sprache offensichtlich wiedergefunden.

„Ich bin zu dick für eine Ballerina. Also muss ich wohl einen anderen Weg einschlagen. Da habe ich mir gedacht, warum also nicht in einer Bank? Wenigstens zahlen sie hier gut", säuselte die kokette Tänzerin zur Antwort. Ich war platt. Wo nahm sie nur das Selbstbewusstsein her, sich derartig leichtsinnig aus dem Rennen zu katapultieren?

„Ehrlich währt am längsten, aber mit Verlaub – ich kann nicht erkennen, wo *Sie* dick wären", meinte einer der beiden Bankangestellten so charmant wie amüsiert und nahm sich schnell den nächsten Kandidaten vor. Wahrscheinlich wollte er vermeiden, dass die hübsche Bewerberin sich weiter um Kopf, Kragen und Lehrstelle redete.

Ich musste mich beherrschen, um nicht laut herauszuplatzen vor Lachen. Die verhinderte Ballerina namens Ilona Behrens fing meinen Blick auf und grinste frech. Ein stilles Einvernehmen verband uns vom ersten Augenblick an – wir wussten beide, dass wir hier am falschen Ort waren. Ich sollte ihr heute nicht zum letzten Mal begegnet sein.

Deutlich weniger schlagfertig als sie beantwortete ich schließlich die an mich gerichteten Fragen. Trotz meines nicht zu leugnenden Unbehagens in Bezug auf eine Tätigkeit in der Bank hatte ich beschlossen, mich einigermaßen stromlinienförmig zu halten. Der finanzielle Druck lastete immer schwerer auf mir. Ich war es leid, meiner Mutter auf der Tasche zu liegen. Jeder Job war jetzt besser als kein Job und schlimmer als der Wienerwald konnte die Bayerische Vereinsbank auch nicht sein.

In meinem Drang, alles richtig zu machen, ließ ich mich zu einer Aussage hinreißen, die ich noch bereuen sollte. Eine harmlose Frage wurde für mich zur Falle.

„Wer von Ihnen wäre denn bereit, sich in einer Filiale außerhalb Münchens einsetzen zu lassen?" Das Bewerbungsgespräch neigte sich seinem Ende entgegen und ich hatte das Gefühl, mich bisher gut verkauft zu haben. Ich hielt die gestellte Frage für eine Finte, um die Flexibilität der Bewerber zu testen und antwortete deshalb, ohne zu zögern: „Ich! Ich würde für eine Lehrstelle München jederzeit verlassen." Die beiden Herren in den blauen Anzügen waren nicht wenig überrascht über meine im Brustton der Überzeugung herausgeschleuderte Antwort, zumal meine Mitstreiter sich in diesem Punkt einigermaßen bedeckt hielten.

„Das würden Sie tun? Respekt! Wir schätzen bewegliche Mitarbeiter wirklich sehr."

Ich zwang mich zu einem Lächeln. Für eine Einschränkung oder gar einen Rückzieher war es zu spät. Ich hoffte, dass ich mich in meinem Übereifer nicht zu weit aus dem Fenster gelehnt hatte.

Wenige Tage später stellte sich heraus, dass meine Befürchtungen durchaus begründet waren. Im Briefkasten lag das alles entscheidende Schreiben der Bayerischen Vereinsbank. Ungeduldig riss ich den Umschlag auf.

„Sehr geehrtes Fräulein Müller", stand dort zu lesen, „wir freuen uns, Ihnen mitteilen zu können …"

„Hurra, geschafft!" Ich jubelte und konnte mich kaum auf den Rest des Textes konzentrieren.

„… wie mit Ihnen abgestimmt, werden wir Sie in unserer Filiale Rosenheim einsetzen …"

„Was? Oh nein, bitte nicht!" Ich las die bedeutungsschwere Zeile mehrmals durch, als würde sich der Sinn dadurch verändern lassen. Aber wie oft ich den Satz auch buchstabierte, der Inhalt blieb gemeinerweise immer der Gleiche.

„Verdammt!" Ich ärgerte mich über mich selbst. Meine Pflichtbeflissenheit und der dringende Wunsch, bloß nichts falsch zu machen, hatten mich in diese heikle Situation gebracht. Selbstverständlich würde ich nicht nach Rosenheim gehen. In die Provinz. Weg aus meiner geliebten Wohnung. Und von Tobi, dem einzigen Halt, den ich hatte. Kam überhaupt nicht infrage. Gar nie nicht.

So ähnlich übermittelte ich Herrn Heller am Abend brühwarm die nur eingeschränkt frohe Botschaft. Natürlich war auch er der Meinung, dass Rosenheim nicht in unserem Fokus liegen könne – und versprach, noch einmal seine Kontakte spielen zu lassen.

Seine Verbindungen waren wirklich phänomenal – schon nach wenigen Tagen erhielt ich erneut eine Einladung zum Berufseignungstest, diesmal von der Bayerischen Hypotheken- und Wechsel-Bank. Brav marschierte ich bei 30° Außentemperatur in deren Verwaltungsräume in der Theatinerstraße – eine der nobelsten Adressen in München. Nicht nur der unklimatisierte, stickige Raum, sondern auch die merkwürdigen Rechenaufgaben brachten mich einigermaßen ins Schwitzen. Was sollte man da? Ganze Zahlenkolonnen addieren und subtrahieren? Aber nicht einfach so – man musste dabei auch beachten, ob die obere oder die untere Zahl größer war und dementsprechend zusammenzählen oder abziehen. Hilfe. Wozu habe ich mich eigentlich durchs Abitur gequält? Um Grundschulaufgaben im Akkord zu lösen? Irgendwie schien ich dann wohl doch in der Lage gewesen zu sein, 1 und 1 richtig zusammenzuzählen – oder war es vielleicht nur der Einfluss von Papa Heller? – jedenfalls kam ich in die nächste Runde und wurde zum Bewerbungsgespräch geladen. Ich hatte ein gemütliches, beinahe zwangloses Zusammensitzen à la Bayerische Vereinsbank erwartet und musste erschüttert feststellen, dass sich die Sache diesmal nicht ganz so einfach darstellte. Etwa 25 Bewerber bildeten mit einem halben Dutzend humorlos wirkender Mitarbeiter der Personalabteilung einen großen Kreis und mussten sich der Reihe nach vorstellen. Ich schluckte. Da nutzte mir auch mein adrettes rosa Sonntagskleidchen nichts mehr. Derartige Veranstaltungen waren mir immer zuwider gewesen. Glücklicherweise teilte man uns nach diesem unangenehmen Auftakt in kleine Gruppen mit je einem Bankangehörigen, der die Funktion des Moderators übernahm, auf. Über mehrere Stunden hinweg wurde in dieser Zusammensetzung mehr oder weniger hitzig über aktuelle Themen aus Politik und Wirtschaft diskutiert. Wie gut, dass ich die Gabe hatte, mir relativ schnell eine Meinung zu bilden, ohne dabei die geringste Ahnung zu haben, worum es eigentlich ging. Schnell war mir klar, dass man hier weder zu auffällig noch zu ruhig agieren durfte und ich streute dementsprechend gezielt meine wohl überlegten Kommentare unters Volk.

Am späten Nachmittag durften sich dann alle Bewerber im Pausenbereich sammeln und wurden nacheinander zum Schiedsgericht gerufen, das über Sein oder Nichtsein in diesen heiligen Hallen der Hochfinanz entschied. Einer nach dem anderen verließ den Raum der Urteilsverkündung mit enttäuschtem Gesicht oder hochrotem Kopf. Keinem Einzigen wurde ein Ausbildungsplatz angeboten.

„Was für eingebildete Typen! Bin ich froh, dass ich hier nicht arbeiten muss!", maulte gerade ein junger Kerl, der in seinem Anzug eher verkleidet wirkte. „Da gehe ich doch lieber an die Uni!"

„Warum hast du dich dann überhaupt beworben?", wagte ich anzumerken. Seine wütende Antwort verstand ich nicht mehr, da die Tür sich öffnete und ich als Letzte aus der Reihe der heutigen Bewerber aufgerufen wurde.

„Na, Fräulein Müller, was haben Sie denn für ein Gefühl?", wandte sich einer der beiden ältlichen Banker, die mir an einem Tisch gegenübersaßen, gönnerhaft an mich.

„Ähm, ja. Nachdem keiner der heutigen Bewerber angenommen wurde, gehe ich davon aus, dass Sie auch mich nicht einstellen werden." In Gedanken fügte ich noch hinzu, dass mir das im Moment auch völlig egal sei. Sollten sie doch weiter in ihrem Olymp aus Geld und Arroganz thronen. Ich würde einen anderen Job finden. Bei netteren Leuten.

„Falsch gedacht!", unterbrach mein Gegenüber triumphierend meinen ketzerischen Gedankengang, „wir nehmen Sie! Und nicht nur das – das Ausbildungsjahr beginnt ja erst in 13 Monaten. Für die Übergangszeit bieten wir Ihnen eine Tätigkeit als Kontoführung in unserer Filiale am Hohenzollernplatz an. Na, was sagen Sie jetzt?"

Ich war sprachlos. Da hatte der gute Papa Heller wirklich ganze Arbeit geleistet.

„Äh, toll. Danke." Mehr fiel mir dazu beim besten Willen nicht ein. Die beiden grau melierten Herren fanden das schüchterne Mädel im rosa Kleid ganz allerliebst – das konnte ich ihnen ansehen.

„Sie werden am 1. September in unserer Filiale Rotkreuzplatz beginnen und bleiben dort vier Wochen lang zur Einarbeitung. Danach geht es bis zum 31. August des nächsten Jahres an den Hohenzollernplatz. Im Anschluss daran starten Sie direkt Ihre zweieinhalbjährige Ausbildung zur Bankkauffrau", fuhr der Ältere der beiden wohlwollend fort und lächelte mich freundlich an. „Sie haben sich ausgezeichnet geschlagen in der heutigen Bewerbungsrunde – leider kann man das von Ihren Kollegen nicht gerade behaupten. Nun ja, wir haben zweitausend Interessenten für 150 Stellen – da können wir uns halt die Besten aussuchen und Sie gehören definitiv dazu!" Er erhob sich „der Vertrag geht Ihnen in den nächsten Tagen zu. Ich gratuliere!" Damit schüttelte er mir die Hand. Nachdem ich mich noch einmal artig bedankt hatte, war ich entlassen. Ich hatte es tatsächlich geschafft. Papa Hellers Einfluss hin oder her, den heutigen Tag hatte ich alleine gemeistert. Ich war zufrieden mit mir. Bald würde ich mein eigenes Geld verdienen.

Während ich die letzten vier Wochen Freiheit, die mir vor Antritt meiner Banktätigkeit noch blieben, nach allen Regeln der Kunst auskostete, war Tobi bereits zum Grundwehrdienst eingezogen worden. Die bisher wohl schlimmste Zeit seines Lebens hatte begonnen und sollte ihn nachhaltig prägen. Nicht nur, dass man ihm einen scheußlichen Igelschnitt verpasst hatte – seine schönen blonden Locken waren damit zu meinem großen Bedauern für immer passé – er fügte sich auch der in der Kaserne vorherrschenden rauen Lebensweise, mit anderen Worten: Kampftrinken in allen Lebenslagen war an der Tagesordnung. Er wurde mir fremd, und obwohl wir offiziell noch immer ein Paar waren, hatten wir uns meist nicht mehr viel zu sagen. Ich konnte mit den Geschichten aus dem Alltag eines angehenden Soldaten wenig anfangen und er wiederum war noch nie gerne des nächtens mit mir durch Diskotheken gezogen. Das rief Achim auf den Plan. Er hatte seit langem auf eine Situation wie diese gelauert und umgarnte mich mehr denn je. Tobi schien das nicht weiter zu stören. Er wusste, dass ich an einer Beziehung mit meinem ehemaligen Tanzpartner im Grunde nicht interessiert war, gemeinsame Unternehmungen allerdings durchaus genoss. Achim hatte ein tolles Auto und es machte Spaß, von ihm ausgeführt zu werden. Während wir regelmäßig bis zum Morgengrauen auf der Rolle waren, traf Tobi sich ungerührt mit Freunden, konsumierte Unmengen von Alkohol und vergnügte sich mit Gesellschaftsspielen. Das eine wie das andere war mir ein

Gräuel. Alkohol hatte ich seit meinem erzwungenen Krankenhausaufenthalt nie wieder angerührt und Brettspiele fand ich langweilig. So ging eine Zeit lang jeder seinen eigenen Interessen nach. Die Schulzeit, in der wir unzertrennlich gewesen waren, war unwiederbringlich vorüber. Wie schnell man sich unter geänderten Rahmenbedingungen aber voneinander entfernen konnte – darauf war ich nicht vorbereitet gewesen. Ich konnte und wollte noch keinen Schlussstrich unter die erste Beziehung in meinem Leben ziehen, die mir über Jahre hinweg wenigstens einen Hauch von Halt gegeben hatte. Und Tobi – wer weiß, was ihn bewog, weiter an unserer Partnerschaft festzuhalten. Ich argwöhnte, dass es in erster Linie seine Bequemlichkeit und meine objektiv vorhandenen optischen Vorzüge waren.

In dieser Phase der emotionalen Unsicherheit betrat ich schließlich die Art von Arbeitsplatz, der ich von Anfang an mehr als skeptisch gegenüberstand: die Bankfiliale.

„Willkommen Fräulein Müller, mein Name ist Meißner und ich bin für Ihre Einarbeitung verantwortlich", begrüßte mich der Innenleiter der Filiale am Rotkreuzplatz und quetschte mir begeistert die Hand.

„Grüß Gott", erwiderte ich verunsichert. Der Typ wirkte so unheimlich wichtig und ich kam mir so schrecklich klein und unwissend vor. Es folgten noch ein paar salbungsreiche Worte seinerseits über den richtigen Start ins Berufsleben, dann griff er nach dem Telefonhörer:

„Frau Henn, kommen Sie doch bitte in mein Büro."

Kaum hatte er aufgelegt, klingelte es schon wieder. Ungeduldig fertigte er den Anrufer ab. „Ja, da können Sie schon sehen, wie viel bei uns immer los ist. Den ganzen Tag ist man im Stress. Aber keine Angst", er hatte wohl mein erschrockenes Gesicht bemerkt, „sie werden sich bald ganz heimisch fühlen und daran gewöhnt sein." Er lächelte unverbindlich.

Wenn der wüsste, dachte ich – das Letzte was ich wollte, war in diesem Laden Wurzeln zu schlagen. Bevor ich zu einer Antwort ansetzen konnte, ging die Tür auf und eine kleine wasserstoffblonde, übermüdet wirkende Person betrat den Raum.

„Ah ja, da ist sie schon. Fräulein Müller – darf ich vorstellen: Frau Henn. Sie wird sie in den nächsten vier Wochen unter ihre Fittiche nehmen und in die Geheimnisse der Kontoführung einweisen." Damit geleitete er uns zur Tür.

Ich glaubte meinen Augen nicht zu trauen. Frau Henn trug spitz zulaufende schwarze Stiefeletten mit einer großen Schnalle an jeder Seite und dazu ein knallbuntes Ensemble, das eindeutig selbst geschneidert war. Ihre hellblonden Haare standen in alle Richtungen ab. Ich starrte sie an. Eine Erscheinung wie diese hatte ich hier am allerwenigsten erwartet.

Sie grinste amüsiert. „Ich heiße Claudia. Mach' den Mund wieder zu und lass' dich bloß von dem Meißner nicht einschüchtern! Der tut zwar immer wahnsinnig wichtig, ist aber im Grunde seines Herzens ein ganz lieber Kerl."

Mechanisch reichte ich ihr die Hand. „Lisa."

Ich musste erst einmal verdauen, dass eine Bankfiliale offensichtlich nicht nur aus Herren in schnieken Anzügen und Damen in spießigen Kostümen und Rüschenblusen bestand. Ich selbst hatte mir für meinen Eintritt in die Welt der Schecks und Überweisungen zwei Röcke gekauft, die selbst dem konservativsten Filialleiter die Freudentränen in die Augen getrieben hätten. Kaum verwunderlich also, dass ich mich seltsam verkleidet darin fühlte. Aber was tat man nicht alles, um sich den vermeintlichen Gegebenheiten anzupassen. Nun wurde ich bereits an meinem ersten Arbeitstag eines Besseren belehrt: In einer Bank arbeiteten doch tatsächlich nicht nur Kleiderständer, sondern richtige, ja sogar sympathische Menschen aus Fleisch und Blut. Ich war unendlich erleichtert. Vielleicht war mein Los doch weniger schlimm, als ich befürchtet hatte. Der Anfang war immerhin viel versprechend. Frau Henn, oder Claudia, wie ich die nennen durfte, nahm mir durch ihr individuell gestaltetes Outfit und ihre locker liebenswerte Art jedenfalls schnell die Scheu vor dem ehrwürdigen Beruf des Bankkaufmanns.

Zunächst zeigte sie mir einen Micro-Fiche, auf dem Kontendaten abgebildet waren. So konnte man den gestrigen Stand der Kundenkonten nachvollziehen und die Berge von Überweisungen, die täglich auf dem Tisch der Kontoführung landeten, disponieren. Diejenigen, die sich im Rahmen bewegten, wurden an das Rechenzentrum weitergeleitet, die Überzogenen an die Kreditabteilung oder den individuellen Betreuer des Kunden. So weit so leicht verständlich. Ich atmete auf.

„Das ist ja gar nicht so schwierig, wie ich gedacht hatte."

Claudia gähnte herzhaft. „Nee, wirklich nicht. Musst dir keine Sorgen machen, wir tunen dich schon so hin, dass du am Hohenzollernplatz keine Probleme bekommst. Ich gehe schnell auf die Toilette und dann machen wir erst mal Pause." Damit verließ sie den Schreibtisch und verschwand durch eine Tür am Ende der Schalterhalle. Es waren nicht einmal eineinhalb Stunden vergangen und schon Pause? Ich war einigermaßen überrascht. Der Meißner hatte doch gesagt, dass es hier so stressig sei. Nach einer endlosen Viertelstunde kehrte Claudia zurück.

„Sorry, bin auf der Kloschüssel eingenickt", murmelte sie immer noch leicht benebelt.

„Oh, wie hast du es bloß geschafft, nicht herunterzufallen?" So etwas hatte ich noch nie gehört.

„Bin ich ja – das hat mich geweckt", brachte sie mühsam hervor, während ihre Augen zufielen.

Ich schüttelte sie am Arm. „He, Claudia, nicht einschlafen! Soll ich dir irgendwo einen Kaffee organisieren?"

„Hm, gute Idee, komm' mit in die Küche."

Laut gähnend erhob sie sich und schlängelte sich schwankend mit mir im Schlepptau an mehreren Schreibtischen vorbei. Die Küche war unerwartet groß und komplett möbliert. Sogar Spülmaschine und Mikrowelle fehlten nicht.

„Wow, nicht schlecht." Ich pfiff durch die Zähne.

„Ab und an wollen die Supergescheiten in der Zentrale wohl dem gemeinen Fußvolk in den Filialen etwas Gutes tun. Keine Ahnung welcher Wahnsinn die geritten hat, die Kosten für diese Küche abzuzeichnen. Hätte ich daheim auch gerne. Wir haben hier schon geargwöhnt, dass der Meißner einen Spezl im Gebäudemanagement hat." Claudia war zielgerichtet auf die Kaffeemaschine zugesteuert und schenkte sich eine Tasse ein. „Willste auch eine?"

„Nein, danke. Ich mag keinen Kaffee."

„Kannst auch Tee haben. Guck in der Schublade da vorne gibt es reichlich."

„Ein andermal vielleicht. Kann man sich da einfach bedienen?"

„Schon, aber man macht einen Strich auf die Liste, die hier auf der Arbeitsfläche liegt und einmal im Monat wird bezahlt."

„Lass' mich raten – du hast sicher die meisten Striche."

„Bist ein schlaues Kerlchen. Wie hast du das nur so schnell herausgefunden?", sie kicherte.

„Leidest du unter Schlafstörungen?"

„Hihi, so kann man das auch nennen. Aber Spaß beiseite – ich habe noch einen Nebenjob, weil am Ende der Kohle immer noch so viel Monat übrig ist. Ich kellnere dreimal die Woche bis ein Uhr nachts in einer schummrigen Kneipe."

„Und gestern war offensichtlich einer dieser langen Arbeitstage …"

„Falsch. Gestern hatte ich noch einen Auftritt mit meiner Band."

„Waaaas?" Das wurde ja immer verrückter. „Welche Art von Musik machst du denn?"

„Punk. Ich mag's gerne laut und schrill." Mir stand der Mund offen.

„Ich spiele Bass", fügte sie noch hinzu und freute sich sichtlich über mein dummes Gesicht.

„Wie um Himmels willen bist du in der Bank gelandet?", ich hatte meine Sprache wieder gefunden.

„Das war eher ein Zufall. Immerhin habe ich so die Möglichkeit, mich einigermaßen über Wasser zu halten. Aber nicht gerade mein Traumjob. Ähnlich wie bei dir, oder? Dein harmloses Röckchen täuscht mich nicht. Welcher Fraktion gehörst du denn an?"

„Metal", verkündete ich nicht ohne Stolz.

„Na klasse. Das passt doch. Lass' uns das Beste aus diesem tristen Herumgehänge hier machen." Inzwischen war sie wieder relativ wach.

„Geht's dir wieder gut?"

„Ay, Captain, der Kaffee hier ist so stark, dass der Löffel stecken bleibt. Der holt Tote zurück. Lass' uns die Lastschriften entern."

Gut gelaunt spazierten wir an den Schreibtisch zurück, der inzwischen von Überweisungen, Schecks und geheimnisvollen Listen überquoll.

Schnell war mir klar, dass die Tätigkeit, die ich bis zu meiner Lehre ausführen sollte, mehr als öde sein würde, aber die Tatsache, dass ich die ausgeflippte Claudia kennengelernt hatte, versüßte mir diese bittere Erkenntnis enorm.

Die vier Wochen Einarbeitung bei ihr waren leider viel zu schnell vorüber und was mich am Hohenzollernplatz erwartete, war nicht dazu angetan, Stürme der Begeisterung in mir auszulösen.

– 28 –

Beschwingt von einem Monat Geklöne mit Claudia, begab ich mich am 1. Oktober hoffnungsfroh in die Filiale am Hohenzollernplatz. Hier bekam ich es direkt mit zwei Damen zu tun, die zwar nur unwesentlich älter als ich, leider aber in ganz anderen Sphären unterwegs waren. Die eine bereits verheiratet, die andere verlobt und beide miteinander dick befreundet. Brav in Röckchen und Bluse gekleidet, saßen sie einmütig nebeneinander an einem Doppel-Schreibtisch und lästerten über die Kollegen. Alles in allem zwei Bankangestellte, wie ich sie mir in meinen dunkelsten Träumen ausgemalt hatte. Unbeeindruckt nahmen sie mein Erscheinen zur Kenntnis.

„Grüß Gott, Fräulein Müller, ich bin Frau Gürtler und das ist Fräulein Beck. Gemeinsam sind wir für die Buchhaltung und die Festgeldbearbeitung zuständig. Ich habe gehört, dass Sie am Rotkreuzplatz eingearbeitet wurden. Dann können Sie gleich mit den Lastschriftrückgaben loslegen. Die Liste der Kreditabteilung liegt auf Ihrem Schreibtisch", wurde ich an meinem ersten Arbeitstag in der neuen Stelle kurz angebunden in Empfang genommen. Das erwähnte Fräulein Beck nickte mir kühl zu. Später erfuhr ich, dass sie im letzten Jahr ihre Ausbildung zur Bankkauffrau beendet hatte und mächtig stolz darauf war, die IHK-Prüfung bestanden zu haben. Frau Gürtler war hingegen nur angelernt und schien sich dementsprechend immer ein wenig minderwertig zu fühlen.

„Na, das kann ja heiter werden", nuschelte ich leise und begann meinen Arbeitsplatz in Augenschein zu nehmen. Lastschriftrückgaben hatte Claudia mir nicht gezeigt.

„Frau Gürtler, können Sie mir erklären, wie ich das machen muss? Ich hab' das noch nicht gemacht." Nur ungern gab ich meine Unkenntnis zu.

„Mei des a no. I hob dacht, man hat Sie umfassend eingelernt", meckerte die Angesprochene in geschertem Dialekt. Ich hätte ihr die Formulare am liebsten ins Gesicht geschmissen. War es etwa meine Schuld, dass ich hier andere Tätigkeiten ausführen musste als mein Pendant am Rotkreuzplatz?

„I hob mit Kontoführung rein gar nix z' tuan und trotzdem muass immer i den Neichen ois zeign. Des is a Sauerei", lamentierte sie weiter, während sie unwirsch eine Liste zur Hand nahm und zu erklären begann:

„Schaug – i bin übrigens d' Angelika, des is einfacher. Die Siezerei find i total bleed. Du muaßt bloß dia unterstrichanen Lastschriftn aus dera Listn in dia gäibn Formulare übertrogn."

„Aha, und was zieht das nach sich?"

„Die Belege werden dann in die Zentrale geschickt und verbucht. Dadurch wird dem faulen Kunden das Geld wieder gutgeschrieben." Unvermittelt war sie ins Hochdeutsche zurückgefallen. In den folgenden Wochen und Monaten sollte ich noch oft die Gelegenheit haben, festzustellen, dass sie in erster Linie dann Bayerisch sprach, wenn sie sich über mich oder den Rest der Welt ärgerte – was beides nicht gerade selten der Fall war.

Ich wurschtelte derweil so selbstständig wie nur möglich vor mich hin, jeden Berührungspunkt mit den beiden Grazien am Nebentisch meidend. Unglücklicherweise hatte ich immer wieder Fragen oder benötigte eine kurze Einweisung auf unbekanntem Terrain. Angelika Gürtler pflegte sich der Sache dann anzunehmen – allerdings nie ohne mir dabei deutlich zu verstehen zu geben, was sie von einem unwissenden Frischling wie mir hielt. Nämlich gar nichts.

Einige Wochen nach meinem Eintritt in die Filiale Hohenzollernplatz war ich wie jeden Morgen damit beschäftigt, die aktuell vorgelegten Schecks zu disponieren. Da fiel mir eine Unregelmäßigkeit auf, die ich so noch nicht gesehen hatte.

„Mist, was macht man denn in so einem Fall?", murmelte ich vor mich hin und wusste, dass mir nichts anderes übrig blieb, als auf den reichen Erfahrungsschatz meiner Kolleginnen zurückzugreifen. Ich nahm den Scheck und ging damit zu Angelikas Schreibtisch.

„Schau mal, was mache ich denn mit so einem Scheck? Hier fehlt die Unterschrift", sprach ich sie vorsichtig an. Ungünstigerweise hatte ich die beiden Busenfreundinnen beim Austausch eines Apfelkuchen-Rezeptes gestört. Aber die Arbeit ging schließlich vor – dachte ich. Die Quittung für mein unerhörtes Betragen folgte postwendend.

„Immer schickens uns dia Leit, die koa Ahnung von nix hom und wir miaßn dann schaugn wia wir damit zurecht kimma. Am schlimmsten san dia Apiturienten. Des san dia reinsten Fachdeppen. Koan Schimma von da wirklichen Wäit. Dia einfachsten Sachn kenna dia net", wetterte sie – laut genug, dass man ihren Frust bis in die letzte Ecke der Schalterhalle hören konnte, „des is doch sonnenklar – du muaßt den Kunden oruafa und frogn, ob des mit dem Scheck so in Ordnung is. Dann sagst, er soll zu uns neikimma und sei Unterschrift nachreichn." Sie schüttelte den Kopf. „Stell di doch net so bleed o."

Ich hatte die Faxen endgültig dicke und beschloss mich zu wehren. „Ich dachte immer, es sei vernünftiger, Dinge, die man nicht genau weiß, zu erfragen, bevor man einen Fehler macht! Und im Übrigen – Abiturienten sind nun einmal die Bildungselite von morgen – Menschen, die dafür sorgen, dass einfache Leute wie *wir* einen Job und ein Auskommen haben. Wer soll denn ein Unternehmen wie dieses leiten? Ein Friseur vielleicht?" Mein Seitenhieb saß – wusste ich doch, dass Frau Gürtler vor ihrem Eintritt in die Bank eine Ausbildung zur Friseurin absolviert hatte. Sie sagte nichts mehr. Zufrieden trollte ich mich an meinen Platz zurück. Von nun an ließen mich die beiden Tratschtanten einigermaßen in Frieden. Mit einer wehrhaften „Apiturientin" wollten sie sich scheinbar lieber nicht anlegen.

Im Spätherbst zeigte sich endlich ein Lichtschimmer am Horizont. Er kam in Form eines neuen Kollegen und erhellte schlagartig meine trübe Welt der Kontendisposition. Stefan Lanz, ein gelernter Bankkaufmann, der seit einiger Zeit an der Uni Elektrotechnik studierte und sich nebenbei in der Hypo immer mal wieder Geld dazuverdiente, sollte für einige Monate in unserer notorisch unterbesetzten Kasse aushelfen. Schnell erkannte er die Schwierigkeiten, die ich mit den Damen am Nachbartisch hatte.

„Wenn Dummheit weh täte, würden die beiden den ganzen Tag schreien", sprach er mir Mut zu, als er mich mal wieder mit hängendem Kopf Überweisungen sortieren sah. „Mach dir nichts draus – diese Sorte von Menschen trifft man überall. Man darf sich von solch einfachen Geistern nicht runterziehen lassen. Beachte sie gar nicht. Wenn sie merken, dass sie dich nicht verletzen können, werden sie dich nicht mehr angreifen. Mir geht's in der Kasse auch nicht sehr viel besser. Der Moretti frönt gnadenlos den Minderwertigkeitskomplexen, die er Studenten gegenüber hegt, und meint mich ständig schikanieren zu müssen. Über einen derart eingeschränkten Intellekt kann ich nur lachen. Wenn's gar nicht mehr geht, sage ich, dass ich aufs Klo muss und verschwinde für eine Viertelstunde", er grinste, „danach läuft's dann wieder ein Weilchen."

„Mag sein. Du tust dir allerdings auch leichter als ich, das Affentheater wegzustecken. Du kannst dir immerhin sagen, dass du es in drei Monaten überstanden hast – ich muss es hier dann noch ein weiteres halbes Jahr aushalten. Seitdem du da bist, habe ich wenigstens *einen* Menschen, mit dem ich mich vernünftig unterhalten kann. Doch was mache ich, wenn ich wieder allein auf weiter Flur der geballten Ignoranz gegenüberstehe?", antwortete ich niedergeschlagen.

„Hast du schon die Katrin kennengelernt?"

„Nein, ist mir noch nicht begegnet. Wieso?"

„Sie ist Auszubildende im 2. Lehrjahr und schwer in Ordnung. Mächtig viel Grips. Die leidet hier auch wie ein Hund – unterhalte dich mal mit ihr, wenn du die Möglichkeit dazu hast! Sie bietet mit Sicherheit einen kompetenten Ersatz für meine Überlebenshilfe. Genau wie du hat sie in diesem Blödelpott niemanden, mit dem sie sich austauschen könnte." Er ergriff die Klinke der gläsernen Eingangstür in den durch Panzerglas geschützten Kassenbereich, rief mir noch ein fröhliches „Kopf hoch" zu und widmete sich wieder seinen Aus- und Einzahlungen.

Als er die Filiale verließ, um sich wieder mit voller Kraft seinem Studium zu widmen, fiel ich in ein großes schwarzes Loch. Jeder Tag, den ich mit den beiden Lästermäulern in meinem Rücken verbringen musste, war mir ein Graus. Wenig besser als zu meinen zwei ungeliebten Kolleginnen war mein Verhältnis zur Innenleiterin der Filiale. Auch sie hatte ein bösartiges Mundwerk und ich mied sie so gut ich konnte.

Katrin, die Auszubildende erwies sich tatsächlich als Leidensgenossin, aber da sie häufig an bankinternen Lehrgängen teilnahm oder den Blockunterricht der Berufsschule besuchte, blieb ich den Unbilden eines ganz normalen Arbeitstages meist allein ausgesetzt.

Zum ersten Mal, seitdem ich mein Elternhaus verlassen hatte, geriet ich wieder in die dunklen Fänge der Depression. Ich fühlte mich unendlich allein und verlassen. Zu meiner Familie hatte ich kaum noch Kontakt. Tobi war inzwischen als Funker in Donauwörth stationiert und kam nur am Wochenende nach Hause. Wir hielten noch immer an unserer Beziehung fest, obwohl die Zeichen der Krise nicht mehr zu übersehen waren. Wahrscheinlich fürchtete ich völlig den Halt zu verlieren, wenn ich ihn in dieser Phase gehen ließ. Die abgründigen und schwer greifbaren Gedanken der bleiernen Traurigkeit waren mir nicht unbekannt, es gesellte sich allerdings noch eine ganz reale Existenzangst dazu, die mich schier zu erdrücken drohte. Ich fühlte mich wie in einem dunklen Gefängnis – dazu verdammt, meine Tage in einem Umfeld zu beschließen, das mir verhasst war und dem ich dennoch nicht entrinnen konnte. Schließlich war ich auf das dort verdiente Geld angewiesen, um nicht unter einer Brücke zu enden oder, wie Vater Nummer eins einmal prophezeit hatte, in der Gosse zu landen.

Die Dämonen hielten erneut Einzug in meinem Leben, obwohl ich so fest daran geglaubt hatte, sie im stiefväterlichen Kellerverlies für immer zurückgelassen zu haben. Wie hatte ich mich doch getäuscht. Mehr denn je zog ich mich vor der Welt zurück. Weit schwieriger als damals im Haus von Vater Nummer Drei wurde mein Verhältnis zu den Menschen – vor allem zu Männern – um mich herum, mit denen ich, meist aus beruflichen Gründen, wiederholt zu tun hatte. Ich litt an Beklemmungen und Panikattacken, sobald sie mir nahe kamen. Jeder Tag bedeutete für mich, den Kampf mit mir und den verschleierten Ängsten in meinem Kopf aufnehmen zu müssen. Die Folge war eine tiefe Erschöpfung, die mich dazu zwang, jede freie Minute zu Hause in meinem Bett zu verbringen und zu schlafen. Manchmal 14 bis 15 Stunden am Tag. Ich war davon überzeugt, nur schlafend eine Wirklichkeit ertragen zu können, der ich im Wachzustand nicht mehr gewachsen war. Oft stand ich auf meinem Balkon, in der schwindelnden Höhe des 6. Stockwerkes und stellte mir vor, über die Brüstung zu klettern und meinem freudlosen Dasein als Lisa Müller ein Ende zu setzen. Ich konnte in dem, was ich tat keinen Sinn erkennen. Und was noch schlimmer war – es gab auf lange Sicht keine Perspektive zu meiner jetzigen Tätigkeit. Mein Job am Hohenzollernplatz war zwar absehbar, aber was würde danach kommen? Wieder eine Filiale, in die ich am liebsten eine Bombe schmeißen würde? Bestenfalls würde ich mit den Kollegen etwas mehr Glück haben – aber die Arbeit an sich bliebe die Gleiche. Und das noch die nächsten drei Jahre lang. Und nach meiner Ausbildung? Ein Studium würde ich mir nicht leisten können, also blühte mir weiter das öde Einerlei der Tretmühle, in der ich mich schon jetzt befand.

Um den Kopf nicht völlig zu verlieren, nahm ich mir vor, nur den Moment zu betrachten – jeden einzelnen Tag irgendwie zu überstehen, jede Stunde, jede Minute, jede Sekunde. Ich schleppte mich von Wochenende zu Wochenende, um mir dann wie ein verletztes Tier in meiner schützenden Höhle die Wunden der vergangenen Tage zu lecken. Nach wie vor liebte ich die lärmende Anonymität einer Diskothek und zwang mich dazu, mir immer wieder Ziele zu setzen – den Discobesuch mit Achim am Samstag, das Motörhead-Konzert in drei Wochen, den nächsten Urlaub, den ich gemütlich vor dem Fernseher sitzend verbringen würde …

Tobias spielte eine immer geringere Rolle im Veitstanz meiner aus den Fugen geratenen Existenz. Die tiefe Vertrautheit, die uns so lange eingehüllt hatte, war verloren. Wir wussten, dass unsere Beziehung in dieser Form keinen Bestand haben konnte und Tobi zog die einzig logische Konsequenz – er machte Schluss.

– 29 –

Mein Gefühl des Verlorenseins steigerte sich ins Unermessliche. Ich konnte nicht einmal behaupten, dass ich Trauer über das Ende unserer langjährigen Beziehung empfand. Es war mehr eine Art Betäubung, die mich zuerst lähmte und mir nach dem ersten Schrecken merkwürdigerweise Flügel verlieh. Meine Angst vor den Menschen trat in den Hintergrund, die Sehnsucht nach Wärme und Leben erwachte. Ich musste meine selbstgewählte Isolation aufgeben oder sterben. Nicht zuletzt die Tatsache, dass *er* die Beziehung beendet hatte und nicht ich, wie es mir doch eigentlich zugestanden hätte, stachelte mich dazu an, mich schleunigst nach geeigneten Alternativen umzusehen. Und die gab es bei genauerer Betrachtung der Sachlage zuhauf. Kaum war ich bekennender Single, kamen von allen Seiten Versuchungen und Angebote auf mich zu, von denen ich nicht das Geringste geahnt hatte. Irgendwie wollte ich die unverhofften Möglichkeiten mit beiden Händen ergreifen, das volle pralle Leben mit aller Macht genießen. Hatte ich nicht jedes Recht, das zu tun? Ich war ungebunden und längst machte mir niemand mehr Vorhaltungen über Moral und feines Benehmen. Allein – ich schaffte es nicht. Ich konnte nicht heraus aus meiner Haut. Nie hatte ich gelernt, mit Affären und One-Night-Stands umzugehen. Wenn ich ehrlich war, wollte ich diese Art von Freiheit auch gar nicht. Im Grunde meines Herzens wünschte ich mir nach wie vor nichts mehr als eine dauerhafte Beziehung, die mir Sicherheit und Beständigkeit versprach. Die hoffnungsfrohen Anwärter auf einen Platz an meiner Seite, die mich umflatterten wie die Motten das Licht, versprachen mir das Blaue vom Himmel, um meine Zuneigung zu gewinnen. Aber der Richtige war nicht dabei. Sicher freute ich mich über die anhaltenden Avancen eines Harvard-Studenten, der mir nach seiner Rückkehr in die USA fortlaufend Liebesbriefe schrieb oder über das hartnäckige Werben eines Arbeitskollegen. Und ließ ich auch die eine oder andere Liebesbekundung meiner durch Amors Pfeil getroffenen Verehrer zu, so war ich doch nie mit ganzem Herzen bei der Sache. Ich beschloss, die Augen offen zu halten und mich der wahren Liebe nicht zu verschließen, wenn sie denn endlich an meine Tür klopfen würde. Inzwischen wollte ich versuchen, die gebotenen Gelegenheiten in einem mir genehmen Rahmen zu nutzen. Dass man sich mit einer solchen Einstellung nicht nur angenehme Erfahrungen einhandelt, stellte ich allerdings schneller fest als mir lieb war.

„He, Preißelbär, hast du Lust in zwei Wochen für vier Tage mit mir nach Rijeka zu fahren?" Mein Kollege Franz Meinold aus der Wertpapierabteilung beugte sich über meinen Schreibtisch und schnippte betont lässig ein zerknülltes Kontoeröffnungsformular in den Papierkorb.

„Warum sollte ein zivilisierter Preuße wie ich mit einem Urbayern wie dir, also quasi einem Wilden, gemeinsam durch die Weltgeschichte gurken?", gab ich hochnäsig zurück. Ich konnte es nicht leiden, wenn mich in München geborene Besserwisser nach über fünfzehn Jahren in bayerischen Gefilden immer noch selbstgefällig als „Preiß" bezeichneten.

„Weil sie zusammen ein gutes Team bilden, zum Beispiel?", forschend sah er mir in die Augen.

„Fährst du mit der Maschine?"

„Klar, zusammen mit zwanzig Kumpels. Wir wollen zum Motorrad-Weltmeisterschaftslauf."

„Hm, werde es mir überlegen. Was kostet das denn?"

„Für dich – gar nichts. Bist eingeladen. Die Unterkunft ist eher spartanisch, wir gehen auf den Zeltplatz. Aber sanitäre Einrichtungen sind vorhanden und der Funfaktor ist riesig – drei Tage Party bis zum Umfallen."

Ich war hin- und hergerissen. Einerseits saß ich für mein Leben gern als Socia auf einem schweren Motorrad, andererseits – campen, nein danke. Wenn ich schon an die Toiletten dachte …

Einen Abend lang wog ich das Für und Wider einer solchen Unternehmung ab. Dann hatte ich mich entschieden.

„Ich fahre mit", verkündete ich dem erfreuten Franz am nächsten Morgen. Mein Ausflug würde fraglos meinem Ex-Freund Tobi zu Ohren kommen. Der sollte ruhig sehen, dass ich auch ohne ihn bestens zurechtkam – kaum von ihm getrennt, hatte ich bereits den nächsten Kandidaten an der Angel und ich weiß nicht wie viele Bewerber um die dankbare Aufgabe des Seelentrösters an meiner Seite! Das hatte er jetzt davon. So beleidigt ich auch war über die Tatsache, dass *er* unserer Beziehung ein Ende gesetzt hatte, ich musste mir doch eingestehen, wie sehr ich ihn vermisste und dass meine hektischen Aktionen in Bezug auf andere Männer aus dem verzweifelten Versuch resultierten, Tobi aus meinem Herzen und meinen Gedanken zu verdrängen. Mein Kollege interessierte mich in Wirklichkeit nicht die Bohne. Sein Motorrad war vielleicht beeindruckend, aber er … na ja.

Franz strahlte mich arglos an. „Du wirst sehen, das wird ein Mordsspaß."

Der Mordsspaß begann damit, dass ich mich stundenlang bei Nieselregen krampfhaft an den nicht gerade schlanken Franz klammerte, der wie ein Wahnsinniger im Pulk mit seinen Motorrad-Kumpels gen Süden raste. Dass er noch einen Beifahrer hatte, schien er zeitweise vergessen zu haben. Ab und zu wurde er unsanft daran erinnert – immer dann, wenn ich einschlief und mein Sturzhelm gegen seinen behelmten Kopf knallte. Als wir endlich anhielten, um eine Pause zu machen, taten mir bereits sämtliche Knochen weh und wir hatten noch etwa sechs weitere Stunden Fahrt vor uns. Am liebsten wäre ich umgekehrt.

Beim Essen durfte ich mir dann die einfallslosen Sprüche der Typen anhören, die mit uns am Tisch saßen. Ich war froh, als wir uns wieder auf den Weg machten. Besser der unbequeme Sitz als das dumme Geschwätz dieser Ober-Machos.

„So schweigsam heute, was ist los Preißelbär?" Franz hatte sich schon wieder auf seine Maschine geschwungen und schielte mich durch das Sichtfenster seines Helms fragend an.

„Himmel hilf – ich will nach Hause", murmelte ich.

„Was? Ich hab' nichts verstanden …"

„Vergiss es, nicht so wichtig", schrie ich ihm zu.

Er nickte und fuhr los.

Endlich in Rijeka angekommen teilten wir uns mit zigtausend anderen Motorrad-Fans ein Areal, das man nur mit Mühe als kultiviert bezeichnen konnte und noch weniger als einen „mit allen Einrichtungen ausgestatteten, gepflegten Zeltplatz." Sanitäre Anlagen waren zwar vorhanden, durch die Wucht des Andrangs aber kaum zugänglich. Die Toiletten befanden sich im ständigen Belagerungszustand und machten den Anschein, als wären bereits Attila und seine Hunnen hindurchgetobt. Sofort war mir klar, dass mein Körper seinen Stoffwechsel nur noch auf Sparflamme abwickeln würde, um mich nicht in die Verlegenheit zu bringen, die ekelhaften Bretterverschläge länger besuchen zu müssen, als ich in der Lage war, die Luft anzuhalten.

„Drei ganze Tage, wie soll ich das bloß aushalten?" Jetzt war mir klar, warum ich diese Art der Urlaubsgestaltung immer wie die Pest gemieden hatte. „Never again", schwor ich mir, während ich den Franzl beim Aufbau seines Zeltes beobachtete. Er schien darin ziemlich geübt zu sein, nach wenigen Augenblicken war er fertig.

„Bitte schön, geschätzter Preißelbär, unser Dach über dem Kopf wäre gebaut." Zufrieden blinzelte er mir zu.

„Wenn es drinnen so klein ist, wie es von außen aussieht, dann wirst *du* vermutlich woanders nächtigen", erwiderte ich giftig und kroch durch die enge Öffnung hinein.

„Warum denn so böse? Hab' ich was falsch gemacht? Gefällt es dir hier etwa nicht?" Vorsichtig schob er sich hinter mir her und ließ sich auf seiner Isomatte nieder.

„Nein, es gefällt mir ganz und gar nicht. Die Toiletten sind unsagbar dreckig und um uns herum nichts als Besoffene. Und da ich gerade dabei bin – deine Kumpel sind unmöglich", blaffte ich ihn an.

„Die junge Dame ist wohl zu fein für unsere Gesellschaft und würde lieber ins Grand Hotel gehen? Sorry, dafür bin ich der Falsche. Gute Nacht!", beleidigt schnappte er sich seinen Schlafsack und verschwand. Ich atmete auf. Wenigstens das Zelt hatte ich heute Nacht für mich allein. Dass Franz mit Sicherheit stocksauer auf mich war, störte mich nicht im Geringsten. Nach wenigen Minuten war ich eingeschlafen.

Mit schmerzenden Gliedern wachte ich Stunden später wieder auf. Ein Blick auf die Uhr zeigte mir, dass es noch längst nicht an der Zeit war aufzustehen.

„Erst fünf, viel zu früh." Ich drehte mich herum und schloss die Augen. Plötzlich kam mir ein Gedanke. Um diese Uhrzeit hatte man sicher die Chance, eine freie Duschkabine zu ergattern. Schnell pellte ich mich aus meinem Schlafsack und griff nach Handtuch und Duschgel.

Vor dem Zelt stolperte ich über den friedlich schlummernden Franz. Er hatte sich bierselig neben der gemeinschaftlichen Kochstelle eingerollt und schnarchte leise vor sich hin.

„He Franz, alles okay?" Ich rüttelte an seiner Schulter. Keine Reaktion. Dafür hatte ich einen seiner Motorrad-Brüder geweckt.

„Den wirst du so schnell nicht wach kriegen. Hat sich gestern Abend, nachdem du ihn abserviert hattest, mächtig die Kante gegeben." Er grinste anzüglich. „Sollst ja ein rechtes Teufelsweib sein ... Ich heiße übrigens Bernhard." Zögernd ergriff ich seine ausgestreckte Hand.

„Lisa."

„Weiß ich. Wenn du Zoff mit dem Franz hast, kannst du nachher bei mir mitfahren."

„Danke, ich werde gerne darauf zurückkommen." Ich erhob mich und marschierte nachdenklich in Richtung der Duschen. Mein Verhalten dem Franzl gegenüber war bei genauerem Hinsehen nicht fair gewesen. Mein schlechtes Gewissen regte sich. Aber nicht allzu nachhaltig. „Der hätte doch wissen müssen, dass eine Veranstaltung wie diese nicht dazu angetan ist, romantische Momente zu fördern. Und dann besäuft er sich noch, anstatt ein Hotelzimmer für uns zu suchen. Selbst schuld, dass er jetzt auf dem nackten Boden schlafen muss. Soll er doch verrotten." Mein Ärger hatte wieder die überhand über die zarte Pflanze meines sich meldenden Gewissens gewonnen.

Wenigstens waren die Duschen jetzt frei. Hier lernte man wirklich, sich an den einfachsten Dingen des täglichen Lebens zu erfreuen. Ein sauberer Wasserstrahl zum Beispiel. Welch Luxus und Wohltat! Eine ganz neue Erfahrung. Nachdem ich all den Staub und Schmutz der langen Reise endlich abgespült hatte, fühlte ich mich deutlich besser. Erfrischt kehrte ich zu unserem Zeltplatz zurück. Franz schnarchte immer noch. Als Einziger. Der Rest der Gang hatte sich wieder in die Lederkluft geschmissen.

„Wir fahren frühstücken. Kommst du mit?", wandte sich Bernhard an mich.

„Ich sollte wohl besser warten, bis der Franz aufwacht und dann mit ihm was essen gehen", antwortete ich unschlüssig. Ich hatte einen Bärenhunger, wollte aber den Streit mit meinem Kollegen nicht auf die Spitze treiben.

„Da kannst du lange warten. Der schläft tief – wenn wir Pech haben, wird er auch noch das Rennen verpennen. Komm schon. Wir sind in einer Stunde wieder zurück."

Mein knurrender Magen siegte und ich schloss mich den Jungs an. Schlimmstenfalls mehrere Stunden lang hungrig neben einer Bierleiche auszuharren, darin konnte ich beim besten Willen keinen Sinn sehen.

Die kurze Fahrt in den Ort war abenteuerlich. Keine rote Ampel, die wir nicht missachtet hätten. In Rijeka herrschte der Ausnahmezustand. So hatte ich mir Motorrad fahren eigentlich nicht vorgestellt.

In einem spartanisch eingerichteten Café bestellten wir uns endlich ein minimalistisches Frühstück. Brot mit Marmelade. Besser als nichts.

Wir lagen gerade in den letzten Zügen, als die Tür aufging und ein ziemlich grimmig blickender Franz den Ort des Geschehens betrat.

„Der ist sicher stocksauer", flüsterte ich Bernhard zu.

„Soll er doch", erwiderte dieser gelassen.

„Morgen zusammen." Franz würdigte mich keines Blickes.

„Du hast fest geschlafen, deshalb konnte ich dir nicht Bescheid sagen. Ich hoffe, du hast kein Problem damit, dass ich bei Bernhard mitgefahren bin. Ich hatte Hunger", wandte ich mich vorsichtig an ihn.

„Nein." Knapper hätte seine Antwort kaum ausfallen können. „Du kannst sie gerne auch zum Rennen mitnehmen, da ihr beide euch ja blendend zu verstehen scheint", fügte er noch mit einem wütenden Blick in Richtung Bernhard bissig hinzu.

„Aber gerne doch." Sein Freund ließ sich nicht aus der Ruhe bringen.

Den Rest des Vormittages sprach Franz kein Wort mehr mit mir, und auch als wir zum Rennen aufbrachen, besserte sich seine Laune nicht. Ich hielt mich an Bernhard – froh, jemanden gefunden zu haben, der sich um mich kümmerte.

Auch die nächsten beiden Nächte verbrachte Franz vor seinem Zelt und bis er mich endlich vor meiner Haustür absetzte, sprachen wir nur das Nötigste miteinander. Die Rückfahrt war die reinste Tortur – mit 220 km/h über die Autobahn und kaum eine Pause. Mein Rücken und sämtliche Muskeln schmerzten. Ich fühlte mich, als hätte ich mit Hannibal und seinen Elefanten und nicht auf einem modernen Motorrad die Alpen überquert und schwor mir, mich nie wieder im Leben auf ein derartiges Gefährt zu setzen.

– 30 –

Ich hatte mich gerade in freudiger Erwartung auf ein wohltuendes Bad aus meiner Lederhose geschält, da klingelte auch schon das Telefon.

„Hallo, Tobias hier", klang es ein wenig unsicher aus dem Hörer.

„Hi", antwortete ich lässig. Mein Herz begann heftig zu klopfen.

„Ich wollte mal hören, wie es dir so geht."

„Danke bestens. Bin eben aus Jugoslawien zurückgekommen. Und selbst?"

„Auch ganz gut. Paul hat mir erzählt, dass du mit einem Kollegen in den Urlaub gefahren bist. Wollen wir uns mal wieder treffen? Ich meine, einfach nur so – als Freunde sozusagen. Dann kannst du mir erzählen, wie es war."

„Klar, warum nicht. Wann?" Jetzt bloß nicht zeigen, wie sehr ich mich über seinen Anruf freute.

„Heute Abend um acht bei dir?"

„Ok. Bis später. Mein Badewasser läuft, ich muss jetzt aufhören."

„Bis dann. Schwimm' nicht so weit raus! Ich freu mich!"

Ich legte auf. „Nachtigall ick hör' dir trapsen", sprach ich gut gelaunt zu mir selbst, „es scheint dich ja doch zu fuchsen, dass ich mich so schnell mit einem anderen getröstet habe."

Zufrieden und ein wenig nachdenklich ließ ich mich in die Wanne sinken. Ich war mir so sicher gewesen, problemlos auf Tobi verzichten zu können. Hatten sich nicht kurz nach unserer Trennung bereits andere viel versprechende Möglichkeiten an der Partnerfront aufgetan? Unsere Beziehung war seit langem leer gewesen, höchste Zeit also, sich neuen Zielen zuzuwenden. Aber warum wurde mir dann so flau im Magen, sobald ich seine Stimme hörte? Vielleicht weil diese anderen Möglichkeiten eben doch nicht so interessant waren? Ging es um Tobi selbst oder um die Tatsache, dass er lediglich das kleinste aller möglichen Übel darstellte? War er einfach nur der Einäugige unter Blinden? Oder bedeutete er mir doch mehr? Die plötzlichen Gefühlsregungen in Bezug auf meinen Ex-Freund verwirrten mich. Tausend Fragen schossen durch meinen Kopf. Ich fand dafür letztlich nur eine einzige Erklärung: Ich hatte ihn noch immer lieb und meine rege Betriebsamkeit in den letzten Wochen resultierte einzig und allein aus der Tatsache, dass ich ihn ganz furchtbar vermisste. Er war neben meinem Vater der einzige Mann gewesen, dem es gelungen war, mein Herz zu berühren. So sehr ich mich auch dagegen wehrte – wenn ich ganz still in mich hinein lauschte, konnte ich spüren, wie eine zaghafte Antwort auf meine Fragen immer deutlicher Gestalt annahm und an die Oberfläche meines Bewusstseins drängte: Ich sehnte mich danach, von ihm in den Arm genommen zu werden und ich wollte zu ihm zurück. Warum auch immer – Tobias schien die Antwort auf alle Fragen zu sein, die ich mir bisher nie gestellt hatte.

Tief in Gedanken versunken bemerkte ich nicht, wie mein Badewasser sich abgekühlt hatte. Frierend erhob ich mich. Die Reise forderte ihren Tribut, ich spürte die Erschöpfung und Verspannung sämtlicher Muskeln – selbst derjenigen, von deren Existenz ich bisher noch nicht einmal eine Ahnung gehabt hatte. Stöhnend wickelte ich mich in eine warme Wolldecke, rollte mich auf meiner gemütlichen Couch ein und wartete nervös auf den Abend.

Ein Klingeln an der Tür ließ mich hochschrecken. Schon acht Uhr? Tatsächlich. Ich hatte vier Stunden wie tot geschlafen. Das musste Tobi sein. Mit einem Schlag war ich hellwach. Schnell flitzte ich an meinen Kleiderschrank und riss eine Jeans samt einem sauberen Sweatshirt heraus. Wieder wurde der Klingelknopf betätigt. Diesmal mehrfach, ungeduldig. Ich sauste halb angezogen zur Tür und betätigte den Summer. Bis mein Besucher im sechsten Stock angekommen war, blieb mir noch genügend Zeit, um hektisch das Oberteil über den Kopf zu ziehen und die Haare zu bürsten. Die Aufzugtür öffnete sich. Da war er.

Ich setzte mein neutralstes Gesicht auf.

„Hi."

„Hallo, Lisa, schön dich zu sehen." Vorsichtig trat er näher.

Wir gingen ins Wohnzimmer. „Setz dich doch." Förmlich deutete ich auf den bequemen Sessel neben dem Sofa, während ich mich geziert auf der Couch niederließ. Wie konnten sich zwei Menschen, die sich über viele Jahre hinweg so vertraut gewesen waren wie wir nur so albern benehmen? Wahrscheinlich lag es daran, dass wir beide unsere Beziehung im Grunde noch nicht aufgegeben hatten. Uns fehlte definitiv der nötige Abstand, um vorbehaltlos und entspannt miteinander zu plaudern.

Er räusperte sich. „Tja."

Verlegene Stille. Unsicherheit auf beiden Seiten der Mauer, die zwischen uns in den Himmel zu wachsen schien. Das konnte ja heiter werden. Er räusperte sich erneut.

„Wie geht es …", setzten wir gleichzeitig an, sahen uns in die Augen und prusteten los. Der Bann war gebrochen. Knapp eine halbe Stunde später waren wir uns einig darüber, dass wir doch nicht ohne einander leben wollten und in Zukunft alles besser machen würden. Aus meinen Lautsprecherboxen tönten die Worte „Don't know what you've got 'til it's gone …" Wie wahr.

Glücklich schwebte ich am folgenden Tag zur Arbeit. Selbst meine mürrischen Kolleginnen konnten meine gute Laune heute nicht trüben.

„Na, Preißelbär, wieder erholt?" Franz näherte sich zögernd meinem Schreibtisch.

„Alles bestens", antwortete ich fröhlich. Seine fortgesetzt dämliche Anrede überhörte ich geflissentlich.

„In Rijeka hat's dir wohl weniger gefallen, wie mir schien."

„Der Schein trügt ganz und gar nicht, bester Bayernmops. Der Trip war in der Tat alles andere als hitverdächtig. Nun weiß ich immerhin, dass campen und Dauerparty nicht so wirklich mein Ding sind. Aber sei's drum, wir werden kaum in die Verlegenheit kommen, noch einmal ein ähnliches Projekt zu starten – ich bin nämlich seit gestern wieder mit Tobias zusammen." Ich strahlte ihn unschuldig an. Nach diesem Reinfall von Kurzurlaub hatte er eine Abreibung mehr als verdient. Meine

Worte verfehlten die gewünschte Wirkung nicht. Die Enttäuschung stand ihm deutlich ins bärtige Antlitz geschrieben.

„Ach, wie schön für euch, na dann herzlichen Glückwunsch und gutes Gelingen", erwiderte er sarkastisch und beeilte sich, aus meiner Schusslinie zu kommen. Als guter Banker ärgerte er sich wahrscheinlich in erster Linie darüber, in ein derart aussichtsloses Geschäft investiert zu haben. Manchmal werfen eben auch die sichersten Anlagetipps nicht die versprochene Rendite ab. Je früher er diese Binsenweisheit lernen würde desto besser, dachte ich scheinheilig, noch immer wütend über die verpatzten Ferientage.

War ich froh, dass meine Tage am Hohenzollernplatz gezählt waren und sowohl die netten Damen hinter mir als auch der frustrierte Franz aus der Anlagenberatung in Bälde nur mehr verblassende Erinnerungen für mich sein würden.

– 31 –

Wenige Wochen später trat ich meine Lehrstelle an. Netterweise hatten die Damen und Herren in der Personalabteilung ein Einsehen gehabt – die neue Filiale, in der ich mein erstes Ausbildungsjahr verbringen sollte, war direkt vor Ort. Die stundenlangen S-Bahn-Fahrten konnte ich mir also künftig sparen. Das allein versprach schon einen deutlichen Gewinn an Freizeit und Lebensqualität.

Die neuen Kollegen waren mir fast durchweg sympathisch. Ich atmete auf. Besonders zu einer jungen Dame, die kaum älter war als ich und in diesem Jahr ihre Ausbildung zur Bankkauffrau beendet hatte, fühlte ich mich hingezogen. Sie hieß Erika Burges und kümmerte sich von Anfang an rührend um mich. Damals wurde der Grundstock für eine Freundschaft gelegt, die über die Jahre und all meine Irrungen und Wirrungen hinweg immer tiefer werden sollte und mir weit mehr bedeuten würde als so manch lockeres Familienband, das ich sporadisch pflegte. Erika verkörperte für mich den Inbegriff der Bankangestellten im positiven Sinne: Diszipliniert, zuverlässig, zielstrebig, loyal, ruhig, souverän und ehrlich. So geradlinig sie ihren Weg in der Bank ging, so unkompliziert und entspannt war der Umgang mit ihr nach Dienstschluss. Sie hatte ein eigenes Pferd und lud mich schon bald ein, mit ihr in den Stall zu kommen. Gerne nahm ich ihren Vorschlag an und mit einem Mal packte sie mich wieder – die Suche nach dem Glück dieser Erde auf dem Rücken der Pferde. Viel zu lange hatte ich nicht mehr im Sattel gesessen. Erika beschloss für Abhilfe zu sorgen.

„Ich kenne jemanden, der nach einer Reitbeteiligung sucht. Hast du Lust dich mit ihm zu unterhalten? Dann nehme ich dich morgen mit in den Stall." Wie üblich machte sie sogleich Nägel mit Köpfen.

Ich zögerte. So gern ich wieder regelmäßig reiten würde – ich konnte mir ein derart kostspieliges Hobby im Moment nicht leisten. Meine Wohnung verschlang den Großteil meines Lehrgeldes und um über die Runden zu kommen, rechnete ich seitdem ich meine Ausbildung begonnen hatte wieder mit jedem Pfennig.

„Es wäre schön, ein Privatpferd zu reiten, aber ich fürchte, dass ich das nicht bezahlen kann", erwiderte ich.

„Das Geld ist kein Thema. Wenn der Hans dich mag, musst du gar nichts dafür berappen. Komm' einfach mit und dann sehen wir weiter. Hans arbeitet übrigens auch in der Hypo und ist einer meiner besten Freunde."

Am nächsten Tag traf ich im Stall auf den ominösen Besitzer von „Bounty" – dem Pferd, das einen Reiter suchte.

„Hallo, ich heiße Hans Ringleb. Ich habe gehört, du brauchst noch ein Pferd. Ich habe dich eben reiten sehen. Magst du Bounty ab sofort drei Mal in der Woche satteln?" Leutselig war Erikas Bekannter an mich herangetreten. Er war deutlich älter als ich erwartet hatte.

„Guten Tag, Herr Ringleb. Das Angebot würde ich wirklich gerne annehmen. Bleibt nur noch die Frage zu klären, was ich dafür bezahlen muss", antwortete ich vorsichtig. Er winkte ab „Gar nichts, ich bin froh, wenn der alte Knabe bewegt wird. Eigentlich gehört er meiner Frau. Sie hat allerdings seit einiger Zeit keine Lust mehr zu reiten. Da wir aber an dem Tier hängen, möchten wir ihn nicht abgeben und so bin ich ständig auf der Suche nach zuverlässigen Mädchen, die sich um ihn kümmern. Du siehst also – du tust mir einen Gefallen nicht umgekehrt."

Ich konnte mein Glück kaum fassen, soeben hatte ich ein Pflegepferd bekommen und das ganz umsonst.

„Danke, vielen Dank", stotterte ich, „das ist wirklich unheimlich nett von Ihnen. Erika hat mir erzählt, dass Sie auch in der Hypo beschäftigt sind. In welcher Filiale arbeiten Sie?"

Er stutzte. „Dann sind wir uns ja einig, kannst du dich am Samstag um ihn kümmern?"

Meine Frage ignorierte er völlig.

Ich beschloss, noch einmal nachzuhaken. „Ja, ich komme gern. Wo arbeiten Sie denn nun? In einer Münchner Filiale?"

Er seufzte ergeben. „Frag' die Erika, sie wird dir sagen, wo ich arbeite. Wir sehen uns Samstag. Bis dann." Damit wandte er sich zum Gehen. Einigermaßen ratlos blickte ich ihm nach. Merkwürdiges Verhalten.

Auf der Heimfahrt sprach ich Erika darauf an. „Du, der Herr Ringleb ist wirklich sehr nett, aber kannst du mir sagen, warum er aus seinem Job so ein Geheimnis macht? Was kann denn an einer Banktätigkeit so spannend sein?"

Irritiert blickte Erika mich an. „Hast du ihn etwa gefragt, was er in der Hypo macht?"

„Warum denn nicht, du hast mir doch erzählt, dass er bei uns arbeitet."

Sie lachte. „Hast du dir schon mal die Namen auf unserem Briefkopf durchgelesen?"

„Nö, nicht wirklich." Mir schwante nichts Gutes.

„Solltest du besser mal tun. Dann erfährst du nämlich, dass er bei uns im Vorstand sitzt." Sie gab sich nicht die geringste Mühe, ihre Erheiterung über meinen Fauxpas zu verbergen.

Ich stöhnte. „Oh Gott, ist das peinlich. Was denkt der jetzt von mir?"

„Na, was schon? Dass du seit über einem Jahr durch seine Bank spazierst und dir nicht einmal das elementarste Grundwissen über den Laden angeeignet hast!" Sie knuffte mich in die Seite. „Hey, jetzt schau doch nicht so unglücklich. Der Hans ist schwer in Ordnung. Er nimmt dir das nicht krumm. Im Gegensatz zum Schubert, dem zweiten Hypo-Vorstand in unserem Stall, geht er mit seinem Status nie hausieren. Ganz im Gegenteil – es ist ihm mehr als unangenehm, wenn man ihn darauf anspricht. Also Schluss mit Trübsal! Es doch toll, dass wir jetzt drei Mal die Woche zusammen reiten können!"

„Find' ich auch. Ich freu' mich schrecklich auf Bounty. Er ist einfach klasse. Du sag mal – kanntest du den Ringleb schon, bevor du in die Bank gekommen bist?"

Wieder ertönte ihr helles Lachen. „Aber klar – was glaubst du denn, wer mich da hineingeschoben hat? Du hast doch sicher auch schon mitbekommen, dass bei uns nur Prokis, Kukis und Mikis eingestellt werden."

Nach einem Blick in mein ratloses Gesicht fügte sie hinzu „Prominentenkinder, Kundenkinder und Mitarbeiterkinder. Zu welcher Kategorie gehörst du eigentlich?"

Ich überlegte. „Weiß ich selbst nicht so richtig. Kuki und Miki jedenfalls nicht. Der Vater von Tobi hat bei mir nachgeholfen. Er kennt einfach Gott und die Welt, also am ehesten noch Proki, schätze ich."

Wir fuhren in das Rondell vor meiner Haustür ein. Erika lächelte mir zu. „Bis morgen – und nimm dir deinen kleinen Ausrutscher nicht so zu Herzen."

„Ich werd's versuchen. Und vielen Dank für alles." Ich winkte ihr zum Abschied zu.

Trotz der unsäglichen Panne, die ich mir heute geleistet hatte, fühlte ich mich auf herrliche Weise beschwingt. Lange hatte ich keine Freundin wie Erika gehabt. Meine Schulkameradin Tanja war schon vor Jahren in eine andere Stadt gezogen und hatte eine Lücke hinterlassen, die seit Jahren unbesetzt geblieben war. In manch einer Situation hatte ich eine „beste" Freundin schmerzlich vermisst, umso mehr genoss ich es nun, wieder jemanden zu haben, mit dem ich über Gott und die Welt reden konnte. Unsere Charaktere konnten unterschiedlicher kaum sein, aber vielleicht machte gerade diese Tatsache unsere aufkeimende Freundschaft so spannend. Wir verbrachten viel Zeit miteinander. In den beiden Jahren meiner Bankausbildung holte sie mich mehrmals pro Woche mit ihrem Auto zu Hause ab, um mit mir in den Stall zu fahren. Ich liebte unsere gemeinsamen Ausritte. Wann immer ich die würzige Luft der duftenden Wälder tief in mich einsog, war ich auf seltsame Weise für vieles, das in meinem Leben nicht rund gelaufen war, entschädigt. In diesen Momenten war ich frei. Frei von Geldsorgen, frei von Existenzängsten und frei von der quälenden Enge der Bankfiliale ... Trotz meiner freundlichen, ja sogar liebenswerten Kollegen fiel es mir von Tag zu Tag schwerer, mich für einen Beruf zu motivieren, der meinem rebellischen Wesen so gar nicht entsprach.

Immerhin bedeutete der Blockunterricht in der Berufsschule eine gewisse Erleichterung. Er dauerte jeweils vier Wochen an und ich freute mich über die viele Freizeit, die er mir bescherte. So sehr man sich als Schüler über die Schule aufregt, so sehr genießt man es, als Angestellter mit 39-Stunden-Woche, wieder gelangweilt aber entspannt die Schulbank drücken zu dürfen – wohlwissend, dass die langen Nachmittage zur freien Verfügung stehen. Ein Luxus, den ich seit meinem Eintritt in die Bank wahrlich zu schätzen gelernt hatte.

Zu meiner nicht geringen Überraschung traf ich in meiner Schulklasse auf eine alte Bekannte: Ilona, die Ballerina aus dem Vorstellungsgespräch bei der Bayerischen Vereinsbank saß tatsächlich auf dem Platz direkt vor mir. Ich freute mich riesig, sie wiederzusehen. Sie erklärte mir auf meine berechtigte Frage, was denn ausgerechnet einen Menschen wie sie in diese öde Ausbildung getrieben habe, sogleich freimütig, dass sie sich lediglich dem Willen ihres Vaters, eines Bankdirektors, beuge und mit dem Tag der mündlichen Prüfung diese Gefilde der bohrenden Langeweile für immer hinter sich lassen würde. Das habe sie vor Beginn der Ausbildung mit ihm so vereinbart. Die Glückliche. Ich beneidete sie um ihre möglichen Alternativen zu dem freudlosen Dasein einer kleinen Bankangestellten, das mir nach meiner Lehrzeit mit ziemlicher Sicherheit blühte. Wahrscheinlich aber beneidete ich sie weit mehr um die Unterstützung, die sie durch ihr Elternhaus erfuhr – etwas, das ich nie kennengelernt hatte und das mir auch nicht mehr zuteil werden würde. Nichtsdestotrotz – wir hatten eine Menge Spaß, während wir unsere Unterrichtsstunden absaßen. Die verrückte Ilona war immer für einen Lacher gut und trieb manch einen Lehrer mit ihrer leichtfertigen Art und ihrer Weigerung, sich ernsthaft mit Buchhaltung und Bankbetriebslehre auseinanderzusetzen, in die Verzweiflung. Während der Schulphasen erlebte ich eine Unbeschwertheit, die mir während der langen Stunden in der Bank längst abhandengekommen war. Da spürte ich ihn wieder – diesen Hauch von Freiheit, den ich wie Luft zum Leben brauchte. Leider war diese Zeit des Aufatmens immer nur von kurzer Dauer. Zu schnell ging es wieder zurück in die Welt der Listen und Kontoblättchen, der meckernden Kunden und der strengen Regeln.

Um die Ahnungslosigkeit der Azubis bezüglich der theoretischen Hintergründe ihrer anspruchsvollen Tätigkeit stückweise abzubauen, führte die Hypo wie jede andere Großbank auch interne Kurse durch. Diese Veranstaltungen dienten wie wir bald erkannten weniger dazu, uns für das Tagesgeschäft in der Filiale fit zu machen, als vielmehr dem Zweck, uns für die Prüfungen vor der IHK zu drillen. Man hatte sich in den oberen Etagen nämlich das ehrgeizige Ziel gesteckt, die besten Azubis am Platze auszubilden und ließ sich diese Auszeichnung nur sehr ungern von einem anderen Kreditinstitut streitig machen.

Die Kurse waren die reinste Qual. Der Druck, die bestmöglichen Ergebnisse hervorzubringen, war enorm. Unsere Ausbilderin erwies sich als gnadenlos und kaltschnäuzig. Für sie zählte nur Leistung, der Mensch hinter den Schulnoten war praktisch nicht existent. Aber auch hier fand ich glücklicherweise eine Verbündete: Mit meiner Kollegin Andrea konnte ich mich nicht nur über die Unerträglichkeit unserer Situation, sondern sehr bald auch über gemeinsame Streifzüge durch's Münchener Nachtleben austauschen.

– 32 –

Ohne meine beiden neuen Freundinnen hätte ich die Lehrjahre wohl nicht durchgestanden. Zwei wesentliche Eckpfeiler meines sozialen Lebens waren mir nämlich bereits zu Beginn meiner Ausbildungszeit weitestgehend weggebrochen: Zum einen hatte Tobias nach seinem Wehrdienst keinen Studienplatz in München ergattert und war nach Augsburg ausgewichen, wo er eine kleine Wohnung bezogen hatte. Unter der Woche sahen wir uns somit gar nicht mehr. Zum anderen kehrten Mutter und Knut, der mittlerweile pensioniert war, dem ungemütlichen Deutschland den Rücken. Sie erwarben ein Haus in Frankreich, brachen in der Heimat alle Brücken ab und bauten ihre Zelte 1 200 km von München entfernt wieder auf. Mein gerade 18-jähriger Bruder Jan wurde kurzerhand in ein kleines Appartement verpflanzt und mühte sich fortan alleine mit seiner Ausbildung zum Groß- und Außenhandelskaufmann ab. Im Gegensatz zu mir litt er furchtbar unter der Trennung von unserer Mutter. Niemand verstand, warum sie ihn so früh sich selbst überließ. Seit ihrem Weggang trudelte Jan haltlos von einem Tag zum nächsten. Ich stand dieser Entwicklung einigermaßen hilflos gegenüber. Unsere Wege hatten sich schon vor Jahren getrennt. Wenn sie sich von Zeit zu Zeit zufällig kreuzten, hatten wir uns meist wenig zu sagen. Wir lebten in völlig unterschiedlichen Welten. Er hatte seine Clique, mit der er um die Häuser zog, ich Tobias und meine zwei bis drei Freundinnen, mit denen ich einen Großteil meiner Freizeit verbrachte. Gemein war uns nur die große innere Leere und die Einsamkeit, die kein noch so großer Freundeskreis wirklich heilen konnte. Ich verstand nur zu gut, wie er sich fühlen musste und doch fand ich keinen Zugang zu ihm.

Eines Nachts wurde ich durch das schrille Klingeln des Telefons aus dem Schlaf gerissen.

Ich tapste in den Flur und hob schwankend den Hörer ab.
„Müller", meldete ich mich verschlafen.

„Polizei Fürstenfeldbruck hier, Altmann mein Name. Spreche ich mit Fräulein Lisa Müller?"

Adrenalin schoss durch meine Adern und verbreitete sich explosionsartig in meinem Körper. Die Polizei mitten in der Nacht? Da musste ein schreckliches Unglück passiert sein. Im Bruchteil einer Sekunde war ich hellwach.

„Ist etwas mit Jan?", antwortete ich zitternd.

„Bevor ich Ihnen Auskunft gebe, sagen Sie mir doch bitte Ihren vollständigen Namen." Die Stimme am anderen Ende der Leitung klang ruhig aber bestimmt.

„Lisa Müller. Ich heiße Lisa Maria Müller. Bitte, was ist geschehen?" Ich fühlte, wie Panik in mir aufstieg.

„Ihr Bruder Jan wurde bei einem Autounfall schwer verletzt. Er liegt im Bogenhausener Krankenhaus. Sie sollten sich schnellstmöglich dorthin begeben."

Mechanisch legte ich den Hörer auf und verharrte minutenlang reglos neben dem Telefon. Nun war es also so weit. Ich hatte schon lange befürchtet, dass Jan sich in seiner draufgängerischen Art irgendwann in ernste Schwierigkeiten bringen würde. Ich musste zu ihm. Sofort. Glücklicherweise war Tobi im Moment im Haus seiner Eltern zu Gast. Ich griff erneut zum Hörer. Nach kurzem Klingeln nahm Tobi ab. Tonlos berichtete ich ihm, was ich soeben erfahren hatte. Tobi versprach, in fünf Minuten bei mir zu sein. Ich kleidete mich an. Es schien, als ob mein Körper und mein Geist keine Einheit mehr bildeten. Meine Arme und Beine führten die vertrauten Bewegungen ohne mein Zutun aus. Mein Kopf war leer. Keine Fragen, keine Antworten. Keine Schuldzuweisungen. Stille. Und ein kleines bisschen Hoffnung. Darauf, dass alles doch nicht so schlimm war, wie es zu sein schien. Der Polizist hatte nicht geäußert, dass Jan lebensgefährlich verletzt war – oder vielleicht doch? Was hatte er überhaupt gesagt? Ich erinnerte mich nicht mehr. Mein Gehirn, das sonst so präzise funktionierte, versagte seinen Dienst. Ich wusste nicht mehr, welche Informationen ich tatsächlich erhalten hatte. Wusste nur, dass mit Jan etwas Schlimmes passiert war. Wegen eines kleinen Kratzers würde man mich wohl kaum mitten in der Nacht benachrichtigen. Die Stimme am anderen Ende der Leitung hatte ernst geklungen, sehr ernst. Aber vielleicht klang sie ja immer so, auch dann, wenn sie keine schlechten Botschaften zu überbringen hatte. Meine Gedanken drehten sich im Kreis. Immer wieder derselbe Satz. Bitte lass' es nicht so schlimm sein. Bitte. In diesem Moment wurde mir klar, wie sehr ich trotz der großen Kluft zwischen uns an meinem kleinen Bruder hing.

Wortlos fuhren wir in Tobis kleinem Fiesta zum Krankenhaus. Jeder in seine Gedanken versunken. Unsicherheit. Angst. Eine halbe Stunde lang, eine halbe Ewigkeit.

Endlich in der Notaufnahme angekommen erhielten wir die lapidare Auskunft, dass Jan derzeit operiert würde und man noch keine Angaben über seinen Zustand machen könne. Aber er sei sehr schwer verletzt eingeliefert worden, soviel könne man uns mitteilen. Ich schluckte.

„Ich muss meine Mutter informieren. Wo kann man hier ein Telefonat ins Ausland führen?" Die Krankenschwester deutete auf einen Apparat am Ende des Wartebereiches. Ich atmete tief durch und wählte Mutters Nummer. Es klingelte sicher fünf Minuten lang. In Gedanken ging ich den Weg, den man vom Schlafzimmer im ersten Stock bis zum Telefon im Erdgeschoss zurückzulegen hatte, mit. Aufwachen. Lauschen. Pantoffeln anziehen. Durch die Tür in den oberen Flur. Die offene Holztreppe hinunter. Den Korridor entlang. Dort auf dem runden, altmodisch anmutenden Tischchen steht es. Einmal hatte ich meine Eltern in Frankreich besucht. Ein schönes großes Haus. Jetzt hatte ich wenigstens eine Vorstellung davon, wie meine Mutter seit ihrem Weggang lebte.

Der Hörer wurde abgenommen. „Herrmann." Ihre Stimme klang müde. So weit entfernt. In einer anderen Welt.

„Mama, hier ist etwas Schreckliches passiert, Jan ist verunglückt", presste ich mühsam hervor.

„Ein Autounfall? Wann? Wie geht es ihm?", antwortete sie ruhig, distanziert.

„Ja, ein Autounfall. Heute Nacht irgendwann. Er wird gerade operiert, niemand kann mir sagen, was mit ihm los ist. Es scheint sehr schlimm zu sein."

„Ruf' mich bitte wieder an, sobald du mehr weißt. Im Moment können wir wohl nichts anderes tun als warten."

Damit war das Gespräch beendet. Ich war erschüttert. War das alles, was ihr zu so einem Unglück einfiel? Erst einmal abzuwarten? Jan kämpfte wahrscheinlich in diesen Minuten um sein Leben und wir sollten einfach abwarten? In knappen Worten erzählte ich Tobi von dem gerade geführten Telefonat. Neben der Verzweiflung über den möglichen Verlust meines Bruders brach sich ein anderes, tief in mir verborgenes Gefühl seine Bahn an die Oberfläche: Wut. Unendlicher Zorn über das Verhalten meiner Mutter. Da saß sie nun Hunderte von Kilometern weit weg und schien an unserem Leben im fernen Deutschland nur mehr als unbeteiligter Beobachter teilzunehmen. Wann immer ich ihr in den letzten Monaten über meine Erfolge oder Nöte berichtet hatte, erhielt ich nur eine einzige Antwort: Wie herrlich es doch in Frankreich sei – wie sehr sie den großen Garten und das großzügig geschnittene Haus genieße und welch wunderbare Blumen doch gerade wieder blühten. Ich konnte diese endlose Leier nicht mehr hören und rief sie deshalb nur noch selten an. Ihr offensichtliches Desinteresse dem Leben ihrer Kinder gegenüber aber gipfelte für mich in diesem einen Wort: Abwarten.

„Schatz, du solltest das nicht auf die Goldwaage legen. Sie hat den Ernst der Lage sicher nicht erkannt." Tobi legte beruhigend den Arm um mich.

„Was ist denn daran nicht zu verstehen? Jan hatte einen Unfall und niemand kann uns sagen, ob er überleben wird. Wäre es *mein* Sohn, würde ich bereits im Auto sitzen, um auf dem schnellsten Wege zu ihm zu fahren. Oder noch besser, ich würde das nächste Flugzeug nehmen. Was ist sie bloß für eine Mutter?"

„Du solltest nicht so hart über sie urteilen. Sie hat sich längst ihre eigene kleine Welt fernab unserer Realität geschaffen. Tragische Unfälle und andere Katastrophen passen dort nicht hinein. Gib' ihr ein paar Stunden Zeit, um deinen Anruf zu verdauen. Du wirst sehen, morgen ist sie hier."

„Da könntest du Recht behalten – wenn wir nur lange genug *abwarten*, wird sich vielleicht doch noch ein triftiger

Grund für sie finden, sich schleunigst hierher zu bewegen." Mein Sarkasmus hatte mir oft über schwere Verletzungen hinweg geholfen. Heute brachte er keine Erleichterung. Mein Entsetzen, meine Angst waren zu groß.

Stunde um Stunde verging. War es ein gutes Zeichen, dass die Operation so lange dauerte oder eher nicht? Ich beschloss, die Tatsache, dass sich, wie ich inzwischen gehört hatte, mehrere Ärzte so lange intensiv um meinen Bruder kümmerten, als Bestätigung zu sehen, dass es Hoffnung gab. Sie hatten ihn offensichtlich noch nicht aufgegeben.

Diese krampfhaft genährte, positive Einstellung erstarb jäh, als sich ein hochgewachsener Mann im weißen Kittel langsam Tobi und mir näherte. Wir erhoben uns und eilten ihm entgegen. Das Gesicht des Arztes war ausdruckslos. Schon zu oft hatte er Situationen wie diese erlebt. Er verwünschte diesen traurigen Aspekt seiner täglichen Arbeit und hatte sich doch irgendwie daran gewöhnt, verzweifelten Angehörigen mit ruhigem Gleichmut gegenüberzutreten. In der rechten Hand hielt er eine blutbefleckte Jeans, in der linken ein Paar verdreckter Cowboy-Stiefel.

„Erkennen Sie diese Kleidungsstücke wieder?", wandte er sich an mich.

Ich spürte, wie meine Beine nachgaben, und klammerte mich an Tobi. Ich wollte nicht hören, was der Mann mir nun sagen würde. Dieser schreckliche Mann. Herr über Leben und Tod. Die herbeigesehnte Ohnmacht kam nicht, um mich in ihren Fängen gnädig in Vergessenheit einzuhüllen. Also musste ich es durchstehen. Jetzt sofort würde ich mit den unumstößlichen Tatsachen fertig werden müssen. Ich straffte meine Schultern und blickte ihn an.

„Ja, die gehören meinem Bruder." Die eigene Stimme klang merkwürdig wesenlos in meinen Ohren. So als gehöre sie nicht zu mir. Wie diese ganze absurde Situation nicht zu mir gehörte. Alles musste ein Irrtum sein. Ein bedauerlicher Irrtum. Aber die Jeans in der Hand des Mannes sprachen ihre eigene Sprache. Ich hatte sie vor ein paar Tagen noch an Jan gesehen. Als die Welt noch nicht drohte auseinanderzubrechen. Ich rang um Fassung und versuchte mich für die nächsten, unausweichlichen Worte zu wappnen.

„Ihr Bruder hat eine sehr schwere Kopfverletzung. Wir wissen nicht, ob er durchkommt. Ein Team von fünf Ärzten hat alles Menschenmögliche getan, um sein Leben zu retten. In zwei bis drei Tagen werden wir mehr wissen." Er blickte in mein fahles Gesicht und fügte in einem Anflug von Besorgnis noch hinzu: „Ich denke, Sie brauchen Unterstützung, um diese Nachricht zu verkraften. Eine Schwester wird sich gleich um sie kümmern." Damit entfernte er sich. Keine Gelegenheit, Fragen zu stellen. Kein tröstliches Wort. Keine amtliche Bestätigung, dass alles wieder gut würde. Und doch – Jan lebte. Ein zaghafter Hoffnungsschimmer begann in meinem Inneren zu leuchten.

„Dr. Braun hat mich gebeten, Ihnen diese Tabletten zu geben. Sie brauchen jetzt Ruhe. Es hilft Ihrem Bruder nicht, wenn Sie zusammenbrechen." Die Krankenschwester streckte mir zwei Pillen und ein Glas Wasser entgegen. Artig schluckte ich alles hinunter.

„Kann ich zu ihm?" Ich wollte nicht nach Hause gehen, ohne ihn gesehen zu haben und mich zu vergewissern, dass er gut versorgt war.

„Heute noch nicht, er ist nicht ansprechbar. Vertrauen Sie uns, hier ist er in den besten Händen." Die Schwester nickte mir freundlich zu.

„Komm' Schatz, lass' uns heimfahren und ein paar Stunden schlafen. Wir kommen später wieder. Vielleicht können wir ihn dann sehen." Tobias sah mich bittend an. Auch er war erschöpft. Ich fügte mich und wir verließen das Krankenhaus.

Wider allen düsteren Erwartungen sank ich, kaum zu Hause angekommen, in einen tiefen traumlosen Schlaf. Als ich Stunden später wieder erwachte, war es draußen bereits dunkel. Mein Blick fiel auf den Wecker, der auf einem Hocker neben meinem Bett stand. Er zeigte viertel vor acht.

„Nun können wir auch nicht mehr ins Krankenhaus, um Jan zu besuchen", murmelte ich benommen und erhob mich stöhnend. Mein Kopf dröhnte.

„Verdammte Tabletten." Leise vor mich hinschimpfend schlüpfte ich in meinen Hausanzug.

Das Telefon klingelte. Ich erstarrte.

„Bitte keine schlechten Nachrichten mehr. Bloß keine neuen Hiobsbotschaften, bitte bitte …"

Steif nahm ich den Hörer ab.

„Müller."

„Schatz, hast du gut geschlafen?"

Tobi. Ich atmete auf.

„Ja, danke. Ich wollte gerade im Krankenhaus anrufen, um zu hören wie es Jan geht und wann wir ihn besuchen dürfen. Ich melde mich dann wieder."

„Nicht nötig. Ich komme zu dir. Dann sehen wir weiter. Bis gleich."

„Okay, bis gleich."

Der diensthabende Arzt teilte mir mit, dass Jan im Moment zwar stabil, aber noch nicht außer Lebensgefahr sei. Er läge auf der Intensivstation. Im Koma. Morgen dürfe ich ihn vielleicht besuchen.

Ich wählte die Telefonnummer meiner Eltern, um sie über den Stand der Dinge zu informieren. Ob sie wohl noch immer abwarteten? Ohne zu werten stellte ich mir diese Frage. Emotionslos. Ich würde das hier zur Not auch alleine durchstehen. Gemeinsam mit Tobi.

Am anderen Ende der Leitung raschelte es.

„Hallo?" Die rauchige Stimme meiner Mutter ertönte.

„Ich bin's. Jan liegt auf der Intensivstation. Nicht ansprechbar."

„Ich weiß, ich habe mit dem Oberarzt gesprochen. Unsere Koffer sind bereits gepackt und wir werden die Nacht durchfahren. Morgen früh sind wir in München."

„Gott sei Dank. Ich glaube, es ist sehr wichtig für Jan, dass du bei ihm bist. Fahrt vorsichtig!"

„Natürlich. Bis morgen."

Erleichtert legte ich auf, froh darüber, die schwere Bürde nun nicht länger allein tragen zu müssen. So sehr ich mich auch darum bemühte, in jeder Beziehung unabhängig zu sein –

sobald Mutter oder Vater Nummer eins durch eine Geste oder ein paar freundliche Worte signalisierten, dass Jan und ich ihnen nicht gleichgültig waren, schlug mein Herz schneller. In solchen Momenten war mir klar, dass ich den inneren Abstand, den ich zwischen mich und diese beiden Menschen zu legen gedachte, noch längst nicht erlangt hatte.

Mutter und Knut fuhren ohne Zwischenstopp in die Klinik. Nach einem kurzen Besuch am Krankenbett meines Bruders geschah, was geschehen musste. Mama brach zusammen. Die lange Reise in Anspannung und die Ungewissheit darüber, was sie in München erwarten würde, der Anblick ihres Sohnes in der sterilen Anonymität der Intensivstation – das alles war zu viel für sie gewesen. Ohne Vorwarnung war sie aus der friedlichen Idylle ihres paradiesischen Gartens in die grausame Wirklichkeit von Tod und Verzweiflung katapultiert worden. Gerade hatte sie noch gehofft, in Frankreich ein neues Leben beginnen zu können, ohne ständig in die Kräfte zehrenden Probleme ihrer beiden Kinder verstrickt zu werden, da wurde sie wie an einem Gummiband hängend zurück nach Deutschland gerissen. Der Schock saß tief und doch zeigte sie in dieser Situation eine Stärke, die ihr niemand zugetraut hätte. Wie stets, wenn sie an den Tiefpunkten ihres Lebens angekommen war, schien sie Zugang zu einer Quelle der Kraft zu finden, von der sie im Alltag völlig abgeschnitten war. Nachdem sie den ersten Schreck überwunden hatte, begann sie in reger Betriebsamkeit das Leben nach der Intensivstation zu organisieren. Die Ärzte vertraten die Meinung, dass Jan, falls er überhaupt aus dem Koma erwachte, mit ziemlicher Sicherheit ein Pflegefall bliebe. Die Chancen, dass er völlig genesen würde, wären gleich null. Mutter ließ sich durch diese niederschmetternden Aussichten nicht beeindrucken. Sie glaubte fest daran, dass ihr Sohn aufwachen und gesund werden würde. Und so bezog sie Quartier in meinem kleinen Appartement und machte sich auf die Suche nach einem Job, um Jan auf seinem Weg zurück ins Leben zu begleiten.

„Ich gehe da nicht rein. Das kann ich nicht. Ich zahle, was immer nötig ist, aber ich werde nicht an sein Bett treten.", lamentierte Vater Nummer eins einige Tage nach dem Unfall an der Tür zur Intensivstation des Bogenhausener Krankenhauses. Gerade hatte er durch den diensthabenden Oberarzt erfahren, dass Jan seine schweren Kopfverletzungen nicht ohne bleibende Schäden überstehen würde. Dass sein Sohn mit ziemlicher Wahrscheinlichkeit eine geistige Beeinträchtigung davontragen werde und niemals mehr ohne Betreuung würde leben können. Mein Vater sah sich nicht in der Pflicht, dieses Drama gemeinsam mit einer Familie durchzustehen, die er längst nicht mehr als die Seine ansah. Dass Jan seit Tagen um sein Leben kämpfte, schien ihn nicht wirklich zu berühren. Er machte mit allem Nachdruck klar, dass er sich außer Stande sah, uns in diesem Moment beizustehen.

Die unschöne Szene, die sich in der Klinik abgespielt hatte, wurde mir später durch meine Mutter geschildert. Nach all der Gleichgültigkeit, die mein Vater Jan und mir Zeit unseres Lebens entgegengebracht hatte, war dies der Gipfel der Nichtachtung. Dem eigenen Kind in einer solchen Situation die Unterstützung zu versagen, ist weit mehr als seelische Grausamkeit. Es zeigt das Verhalten eines Menschen, dessen Lieblosigkeit, Egoismus und Ignoranz durch nichts mehr zu überbieten ist.

Eigentlich hatte ich nach seinem armseligen Auftritt im Krankenhaus wenig Lust dazu, mit Vater Nummer eins und Tobi auswärts essen zu gehen. Ich tat es trotzdem. Schließlich war ich daran gewöhnt, mit Begeisterung auf all seine Vorschläge zu reagieren – erfüllt von der latenten Hoffnung, dass er mich vielleicht eines Tages ein wenig lieb haben würde, wenn ich immer brav alles tat, was er wollte. Trotz der unzähligen Enttäuschungen, die er mir über die Jahre hinweg beschert hatte, war ich noch meilenweit davon entfernt, dieses Verhaltensmuster durchbrechen zu können.

So saßen wir in fröhlicher Runde zu dritt in einem noblen Restaurant und ergingen uns stundenlang in sinnentleerten Banalitäten, während Jan kaum einen Kilometer weit entfernt bewusstlos an Apparaten hing, die das bisschen Leben, das ihm noch geblieben war, festhielten. Ich fühlte mich schrecklich und wollte so schnell wie möglich nach Hause.

„Lasst' uns noch in die Bar gehen und ein paar Bierchen trinken. Nach der Aufregung der letzten Tage haben wir uns das redlich verdient." Widerspruch wie üblich zwecklos.

Also verlagerten wir unser moralisch wertvolles Gespräch in die laute Hotelbar. Vater gönnte sich einen Whiskey nach dem anderen, Tobi hielt sich einigermaßen ratlos an seinem Bier fest und ich schlürfte genervt meine obligatorische Cola.

„Wenn der Junge jemals aus dem Krankenhaus herauskommt, dann kaufe ich ihm ein Auto mit Überrollbügel! Damit kann er sich dann überschlagen, ohne dass ihm etwas passiert", verkündete mein Erzeuger großspurig.

Da bin ich wirklich neugierig, ob du das tatsächlich tust, wenn es so weit ist – ich sprach den rebellischen Gedanken nicht laut aus, sondern antwortete pflichtschuldigst: „Was für eine großartige Idee! Darüber wird er sich wahnsinnig freuen. Und mir wäre auch wohler, ihn in einem sicheren Auto zu wissen, wenn er wieder unterwegs ist."

Wenn, ja, wenn er überhaupt jemals wieder unterwegs sein wird, setzte ich stumm hinzu. Da mein Vater aber zum ersten Mal überhaupt darüber nachdachte, über das gesetzlich geforderte Mindestmaß hinaus etwas für Jan oder mich zu tun, wollte ich diese großzügige Anwandlung nicht durch meinen perfiden Realitätssinn bereits im Keim ersticken.

Weitere Whiskeys und die üblichen Monologe über seine Arbeit, seine wunderbare Familie und seine geschäftlichen Erfolge folgten. Immer die gleiche langweilige Leier. Ungerührt ließ ich den altbekannten Sermon über mich ergehen. Bis er den Bogen überspannte.

„Der Toni wird nie arbeiten müssen." Der Toni, seines Zeichens meines Vaters Sohn aus zweiter Ehe, war gerade eingeschult worden. Die Aussage fand ich einigermaßen bizarr. Vater blieb meine Verwirrung wohl nicht verborgen und er beeilte sich, mir eine Erklärung zu liefern.

„Lisa, du sollst dafür sorgen, dass der Toni nie arbeiten muss. Der Junge ist so ein lieber Kerl – geboren für die Frauen und die Liebe. Der wird einen Ferrari und eine Yacht in Süd-Frankreich bekommen und soll sich nie über irgendetwas Sorgen machen müssen. Ich habe so viel Geld verdient in meinem Leben, mein Sohn soll die Früchte meiner harten Arbeit genießen. Das ist der Lohn, den ich mir für all meine Mühen wünsche."

Ich glaubte, mich verhört zu haben. So mies konnte nicht einmal *mein* Vater sein. Der eine Sohn, gefesselt an lebenserhaltende Schläuche, kaum eines flüchtigen Gedankens wert, während seine einzige Sorge dem anderen Sohn galt und der elementaren Frage, ob dieser auch den Rest seines jungen Lebens im süßen Nichtstun verbringen würde. Eine derartige Offenbarung wäre schon in einer normalen Situation ein unverzeihlicher Affront. Aber an einem Tag wie heute? Das konnte nicht sein. Ich musste mich täuschen.

„Hier ist es so laut. Ich habe dich nicht verstanden …", brüllte ich ihm ins Ohr.

„Ich will, dass du dafür sorgst, dass der Toni niemals arbeiten muss", rief er zurück.

Also doch.

„Du bist immer so vernünftig und ich weiß, dass man sich auf dich verlassen kann. Wir haben jetzt gesehen, wie schnell das Leben zu Ende sein kann. Ich will sicher sein, dass meiner Familie nichts geschieht, falls ich als Versorger plötzlich ausfallen sollte. Du bist die Einzige, der ich vertraue. Versprich mir, dass du dich um die Kleinen kümmerst, wenn mir etwas passiert."

Mir reichte es. Um seine armen Kleinen sollte sich gefälligst ein anderer kümmern. Mühsam unterdrückte ich den aufkommenden Zorn. Wie konnte er es wagen eine derartige Forderung zu stellen, nachdem er mich und meinen Bruder jahrelang mit Füßen getreten hatte? Er musste komplett übergeschnappt sein. Ich kämpfte gegen den hartnäckigen Wunsch an, den Rest meiner Cola in sein Gesicht zu schütten und ihm entgegen zu schleudern, was ich ihm schon seit Jahren sagen wollte. Dass er ein Schwein ist. Nicht mehr und nicht weniger. Aber in einer Sache hatte er wohl recht – ich war ja so schrecklich vernünftig. Selbst in einer irrwitzigen Situation wie dieser. Nach außen hin bewahrte ich die Fassung, hatte aber nur noch einen einzigen Gedanken: Weg hier. Sofort. Für weiteren Small Talk würde ich nicht mehr zur Verfügung stehen.

„Wir werden sehen. Niemand weiß, was im Leben so alles geschehen wird. Im Augenblick wünsche ich mir nur, dass Jan wieder aufwacht." Ich griff nach meiner Jacke. „Ich bin todmüde und möchte jetzt nach Hause, *ich* muss morgen nämlich arbeiten." Die kleine Spitze zwischen den Zeilen konnte ich mir nicht verkneifen. Wie üblich verpufften meine Worte jedoch im luftleeren Raum, der meinen Vater und mich umgab. Warum hatte ich nur immer das Gefühl, dass wir nicht in derselben Sprache redeten?

„O. k. Ich bleibe noch ein Weilchen hier. Da hast du Geld für ein Taxi. Ich melde mich die Tage bei dir." Er drückte mir einen Fünfzig-Mark-Schein in die Hand und einen Kuss auf die Backe. Ich wusste, dass er sich natürlich nicht bei mir melden würde. Das tat er nämlich allenfalls an Geburtstagen oder zu Weihnachten.

„Alles klar. Bis dann." Ich lächelte gezwungen und verließ mit Tobi im Schlepptau die Bar.

„Hast du gehört, was er zu mir gesagt hat?" Erst im Taxi fand ich meine Sprache wieder.

„Nö, war zu laut in dem Laden. Aber deinem Gesicht nach zu urteilen, ist dein alter Herr mal wieder mit Anlauf in ein Fettnäpfchen getreten und hat es nicht einmal bemerkt."

„Diesmal hat er es zu weit getrieben." In kurzen Worten erzählte ich Tobi, was ich mir soeben anhören durfte. Er pfiff durch die Zähne.

„Wie üblich an Feingefühl nicht zu überbieten. Vergiss ihn, Schatz. Es bringt nichts, sich über seine schrägen Ansichten zu ärgern. Zumal er gewaltig einen im Tee hatte, wie mir schien."

„Das ist keine Entschuldigung für die Gemeinheiten, die er anderen dauernd zumutet. Er selbst haut gnadenlos drauf, aber wehe, wenn *ihm* einmal Unrecht getan wird. Ich muss dich wohl nicht daran erinnern, wie beleidigt er damals war, als ich mich leicht überrascht darüber geäußert habe, dass man ihn in der Disco für meinen Freund gehalten hatte."

„Nun ja, aus seiner Sicht war deine Verwunderung sicher einigermaßen unverständlich – seine Freundinnen sind schließlich kaum älter als du." Tobi kicherte.

„Sehr witzig. Du musst dich ja nicht mit dieser wandelnden Widerwärtigkeit von Vater herumschlagen." Ich schmollte. Tobi schien nicht zu verstehen, wie tief mich die unbedachten Äußerungen meines Vaters verletzten. Ich war froh, mich nicht weiter darüber auslassen zu müssen, da das Taxi inzwischen vor meiner Haustür angehalten hatte.

„Fährst du morgen nach Augsburg zurück?", fragte ich im Aussteigen.

„Ja, ich komme dann am Freitag wieder. Ist das in Ordnung für dich? Du hast ja jetzt deine Mutter und Knut …"

„Klar. Kein Problem. Bis dann." Ich warf ihm eine Kusshand zu und beeilte mich, erschöpft und ausgelaugt von den Aufregungen der letzten Tage und Stunden, ins Haus zu kommen. Jetzt endlich schlafen. Nichts mehr hören und sehen. Keine Angst um Jan. Keine Wut auf meine Eltern. Nur noch Ruhe.

Wenige Tage später beschloss Jan, ins Leben zurückzukehren.

Wieder standen Mutter und ich neben dem verkabelten Bett auf der Intensivstation und blickten traurig auf das blasse Gesicht unter dem großen weißen Verband. Unablässig redeten wir auf ihn ein. Es faszinierte mich zu beobachten, dass jedes Mal, wenn Mutter das Wort an ihn richtete, sein Herz schneller und kräftiger zu schlagen begann.

Piep piep piep. In immer kürzeren Abständen ertönte das Signal. Jan bewegte ganz leicht den Kopf.

„Das gibt es nicht, sieh nur – er wacht auf", flüsterte Mutter mit bebender Stimme.

„Jan, hörst du mich? Ich bin so weit gefahren, bitte mach' die Augen auf."

Ich brachte keinen Ton heraus. Wie so oft in der vergangenen Woche schickte ich stumme Gebete zum Himmel. Verzweifelt und doch hoffnungsvoll.

Jans Augenlider begannen zu flattern. Er stöhnte.

Mutter beugte sich aufgeregt über ihn. „Sohnemann ich bin hier und bleibe bei dir, solange du willst. Kannst du mich hören?"

Ein beinahe unmerkliches Nicken. Er öffnete die Augen.

„Du riechst ja schon wieder nach Knoblauch, Mama." Ein angedeutetes Lächeln und die Augen schlossen sich wieder.

„Was hat er da gesagt? Er scheint zu fantasieren." Unsicher sah ich zu meiner Mutter hinüber. Ob die Ärzte wohl Recht behalten würden?

Sie schüttelte den Kopf und lachte erleichtert.

„Er fantasiert ganz und gar nicht. In Frankreich hat er sich immer über die Knoblauchfahne mokiert, die mich ständig umweht. Er ist völlig bei Sinnen." Tränen glitzerten in ihren Augen.

„Mein Gott, das ist zu schön, um wahr zu sein."

Ich hätte heulen können. Nach tagelangem Schweben zwischen Hoffen und Bangen schien sich die Kette um meinen Brustkorb endlich zu lösen. Dieser eine Satz überzeugte auch mich, dass Jan wieder gesund werden würde.

Als ich das nächste Mal ins Krankenhaus zu Besuch kam, saß Jan bereits vergnügt in seinem Bett und hielt Hof. Eine seiner zahlreichen Verehrerinnen lauschte mit andächtig geneigtem Kopf seinen Ausführungen.

„Und als ich dann aufwachte … Na sowas, wer kommt denn da? Hallo Schwesterchen."

„Einziges Bruderherz, bist dus wirklich? Als ich dich das letzte Mal gesehen habe, hingst du noch an mindestens vier Apparaten, die irgendwie aussahen, als sollten sie dich am Leben halten. Wie ich dich da so fröhlich plaudern sehe, kann ich kaum glauben, dass das erst vier Tage her sein soll!" Ich drückte ihn an mich. „Willkommen zurück unter den Lebenden."

„Danke, danke. Ich kann das alles übrigens auch nicht glauben. Das Letzte woran ich mich erinnere ist, dass ich mit Micha nach der Disco Richtung Germering gefahren bin. Danach kommt das große Nichts."

„Ist vielleicht gut so. Du hast uns ziemliche Sorgen gemacht. Hast du Schmerzen?"

„Eigentlich kaum. Der Kopf tut noch weh, aber das ist wohl nicht weiter verwunderlich. Willste mal die Narbe sehen? Die zieht sich quer hier rüber." Damit zeichnete er auf seinem Verband die Ausmaße der Narbe nach.

„Nein danke, lieber nicht. Allein die Vorstellung, dass man dich stundenlang am offenen Gehirn operiert hat, lässt mich schaudern. Du musst mehr als einen Schutzengel gehabt haben. Hast du schon etwas von deinem Beifahrer gehört?"

„Micha? Man hat mir gesagt, dass er nicht lebensgefährlich verletzt wurde. Allerdings sind Splitter der geborstenen Frontscheibe in sein Gesicht geflogen. Er muss ziemlich entstellt sein." Betrübt blickte er minutenlang aus dem Fenster, bevor er leise fortfuhr „ich hoffe, er kann mir verzeihen. Der Unfall war wohl unbestreitbar meine Schuld. Ganz allein meine Schuld. Man hat mir gesagt, ich hätte ein Stoppschild übersehen."

Ich wechselte das Thema. Die seelischen Aspekte des schrecklichen Unfalls aufzuarbeiten, war es definitiv noch zu früh. Im Moment zählte nur, dass Jan und alle anderen Beteiligten überlebt hatten. Im Wagen, mit dem er kollidiert war, hatte unglücklicherweise eine ganze Familie gesessen. Der Vater und die 12-jährige Tochter waren sehr schwer verletzt. Sie lebten, aber noch wusste niemand, ob sie sich jemals wieder völlig erholen würden. Schuldzuweisungen und Schadensersatzforderungen würden sicherlich nicht lange auf sich warten lassen. Aber heute war nur wichtig, dass ich meinen kleinen Bruder zurückhatte. Alles andere würde sich finden.

„Ist es nicht schön, dass Mama hierbleiben wird, bis du wieder ganz gesund bist?", versuchte ich ihn aufzumuntern.

„Da werde ich wohl noch lange krank sein müssen, damit sie uns nicht so schnell wieder entfleucht." Er grinste schief. Ich wusste nur zu gut, dass er hinter seinem lockeren Ton einen tiefen Schmerz verbarg. Dass Mutter ihn so früh sich selbst überlassen hatte, konnte er nicht verwinden. Ihre Rückkehr hatte er mehr als alles andere herbeigesehnt. Nun hatte er es geschafft – sie war wieder da. Nur auf Zeit, aber immerhin.

Auch ich war glücklich. Jan lebte und es ging ihm weit besser als die pessimistischen Prognosen der Ärzte jemals hätten vermuten lassen. Mutter hielt die Stellung in meinem Appartement und zu meiner nicht geringen Verwunderung genoss ich ihre Gesellschaft sehr. Von Knut sah und hörte man nichts. Er war bei Verwandten untergeschlüpft und wartete. Irgendwann beschloss er, allein nach Frankreich zurückzufahren. Somit war das altbewährte Dreiergespann bestehend aus Mutter, Jan und mir wieder vereint. Seit langem hatte ich mich nicht mehr so unbeschwert und leicht gefühlt.

– 33 –

Monate gingen ins Land und meine Lehrzeit neigte sich ihrem Ende entgegen. Jan erholte sich zusehends von seiner Kopfverletzung und nahm schließlich seine Arbeit wieder auf. Auch er musste demnächst die Prüfung vor der Industrie- und Handelskammer ablegen. Mir war schleierhaft, wie er das schaffen wollte. Die Fragen würden im Multiple-Choice-Verfahren gestellt werden – er setzte darauf, mit viel Glück die richtigen Antworten anzukreuzen.

Mutter sah ihre Mission als erfüllt an und kehrte nach Frankreich zurück. Damit waren Jan und ich wieder allein. Jeder in seiner eigenen kleinen Welt. Die Familienbande erneut zerrissen. Wie immer schafften wir es nicht, gemeinsam der Leere, die sich in uns ausbreitete, entgegenzutreten. So wandte sich Jan wieder seinen Freunden zu und ich klammerte mich an Tobi. An den Wochenenden zumindest.

Das Loch, in das ich nach Mutters Abreise fiel, war tiefer denn je. Mir war klar, dass ich gegen die undefinierbare Traurigkeit in meinem Inneren endlich etwas unternehmen musste oder untergehen würde. Meine Panik vor den Menschen an sich und Männern im Besonderen nahm bedrohliche Ausmaße an. Ich mied Situationen, in denen ich mich innerhalb einer größeren Gruppe bewegen musste. Einige wenige Menschen konnte ich ertragen – Tobi, Erika, Andrea und vielleicht noch zwei bis drei weitere Freundinnen. Jedes erzwungene Treffen über diesen engen Rahmen hinaus versetzte meinen Körper in den Ausnahmezustand. Der Schweiß rann mir über Gesicht und Rücken, beklemmende Angstgefühle wühlten in meinen Eingeweiden. Ob es sich um ein Meeting in der Bank, einen Betriebsausflug oder eine Einladung bei Tobis Eltern handelte – ich konnte mich kaum auf ein Gespräch einlassen, da ich mich mit all meiner Kraft darauf konzentrieren musste, den Fluchtreflex, der jeden meiner Gedanken beherrschte, niederzukämpfen. Das Leben wurde zum Spießrutenlauf. Man glaubt kaum, wie vielen gesellschaftlichen Zwängen der Durchschnittsmensch heute ausgesetzt ist. Meinte ich jedenfalls. In Wahrheit empfand ich meine Lage nur deshalb als so unerträglich, weil jeder Kontakt nach Außen für mich einen Akt der Selbstüberwindung darstellte. Einen Sieg über die Dämonen in mir. Unerreichbar. Unantastbar. Unbezwingbar.

Als mir klar wurde, dass ich nicht mehr in der Lage war, die Abgründe in meiner Seele allein auszuloten, beschloss ich, mir endlich Hilfe zu holen. In Form einer Psychoanalyse. Leider sollten noch Jahre vergehen, bis ich gewisse Mechanismen in meinem Verhalten und meinen Reaktionen begriff. Rasende Kopfschmerzen und lästige Durchfälle wurden zu ständigen Begleitern auf meinem steinigen Weg zu mir. Aber die Tortur lohnte sich. Kaum merklich begann sich der riesige Knoten in meinen Gedärmen zu entwirren und ich wurde selbstsicherer. Der Radius, in dem ich mich bewegen konnte, wurde sehr langsam aber doch spürbar größer. Mit mehreren Personen in einem geschlossenen Raum zu verweilen, vor allem dann, wenn Männer involviert waren, belastete mich zwar noch immer, die regelrechten Panikattacken ebbten jedoch allmählich ab.

Und so ging sie zu Ende, meine Lehrzeit. Wieder einmal stand ich vor der drängenden Frage: Was nun?

Vater Nummer eins hatte irgendwann einmal die Äußerung fallen lassen, dass er ein Studium unterstützen würde. Die Arbeit in der Bank drückte nach wie vor auf mein freiheitsliebendes Gemüt und so überlegte ich, ob seine großzügige Andeutung wohl ernst zu nehmen sei oder wie bei ihm eher üblich, nichts weiter als heiße Luft bleiben würde. Gerade hatte er einmal mehr bewiesen, dass man seinen Versprechungen so gar nicht trauen konnte – das angekündigte Auto mit Überrollbügel hatte Jan nach seiner Genesung, wie zu erwarten gewesen war, natürlich nicht bekommen, stattdessen wurde ihm in einem Anfall von Großmut ein uralter Ford Escord übergeben. Eigentlich war ich überzeugt, dass es sich mit meinem Studium letztlich auch nicht anders verhalten würde. Jegliche Abweichung von diesem Muster würde jedenfalls eine Riesenüberraschung bedeuten.

Die schriftlichen Abschlussprüfungen vor der IHK hatte ich erfolgreich absolviert und die Zeit, eine Entscheidung über meine berufliche Zukunft zu treffen, wurde langsam knapp. Um endlich Klarheit über meine finanziellen Möglichkeiten zu bekommen, setzte ich mich also notgedrungen eines schönen Tages ans Telefon und rief meinen Vater an.

„Hi, Papa, Lisa hier."

„Hallo Schätzken, was gibt's?", tönte es ungeduldig aus dem Hörer.

Ich seufzte. Jetzt bloß diplomatisch bleiben und nicht sofort mit der Tür ins Haus fallen.

„Och, ich wollte mal hören, wie's euch so geht."

„Hier ist wie üblich der Teufel los. Nur Idioten um mich rum. Alles muss ich alleine machen. Und jetzt kommen auch noch die neuen Objekte im Osten dazu. Fünf Tage die Woche sitze ich in einem Wohnwagen in der Nähe von Leipzig, um den Bau eines großen Einkaufszentrums voranzutreiben. Und das Schlimmste ist, ich habe noch zweitausend Quadratmeter unverpachtet. Kaum eine der großen West-Ketten wagt es, sich hier auf die grüne Wiese zu setzen. Ich kann dir sagen, meine Nerven liegen blank."

„Warum tust du dir das bloß an? Du hast doch schon so viel Geld verdient, dass es für dich und deine Familie ein Leben lang reicht", warf ich vorsichtig ein. Um ehrlich zu sein interessierten mich die konstruierten Probleme von Vater Nummer eins nicht im Mindesten. Ich hatte weiß Gott meine eigenen. Um nicht in Ungnade zu fallen, zwang ich mich allerdings immer dazu, Anteilnahme an seinen Bauvorhaben und vor allem an seinen Kindern aus zweiter Ehe zu heucheln.

„Es muss ja immer weiter gehen. Wenn ich nicht investiere, frisst mich die Steuer auf. Warum soll ich mein ganzes schönes Geld dem Staat in den Rachen werfen? Sehe ich gar nicht ein. Also werden meine Projekte immer größer, teurer und riskanter. Ja, Schätzken, so hat eben jeder seine Päckchen zu tragen."

Dem war nichts hinzuzufügen. Also auf zum nächsten unvermeidlichen Gesprächspunkt.

„Was machen Melanie und Toni?", säuselte ich. Früher oder später würde ich doch die Lobhudeleien über mich ergehen lassen müssen, warum also nicht gleich. Hinter einer Fassade aus vorgetäuschtem Interesse hatte ich von jeher erfolgreich meine Antipathie gegen die beiden Stiefgeschwister verborgen. Sie hatten alles – Geld und Liebe im Überfluss. Jan und ich konnten dagegen tun was wir wollten, wir würden immer nur Statisten auf der Spielwiese unseres Vaters bleiben. Ohne die geringste Aussicht darauf, jemals in den erlauchten Kreis der Hauptdarsteller aufgenommen zu werden.

„Toni ist einfach ein lieber Kerl. In der Schule läuft's jetzt auch besser als am Anfang. Du weißt ja, dass er manchmal einfach nach Hause gegangen ist, weil er keine Lust aufs Lernen hatte. Da der Papa so großzügige Spenden an die Schule geleistet hat, meinte er, dass er am Unterricht nur dann teilnehmen muss, wenn es ihm gerade in den Kram passt. Haha. So ein Lausejunge. Mel ist aus einem ganz anderen Holz. Das Mädel ist in allen Fächern Klassenbeste. Ihre Englischlehrerin hat mir neulich erst wieder erzählt, wie talentiert sie ist. Sie soll nach der Schule studieren und dann für einige Zeit ins Ausland gehen. Ja, sie ist wirklich zu Höherem geboren, unsere kleine Überfliegerin."

„Das ist ja toll", murmelte ich.

Studieren. Das war definitiv mein Stichwort. Einen passenderen Einstieg würde es nicht mehr geben. Also auf in die Höhle des Löwen.

„Du, Papa, ich bin doch jetzt mit der Lehre fertig", setzte ich zögernd an.

„Hm. Habe von deinem Bruder gehört, dass du ganz ordentlich abgeschlossen hast. Gratuliere." Hohl klangen die gleichmütig gesprochenen Worte in meinem Ohr, während sein offensichtliches Desinteresse wie ein Dolch in mein Herz schnitt.

Ich hatte die Berufsschule mit einem Notendurchschnitt von 1,1 beendet. Er wusste es von Jan. Und doch war *ich* in seinen Augen wohl nicht zu Höherem geboren. Kein Lob. Kein Geschenk. Es tat unendlich weh. Schmerzhafter als alles andere aber traf mich die Tatsache, dass er sich hartnäckig weigerte, stolz auf mich zu sein. Er legte das gleiche Verhalten an den Tag wie damals, als ich den Übertritt auf das Gymnasium geschafft hatte. Als ich dann schließlich mein Abiturzeugnis nach Hause brachte, vermittelte er den Eindruck, dass es ihn rein gar nichts anging. Seine Art mir zu zeigen, dass meine Erfolge oder Misserfolge ihn nicht betrafen, schien System zu haben. Warum nur schaffte ich es nicht, mich von ihm fern zu halten? Warum bot ich ihm immer wieder die Gelegenheit, mir Schmerzen zuzufügen? Es gab nur eine Antwort darauf: Ich liebte und verehrte ihn von ganzem Herzen. Bedingungslos. Ohne die geringste Chance, dass meine Gefühle jemals auch nur ansatzweise erwidert würden. Ich wollte nicht glauben, dass ein Mensch so grausam sein konnte. Ich war doch sein Kind, wie konnte ich ihm da gleichgültig sein? Was hatte ich denn Böses getan? Nun, ich wusste nur zu gut, wo mein Verbrechen lag – ich hatte mir die falsche Mutter ausgesucht. Indem er mich zurückwies, versuchte er ihr weh zu tun. Wie armselig und verachtenswert sein Verhalten war, wurde mir erst sehr viel später bewusst. Allzu lange war ich gefangen in meinen ebenso verzweifelten wie aussichtslosen Versuchen, irgendwie seine Liebe oder wenigstens seine Achtung zu erringen.

Ich holte tief Luft. Wie sehr mich sein Verhalten auch verletzte, ich musste mich zusammenreißen, um nicht jegliche Möglichkeit auf seine Unterstützung schon zu diesem frühen Zeitpunkt zu verspielen.

„Danke. Du hast doch einmal gesagt, dass du mir helfen würdest, wenn ich nach der Lehre ein Studium aufnehmen möchte. Jetzt ist es so weit. Ich würde gerne Betriebswirtschaft studieren." Nun war es raus. Nervös zupfte ich an meiner Unterlippe. Stille am anderen Ende der Leitung. Kein gutes Zeichen.

„Ich habe nie behauptet, dass ich dir ein Studium finanzieren würde. Ich sehe auch gar keine Notwendigkeit darin. Du hast bereits eine gute Ausbildung und mit Betriebswirten kann man heutzutage die Straßen pflastern. Die braucht kein Mensch mehr. Sieh mich an, ich habe nicht studiert und was habe ich alles erreicht!"

„Ja, Papa, das stimmt schon. Aber nicht jeder eignet sich zum Selfmade-man wie du. Ich bin nicht so tough und werde nur über eine herausragende Ausbildung erfolgreich im Beruf sein. Gerade als Frau muss man sich so hoch wie möglich qualifizieren, um auf dem Arbeitsmarkt bestehen zu können." Ich spürte, wie heiße Tränen in meine Augen stiegen. Mein Vater benahm sich nicht anders, als ich es von ihm erwartet hatte. Es würde keine Überraschung geben. Die Einsicht traf mich unerwartet hart. In einem verborgenen Winkel meines Herzens hatte sich hartnäckig wohl doch noch ein Fünkchen Hoffnung auf ein wenig Loyalität mir gegenüber versteckt gehalten. Gnadenlos hatte er die winzige Flamme zertreten. Ich wusste, dass keines meiner Argumente ihn umstimmen würde und kämpfte verzweifelt gegen den Impuls an hemmungslos loszuheulen.

Wieder entstand eine unangenehme Pause. Er räusperte sich.

„Wenn es deine Seligkeit ist zu studieren, bin ich bereit, dir ein Angebot zu machen. Du weißt, ich habe Verpflichtungen all meinen Kindern gegenüber und es wäre nicht fair von mir, dir etwas zu geben, was die anderen drei nicht auch bekommen."

„Aber Papa, sie können doch später …"

„Lass' mich bitte ausreden", fiel er mir unwirsch ins Wort. „Also, wenn du studieren willst, wird das ziemlich viel Geld kosten. Ich bin bereit, dir 80 000 Mark zu geben, allerdings nur gegen Unterzeichnung einer Erbverzichtserklärung."

„Waaas?" Ich war inzwischen einiges von Vater Nummer eins gewohnt, aber dieser Vorschlag schlug dem Fass den Boden aus.

„Ich gebe dir das Geld, wenn du mir eine Erbverzichtserklärung unterschreibst", wiederholte er ruhig.

„Wenn Melanie und Toni eines Tages studieren wollen, wirst du dann auch eine Erbverzichtserklärung von ihnen verlangen? Könnten wir es nicht so machen, dass du mir das Geld gibst und der entsprechende Betrag dann auf mein Erbe angerechnet wird? Das wäre jedenfalls fair *mir* gegenüber."

„Nein, entweder ganz oder gar nicht. 80 000 gegen deine Unterschrift. Damit sind all deine Ansprüche auf mein Vermögen abgegolten. Sieh es als Investition in deine Zukunft an."

Ich konnte die Tränen nicht länger zurückhalten.

„Aber ich bin doch auch dein Kind. Nicht weniger als Melanie und Toni. Warum machst du solche Unterschiede zwischen uns? Was habe ich dir bloß getan?", schrie ich.

„Du weißt doch gar nicht, ob ich dasselbe nicht auch von Mel und dem Kurzen fordern werde, wenn es so weit ist. Du hast nicht den geringsten Grund, dich so aufzuregen. Wer Geld haben will, muss auch bereit sein, etwas dafür zu tun. So ist das nun einmal im Leben. Meinst du denn, *mir* ist jemals irgendetwas geschenkt worden? Von meinen Eltern habe ich nicht einen einzigen Pfennig bekommen. Woher nimmst du eigentlich die Unverschämtheit, zu glauben, dass ich immer alles für deinen Bruder und dich bezahlen muss? Rechne dir mal aus, was ich in all den Jahren an Unterhalt für euch überwiesen habe!" Auch er schrie jetzt. Ich verlor vollends die Fassung.

„Willst du wissen, warum ich mich so furchtbar aufrege?", brüllte ich mit einer sich vor Hilflosigkeit überschlagenden Stimme, „weil du mich nie als deine Tochter akzeptiert hast. Weil du Jan und mich immer nur wie Dreck behandelst. Weil du ein gemeiner Mistkerl bist! Das und nichts anderes ist der Grund, warum ich mit dir nichts mehr zu tun haben will!" Damit knallte ich den Hörer auf die Gabel. Schwer atmend lehnte ich mich gegen die Wand. Die Quintessenz aus diesem unerfreulichen Gespräch war klar. Ich würde mein Studium allein finanzieren müssen. Quod erat exspectandum. Schlimm war eigentlich nur die erneute Ohrfeige, die ich mir eingefangen hatte. Wieder einmal hatte Vater Nummer eins mir auf drastische Weise klar gemacht, dass ich nur eine Tochter 2. Klasse war. Ich nahm mir vor, den Kontakt zu ihm abzubrechen. Ich würde ihm keine weitere Gelegenheit mehr bieten, mich noch einmal auf so gemeine Weise zu demütigen. *Meine* Unterschrift würde jedenfalls auf keiner Erbverzichtserklärung stehen. Verdammt, ich würde es auch ohne ihn schaffen. Jetzt erst recht.

– 34 –

Und so entschied ich wider jegliche Vernunft, auch ohne die finanzielle Unterstützung meiner Eltern ein Studium aufzunehmen und der ungeliebten Bank mit dem Tag der mündlichen Abschlussprüfung Adieu zu sagen. Immerhin hatte ich nun eine Berufsausbildung und durfte mich Bankkauffrau nennen.

Dummerweise musste allerdings die Miete für mein Appartement irgendwie erwirtschaftet werden und auch Nudeln mit Salz und Butter gab es nicht ganz umsonst. Es dauerte keine zwei Monate, da holte mich die Existenzangst mit aller Macht wieder ein und statt die Vorlesungen für Mathematik, Recht und Buchhaltung zu besuchen, sah ich mich nach einträglichen Jobs um. Die Messen in München halfen aus der ärgsten Not und verschafften mir vorübergehend ein wenig Luft. Als Standhostess die Besucher zu füttern und zu unterhalten ist zwar nicht sonderlich anspruchsvoll, dafür aber einigermaßen lukrativ. Fünf Tage Arbeit hielten mich einen Monat lang über Wasser. Immerhin.

In den Semesterferien war mir ein Job in der Bank sicher. Pikanterweise hatte ich ausgerechnet von der Personalsachbearbeiterin eine Anfrage erhalten, die mir einmal allergrößte Schwierigkeiten bereitet hatte. Es war im zweiten Lehrjahr gewesen. Ein nachmittägliches Treffen der Auszubildenden in der Zentrale. Thema waren die beruflichen Perspektiven nach Beendigung der Lehrzeit. Ich dachte mir nichts weiter dabei und erschien in meinem üblichen eher zwanglosen Outfit, bestehend aus einer hautengen schwarzen Stretch-Jeans und einem zugegebenermaßen recht auffälligen, neonfarbenen Pulli mit Ausschnitt bis zum Bauchnabel. Allerdings hatte ich sicherheitshalber noch ein Unterhemd angezogen. Man konnte ja nie wissen. Kurz und gut – zu dem Meeting erschienen ein paar wenige Azubis und eine erschreckend große Anzahl an hochkarätigen Bereichsleitern und Direktoren. Am nächsten Tag folgte dann prompt der Anruf der erwähnten Personalerin bei meinem Chef. Sie regte sich im Namen sämtlicher auf der gestrigen Veranstaltung erschienenen Spießer über mein Erscheinungsbild auf und bezeichnete uns mehr oder weniger als eine Filiale von Zigeunern. Von da an betrachtete ich die entsprechende Dame als meine persönliche Erzfeindin. Zugegeben – ich war nicht regelkonform erschienen. Aber ihre Beschwerde ging weit über einen der Situation angemessenen Rüffel hinaus. Meinem Chef schlackerten die Ohren von ihrer Schimpftirade. Er stellte sich dennoch auf meine Seite und versicherte, dass ich der beste Lehrling sei, den er je ausbilden durfte. Wie erfreulich für uns beide, dass ich meine Prüfung ein halbes Jahr später derart erfolgreich absolvierte, dass selbst die verhasste Personalbetreuerin nicht umhin kam, weiterhin Kontakt mit mir zu pflegen. Es verschaffte mir eine gewisse Genugtuung, ausgerechnet von ihr Angebote für ein Trainee-Programm oder für Jobs in den Semesterferien unterbreitet zu bekommen. Dass ich sie dabei stets mit einer dezenten Arroganz behandelte, versteht sich von selbst. Ich hatte während meiner Lehrzeit nur herausragende Beurteilungen und Zeugnisnoten erhalten – nun konnte ich mir aussuchen, für wen und wann ich in der Hypo-Bank zu arbeiten gedachte.

Das erste Semester Betriebswirtschaft an der Uni München verbummelte ich zwischen Hörsaal, Messe und Bankfiliale. Eine einzige Klausur bequemte ich mich am Ende dann doch zu schreiben – in Buchführung. Darin war ich zu Berufsschulzeiten unschlagbar gewesen. Ich hoffte, dass mir diese Tatsache und das Multiple-Choice-Verfahren dazu verhalfen, auch ohne größeren Aufwand den Schein zu bekommen. Und siehe da, ich schrieb eine Drei. Unglaublich. Damit wäre wohl bewiesen, dass man auch an der Uni ohne die Spur einer Ahnung weiterkommen konnte. Ganz nach dem Motto: Gut geraten ist halb bestanden. Jedenfalls in diesem frühen Stadium. Bereits nach einem Semester hatte ich dann genug von BWL – von überfüllten Hörsälen, hochnäsigen Kommilitonen und öden Vorlesungen. Ich wechselte das Studienfach. Sprachen waren immer meine große Leidenschaft gewesen, hier lag auch ganz eindeutig meine einzige Begabung. Genauer gesagt – es fiel mir nicht sonderlich schwer, Fremdsprachen zu erlernen. Was lag also näher, als Französisch und Latein (meine beiden Abiturfächer) auf Lehramt zu studieren?

Ganz so trivial, wie ich mir das vorgestellt hatte, sollte es allerdings nicht werden. Zunächst musste ich das Graecum nachholen. Nicht, dass mir Altgriechisch keinen Spaß gemacht hätte. Ich fand es sogar noch weit spannender als Latein. Herr Meerbusch, unser Griechisch-Professor, nahm seine Aufgabe, der ungebildeten Schar, die da vor seinem Pult herumlungerte, diese wunderbare Sprache nahe zu bringen, ausgesprochen ernst. Mit stechenden blauen Augen und schlohweißer Mähne ließ er regelmäßig seine vernichtende Kritik über uns Banausen herniederprasseln.

„Fräulein Müller, Sie übersetzen ausgezeichnet! Aber – *Sie können nicht lesen!*" Auch ich wurde des Öfteren ein Opfer seiner verbalen Attacken. Wir nahmen es mit Humor.

Weit weniger amüsant waren die Französisch-Lektionen. Von der Sprache selbst fehlte jede Spur. In einem ominösen Kurs über Sprachwissenschaft hatte ich eine Abhandlung über die „Paradigmatisierung der syntagmatischen Achse" zu schreiben. Auch nach Bearbeitung der unverdaulichen Thematik war mir noch schleierhaft, worin der eigentliche Mehrwert einer solchen Arbeit wohl liegen mochte. Ganz zu schweigen davon, dass ich den nebulösen Inhalt meines eigenen Werkes ebenso wenig verstanden hatte wie die übrigen Teilnehmer des Kurses. Immerhin – ich erntete eine glatte Zwei für meine Mühen.

Die Sinnhaftigkeit meines Treibens an der Universität erschloss sich mir nach einem weiteren Semester immer weniger. Außerdem war ich es leid, jeden Pfennig drei Mal umdrehen zu müssen und ständig auf der Suche nach einem Job zu sein, um nicht zu verhungern. Wie sollte ich mich ernsthaft auf Altphilologie und die Untiefen der französischen Sprache konzentrieren, wenn ich nicht wusste, wie ich die nächste Miete bezahlen würde? Ein Ding der Unmöglichkeit. In die Bank wollte ich aber keinesfalls zurück. Zuspruch oder gar Hilfe von Seiten meiner Eltern war natürlich nicht zu erwarten. Guter Rat war teuer.

– 35 –

Da kam mir der Zufall zur Hilfe. Nun, wir wissen ja, dass es Zufälle im herkömmlichen Sinne überhaupt nicht gibt, da es sich dabei stets um Ereignisse handelt, welche nicht willkürlich, sondern ganz gezielt auf uns zukommen. Ereignisse also, die von großer Wichtigkeit für unser Leben sind und einzig und allein deshalb geschehen, um uns im entscheidenden Augenblick eine bestimmte Richtung zu weisen.

Es fiel mir also zu, dass eine ehemalige Klassenkameradin beim Einkaufen meinen Weg kreuzte. Nach Austausch der üblichen Höflichkeitsfloskeln kamen wir auf eine gemeinsame Bekannte zu sprechen. „Stell' dir vor, die Sonja arbeitet jetzt als Stewardess bei der Lufthansa. Die verdient ein Wahnsinnsgeld und fliegt in ihrer Freizeit kostenlos rund um den Globus." Maria verstummte andächtig.

„Hm. Ich fand es nie erstrebenswert, als bessere Kellnerin durch die Luft zu düsen. Geistig nicht sonderlich anregend."

Dem Berufsbild des Flugbegleiters konnte ich bis dato eher wenig abgewinnen. Und doch gingen mir Marias Worte nicht mehr aus dem Kopf. Verdient ein Wahnsinnsgeld … Eigentlich schwebte mir genau das für meine nähere Zukunft vor. Endlich unbeschwert einkaufen. Das wäre schon toll. Könnte ich natürlich längst, wenn ich mich wieder in die Bank begeben würde. Jeden Tag acht zermürbende Stunden lang die Langeweile ertragen. Gefesselt an einen Schalter. Nein danke!

Sollte ich es vielleicht doch mit der Fliegerei versuchen? Essen auf Plastikgeschirr verteilen? Gleichzeitig aber auch fremde Länder bereisen … Sicher spannend. Mit meinen 24 Jahren hatte ich bisher wenig gesehen. Ein paar Ferienaufenthalte in Frankreich. Ein Urlaub mit Tobias in Tunesien. Das war's auch schon gewesen. Angeblich sei es gar nicht so einfach, eine Anstellung als Stewardess zu bekommen. Meinte Maria jedenfalls. Ich beschloss, es zu versuchen. Schließlich hatte ich nichts zu verlieren. Sollte es wider Erwarten klappen, konnte ich ja immer noch absagen – falls ich meine Tage dann lieber doch nicht als schmückendes Accessoire in einer fliegenden Blechdose fristen wollte.

Kurz entschlossen ging ich also zum nächsten Fotografen, ließ ein paar repräsentative Bildchen von mir machen und nahm mir völlig unbedarft zunächst einmal die Lufthansa vor. Ein kurzes Bewerbungsschreiben, in dem ich angab, der englischen wie auch der französischen Sprache mächtig zu sein, die netten Fotos beigelegt und weg damit.

Prompt wurde ich zum Vorstellungsgespräch geladen.

Bester Laune fand ich mich wenige Tage später in Frankfurt ein. Das Verwaltungsgebäude der noblen Fluglinie war schnell gefunden.

Ein ernst blickender Herr in tadelloser blauer Uniform nahm mich in Empfang und bat mich, an einem lang gezogenen Konferenztisch in der Gesellschaft von etwa zwanzig weiteren hoffnungsvollen Aspirantinnen Platz zu nehmen. Entspannt harrte ich der Dinge, die da kommen sollten.

Sämtliche Damen trugen, wie im Einladungsschreiben gefordert, einen knielangen dunklen Rock. Ich rümpfte die Nase. Alles Mitläufer. Selbstverständlich hatte ich mich für eine Hose entschieden. Eine ausgesprochen schicke Hose. Bestehende Kleiderordnungen lösten in mir von jeher zwanghafte Protestaktionen aus. Ich wollte, dass man meine Fähigkeiten, meinen Intellekt schätzte und nicht meine, wie ich wusste, recht passabel geformten Beine.

„Meine Damen, darf ich um Ihre Aufmerksamkeit bitten? Wir wollen zunächst einmal Ihr Gewicht festhalten, bevor Sie den schriftlichen Englischtest absolvieren dürfen. Danach geht es dann in die Einzelgespräche, in denen mündlich Ihre zweite Fremdsprache abgefragt wird", ergriff eine unsympathische Mittvierzigerin im dunkelblauen Kostüm das Wort.

Ich merkte, wie mir sämtliche Gesichtszüge entglitten. Wie konnten diese eingebildeten Wichtigtuer es wagen, uns wie eine Herde Schlachtvieh zu behandeln? Konnten die denn nicht sehen, wer schlank genug war, um in ihre hochherrschaftlichen Kreise aufgenommen zu werden? Fassungslos beobachtete ich, wie ein Mädchen nach dem anderen nach vorne gerufen wurde, die Schuhe ausziehen musste und sich auf eine Waage stellte. Wütend ließ ich die Prozedur über mich ergehen. Nein, hier wollte ich ganz sicher nicht arbeiten. Niemand durfte mich wie eine Schaufensterpuppe behandeln. Wie eine englisch und französisch plappernde Schaufensterpuppe versteht sich.

Der schriftliche Sprachtest stellte wie erwartet kein Problem für mich dar. Die Grundzüge der englischen Grammatik waren mir natürlich vertraut. „Jetzt noch das Einzelgespräch und dann nichts wie weg hier", dachte ich und freute mich darauf, in Bälde der beklemmenden Stimmung entfliehen zu können. Unauffällig beobachtete ich meine Mitbewerberinnen und stellte fest, dass außer mir offensichtlich jede der anwesenden Frauen inbrünstig auf eine Zusage der altehrwürdigen Fluggesellschaft hoffte. Sollten sie doch, wenn sie in Zukunft ihre eigene Persönlichkeit mit dem Anlegen der Uniform hinter sich lassen wollten!

Eine unfreundliche Bohnenstange rief mich als eine der letzten Bewerberinnen zu sich.

„Maintenant, Mademoiselle Müller, on va parler francais. Pourquoi est-ce que vous avez quitté la banque? Et pourquoi vous avez mis un pantalon aujourd'hui? Dans la lettre d'invitation nous avons demandé à vous de mettre une jupe!", wurde ich angefahren, kaum dass ich meinen Platz gegenüber der dürren Lufthanseatin eingenommen hatte.

Mir fehlten die Worte. Die Feindseligkeit im Raum war beinahe mit Händen greifbar.

„Ähm, je ne comprends pas … je voulais …", stotterte ich. Seit Jahren hatte ich nicht mehr Französisch gesprochen. Fieberhaft kramte ich in den letzten Winkeln meines streikenden Gehirns nach den vergessenen Vokabeln. Warum hatte ich mich nicht besser vorbereitet? Obwohl ich diesem Verein nicht beizutreten gedachte – den Triumph, mich abzuweisen, gönnte ich ihnen nicht. Ich ärgerte mich maßlos über meine eigene Dummheit.

Ein bösartiges Lächeln breitete sich auf dem Gesicht meines Gegenübers aus. Demonstrativ wurde in irgendwelchen Unterlagen geblättert.

„Nun, Fräulein Müller, ich lese hier, dass Sie Englisch und Französisch in Wort und Schrift beherrschen. Das ist ja wohl eine glatte Lüge, wie ich soeben feststelle."

„Das stimmt nicht – ich bin sehr wohl in der Lage …"

Ungeduldig wurde ich unterbrochen, „dann frage ich mich, warum Sie nicht einmal einen einfachen Satz zustande bekommen. Aber sei's drum. Nicht nur, dass Sie in Ihrer Bewerbung falsche Angaben machten, auch die Tatsache, dass Sie trotz unserer ausdrücklichen Aufforderung, einen Rock zu tragen, *als Einzige* heute in einer Hose erscheinen, zeigt mir, dass Sie bei uns nicht an der richtigen Adresse sind. Wir haben hier eine Kleiderordnung, die unter allen Umständen einzuhalten ist. Wenn Sie bereits beim Vorstellungsgespräch versuchen, unsere Vorgaben zu umgehen, kann ich mir lebhaft vorstellen, welche Probleme uns eine künftige Zusammenarbeit mit Ihnen einbringen würde. Leute wie Sie kann sich ein Unternehmen wie das unsere nicht leisten. Ich wage sogar zu behaupten, dass Sie in dieser Berufssparte völlig fehl am Platze sind."

Das ging nun eindeutig zu weit. Was fiel dieser impertinenten Person ein, mich auf eine derart anmaßende Art und Weise abzukanzeln? Sie kannte mich doch überhaupt nicht!

„Dass ich hier nicht richtig bin, war mir bereits klar, als wir wie eine Kuhherde zur Waage getrieben wurden. Und Sie können sicher sein, dass ich sehr wohl für dieses Berufsbild geeignet bin. Die Lufthansa ist nicht die einzige Airline am Himmel. Glauben Sie mir – wenn ich als Flugbegleiter arbeiten möchte, werde ich das auch tun. Wenn nicht bei Ihnen, dann eben woanders."

„Na, dann viel Glück. Das Gespräch ist hiermit beendet. Jedes weitere Wort wäre Zeitverschwendung. Guten Tag." Mit eisigem Blick erhob sie sich und stakste in Richtung Tür, um der nächsten Bewerberin das Leben schwer zu machen.

Wütend stieß ich meinen Stuhl zurück und verließ grußlos den Raum. Was war denn das gewesen? So ein Reinfall. Das nächste Mal würde ich mich besser vorbereiten müssen. Niemals zuvor war ich derart barsch abgewiesen worden.

„Die wissen gar nicht, was ihnen entgeht", murmelte ich und beschloss, diese unerfreuliche Episode schnellstmöglich aus meinem Gedächtnis zu streichen.

Wenige Wochen später fand ich mich zu einem Vorstellungsgespräch im Münchener Holiday Inn ein. Die Fluggesellschaft, die ich diesmal mit meiner Aufmerksamkeit zu beglücken gedachte, war Aero Lloyd. Aus der Schlappe bei der Lufthansa hatte ich Konsequenzen gezogen. Mein Englisch war inzwischen mithilfe eines Crash-Kursus bei Berlitz auf Hochglanz poliert und was meine französischen Sprachkenntnisse anbelangte – auch sie hatte ich anhand von Schulunterlagen wieder aufgefrischt. Und ich hatte mich tatsächlich dazu durchgerungen, einen Rock anzuziehen. Nicht knielang, wie gefordert, aber immerhin. Nach meinen trüben Erfahrungen aus dem letzten Bewerbungsgespräch war ich auf das Schlimmste gefasst. Aber siehe da – es ging auch anders. Keine Waage weit und breit. Nur freundliche Menschen, die darum bemüht waren, eine entspannte Atmosphäre zu schaffen. Nach einer kurzen Wartezeit wurde ich zum Gespräch gerufen. Eine sympathische Dame mittleren Alters und ein spitzbübisch blickender, grau melierter Herr führten mich durch eine lockere Konversation, erst auf Englisch, dann auf Französisch. Ich fühlte mich pudelwohl.

Eine Woche später hielt ich das Schreiben von Aero Lloyd Flugreisen in der Hand: Man würde mich, zunächst eine Saison lang, als Flugbegleiter beschäftigen. Ich jubelte. Studium ade. Endlich keine Geldsorgen mehr.

Aber schon bald begann zaghaft ein mulmiges Gefühl in meiner Magengegend zu rumoren. Würde ich nicht künftig statt in den Lehrsälen der Uni oder den Schalterräumen der Bank in einer fliegenden Blechkiste gefangen sein? An einem Ort, den ich nach eigenem Gutdünken nicht in der Lage sein würde zu verlassen? Eingesperrt mit Menschen, denen ich weniger denn je entrinnen konnte? Lief ich nicht Gefahr, den

Teufel mit dem Beelzebub auszutreiben? Jawohl, dem war so. Ganz bewusst traf ich meine Entscheidung. Ich würde diese Herausforderung annehmen. Nun würde sich zeigen, was meine fortgesetzten Sitzungen beim Psychotherapeuten wert waren. Mit grimmiger Entschlossenheit bereitete ich mich darauf vor, den in den Tiefen meiner Seele lauernden Dämonen erneut gegenüber zu treten. Wenn die Ängste mir die Luft zu nehmen drohten, redete ich mir ein, dass fliegen schließlich etwas mit Freiheit zu tun hätte. Und dass ich ganz sicher auf dem richtigen Weg sei. Meist funktionierte diese Art der Selbstsuggestion. Aber nicht immer.

Bevor die neuen FBs, so wurden die Stewardessen unternehmensintern gern bezeichnet, auf die Menschheit losgelassen werden durften, galt es einen sechswöchigen Lehrgang zu absolvieren. Von Flugsicherheit bis erste Hilfe, vom Auftragen des Make-ups bis zu der Frage „wie benehme ich mich, wenn ich eine Uniform trage" wurden wir aufs penibelste mit unserer neuen Aufgabe vertraut gemacht. Zwei Dinge hatten wir bereits nach einer Woche kapiert – erstens, zu spät kommen geht gar nicht. Zweitens, der dem Beruf des Flugbegleiters anhaftende Mythos des Besonderen und Elitären muss um jeden Preis gewahrt werden. Dafür sollte nicht zuletzt unser freundlich-bestimmtes wie dezent überlegenes Auftreten an Bord sorgen.

„Was glauben Sie denn, wird passieren, wenn wegen Ihnen und Ihrer Unzuverlässigkeit ein Flieger am Boden bleiben muss?" Die Gesichtsfarbe unseres sonst so ausgeglichenen Trainers nahm ein gefährliches Rot an. Erschrocken verstummte das leise Gemurmel im Raum. Eine angehende Kollegin war bereits zum zweiten Mal in dieser Woche zehn Minuten zu spät gekomken.

„Tut mir Leid, ich stand im Stau", war die lapidare Antwort.

„Wollen Sie das etwa auch einer fünfköpfigen Crew und 150 Passagieren erzählen, die Ihretwegen eine Stunde lang auf einen neuen Slot warten müssen? Haben Sie eigentlich die geringste Ahnung, welche Kosten der Firma aus einer solchen Dummheit entstehen?" Unser Lehrer hatte inzwischen jegliche Fassung verloren. „Was wollen Sie hier überhaupt, wenn Ihnen schon die einfachsten Grundsätze unseres Berufsstandes nicht geläufig sind?"

Die gerügte Kollegin verzog keine Miene, „es wird nicht wieder vorkommen."

„Oh nein, das wird es tatsächlich nicht. Für Sie ist der Flug nämlich beendet."

Ohne die geringste Regung erhob sich die Gescholtene und verließ den Raum.

Niedergeschlagen ließen wir Zurückgebliebenen den weiteren Unterricht an uns vorüberziehen. Man hatte uns klar gemacht, wie schnell durch einen kleinen Fehler der Traum vom Fliegen platzen konnte.

Die Wochen vergingen ohne weitere Zwischenfälle. Nur ein einziges Mal schafften wir es noch, unseren geplagten Trainer auf die Palme zu bringen. Und das, obwohl uns nichts ferner lag, als ihn zu ärgern. Fleißig hatten wir all das gepaukt, was er uns über Flugsicherheit vermittelte – wo die Sauerstoffflaschen und Erste-Hilfe-Kästen zu finden waren, was man im Ernstfall beachten musste und wie man ein Flugzeug evakuierte. Um unser theoretisches Wissen auch praktisch erproben zu können, wurde eine Trainingseinheit im Frankfurter Flugsimulator angesetzt. Zwischen Feuer löschen und Notfallübung fanden wir uns mittags bestens gelaunt zum Essen in der Lufthansa-Kantine ein. Auch die gediegenen Neueinsteiger der renommierten Kranich-Linie waren natürlich vor Ort. Brav geschniegelt und gestriegelt, perfekt geschminkt, und wie sich das gehörte, durchweg in Röckchen und Bluse. Größer hätte der Kontrast zu uns kaum sein können. Make-up aufzulegen hatten wir nicht für nötig befunden und beinahe jedes Mitglied der Aero Lloyd-Truppe zeichnete sich durch einen betont lässigen Look aus. Jeans und Cowboy-Stiefel allenthalben. Unser Lehrmeister für Flugsicherheit war dem Nervenzusammenbruch nahe.

„Wenn ihr noch einmal im Rahmen einer offiziellen Veranstaltung so auftretet wie heute, lasse ich euch allesamt rausschmeißen!", blaffte er uns an, als er wieder mit uns allein war.

„Ich habe mich in Grund und Boden geschämt mit euch! Habt ihr gesehen, wie die Damen der Lufthansa sich präsentiert haben? Das und nicht weniger erwarten wir von euch! Wenn ihr meint, ihr könnt euch in diesem Metier wie ein Haufen Freaks benehmen, dann seid ihr schief gewickelt! Wehe dem, den ich noch einmal ohne Schminke und in Jeans erwische!"

Versteht sich von selbst, dass wir von diesem Tag an immer perfekt gestylt zum Dienst erschienen.

Die größte Aufregung stand mir allerdings noch bevor. Der erste Flugeinsatz rückte unaufhaltsam näher. Die Feuertaufe. Vorgesehen war die Strecke Stuttgart-Kairo-Stuttgart. Ich war nervös, da ich nicht wusste, wie ich das Geschaukel in der Luft vertragen würde. Bisher war ich erst zwei Mal in meinem Leben geflogen. Meine erste Flugreise von München nach Düsseldorf war ein ziemliches Desaster gewesen, in der folgenden Nacht hatte ich mich ganz furchtbar erbrochen. Der zweite Versuch ging etwas glimpflicher aus, aber von Wohlbefinden konnte auch bei meinem Trip nach Monastir keine Rede sein. Natürlich war mir die Gefahr, möglicherweise fluguntauglich zu sein, von Anfang an bewusst gewesen. Ich hatte den Gedanken daran nur erfolgreich verdrängt. Nun würde also die Stunde der Wahrheit schlagen.

Am Tag vor dem großen Ereignis reiste ich mit der Crew in Stuttgart an. Die vier Mädels, die für den Ablauf in der Kabine zuständig sein würden, waren kaum älter als ich, wirkten im Gegensatz zu mir aber ausgesprochen selbstbewusst und weltgewandt. Neben ihnen fühlte ich mich wie eine unsichtbare graue Maus.

Nach der Ankunft im Hotel beschloss ich, mich so schnell wie möglich in die mir zugeteilte Kemenate zurückzuziehen, da mir das entspannte Agieren in größeren Gruppen noch immer einige Probleme bereitete. Während des Fluges würde ich außerdem noch reichlich Gelegenheit haben, mich mit den zukünftigen Kolleginnen auszutauschen.

Ehrfürchtig nahm ich den Schlüssel an der Rezeption entgegen. Ein Zimmer ganz für mich allein. Und was für ein Zimmer. Schwer beeindruckt strich ich über die strahlend weißen

Betttücher und räkelte mich kurz darauf entzückt in der geräumigen Badewanne. So feudal hatte ich noch nie gewohnt. Ich ahnte, dass diese Art von ungewohntem Luxus wohl die angenehmere Seite meiner neuen Tätigkeit darstellte. Die weit unangenehmere sollte ich leider allzu bald kennenlernen.

Am nächsten Tag war es so weit. Wetter bestens. Kollegen freundlich. Passagiere ebenfalls.

Davon bekam ich nur leider wenig mit, da ich mich immer wieder im Waschraum aufhielt. Notgedrungen. Selbst während ich den Getränke-Trolley schob, überkam es mich. Schnell zur Toilette flitzen, übergeben und weiter bedienen. „Was kann ich Ihnen zu trinken anbieten?" Freundliches Lächeln. Bloß niemanden merken lassen, dass mein Magen sich wieder bedenklich anhebt. Zwölf Stunden im Dienst und nichts gegessen. Ganz im Gegenteil.

Immer wieder kleine Schlückchen Cola getrunken, um nicht umzukippen.

Seltsamerweise fiel mein mehr als desolater Zustand niemandem auf. Die Chefin der Kabine war mit meiner Arbeit äußerst zufrieden und die Passagiere, im Fliegerjargon flapsig als Paxe bezeichnet, hatten sich netterweise nicht über meinen holprigen Getränkeservice beschwert. Alles war bestens.

Ich betete darum, dass der nächste Flug sich weniger drastisch auf meine Magenschleimhaut auswirken würde. Auf die vornehmen Hotels gedachte ich nämlich so schnell nicht wieder zu verzichten. Und auf das gute Gehalt auch nicht. Ich wollte fliegen.

− 36 −

Der Lehrgang war vorüber und mutig ließ man uns auf Menschheit und Maschinen los. Ich genoss das Flair von Fernweh und Betriebsamkeit, das allen Flughäfen dieser Welt gemein zu sein scheint. Auch wenn ich abends meist wieder an meinen Ausgangsort zurückkehrte – niemals fühlte ich mich eingesperrt oder geknechtet wie in der Bank. Die Übelkeit hatte bereits bei meinem zweiten Ausflug ihre Macht verloren und bald bewegte ich mich so sicher und standfest in DC9 und McDonell Douglas 83 wie in meinem Wohnzimmer. Nicht einen Tag lang bereute ich, das Studium für einen Beruf geschmissen zu haben, der im Grunde keiner ist. Das wohlig-vertraute Gefühl der Zufriedenheit hüllte mich wieder einmal ein.

In dieser Phase der Euphorie fühlte ich mich stark genug, einem wichtigen Protagonisten meiner verlorenen Kindheit wieder eine Rolle in meinem Theaterstück zuzuweisen: Ich hole Klaus Hegenbach aus der Mottenkiste. Ob bewusst oder unbewusst, ich musste wohl herausfinden, inwieweit ich nach all der Anstrengung meines Therapeuten bereit war, den Ängsten meiner Kinderzeit die Stirn zu bieten. So stattete ich Veronika, der Ehefrau von Vater Nummer zwei eines schönen Nachmittages einen Besuch ab. Natürlich mit der Absicht, Klaus zu treffen. Er hatte in den vergangenen Jahren erfolgreich eine eigene Familie gegründet und war stolzer Vater von drei strammen Söhnen. Jedes Mal, wenn ich über Mutter erfuhr, dass seine Frau wieder ein Kind geboren hatte, fiel mir ein Stein vom Herzen, sobald ich wusste, dass es ein Junge war. Meine furchtbare Zeit mit ihm hatte ich nie vergessen. Ich dachte, dass es für einen Jungen sehr viel erträglicher sein müsste mit ihm zu leben, als es für mich gewesen war und das Schicksal war gnädig genug, einem weiteren Mädchen den Weg zu ersparen, den es mir so gnadenlos aufgezwungen hatte.

„Lisa, wie schön, dich zu sehen", überrascht begrüßte er mich, als er von der Arbeit nach Hause kam, und fuhr in leicht vorwurfsvollem Ton fort, „warum hast du dich so lange nicht bei uns gemeldet?"

Unschuldig strahlte ich ihn an, „ihr habt euch ja auch nicht bei mir gemeldet."

„Nun, wie auch immer. Ich hoffe, dass wir uns in Zukunft wieder öfter sehen werden!" Forschend sah er in meine Augen. „Geht es dir gut?"

„Könnte nicht besser sein."

Inzwischen hatte Veronika sich in die Küche begeben. Er rückte näher an mich heran.

„Du siehst fantastisch aus. Was treibst du denn so, hm?" Wie zufällig landete seine Hand auf meinen Oberschenkel. Ich ließ ihn gewähren.

„Och, dies und das. Ich arbeite neuerdings als Stewardess."

„Tatsächlich? In Uniform machst du sicher eine umwerfende Figur." Er grinste anzüglich.

Höchste Zeit, das Thema zu wechseln. „Hör' mal Klaus, deine Firma hat ihren Sitz doch in Flughafennähe. Ich suche eine kleine Wohnung in der Gegend, damit ich nicht mehr jeden Tag durch ganz München fahren muss, um zur Arbeit zu kommen. Kannst du mir dabei helfen?"

„Aber sicher doch, mein Schatz. Ich werde mich gleich morgen darum kümmern und melde mich dann bei dir."

Das Klappern der Teller ließ vermuten, dass Veronika im Anmarsch war. Klaus erhob sich ruckartig und öffnete geschäftig die Tür einer rustikalen Vitrine, in welcher bei Hegenbachs offensichtlich die Weingläser untergebracht waren. Amüsiert beobachtete ich die Szene.

„Ich muss die Jungs noch abholen, die sind beim Turnen." Veronika sauste flink um den großen Eichentisch herum. „Bleibst du zum Essen?"

„Heute nicht, danke. Ich muss morgen früh aufstehen."

Eilig verabschiedete ich mich. Klaus begleitete mich zum Auto. Zu meinem ersten eigenen Auto, versteht sich. Ein neuer Ford Escord, pechschwarz, sehr chic. Hatte Mama mir geschenkt. Er pfiff durch die Zähne und zwinkerte mir zu „Ich rufe dich an."

„Ich warte darauf", säuselte ich zurück. Du wirst schon sehen, was du davon hast, fügte ich in Gedanken hinzu.

Vergnügt ließ ich den Motor an und machte mich auf den Heimweg. Die Zündschnur war gelegt. Ich war gespannt, wann und mit welcher Heftigkeit die Bombe explodieren würde.

Zwei Tage später klingelte das Telefon.

„Hallo, mein Schatz, alles ok bei dir?" Klaus. Das ging ja schnell.

„Alles im grünen Bereich. Bei dir auch?" Ich gedachte mich vorerst so neutral wie möglich zu verhalten, das erhöht bekanntlich den Reiz.

„Wie man's nimmt. Ich habe Sehnsucht nach dir. Können wir uns sehen? Ich muss am Montag geschäftlich nach Wien. Hast du Lust, mich zu begleiten? Wir fliegen morgens hin und sind abends wieder daheim."

Ich überlegte kurz. „Warum nicht? Ich habe frei und Tobias fährt sonntags immer nach Augsburg zurück."

„Das ist ja herrlich. Du, ich habe noch eine gute Nachricht. Ein Bekannter vermietet unweit des Flughafens eine Mansardenwohnung. Sie steht momentan leer. Wäre perfekt für dich. Wollen wir sie uns gemeinsam ansehen?" Er war ganz aufgeregt.

„Gern. Sag' mir einfach, wo wir uns treffen können und ich komme hin."

Er erklärte mir den Weg. „Kannst du bis sieben Uhr dort sein?"

„Kein Problem. Bis später dann!"

„Ciao, Süße."

Alles lief wie am Schnürchen, meine Laune konnte nicht besser sein. Nun war ich also nicht mehr die Schäbige, sondern die Süße. Wie manche Parameter im Leben sich doch änderten. Nach all der Ohnmacht, die ich in meiner Kindheit verspürt hatte, wusste ich nun, dass ich am längeren Hebel saß. Und ich war willens, diese Position der Stärke auszunutzen, mich für die Herzlosigkeit, mit der er mich behandelt hatte, zu rächen. Für die Gemeinheiten, die Demütigungen, die sexuellen Übergriffe. Ich würde ihn genauso wenig schonen, wie er mich geschont hatte. Auge um Auge. Zahn um Zahn.

Das Appartement war ganz passabel. Ein großes Zimmer mit integrierter Küchenzeile, gemütlich und ruhig. Ich beschloss, es kurzfristig als Untermieterin zu übernehmen. Die beiden unteren Etagen bewohnte ein Ehepaar mit zwei heranwachsenden Kindern. Sympathische Leute. Mutter und Vater der Familie arbeiteten beide in der Firma, die Klaus als Geschäftsführer leitete. Wie ich in den folgenden Jahren beobachten konnte, hatten die beiden im Umgang mit ihm genauso wenig zu lachen wie ich einst.

Kaum zu glauben, wie schnell das erste Etappenziel erreicht war – der Umzug verlief reibungslos und Klaus zappelte bereits wie ein Fisch an meiner Angel. Ganz objektiv gesehen, konnte ich ihm nicht verdenken, dass er sich in mich verliebt hatte, wusste ich meine körperlichen Vorzüge doch immer gekonnt in Szene zu setzen. Mit seinen 40 Lebensjahren war er nur knapp 15 Jahre älter als ich, unser Verhältnis bewegte sich damit nicht einmal außerhalb der gesellschaftlichen Normen. Bis auf die geringfügige Tatsache vielleicht, dass er verheiratet und auch ich gebunden war. Aber es waren wohl nicht zuletzt diese Rahmenbedingungen, die das Spiel mit seinem Seelenheil für mich so aufregend machten. Eine herkömmliche Beziehung mit ihm hätte mich zu keiner Zeit interessiert. Es war die Heimlichkeit und vielleicht auch das Verbotene an unserem Umgang miteinander, das mich so reizte. Ich wusste, dass ich ihn jederzeit fallen lassen konnte, ohne den geringsten Schaden dabei zu nehmen, und dass ich den Tag, an dem ich ihn mit einem Tritt wieder aus meinem Leben befördern würde, selbst bestimmte. Ich freute mich schon darauf, ihn leiden zu lassen.

Oft besuchte er mich in meinem neuen Zuhause, meist in seiner Mittagspause. Es war nicht zu übersehen, dass der Wunsch, mich zu seiner Geliebten zu machen, in ihm immer stärker wurde. Ab und an ließ ich mich gnädig von ihm küssen – schließlich wollte ich ihn noch ein Weilchen bei der Stange halten. Dabei achtete ich stets darauf, eine gewisse, auch äußere Distanz zu ihm zu wahren. Mein Verhalten verwirrte und verunsicherte ihn sichtlich.

Nebenbei hatte ich eine ausgesprochen befriedigende und schöne Zeit mit Tobias. Wir sahen uns an meinen flugfreien Tagen und führten ansonsten eine Beziehung auf Distanz. Im Grunde *das* Rezept für eine dauerhaft funktionierende Partnerschaft: Man sorgt dafür, dass die alltäglichen Belastungen keinen Einzug halten in die gemeinsam verbrachten, wertvollen Stunden.

Dass mein Leben derart bewegt war, verdankte ich nicht zuletzt meinem unermüdlichen Therapeuten, das war mir klar. Nur durch ihn hatte ich die Selbstsicherheit erlangt, vom Opfer zum Täter zu werden. In unseren Sitzungen sprach ich niemals von Klaus, viele Verletzungen und Verfehlungen meiner Eltern drangen dennoch stürmisch an die Oberfläche meines Bewusstseins. Sie wurden seziert und im grellen Scheinwerferlicht betrachtet – mit den vorbehaltlosen Augen des kleinen Mädchens, das ich einst gewesen war. Sein Vertrauen in die Menschen, die es hätten behüten sollen, hatte es längst verloren, doch das Vertrauen in sich selbst galt es nun Schritt für Schritt aufzubauen. Zu diesem Zweck war jedes noch so ruchlose Mittel erlaubt.

Die Geschenke, die seit einiger Zeit über mich hereinprasselten, begründete ich Tobi gegenüber mit der lapidaren Aussage, dass mein Stiefvater sich neuerdings wieder um mich kümmerte. Das war nicht einmal gelogen. Ich ließ eben nur gewisse Vorkommnisse unerwähnt. Und da Tobi mir keine Fragen über mein Verhältnis zu Klaus stellte, musste ich auch keine Ausreden erfinden.

Irgendwann hatte ich erreicht, was ich wollte.

Klaus saß zusammengesunken in meinem Appartement auf dem Fußboden und sah mich flehentlich an.

„Dir ist sicher nicht entgangen, was ich für dich empfinde. Ich möchte dich nicht bedrängen und doch bin ich auch nur ein Mann und halte den Druck fast nicht mehr aus. Es gibt noch so viele Dinge, die ich mit dir teilen möchte. Ich verzehre mich Tag und Nacht nach dir." Er stockte und nahm zärtlich meine Hand.

„Hm." Ich blickte ihn unbeteiligt an. „Was meinst du damit?"

„Nun ja, wir sind doch zwei erwachsene Menschen. Es ist wunderschön, dich zu küssen und zu streicheln, aber ich will mehr. Viel mehr."

Mein inneres Kind jubelte. Endlich war es so weit. Ich konnte ihm den Gnadenstoß versetzen. Minutenlang kostete ich den Moment aus ohne die geringste Regung zu zeigen. Unsicher suchte er in meinen verschlossenen Gesichtszügen nach einer Antwort auf seine Frage.

Schließlich räusperte ich mich theatralisch.

„Tut mir Leid, Klaus, aber meine Empfindungen für dich sind anderer Art. Ich bin in einer festen Beziehung und würde meinen Freund niemals derart gemein hintergehen."

Das saß. Wie ein geprügelter Hund zuckte er zurück und zog niedergeschlagen von dannen.

Nach all den Jahren hatte ich ihn besiegt. Die Rache schmeckte wunderbar. Das hilflose kleine Mädchen gab es nicht mehr.

Da ich gerade so schön dabei war, meine im Hinblick auf die Vaterfiguren meiner Kindheit durcheinandergeratene Gefühlswelt in Ordnung zu bringen, nahm ich mir sogleich die nächste Baustelle vor: Vater Nummer eins. Seit unserem höchst unerfreulichen Telefonat, in dessen Verlauf er eine Erbverzichtserklärung von mir eingefordert hatte, herrschte Eiszeit zwischen uns. Nicht zuletzt, um ihm zu zeigen, dass ich inzwischen nicht in der Gosse gelandet war, beschloss ich, Kontakt zu ihm aufzunehmen. Dass es ihm mit Sicherheit völlig gleichgültig war, wo und wie ich lebte, störte mich nicht weiter. Immerhin war es *mir* noch immer wichtig zu wissen, dass es *ihm* gut ging. Und ich vergab mir nichts dabei, auf ihn zuzugehen. So war es stets gewesen. Manche Dinge ändern sich eben nie. Und irgendwann lernt man auch die armseligsten Verhaltensweisen zu akzeptieren, jedenfalls im Hinblick auf die Menschen, die einem etwas bedeuten.

Ich weiß nicht, ob er sich freute, nach so langer Zeit meine Stimme zu hören – falls dem so war, verbarg er es erfolgreich. Selbstgerecht wie eh und je schwang er die üblichen Reden. Mein Haus, mein Geschäft, meine Kinder. Was *mein* Leben betraf, interessierte ihn vor allem die Frage, welche Automarke ich im Moment fuhr. Wunderbarerweise konnte ich mich über diese Art von Oberflächlichkeit inzwischen köstlich amüsieren. In den letzten Jahren hatte ich wirklich Fortschritte gemacht – so schien es jedenfalls. Da ich mich nun stark genug fühlte, ihm Auge in Auge gegenüberzutreten, verabredete ich mich mit ihm am Düsseldorfer Flughafen. Ich weilte geschäftlich dort und unser Wiedersehen würde auf neutralem Terrain sicher entspannter verlaufen.

Als ich schließlich seine auffällige Erscheinung in der Menge erkannte, überfiel es mich völlig unvorbereitet und aus dem Hinterhalt – das ewig wiederkehrende Herzklopfen. Diese altbekannte, kindlich jubelnde Freude, ihn zu sehen. Und wieder war es so, als wären all die Verletzungen der letzten Jahre fortgewischt. Wieder empfand ich nur diese tiefe, ehrliche Liebe zu ihm und wieder musste ich schmerzlich erfahren, dass sie nicht auf Gegenseitigkeit beruhte. Ich hatte gehofft, ein paar Stunden mit ihm alleine verbringen zu dürfen. Missverständnisse ausräumen und eine Basis für den künftigen Umgang miteinander schaffen zu können. Etwas Ähnliches hatte er wohl befürchtet und vorgesorgt – er brachte nicht nur Frau und Tochter zu unserem Treffen mit, sondern lud auch noch meine Kolleginnen zum Essen ein. Die Gefahr einer Aussprache war damit erfolgreich umschifft. Aber leider auch die Möglichkeit, unserem gestörten Verhältnis die Chance zu geben, sich zu normalisieren. Meine Enttäuschung über sein Verhalten zeigte mir einmal mehr, dass die Sache mit Vater Nummer eins sich als weit schwieriger zu therapieren erwies als die geballte Unfähigkeit meiner beiden Stiefväter. Sobald ich meinem Erzeuger gegenüberstand, zerfloss mein mühsam errichteter Schutzwall wie Butter in der Wüste. So sehr ich mir einzureden versuchte, dass ich über die tiefen Verletzungen, die er mir seit seiner Scheidung von meiner Mutter zugefügt hatte, hinweg war – immer wieder wurde ich eines Besseren belehrt. Für mein Dilemma gab es letztlich nur eine einzige Lösung: Ich musste mich von ihm fernhalten, bis ich eines Tages in der Lage sein würde, seine Gleichgültigkeit meiner Person gegenüber zu ertragen.

Mein vorübergehendes Techtelmechtel mit Vater Nummer zwei war also beendet, die offene Rechnung mit Vater Nummer eins allerdings noch längst nicht bereinigt. Ersteren hatte ich für alle Zeit ad acta gelegt, ich trauerte ihm nicht einen Augenblick nach. Letzterem gedachte ich vorläufig wieder aus dem Weg zu gehen. Das hatte in der Vergangenheit schließlich ganz gut funktioniert. Instinktiv aber war mir klar, dass ich meinen inneren Frieden erst finden würde, wenn auch meine gefühlsmäßige Schieflage in Bezug auf Vater Nummer eins beseitigt war. Nun, die Zeit der Abrechnung würde kommen. Nicht im nächsten Monat oder in einem Jahr. Aber sie würde kommen. Ich war mir ganz sicher. Und ich konnte warten.

Nach all den emotionalen Ups und Downs hinsichtlich meiner Väter trat urplötzlich ein neuer Verehrer auf den Plan: Dave. Er lebte in Yorkshire, hatte mein Foto in einer Ausgabe der britischen Fanzeitschrift „Motörheadbangers" gesehen und setzte nun alles daran, mich kennenzulernen. Seine offensichtliche Schwäche für mich machte mich neugierig und so traf ich mich mit ihm in London – um festzustellen, dass ich ihn zwar ausgesprochen liebenswürdig, aber nicht sonderlich attraktiv fand. Es fehlte ihm die gewisse männliche Überlegenheit, die mich am ach so starken Geschlecht bisweilen faszinierte. Obwohl mein Interesse, ganz im Gegensatz zu dem seinigen, rein platonischer Natur war, wurden Dave und ich die besten Freunde und blieben jahrelang in ständigem Kontakt. Tobias nahm's gelassen und vertraute wie üblich darauf, dass er der einzige Mann in meinem Herzen bleiben würde.

… 37 –

Die Fliegerei beherrschte mein Leben mehr und mehr. Ruhephasen gab es zwar, allerdings in der Regel zu Zeiten, in denen normale Menschen arbeiteten. An Wochenenden und Feiertagen war ich dagegen fast immer unterwegs. Im Sommer flogen wir uns, wie man so schön sagt, die Hacken ab. Meine sozialen Bindungen außerhalb der großen Aero Lloyd-Familie konnte ich nur mit Mühe aufrechterhalten. War ich nicht unterwegs, versuchte ich krampfhaft, mich von den Strapazen der langen Dienstzeiten zu erholen und mich gleichzeitig auf die nächsten Einsätze vorzubereiten.

Besonders gefürchtet war der Umlauf München-Hamburg-Frankfurt-Hamburg-Frankfurt-München. Das berühmte 5er Leg. Fünf Mal rauf und runter. Fünf Mal voller Service bei einer Flugzeit von weniger als einer Stunde. In den darauf folgenden Tagen war man vornehmlich damit beschäftigt, seine schmerzenden Glieder zu sortieren.

Aber am Schlimmsten waren die frühen Startzeiten. Check-in morgens um fünf. Es bedeutete nichts anderes als die heimeligen vier Wände um 4.30 Uhr, also mitten in der Nacht, zu verlassen. Und das auch noch strahlend schön, angenehm duftend und selbstverständlich bester Laune. Ich war von jeher ein Morgenmuffel gewesen und haderte in diesen Momenten oft mit meiner Entscheidung, als mechanisch lächelnde Barbiepuppe Plastik-Becher verteilend durch die Weltgeschichte zu schweben. Aber halt – derart minderwertig wurde unsere Tätigkeit offiziell natürlich nicht eingestuft. Das Sorgen für das leibliche Wohl der Fluggäste war schließlich nur ein zu vernachlässigender Nebenaspekt unserer eigentlich anspruchsvollen Tätigkeit. Waren wir doch vor allem dazu da, um für die Sicherheit an Bord zu garantieren. Das wusste nur irgendwie niemand so wirklich zu schätzen. Die Sicherheitsdemo, die damals zur allgemeinen Erheiterung noch von uns persönlich durchgeführt wurde, sollte unsere wirkliche

Bestimmung und unseren hohen Stellenwert unterstreichen. Hatten wir etwa nicht dafür zu sorgen, dass die sensiblen Toilettensysteme nicht in Brand gerieten, und falls sie es doch einmal tun sollten, zeitnah den Kapitän zu informieren und ihn damit in die Lage zu versetzen, den Flieger rechtzeitig notzulanden, bevor das ganze Gerät quasi in der Luft explodierte? Wer außer uns wäre denn in der Lage gewesen, die Notrutschen zu betätigen und wer wusste, dass man hyperventilierende Zeitgenossen durch den Einsatz von Placebos höchst wirksam beruhigen kann? Richtig: Niemand.

Kurz und gut, wir waren einfach unverzichtbar und uns unserer wichtigen Mission durchaus bewusst.

Jenseits aller Häme gab es allerdings tatsächlich Situationen an Bord, in denen das überlegte und beherzte Handeln des Kabinenpersonals Leben rettete. Noch heute bin ich mehr als dankbar dafür, dass mir derartige Erfahrungen erspart geblieben sind. Die Erzählungen meiner Kolleginnen über brennende Triebwerke und geplatzte Reifen verursachten mir noch Jahre später Albträume.

Einmal wurde mir unangenehmerweise das zweifelhafte Vergnügen zuteil, miterleben zu müssen, welch seltsame Blüten die Angst um das eigene Leben in einer Höhe von 30 000 Fuß treiben kann.

Wir waren planmäßig von Djerba aus gestartet. Nach wenigen Minuten in der Luft, erklang plötzlich ein Ton über die Lautsprecheranlage, welcher dem Kabinenpersonal eine Gefahrensituation signalisierte. Ich saß am hinteren Ausgang, also zu weit entfernt, um das Geschehen im Cockpit mitverfolgen zu können. An der merkwürdigen Neigung unserer MD 83 konnte ich bereits spüren, dass etwas nicht in Ordnung war. Beunruhigt wartete ich auf Befehle von vorne. Schon klingelte das Bordtelefon.

„Macht euch bereit. Es geht zurück nach Djerba, wir müssen eventuell notlanden." Susanne, meine Chefin, konnte ihre Nervosität kaum verbergen.

Die braun gebrannten Passagiere in der Sitzreihe vor mir scherzten arglos miteinander.

Das änderte sich allerdings schlagartig, als die Stimme unseres Co-Piloten ertönte:

„Meine Damen und Herren, aufgrund eines technischen Defekts sind wir leider gezwungen umzukehren und einige Reparaturen an unserem Flugzeug vornehmen zu lassen. Sobald wir gelandet sind, werden Busse Sie in ein Hotel bringen. Nach erfolgter Schadensbehebung werden wir Sie selbstverständlich umgehend auf dem schnellsten Weg nach Stuttgart befördern."

Ich hatte keine Zeit mehr, meine Aufmerksamkeit auf das verärgerte Gemurmel, das sich nun in der Kabine erhob, zu lenken. Die Landung stand kurz bevor. Noch einmal ging ich im Geiste die Safety-Instructions durch, die es im Notfall zu beachten galt. Hochkonzentriert erwartete ich unseren mehr oder minder sanften Aufprall auf der Landebahn von Djerba.

Es war so weit. Mit einem harten Ruck setzten wir auf und rollten nach einer nicht minder harten Bremsung langsam und unversehrt zu unserer Parkposition. Noch einmal gut gegangen. Ich atmete erleichtert auf.

Bei über 40 °C verließen wir gemeinsam mit den Passagieren das Flugzeug und wurden in das nächstgelegene Hotel chauffiert.

„Gar nicht so übel, so ein kleiner Defekt", kicherte meine Kollegin Ursel. Sie war mit ihren 19 Jahren das Küken der Münchener Basis. Ihre Naivität und entwaffnende Ehrlichkeit bereiteten mir oft Vergnügen, brachten ihr selbst jedoch so manchen Ärger mit Vorgesetzten ein. Auch diesmal erntete sie für ihre unpassend-flapsige Bemerkung einen warnenden Blick unserer Chefin, die uns für unseren Aufenthalt im Hotel ein kurzes Briefing erteilte:

„Wir werden uns nicht im Pool-Bereich sehen lassen, damit keiner unserer Passagiere auf die Idee kommen könnte, dass wir uns auf seine Kosten einen lauen Nachmittag unter südlicher Sonne machen. Also – jeder bleibt auf seinem Zimmer und ruht sich aus. Es wird noch ein langer Tag werden. Kapitän Berents ist wie ihr wisst an der Maschine geblieben und wird uns auf dem Laufenden halten."

Wir nickten brav. Ich hatte sowieso keine Lust gehabt, mich in dieser Wahnsinnshitze in die Sonne zu legen. Das Hotel war nicht luxuriös, aber ordentlich. Ich entledigte mich meiner Uniform und legte mich aufs Bett. Nach etwa vier Stunden kam der erwartete Anruf.

Wir sollten uns zum Flughafen begeben.

Dort angekommen erwartete uns Martin Theißen, unser Co-Pilot mit einer unschönen Überraschung.

„Die aus Frankfurt eingeflogenen Techniker konnten den Schaden nicht beheben. Wir müssen die Maschine irgendwie nach Deutschland zurückbringen, um sie dort in einem Hangar überholen zu lassen."

„Das kann nicht dein Ernst sein, Martin. Wir sollen sämtliche Paxe wieder einladen, um dann in der Hoffnung abzuheben, dass wir schon irgendwie in Stuttgart ankommen werden?", antwortete Susanne wütend.

„Ganz so schlimm ist es nicht. Aus München ist eine DC9 im Anflug, die unsere Passagiere aufnehmen soll", meinte unser Co-Pilot vorsichtig.

„Wie bitte? Eine DC9? Da passen doch gar nicht alle rein. Soll die etwa zwei Mal hin und her fliegen, um den Rest dann auch noch einzusammeln?" Susanne war außer sich.

Martin Theißen seufzte ergeben. „Ähm, nein. Die DC9 wird Frauen und Kinder an Bord nehmen. Der Rest fliegt mit uns. Aber das ist noch nicht alles. Wir haben kein Catering gefunden, das uns so kurzfristig mit frischem Essen beliefern konnte. Unsere Trolleys wurden nicht ausgewechselt. Sie haben den ganzen Nachmittag in der Hitze geschmort. Das Essen ist ungenießbar."

Aus Susannes Augen sprühten Funken.

„Ich fasse also zusammen: Ich soll meinen Mädels verklickern, dass sie in einer kaputten Maschine an die fünfzig verängstigte Personen nach Stuttgart begleiten sollen, ohne ihnen auch nur eine Essiggurke anbieten zu können?"

Martin lächelte gequält. „So ähnlich. Sie sollen fünfzig wütende Paxe einigermaßen bei Laune halten. Das ist richtig. Allerdings fliegen wir nicht nach Stuttgart, da bekommen wir so spät keine Landeerlaubnis mehr. Unser Ziel ist München. Die Passagiere werden dann in Bussen nach Stuttgart weiter kutschiert. Immerhin kannst du ihnen sagen, dass es statt Essen freie Drinks für alle gibt. Das ist doch mal was, oder?"

„Welch generöse Entschädigung für die kleinen Unannehmlichkeiten des heutigen Tages." Wütend stapfte sie davon, um die Galleys zu inspizieren.

Den „Mädels" war die Unterhaltung im Cockpit natürlich nicht entgangen. Mit einigermaßen gemischten Gefühlen sahen wir den kommenden Stunden entgegen.

Stumm begaben wir uns schließlich auf unsere Positionen und begrüßten die Fluggäste, die keinen Platz in der DC9 ergattert hatten. Unsicherheit und Angst spiegelten sich auf ihren Gesichtern. Die Ankündigung, dass wir ihnen kein Essen servieren konnten, nahmen sie gelassen auf. Was bedeutet schon ein ausgefallenes Menü im Vergleich zu der Tatsache, dass man eventuell auf dem besten Weg war, sein Leben zu verlieren? Während des Fluges herrschte eine bedrückende Stille in der Kabine. Niemand beschwerte sich. Nicht einmal darüber, dass unser Ziel nicht Stuttgart, sondern München war. Die verbliebenen Passagiere, die wir zu betreuen hatten, schafften es, unsere sämtlichen Alkoholbestände zu vernichten. Trotzdem blieb alles ruhig an Bord. Oder vielmehr fast alles.

„Lisa, ich will nicht sterben", Ursel kauerte weinend auf einer Box in unserer kleinen Bordküche. Schnell zog ich den Vorhang zu, um zu verhindern, dass die ohnehin verängstigten Fluggäste zu unfreiwilligen Zeugen dieser Szene wurden.

„Du wirst nicht sterben. In eineinhalb Stunden sind wir in München und bald liegst du warm und sicher in deinem Bettchen", redete ich beruhigend auf sie ein.

„Ich bin doch viel zu jung, um mein Leben zu verlieren. Warum habe ich mich bloß für diesen schrecklichen Beruf entschieden?" Sie schluchzte hysterisch. Besorgt legte ich meinen Arm um sie und streichelte ihr über die Wange. In ihrem jugendlichen Alter war sie mit dieser Extremsituation völlig überfordert. Ich konnte es ihr nicht verdenken. Nichtsdestotrotz mussten wir als Autoritätspersonen an Bord unter allen Umständen Ruhe bewahren. Und auch die Kollegen durften von den Vorgängen in der hinteren Küche keinen Wind bekommen. Das hätte das sofortige Ende ihrer Karriere als Flight Attendant bedeutet.

„Schsch. Nicht so laut! Die Leute da draußen dürfen dich nicht hören. Was meinst du, wie die sich fühlen, wenn ein Besatzungsmitglied durchdreht? Die denken, ihr letztes Stündlein hat geschlagen. Reiß' dich zusammen. Bleib' meinetwegen hier sitzen und bete, aber mach' den armen Menschen in der Kabine durch deine Panik nicht noch mehr Angst, als sie ohnehin schon haben. Wir haben es bald geschafft." Ich holte tief Luft und verließ die Galley, um mich unseren immer beschwipster werdenden Gästen zu widmen. Ursel verließ ihren Platz auf der Box erst wieder, um sich für den Landeanflug zu positionieren. Niemand hatte ihren Zusammenbruch bemerkt.

Die Landung in München verlief ohne Zwischenfälle. Erleichtertes Klatschen ertönte. Wir nahmen es dankbar zur Kenntnis. Zum ersten Mal hatte ich erfahren, was es bedeutete, in einer Höhe von 10 km über dem Erdboden mit dem Schlimmsten rechnen zu müssen.

Ähnlich erbaulich war einige Monate später ein Trip nach Tel Aviv. Dass vor dem Start das gesamte Gepäck der Passagiere neben dem Flugzeug ausgebreitet wurde, um jedes einzelne Teil durch eine Hundenase nach Sprengstoff durchschnüffeln zu lassen, war nur *eine* Besonderheit dieser Destination. Auch das Kabinenpersonal war dazu angehalten, akribisch sämtliche Gepäckfächer und Toilettenräume nach verdächtigen Veränderungen zu durchforsten.

„Mensch, wir suchen doch die Nadel im Heuhaufen", maulte meine Kollegin Marina, während sie die Unterseiten der Sitze mit einer Taschenlampe ableuchtete, und sprach uns allen damit aus der Seele. „Wenn hier einer eine Bombe gelegt hat, finden wir die doch nie."

„Na ja, dann kann man uns wenigstens nicht vorwerfen, wir hätten nicht versucht, den Supergau zu verhindern", entgegnete ich frustriert, „was mich, wenn wir dann abgeschmiert sind, aber ehrlich gesagt auch nicht mehr so wirklich interessiert."

Wir lachten und setzten unsere Suche nach dem verräterischen Irgendwas halbherzig fort, bis das vertraute Kommando ertönte: „Auf die Positionen. Die Paxe stehen vor der Tür."

Es wurde ein an sich ruhiger Flug, obwohl das mulmige Gefühl in der Magengegend und das misstrauische Beobachten unserer Fluggäste uns begleitete.

Wir befanden uns bereits im Landeanflug auf Tel Aviv, als man uns ins Cockpit beorderte.

„Es könnte bald ziemlich ungemütlich werden, wir müssen durch eine Gewitterfront", lautete die gleichmütig erteilte Information unseres Kapitäns, „solange wir euch nicht Bescheid geben, könnt ihr noch in den Galleys bleiben. Die Anschnallzeichen werden wir aber sicherheitshalber schon mal einschalten." Kaum waren wir in unsere kleinen Bordküchen zurückgekehrt, ging es los. Das Flugzeug wurde hin und her geschleudert, wie ein Wasserball auf entfesselter See. Wir hielten uns nur mühsam auf den Beinen.

„Hast du das gesehen?", rief mir Marina entsetzt zu.

Ich hatte. Ein Blitz war an der Innenseite der Bordwand entlang der Rutschenaufhängung vorbeigeschossen. Ich murmelte ein verwundertes „nicht zu fassen …", da knallte es.

Wir blickten uns fassungslos an, beide den gleichen furchtbaren Gedanken im Kopf. Eine Bombe. Unvorstellbar. Unaussprechlich.

Ich schloss die Augen, überzeugt davon, dass es im nächsten Augenblick in rasender Geschwindigkeit nach unten gehen würde. Dem war nicht so. Das Gewackel ging zwar mit unverminderter Stärke weiter, die Nase der Maschine aber blieb ungerührt in ihrem für einen Landeanflug so typischen Winkel. Unsere Chefin meldete sich über das Bordtelefon.

„Setzt euch mal besser hin, es wird noch wilder."

„Wir haben eben einen Blitz durch die Galley jagen sehen, schlimmer kann's wohl kaum werden", antwortete Marina entnervt, während sie ihren Sitz herunterklappte und den Sicherheitsgurt festzog.

Mit einem Satz krachte die Maschine kurz darauf auf die Landebahn. Starke Windböen fegten uns beinahe vom Asphalt.

„Na bitte, überlebt. Hoffentlich wird der Rückflug erfreulicher", grummelte ich, froh wieder festen Boden unter den Rädern zu haben.

Die Passagiere stiegen aus und das übliche Ritual im Turnaround setzte ein: Schwimmwesten checken, Küche neu beladen, Putzkolonne überwachen.

„Kommt doch mal raus, ich will euch was zeigen", tönte die Stimme unseres Piloten durch das geschäftige Treiben. Folgsam setzten wir uns sogleich in Bewegung.

„Da oben, seht euch das mal an." Er deutete auf einen schwarzen Fleck an der Außenhaut unserer MD 83.

„Der laute Knall vorhin …" Marina verstummte.

„Genau, der Knall. Wir wurden vom Blitz getroffen."

„Ich dachte, ein Flugzeug ist ein Faraday'scher Käfig, genauso sicher wie ein Auto", warf ich erstaunt ein.

Nachdenklich rieb unser Kapitän sich am Kinn.

„Eigentlich ist dem auch so. Müsste vielmehr so sein. Hm. So etwas habe ich auch noch nie gesehen."

„Was tun wir denn jetzt? Können wir mit dieser Mühle überhaupt zurückfliegen?" Unsere Chefin sorgte sich offensichtlich darum, in einem Stück wieder in München anzukommen.

„Klar. Sicherheitstechnisch ist das Ding hier völlig unbedenklich." Damit wandte sich unser Flugzeugführer einem Techniker zu, der gerade am anderen Ende des Fliegers irgendetwas entdeckt hatte.

„Dein Wort in Gottes Gehörgang", murmelte Marina verdrossen.

„Ach was, macht euch keine Sorgen! Der Pape weiß schon, was er tut. Lasst uns die Kabine vorbereiten – die Paxe rollen in 10 Minuten an."

Ich zuckte die Schultern. „Na dann auf ein Neues."

Auf dem Rückflug blieb alles friedlich. Das Gewitter hatte sich verzogen und wir kamen ohne weitere Aufregungen in München an. Es war Silvester und ich freute mich darauf, mit Tobi noch ein wenig zu feiern. Nicht zuletzt die glückliche Rückkehr von meinem abenteuerlichen Ausflug.

Anekdoten wie diese machten mich zum Star jeder Abendgesellschaft. Besonders Tobis Kommilitonen erfreuten sich an den Geschichten über mein abwechslungsreiches Leben. Ob es um einen Beinahe-Crash über den Wolken, ein kaputtes Druck-System in der Kabine oder die unplanmäßige Landung auf einem Schaum-Teppich ging, meine Erlebnisse gaben ihnen Einblicke in ein Leben, das für sie, die sie sicher in den gleichförmigen Ablauf ihres Uni-Alltags eingebettet waren, weiter entfernt war, als die Freiheit für ein Stallkaninchen. So beneideten wir uns gegenseitig um die Errungenschaften, die der jeweils anderen Seite vorbehalten blieben: Sie mich um die Highlights meines kurzweiligen Berufes und ich sie um die Tatsache, dass sie sich eines Tages mit einem Hochschuldiplom schmücken würden.

Auch außerhalb meiner Dienstzeit konnte ich über Langeweile nicht klagen. Private Flüge kosteten mich fast nichts und ich genoss diesen Vorzug meiner Tätigkeit nach allen Regeln der Kunst. Ob Wien, Hamburg oder London – das Phantom der Oper war immer nur einen Katzensprung entfernt. Ich galoppierte neben Tobi um die Pyramiden, rauchte Schischas in Luxor und schlenderte durch den Central Park zur Zeit der Kirschblüte. Die Welt war klein geworden. Und wunderbarerweise schien der Himmel mir nicht mehr auf den Kopf zu fallen. Die Rüstung aus Blei, die mir die Lust am Leben so lange vergällt hatte, wich einem Gewand aus Lebensmut und Leichtigkeit.

Doch auch der spannendste Job wird irgendwann Routine und nach zwei Jahren Aufenthalt in DC9, MD 83 und 87 wurde das Gefühl in mir, neuen Ufern und Erfahrungen entgegen streben zu müssen, immer drängender.

„Hey, Lisa, schön dich zu sehen", jemand tippte mir von hinten auf die Schulter.

„Simone! Was machst du denn hier?" Überrascht musterte ich die zierliche Dame in der dunkelblauen Uniform.

„Nach meinem Rauswurf bei Aero Lloyd bin ich zur Hapag gegangen. Ich gehöre also noch immer zum fliegenden Volk."

„Ach, das freut mich für dich! Dass deine Übernahme damals nicht geklappt hat, tat mir unheimlich leid. Irgendwie fand ich es auch nicht so ganz fair. Gefällt es dir denn bei der Konkurrenz?"

„Absolute Spitzenklasse sag ich dir! Wir haben den Airbus und fliegen damit auch Langstrecke. Ein ganz anderes Arbeiten als in den alten Stinkefliegern der Aero Lloyd. Ich kann von Glück sagen, dass die mich nach der Saison nicht übernommen haben, die Stimmung hier ist um ein Vielfaches besser!", schwärmte meine ehemalige Kollegin.

Verstohlen warf ich einen Blick auf meine Armbanduhr. „Du, wir sollten unbedingt mal telefonieren. Ich muss mich beeilen."

„Ich auch! Wo geht's denn heute hin?"

„Larnaca."

„Na dann – happy landing!"

„Dir auch. Bis bald!"

Nachdenklich ließ ich das Gespräch Revue passieren. Seit einiger Zeit merkte ich bereits, dass meine Begeisterung für das Verteilen der Mahlzeiten an Bord merklich nachließ. Vielleicht lag das ja daran, dass wir bis auf einen Umlauf nur Kurz- und Mittelstreckenziele anflogen. Mit unseren Maschinentypen war die Langstreckendistanz nicht abzudecken. Zwar saß ich oft in irgendwelchen Hotels fest, die befanden sich allerdings in der Regel in Stuttgart, Hamburg oder Frankfurt. Im Ausland übernachteten wir so gut wie nie.

„Es ist an der Zeit, die Airline zu wechseln und sich neuen Zielen zuzuwenden", forderte der rebellische Teil in mir nach dem aufschlussreichen Gespräch mit Simone.

„Plastiktablett bleibt Plastiktablett, egal wo auf der Welt", hielt der zaudernde Teil in meinem Inneren skeptisch dagegen.

„Ja, aber man bekommt auf der Langstrecke mehr von unserem Globus zu sehen." Mein innerer Dialog lief unaufhaltsam weiter.

„Mag schon sein, aber eigentlich nervt dich doch die Anspruchslosigkeit der Arbeit an sich und nicht die Tatsache, dass du nichts von der Welt siehst, schließlich hast du im Urlaub die Möglichkeit, sämtliche Kontinente zu bereisen."

„Stimmt, aber nur wer eine neue Herausforderung sucht, entwickelt sich auch weiter."

„Dann würde ich vorschlagen, der Fliegerei den Rücken zu kehren und dir ein ganz neues Betätigungsfeld zu suchen."
„Und was könnte das sein?"
„Ich habe nicht die geringste Ahnung."
„Das habe ich befürchtet."
„Lass' es uns doch mit einer anderen Airline probieren und sei es auch nur, um festzustellen, ob das Fliegen in einem neuen Umfeld nicht doch noch Spaß macht."
Der Zauderer gab schließlich nach. „Na gut, wenn es deine Seligkeit ist, versuch's. Aber wirf mir, wenn es schief gegangen ist, nicht vor, dass ich dich nicht gewarnt hätte!"
Der rebellische Teil hatte einmal mehr gesiegt und machte sich sogleich daran, ein Bewerbungsschreiben an Hapag Lloyd aufzusetzen.

Wie nicht anders zu erwarten gewesen war, wurde ich postwendend eingestellt. Leider merkte ich schon während des sechswöchigen Lehrgangs, dass ich auf die bekannte Leier von Flight Safety und First Aid so gar keine Lust mehr hatte. Darüber hinaus lagen mir die neuen Kollegen so gar nicht. Sie bildeten sich weiß Gott was auf ihren Beruf ein. Du lieber Himmel, wer wusste besser als ich, was sich hinter dem mühsam aufrechterhaltenen Mythos wirklich verbarg? Ich fragte mich, ob die Damen und Herren der Hapag nur anderen etwas vormachten oder in erster Linie sich selbst.

Mit ziemlich gemischten Gefühlen trat ich nach erfolgreichem Abschluss des Lehrgangs meine ersten Flüge in der neuen Uniform an. Der Rebell war ziemlich kleinlaut geworden und räumte inzwischen ein, dass die Idee, die Fluglinie zu wechseln nicht unbedingt eine seiner besten gewesen war.

Vom ersten Tag an war das Fliegen in den Farben der Hapag für mich eine Qual. Nie hatte ich mit derartig unfreundlichen Menschen zu tun gehabt. Nicht einmal Frau Gürtler und Fräulein Beck, meine beiden Kontrahentinnen aus alten Hypo-Bank-Zeiten hatten sich mir gegenüber so bösartig gezeigt wie manch ein Purser meines neuen Arbeitgebers.

Ein Flug wurde für mich zum Schlüsselerlebnis und rief den Rebellen mit aller Macht wieder auf den Plan.

Der Chef der Kabine hatte mich vom Zeitpunkt des Briefings an schikaniert. Nach allen Regeln der Kunst versuchte er mir zu beweisen, dass meine Vorbereitung mangelhaft war und mein Umgang mit den Fluggästen sehr zu wünschen übrig ließ. Was ich auch machte, es war verkehrt. Ratlos stand ich ihm schließlich in der Bordküche gegenüber und outete mich als alter Hase im Geschäft.

„Merkwürdig, dass Sie so gar nicht mit mir zufrieden sind. Bei Aero Lloyd hatte ich stets hervorragende Beurteilungen, im fachlichen wie auch im persönlichen Bereich."

Der Purser lächelte kalt.

„Ach, ich wusste gar nicht, dass Sie sich ihre Sporen in unserem harten Metier bereits verdient haben. Nun, hier weht eben ein anderer Wind. Aber um ehrlich zu sein, so schlecht haben Sie sich gar nicht geschlagen."

Von dem Moment an behandelte er mich mit ausgesuchter Höflichkeit und gab sogar zu, den Neulingen erst einmal richtig Dampf zu machen, damit sie kapierten, dass das Leben einer Stewardess kein Zuckerschlecken war. Als ich das Flugzeug verließ, schwor ich mir, niemals mehr in Uniform hierher zurückzukehren.

Um meine aufgewühlten Gedanken in Ruhe sortieren zu können, ließ ich mich zunächst einmal krankschreiben.

Tobias, nun frisch gebackener Diplomkaufmann, zeigte vollstes Verständnis für meine Weigerung, mich weiter wie ein Schulmädchen zurechtweisen zu lassen. Unsere Beziehung war gerade dabei, einen Höhepunkt zu erreichen: Tobi hatte sein Studium erfolgreich beendet und wir hatten unsere erste gemeinsame 2-Zimmer-Wohnung bezogen. Nach acht Jahren gepflegten Eigenbrötlertums erforderte dieser Schritt von beiden Seiten eine ganze Menge Mut und Idealismus.

Die unvermeidlichen Revierkämpfe waren schnell überstanden und wir fühlten uns rundum glücklich und wohl in unserem neuen Heim. Meine unberechenbaren Flugpläne passten so gar nicht mehr in das Bild, das ich mir von der gemeinsamen Zukunft mit meinem Freund gemalt hatte. Plötzlich regten sich nie gekannte hausfrauliche Anwandlungen in mir. Es machte mir Spaß, die Wohnung in Ordnung zu halten und für uns zu kochen. Dummerweise hatte ich einen Saisonvertrag bei der ungeliebten Airline unterschrieben und es sah aus, als ob ich da die nächsten Monate nicht herauskommen würde. Eine vorsichtige Anfrage meinerseits hatte man bereits unmissverständlich abgeschmettert.

Allerdings war ich mit Nichten dazu bereit, mir meine Nerven und mein mühsam aufgebautes Selbstwertgefühl ruinieren lassen und da kam mir die rettende Idee: Wer fluguntauglich ist, darf nicht fliegen. Alte Binsenweisheit. Versteht sich von selbst, dass ich ab sofort aus gesundheitlichen Gründen nicht mehr in die Luft gehen konnte. Natürlich auf Geheiß meines besorgten Arztes. Damit war das kurze, aber ausgesprochen unangenehme Kapitel Hapag Lloyd beendet. Schade nur, dass so viele schöne Erinnerungen an meine Zeit als Stewardess durch die letzten unerfreulichen Wochen getrübt sind.

Einigermaßen fantasielos löste ich schließlich das Problem der Beibringung meines Anteils am gemeinschaftlichen Haushaltseinkommen: Ich ging zurück in die Bank. Ausgerechnet in dieselbe Filiale, die ich vor vier Jahren nach Beendigung meiner Ausbildungszeit voller Enthusiasmus für immer hinter mir zu lassen gedacht hatte. Das Leben folgt wohl seinen ganz eigenen, manchmal nur schwer nachvollziehbaren Regeln. Vielleicht führte mein Unterbewusstsein mich absichtlich in die Situation zurück, an der ich einst verzweifelt war. Vielleicht sollte ich durch meine Rückkehr erkennen, dass nicht die äußeren Umstände mich damals erdrückten, sondern meine innere Realität mich das Leben, unabhängig davon, wie es zu jener Zeit gestaltet sein mochte, nicht ertragen ließ. Ich konnte es selbst kaum glauben – mit einem Mal war die Bank nicht mehr das beängstigende Gefängnis, in dem ich all meine Hoffnungen und Sehnsüchte zwangsläufig zu Grabe tragen musste. Ganz im Gegenteil. Ich freute mich darüber, am Nachmittag bereits zu Hause zu sein und mich um Heim und Herd kümmern zu können. Mein Verlangen nach Freiheit und Weite war erloschen. Ich ging vollkommen auf in meiner neuen Aufgabe. Teil einer Familie sein. Einer ausgesprochen kleinen Familie, zugegeben. Aber dennoch einer Familie. Vertrauen zu können. Sich fallen lassen zu können. Zum ersten Mal in meinem Leben fühlte ich nicht die Schwere der Einsamkeit auf mir lasten. Es war berauschend. Ein unbeschreibliches, nie da gewesenes Hochgefühl breitete sich in mir aus.

Aber ich schwelgte nicht nur in der trauten Zweisamkeit mit Tobi. Nein, auch meine Arbeitstage wieder gemeinsam mit Erika zu verbringen, erfüllte mich mit wohliger Zufriedenheit. Wie ein Fels in der Brandung ließ sie die Umstrukturierungen, die die Hypo-Bank in den letzten Jahren auf Geheiß einer namhaften Unternehmensberatung durchlaufen hatte, an sich abprallen. Welch praxisfremde Projekte zur Nutzung von Synergie-Effekten auch den Ablauf in der Filiale auf den Kopf stellen mochten – in sich selbst ruhend und mit einem Lächeln auf dem Gesicht gab sie Tag für Tag nicht weniger als ihr Bestes. Nach Dienstschluss diskutierten wir nicht selten die aktuellen Miseren der Bank im Allgemeinen und Besonderen. Hoch zu Ross versteht sich. Bounty, der alte Vollblutwallach stand noch immer tapfer auf seinen älter gewordenen Beinen und so gab ich mich wieder regelmäßig meiner großen Leidenschaft hin – bei Wind und Wetter auf seinem Rücken durchs Gelände zu streifen. Mit Erika oder alleine.

Das Dasein war beängstigend schön.

– 38 –

„Unser Leben ist einfach perfekt, wir könnten glatt heiraten", sagte ich eines Abends scherzhaft zu Tobi. Wir waren gerade mit dem täglichen Abwasch beschäftigt. Er spülte und ich trocknete ab. Die Arbeitsteilung im Haushalt funktionierte wie alles andere in unserer Beziehung reibungslos.

„Gute Idee. Ja – warum eigentlich nicht." Ungerührt widmete er sich weiter den trüben Untiefen seines Spülwassers.

„War das jetzt ein Antrag?" Ich hielt inne und blickte ihn fragend an.

„Könnte man so nennen." Mein Freund verzog noch immer keine Miene. Mit einem Schlag war mir klar, dass das Gespräch eine ernste Wendung genommen hatte. Und doch – irgendwie entsprach dieses Geplänkel so ganz und gar nicht meinen romantischen Vorstellungen von einem feierlichen Augenblick wie diesem. Auf der anderen Seite – wenn beide Parteien sich offensichtlich einig waren, warum dann noch um den heißen Brei herumreden?

„Nun haben wir uns so lange bewährt, da könnte man es vielleicht tatsächlich wagen", äußerte ich mich nachdenklich. Wir waren seit fast 12 Jahren ein Paar, kannten jede Facette, jede Schwäche des anderen, hatten so viel gemeinsam durchgestanden. Wenn es einen Menschen auf dieser Welt gab, dem ich vertraute, dann war es Tobi. Andererseits lag das Leben noch vor mir – sollte ich mich wirklich jetzt schon festlegen, mit wem ich alt werden wollte? Nach jahrelangen inneren Kämpfen hatte ich gerade erst begonnen, mein Dasein nicht länger als Last zu empfinden. Sicher – ich hatte schon so einiges erlebt und doch wurde ich das Gefühl nicht los, dass die aufregendsten Passagen meiner Reise noch darauf warteten, sich nach erfolgreicher Überwindung der Blockaden endlich manifestieren zu können. War es vielleicht sogar möglich, den Geheimnissen meiner Existenz gemeinsam mit Tobi auf die Spur zu kommen? Schließlich war es nicht zuletzt sein Verdienst, dass mein Leben heute so mühelos und leicht war. Seitdem wir unsere gemeinsame Wohnung hatten, schienen die Sonne heller und der Himmel blauer zu sein. Entsprang dieses warme Gefühl der Zufriedenheit einer tiefen Liebe oder nur dem bedingungslosen Vertrauen, das ich ihm entgegenbrachte? Liebte ich ihn wie sich das gehörte, wenn man sich dazu entschloss, einen Bund fürs ganze Leben einzugehen? Ich hörte in mich hinein und stellte fest, dass ich nicht mit völliger Sicherheit zu sagen vermochte, dass dem wirklich so war. Ich mochte ihn sehr, keine Frage – aber Liebe? Man erzählte sich, dass dazu auch die berühmten Schmetterlinge im Bauch gehörten. Bei mir hatte nie etwas geflattert, auf jeden Fall nicht merklich. Ob das wohl ein Grund war, besser nicht zu heiraten? Andererseits war Tobi der verlässlichste Mensch, den ich je kennengelernt hatte. Und das wog das fehlende Bauchkribbeln tausendfach auf. Jawohl, mein Leben mit ihm war wunderbar und so sollte es auch bleiben. Was wäre eine bessere Garantie dafür, uns diesen Zustand zu bewahren, als unsere Beziehung durch einen Trauschein zu adeln?

Auch Tobi hatte in Gedanken versunken minutenlang wohl ähnliche Zweifel und Fragen gewälzt. Nun grinste er mich selig an. Seine Entscheidung stand fest.

„Ich denke nach all den Stürmen, die wir bereits zusammen überstanden haben, können wir es mit gutem Gewissen angehen. Ehrlich gesagt, hatte ich mich bereits erkundigt, welche Papiere nötig sind, um in Las Vegas zu heiraten. Da das aber ziemlich umständlich ist, habe ich den Gedanken wieder verworfen."

Jetzt war ich doch überrascht. „Davon hast du mir gar nichts erzählt. Schade eigentlich! Wäre sicher nett gewesen – so ganz ohne die liebe Familie …"

„Für alle Beteiligten einfacher, keine Frage. Allerdings würden es uns meine Eltern nie verzeihen, um ein rauschendes Hochzeitsfest betrogen zu werden. Insofern – lass' es uns doch besser ganz konventionell abwickeln."

„In Weiß mit Kirche und dem ganzen Kokolores?"

„Klar, die gesamte Palette an Kitsch, die in so einem Fall üblich ist."

„Na, wenn's sein muss – dann lass' uns die Verwandtschaft glücklich machen."

Ich ahnte nicht, welch verbissene Maschinerie unsere leichthin getroffene Entscheidung in Gang setzen sollte.

Zunächst einmal große Ahs und Ohs allenthalben. Die Kinderchen heiraten. Wie süß.

Darauf folgend hektische Betriebsamkeit. Was trägt die Braut? Wo soll die Feier stattfinden? Welcher Rahmen erscheint angemessen? Kirchlich, keine Frage. Katholisch oder evangelisch? Katholisch wäre schön, schließlich gehört der gesamte Anhang des Bräutigams dieser einzig wahren Konfession an. Wen soll man einladen? Möglichst alle natürlich. Von Großmutter Heller bis Onkel Karl. Unendliche Diskussionen über all die möglichen und unmöglichen Szenarien und Eckdaten. Dreh- und Angelpunkt der ermüdenden Betrachtungen: Tobis Mutter. Stets lief sie Gefahr, sich in ihrer Welt aus hausfraulichem Perfektionismus zu verzetteln. Bei jedem noch so einfachen Abendessen. Eine Hochzeit stellte für sie verständlicherweise eine kaum absehbare und gefährliche Herausforderung dar. Alles musste bedacht und mindestens hundertmal gewälzt werden. Nichts durfte dem Zufall überlassen bleiben. Schlimm genug, dass man das Wetter für den großen Tag nicht vorbestellen konnte. Nicht auszudenken, wenn es regnen würde. Das schöne Kleid und überhaupt. Im Vorfeld wurden Lokationen besucht, auf Herz und Nieren durchleuchtet und schließlich wieder verworfen. Zu groß, zu klein, zu gewöhnlich, zu teuer. Meine Mutter hatte bereits nach dem ersten Probeessen die Nase voll und klinkte sich mit dem Hinweis aus, dass sie sich das Hochzeitskleid noch ansehen werde, dann aber dringend nach Frankreich zurückfahren müsse, um sich um ihren Ehemann zu kümmern.

Im Hinblick auf die Tatsache, dass uns nur wenige Monate Zeit blieben, um die Sache auf die Beine zu stellen, zog ich irgendwann die Notbremse und entschied mich kurzerhand für das altehrwürdige Hotel am Starnberger See, in dem Mutter einst die Eheschließung mit ihrem Sir gefeiert hatte. Ich hielt das für ausgesprochen romantisch und natürlich für ein gutes

Omen. Damit war der Endlosschleife meiner Schwiegermutter in spe erst einmal ein Riegel vorgeschoben. Das Kleid war ebenfalls schnell gefunden und ich sah den Dingen, die da kommen sollten, relativ gelassen entgegen. Einzig pikantes Detail – alle meine Väter würden anwesend sein. Eine derartige Zusammenkunft schrie beinahe nach Komplikationen. Die größten Sorgen diesbezüglich machte sich natürlich Leni, meine zukünftige Schwiegermutter.

„Wie sollen wir bloß den Brauttisch aufteilen? Auf jeden Fall muss deine Mutter neben Hans, und ich neben deinem Vater sitzen. Zur anderen Seite schließen dann die Frau deines Vaters und der neue Mann deiner Mutter an. Daneben wiederum kommen die Brüder mit ihren Partnerinnen. Dein früherer Stiefvater hat am Brauttisch natürlich nichts verloren. Herrschaft, ist das kompliziert!"

Mir war es im Grunde völlig egal, wem die Ehre zuteil sein würde, mit dem Brautpaar um einen Tisch herum zu sitzen. Ich hatte nicht vor, stundenlang auf meinem Stuhl zu kleben und mit der elterlichen Generation Händchen zu halten. Es sollte getanzt werden und ich wollte Spaß haben. Die öden Hochzeitsfeiern im Bekanntenkreis hatten mir genügend Negativbeispiele geliefert und mir deutlich gezeigt, was ich ganz sicher nicht wollte. Keine langwierigen Brautentführungen, keine stundenlangen Gelage. Das Hotel verfügte über eine weitläufige Grünanlage – für Auslauf war also gesorgt und ein junger DJ sollte das Seinige zu einer ausgelassenen und lockeren Atmosphäre beitragen.

Mein Erzeuger hatte sich seinem Status als Brautvater nicht entzogen und verkündete großzügig, sämtliche im Zusammenhang mit der Hochzeit seiner ältesten Tochter anfallenden Kosten zu übernehmen. Na bitte. Kaum schickt man sich an, eine eigene Familie zu gründen, wird man auch schon in den elitären Kreis der von ihm anerkannten Nachkommenschaft erhoben. Ich konnte kaum glauben, welch große Ehre er mir auf einmal angedeihen ließ und müsste lügen, würde ich nicht zugeben, wie gut das meinem so lange zurückgewiesenen Seelchen tat.

Es konnte tatsächlich nicht mehr besser werden.

Und dann war er da, der große Tag. Der erste der beiden großen Tage versteht sich – die standesamtliche Trauung. Im engsten Familienkreis mit anschließendem fröhlichen Beisammensitzen. So war es jedenfalls von Leni geplant.

Als Trauzeugen waren unsere Brüder benannt. Bereits Wochen vorher hatten wir Jan eingebläut, an seinen Personalausweis zu denken und sich dem großartigen Ereignis angemessen zu kleiden. Darüber, dass Tobis Bruder Dieter derartigen Ermahnungen nicht bedurfte, bestand in der Familie Heller natürlich nicht der Hauch eines Zweifels.

Der Standesbeamte, ein sympathischer älterer Herr im dunklen Anzug, begrüßte uns feierlich und begnügte sich mit einer erfreulich knapp gehaltenen Ansprache. Die oft gehörten und nur selten beherzigten salbungsvollen Worte im Ohr, setzten Tobi und ich schließlich unsere Unterschriften auf das alles verändernde Schriftstück.

Ab heute war ich Frau Heller. Hilfe. Ich trug den gleichen Namen wie meine Schwiegermutter. Ich hoffte inständig, dass das die einzige Gemeinsamkeit bleiben würde, die uns beide verband.

„Ich bitte nun die Trauzeugen, ihre Ausweise vorzulegen und die Urkunde zu unterzeichnen." Jan griff in seine Jackentasche und erleichtert stellte ich fest, dass meine Reden nicht ins Leere gegangen waren. Lässig legte er seinen Personalausweis auf den Tisch. Sogar einen eleganten Federhalter hatte er mitgebracht. Ich war beeindruckt.

Am anderen Ende des Tisches und in den Sitzbänken hinter mir kam unterdessen eine leichte Unruhe auf. Zunächst realisierte ich nicht, was die Ursache für das aufgeregte Getuschel war. Fragend blickte ich meinen mir soeben angetrauten Gatten an. Er beugte sich nah an mein Ohr.

„Dieter hat seinen Ausweis vergessen."
„Ist nicht wahr. Und jetzt?"

Allgemeine Ratlosigkeit erfüllte den Raum.

Ausgerechnet der unfehlbare Dieter. Nur mit Mühe konnte ich mir ein breites Grinsen verkneifen. Was hatte man sich im Hause Heller in den letzten Wochen über Jans Auftritt gesorgt. Und nun das. Ich drehte mich um und fing die amüsierten

Blicke meiner Mutter auf. Meinen Vater und dessen Frau Gitte schien das alles nichts anzugehen. Gleichmütig saßen sie nebeneinander und harrten der Dinge, die da kommen würden.

Schwiegervater Hans hatte die rettende Idee.

„Ich bin als Jurist in dieser Gemeinde wohl bekannt und verbürge mich dafür, dass der Trauzeuge mein Sohn ist und den Namen Dieter Heller trägt. Er wird am Montag umgehend Ihr Büro aufsuchen und sich nachträglich legitimieren."

Einigermaßen verunsichert brachte der Standesbeamte die Zeremonie zu Ende. So etwas war ihm in den langen Jahren seiner Dienstzeit noch nicht passiert.

Der Fauxpas meines eingebildeten Schwagers sorgte wie nicht anders zu erwarten gewesen für nachhaltige Heiterkeit im Hause Müller. Hochmut kommt wohl doch vor den Fall.

Der anschließende Empfang im Wohnzimmer meiner Schwiegereltern verlief mehr als förmlich. Eine fröhlich entspannte Stimmung wurde schon allein durch die Tatsache, dass mein Vater und Jan nicht miteinander redeten, im Keim erstickt. Mutter stand selbstverständlich auf Seiten ihres Sohnes und strafte sowohl ihren Ex-Mann als auch dessen verhasste Frau mit lässig zur Schau getragener Nichtachtung. Jan dagegen unterhielt sich lange und angeregt mit Gitte, wodurch die unangenehme Situation entstand, dass sowohl meiner Mutter als auch meinem Vater der jeweilige Hauptgesprächspartner entzogen wurde.

Tobi und ich ließen uns durch die schwelenden Querelen, die meine Familie von jeher auszeichneten, nicht in unserem Glück stören. Wir freuten uns darüber, den Schritt in die Ehe getan zu haben und waren überzeugt davon, eines Tages gemeinsam ins Grab zu fallen.

Der erste Teil der Hochzeit war somit einigermaßen friedlich über die Bühne gegangen. Immerhin war das Treffen zwischen Jan, Mutter, Vater und Gitte nicht in eine Schlägerei ausgeartet. Auch wüste Beschimpfungen hatte man mir zuliebe unterlassen. Der kirchlichen Trauung konnte man also entsprechend sorglos entgegensehen.

Schließlich war es so weit. Das blütenweiße Hochzeitskleid samt bodenlanger Schleppe hing verheißungsvoll an meinem Kleiderschrank und alle möglichen Leute wuselten aufgeregt durch die Wohnung, um der hübschen jungen Braut den letzten Schliff zu geben. Friseurin, Stiefschwester, Tante, Mutter – ich fragte mich, wie viele gute Ratschläge ein Mensch wohl noch ertragen konnte. Folgsam hatte ich etwas Blaues, etwas Neues und etwas Geborgtes unter meinem Kleid versteckt, da eine Missachtung dieser eisernen Regel gemäß der Aussage meiner Schwiegermutter unweigerlich zum Scheitern der Ehe führen musste. Daran wollte ich in diesem frühen Stadium keinesfalls schuld sein und fügte mich vorsichtshalber dem Brauchtum. Es wurde geschminkt, frisiert, gezupft und gezuppelt, bis schließlich alles an der richtigen Stelle saß. Es konnte losgehen.

Erleichtert nahm ich zur Kenntnis, dass der blumengeschmückte S-Klasse-Mercedes von Vater Nummer eins vor der Tür stand. Die Fahrt zur Kirche dauerte kaum länger als zwei Minuten. Zur evangelischen Kirche wohlgemerkt. Selbstverständlich hatte ich mich gegen die geballte hellersche Katholikenpower durchgesetzt, hatte ich doch ein Ass im Ärmel, das sie nicht stechen konnten – mein Onkel war nämlich protestantischer Pastor und hatte sich bereit erklärt, die kirchliche Zeremonie durchzuführen. Und so stolzierte ich vergnügt an Tobis Seite durch den langen Gang zum Altar. Vorbei an unzähligen gerührten Gesichtern. Verstohlen wurde schon jetzt die eine oder andere Träne fortgewischt. Die sentimentale Stimmung verstärkte sich im Laufe der Predigt natürlich noch und erreichte ihren Höhepunkt als Onkel Gustav gemeinsam mit seinem Sohn Jürgen zur Trompete griff und uns ein Ständchen brachte. Ich muss zugeben, dass auch ich in diesem Moment ausgesprochen bewegt war und gegen den immer stärker werdenden Drang ankämpfen musste, mein sorgsam aufgetragenes Make-up in einem See von Tränen zu ertränken. Um mich abzulenken, stellte ich mir die tiefgründige Frage, warum derartige Momente immer so schrecklich emotional sein mussten. Der Großteil der Anwesenden war ebenso unreligiös wie ich und doch gerieten wir alle in diesen einzigartigen Sog von trauriger Verzückung. Der eine mehr, der andere weniger. Mutter eher weniger. Mit dem ihr eigenen Gleichmut ließ sie die Veranstaltung an sich vorüberziehen. Sie fragte sich wahrscheinlich gerade, warum Tobi und ich uns wohl dazu entschlossen hatten, diesen Schritt zu wagen. Schließlich gab es keinen handfesten Grund dafür. Ich war nicht schwanger und wir wollten uns auch keine gemeinsame Immobilie zulegen. Während sie noch so vor sich hingrübelte, kam Onkel Gustav zum Ende und entließ uns mit den allerbesten Wünschen in eine hoffentlich allen Lebensstürmen Stand haltende Ehegemeinschaft.

„Das wäre geschafft", erleichtert zündete sich Tobi, dem feierlichen Ambiente der Kirche entronnen, eine Zigarette an. Mir war ebenfalls danach, doch ich widerstand der Versuchung – eine konventionelle Braut mit Strauß in der Hand und Kippe im Mund, das war selbst mir eindeutig zu progressiv. Außerdem warteten zahllose Hände darauf, geschüttelt zu werden. So standen wir einmütig nebeneinander und ließen uns beglückwünschen. Ich in der linken Hand das Rosenbouquet, er in derselben Hand die unvermeidliche Zigarette.

Nach einer halben Ewigkeit landeten wir endlich auf der Rückbank von Papas Nobelkarosse und ließen uns an den Starnberger See chauffieren – dem deutlich spaßigeren Teil der Veranstaltung entgegen. Und Spaß – den hatten wir wirklich. Fast alle jedenfalls. Wie üblich gab es auch hier die obligatorischen Ausnahmen. Da wäre zum Beispiel Vater Nummer drei. Er hatte sich entschieden, der Feier lieber fern zu bleiben und war auf der Fahrt nach Deutschland an irgendeiner Raststätte just zu diesem Zweck zielgerichtet mit einem rostigen Nagel kollidiert. Dieser erwies sich als ausgesprochen hinterhältig und bescherte dem armen Sir eine handfeste Blutvergiftung. Ein ultimativer Grund, die Vorzüge des Hotels genießen zu können, ohne sich dabei auch nur einmal in der Nähe der Hochzeitsgesellschaft blicken lassen zu müssen. Das führte dazu, dass der am Brauttisch für ihn reservierte Platz neben meiner Mutter frei blieb. Vater Nummer eins erkannte blitzschnell die günstige Gelegenheit und ließ sich kurzerhand auf dem für Vater Nummer drei gedachten Stuhl nieder, um ungestört mit seiner Ex-Frau, der vornehmen Brautmutter, ein paar Worte zu wechseln. Diese Missachtung jeglicher Etikette brachte Schwiegermutter Leni an den Rand der Verzweiflung, war sie doch ohne die Deckung des ihr zugedachten Tischherrn den neugierigen Augen der Verwandtschaft ungeschützt ausgeliefert. Ihre dezenten Hinweise auf eine bestehende Sitzordnung verhallten ungehört. Vater scherte sich nicht im Geringsten um Konventionen, das musste ihr eigentlich schon damals klar geworden sein, als er auf ihrem Biedermeiersofa lümmelnd ihre sorgsam zusammengetragenen Antiquitäten als „Klamotten" bezeichnet hatte. So war er eben. Äußerlich schwerreich, innerlich jedoch noch immer der einfache Sohn eines noch einfacheren Hufschmieds. Für meine arme Schwiegermutter wurde der Abend zum Spießrutenlauf. Niemand kümmerte sich um sie, die sie einsam und verlassen als Einzige den ganzen Abend lang am Brauttisch ausharrte. Am nächsten Tag beweinte sie bitterlich den Umstand, dass ihre ungeliebte Schwester im Zentrum der verwandtschaftlichen Aufmerksamkeit gestanden hatte, während sie als Mutter des Bräutigams achtlos beiseitegeschoben worden war. Wieder einmal fiel mir auf, dass scheinbar jegliche Aktivität in ihrem Leben wie von teuflischer Hand gesteuert eine tragische Wendung nehmen musste und ihr dadurch alle Energie und Unbeschwertheit entzogen wurde. Die Welt an sich war für sie nichts als ein Hort unwägbarer Gefahren. Probleme waren weniger dazu da, um gelöst zu werden als vielmehr dazu, um sie in einer Endlosschleife in alle Richtungen zu wälzen – so lange, bis ihr Umfeld sich frustriert zurückzog, da der eigentliche Grund der Betrachtungen bereits in Vergessenheit geriet. Der Gedanke, dass der Ursprung ihrer improvisierten Dramen am Ende sie selbst und ihre skeptisch-ängstliche Einstellung zum Leben sein könnte, lag ihr fern. Gefangen in ihrer kleinen Welt versuchte sie gar nicht erst, das Mysterium von Ursache und Wirkung zu ergründen. Zugegeben, es ist deutlich bequemer, die vermeintlichen Ungerechtigkeiten, die einem das Leben immer wieder beschert, einzig und allein der mangelnden Sensibilität einer ignoranten Umwelt anzulasten. Leider wirkt diese Art der Re-Aktion auf Dauer eher kontraproduktiv. Nach innen zu blicken, statt im Außen eine ständig lauernde Gefahr zu vermuten, diese geheimnisvollen und doch so einfachen Grundsätze der menschlichen Existenz sollten ihr zeitlebens verborgen bleiben.

Die seelischen und körperlichen Blessuren von Leni und Knut blieben zum Glück so ziemlich die einzigen Wermutstropfen in einem Meer von wundervollen Erinnerungen an diesen aufregenden Tag. Neben all den großen und kleinen Kriegsschauplätzen um uns herum war er vor allem eines: *Unser* Tag. Erfüllt von der tiefen Verbundenheit und Wärme, die Tobi und ich füreinander empfanden.

Es wurden Geschenke überreicht und Gedichte vorgetragen. Onkel Gustav und Cousin Jürgen tauschten die Trompeten gegen ihre Alphörner und sorgten damit für eine weitere Showeinlage. Aber den Vogel schoss mein sonst so trockener Schwiegervater mit einer Rede ab, die nicht nur mir unter die Haut ging. Er hieß mich zunächst wortreich in der Familie Heller willkommen und blickte dann schmunzelnd auf die Anfänge einer Schülerfreundschaft zurück, die irgendwann in eine ehrliche Zuneigung gemündet war.

„Und es begab sich, dass ein 14-jähriger Jüngling namens Tobias in der 8. Klasse sein Herz an eine Mitschülerin verlor. Die holde Maid war nicht nur besonders begabt und besonders wohl erzogen, nein, sie war auch noch besonders erfreulich anzusehen und hörte auf den Namen Lisa – das aber leider nur dann, wenn sie es wollte. Bei Tobias wollte sie zunächst nicht. Wir alle wissen, wie gering die Chancen von Schülern bei attraktiven Mädchen derselben Klasse sind, und können deshalb die Anstrengungen ermessen, denen es bedurfte, um Tobi zwei Jahre später in die glückliche Lage zu versetzen, Lisas Händchen halten zu dürfen. Seit dieser Zeit sind die beiden konsequent und unbeirrt auf dieses eine Ziel zugegangen, das sie heute zu unser aller Freude erreicht haben. Ich erhebe mein Glas auf euer gemeinsames Glück und spreche wohl im Namen aller, wenn ich behaupte, dass es ein schöneres und harmonischeres Paar als Ihr beide es seid, nicht geben kann! Von Leni und mir alles nur erdenklich Gute."

Tosender Applaus. Ich stieß Vater Nummer eins, der gerade neben mir saß, den Ellbogen in die Seite und raunte ihm zu „jetzt bist du dran!"

„Womit?" Verständnislosigkeit auf der ganzen Linie.

„Du musst als Brautvater und Gastgeber ein paar geschmeidige Worte von dir geben. Das gehört sich so."

„Wieso? Ich finde, der Hans hat schon genug gesagt. Wenn hier jeder anfängt, irgendeinen Schmunz zu erzählen, nervt das die Gäste doch nur."

„Du bist quasi derjenige, der zu diesem Fest geladen hat. Also ist es nicht richtig, wenn Hans die Leute begrüßt und du so tust, als würde dich das alles nichts angehen."

Er verdrehte die Augen, sah aber wohl ein, dass er sich meinem durchaus nachvollziehbaren Anliegen nicht verschließen konnte.

„Wenn du meinst …" Gequält lächelnd rappelte er sich von seinem Stuhl hoch und schlug ein paar Mal vernehmlich mit einer Gabel gegen sein Sektglas. Stille senkte sich über ihn. Die blumigen Worte meines Schwiegervaters lagen noch in der Luft und der Raum knisterte vor gespannter Erwartung auf eine zumindest ebenbürtige Darbietung.

„Ähm, ja …", er stockte. Offensichtlich hatte er sich keinen Text zurechtgelegt, „ich freue mich, dass ihr so zahlreich erschienen seid, und wünsche euch allen noch ein schönes Fest." Plumps, da saß er wieder. Verwundertes Schweigen. Zögerlich setzte zustimmendes Klatschen ein.

Tobi blickte mich verwirrt an.

„Was war das denn?"

„Die phänomenale Brautrede meines Vaters", raunte ich ihm geziert zu und gab mir nicht die geringste Mühe, meine Schadenfreude zu verbergen. „Kommt davon, wenn man sich mangelhaft bis gar nicht auf so eine Veranstaltung vorbereitet."

Mir blieb keine Zeit, mich weiter über den peinlichen Auftritt zu amüsieren, da bereits die ersten Töne unseres Brautwalzers erklangen. Der Kaiserwalzer.

Auf Wolke sieben schwebten mein Tobi und ich durch den Saal. Die Gesichter und Leiber um uns herum verschwammen zu einer fröhlichen bunt getupften Mauer. Der Tanz gehörte nur uns beiden. Mit jeder Zelle meines Körpers genoss ich den Augenblick. Mir war bewusst, dass es einen solchen Moment nur ein einziges Mal in meinem Leben geben würde. Ich war das wunderschöne Aschenputtel, das der Traumprinz zu Mitternacht in seine Arme schließt, die glückliche und sorgenfreie Zukunft verheißend, die es in den langen und traurigen Jahren seiner Einsamkeit so sehr herbeigesehnt hatte. Das Märchen nahm nach anfänglicher Trübsal hier und jetzt ein gutes Ende. Was für eine Entschädigung für all die Qualen, die das Aschenputtel in seinem Leben hatte erdulden müssen!

Ausgelassen tanzten und feierten wir bis in die frühen Morgenstunden. Nach und nach hatten sich sämtliche Gäste verabschiedet – nur mehr die beiden letzten Mohikaner ließen unermüdlich einen um den anderen Drink durch ihre durstigen Kehlen fließen: Vater Nummer eins und Vater Nummer zwei. So unterschiedlich sie auch sein mochten, eine Eigenschaft verband sie doch: Ihre mangelnde Zurückhaltung in Bezug auf alkoholische Getränke. Und so wurden sie in trauter Zweisamkeit immer fideler und betrunkener.

Da wir nicht die geringste Lust darauf verspürten, das Ende des Kampftrinkens abzuwarten, ließen mein frisch Angetrauter und ich uns schließlich im Taxi nach Hause bringen.

Endlich angekommen wurde ich formvollendet über die Schwelle gewuchtet. Bei einer ähnlichen Gelegenheit hatte Tobi mich vor Jahren einmal in eine Pfütze fallen lassen – eine derartige Blöße gab er sich heute nicht. Mit elegantem Schwung landete ich wieder auf meinen eigenen Füßen.

„Trautes Heim, Glück allein!" Seufzend begann ich mich sogleich aus der engen Korsage meines Brautkleides zu schälen. „Es war wunderschön, aber jetzt bin ich endfertig."

„Hey, das ist unsere Hochzeitsnacht …" Tobi hatte sich von hinten angeschlichen und drückte mir einen halbherzigen Kuss auf den Nacken. Ich drehte mich zu ihm um und zwickte ihn scherzhaft in die Backe.

„Du musst nicht beweisen, was für ein toller Hecht du bist. Ich bin hundemüde – und morgen ist auch wieder ein Tag", ich gähnte herzhaft. „Wir haben noch sechzig Jahre Ehe vor und bereits zwölf Jahre Beziehung hinter uns – da muss man gewisse Bräuche nicht mehr allzu ernst nehmen."

„Man kann immerhin so tun als ob, sonst erzählst du deinen sämtlichen Freundinnen nachher, dass ich in unserer Hochzeitsnacht schlappgemacht habe." Erleichtert grinste er mich an, offensichtlich froh darüber, seinen ehelichen Pflichten heute nicht mehr nachkommen zu müssen. Während er sich genüsslich die letzte Zigarette des Tages anzündete, gedachte ich es mir im Schlafzimmer gemütlich zu machen. Ich öffnete die Tür – und stutzte. „Was in aller Welt …" Ratlos blickte ich auf das merkwürdige Bild, das sich mir bot.

Angelockt durch meinen entsetzten Ausruf trat Tobi hinter mich und lugte über meine Schulter. „Na, die haben ja ganze Arbeit geleistet." Er pfiff durch die Zähne.

„Wer war das und wie sind die hier hereingekommen? Was machen wir denn jetzt?" Ich schwankte zwischen Hysterie und Wut. Wo sollten wir heute Nacht bloß schlafen? Ich konnte mich vor Müdigkeit kaum noch aufrecht halten und wollte nur noch zwei Dinge: Mich endlich in die Horizontale begeben und dann schleunigst die Augen schließen. Eines war jedoch sicher – hier würde ich dieses Ziel vorerst nicht erreichen. Unser Bett war nämlich nicht mehr zu sehen. Tobis ehemalige Kommilitonen hatten das Schlafzimmer vom Fußboden bis zur Decke komplett mit Luftballons gefüllt. Wie einfallsreich und witzig. Mir war allerdings so gar nicht zum Lachen zumute. Zu erschöpft, um noch einen halbwegs klaren Gedanken fassen zu können, machten wir uns nicht mehr die Mühe, unser Bett auszugraben und verbrachten den Rest der Nacht aneinander gequetscht auf unserer unbequemen alten Couch im Wohnzimmer. So unromantisch hatte ich mir meine Hochzeitsnacht dann doch nicht vorgestellt!

Am nächsten Morgen löste sich unser nächtliches Problem buchstäblich in Luft auf. Es dauerte keine fünf Minuten und das Zimmer war wieder begehbar. Bei Tageslicht betrachtet konnte ich dem kindischen Streich dann doch ein paar komische Seiten abgewinnen – was wäre schließlich eine Hochzeitsnacht ohne Hindernisse?

– 39 –

Die Hochzeitsfeierlichkeiten im Kreise unserer Lieben hatten wir also mit Anstand hinter uns gebracht, nun stand die verdiente Belohnung auf dem Programm: Flitterwochen in den USA. Zur Abwechslung keine Westküste sondern Florida und New Orleans. Eigentlich wäre ich lieber zum wiederholten Mal an den Grand Canyon geeilt, aber der Mensch muss sich schließlich weiterbilden. Und sei es auch nur durch die eingehende Inspektion eines halben Dutzends Freizeitparks. Über das Highlight des Urlaubs stolperten wir dabei eher zufällig. Es erwartete uns in Orlando.

Nach einem ausgelassenen Tag in Disneyland entschlossen wir uns, dem allseits beliebten Hard Rock Café noch einen kurzen Besuch abzustatten. Schon aus Prinzip konnte man sich das als Altrocker natürlich nicht entgehen lassen. Brav machten wir uns über den obligatorischen Hamburger her und erwarben danach wie jeder pflichtbewusste Tourist das unvermeidliche T-Shirt mit dem bekannten Emblem. Schließlich gilt es, aller Welt zu dokumentieren, wie weit man schon gereist ist.

Satt und zufrieden befanden wir uns auf dem Weg zu unserem Auto, als mir an der Außenwand des Gebäudes plötzlich einige fein säuberlich aufgestapelte Verstärker ins Auge fielen. Neugierig trat ich näher.

„Schau mal, Tobi, da klebt ein Zettel." Ich bückte mich, um besser lesen zu können.

„Was steht da drauf? Long long way from Home, Love on the Telephone, Jukebox Hero, Cold as Ice – ich glaub' ich spinne! Das ist Foreigner!"

„Na ja, deren Songs vielleicht. Hier spielt heute Abend sicher eine Coverband." Tobi zeigte sich wie üblich wenig beeindruckt.

„Das glaube ich nicht." Ich war ganz aufgeregt. „Lass' uns mal nachfragen."

Ich sollte Recht behalten. Am Abend würde eine meiner Lieblingsbands ausgerechnet an diesem Ort spielen. Bisher hatte ich sie nur in riesigen Hallen bewundern können.

„Ich würde alles dafür geben, um dabei sein zu können!", jammerte ich, als man uns erwartungsgemäß eröffnete, dass das Konzert natürlich längst ausverkauft war. Mein trauriges Gesicht veranlasste den freundlichen Angestellten wohl, zu Hochform aufzulaufen.

„Wait a minute! We'll see if there's a possibility to get you in!" Damit war er im Büro verschwunden. Nach einigen Minuten kehrte er zurück und schwenkte stolz zwei Eintrittskarten. Wir hatten es tatsächlich geschafft – Foreigner spielten im Hard Rock Café und wir würden dabei sein! Ich war selig. Was für herrliche Flitterwochen!

Das Konzert war wirklich ein Erlebnis. Der Sound war fantastisch und ich stand keine fünf Meter von Lou Gramms Mikrofonständer entfernt. Wenn das kein Fall von perfect timing gewesen ist! Orlando jedenfalls blieb mir in bester Erinnerung.

Dagegen war New Orleans, die quirlige Stadt am Mississippi, eine herbe Enttäuschung. Dem viel gerühmten Flair der Jazz-Kneipen konnten wir so gar nichts abgewinnen. Die latente Gefahr, immer und überall überfallen zu werden, trug verständlicherweise auch nicht zur Besserung unserer Stimmung bei. Eine fünfstündige Dampferfahrt auf dem verdreckten Fluss erwies sich als einzige Katastrophe – wir passierten nichts als Industrieanlagen und Unrat. Um uns weitere Erfahrungen dieser Art zu ersparen, beschlossen wir deshalb bereits nach einem Tag, schnellstens wieder nach Florida zurückzukehren.

„Lass' uns noch eine Runde um den Block gehen bevor wir unsere Koffer wieder packen."

Tobi war genervt. Er hatte sich ein paar nette Tage in romantischer Südstaatenkulisse erhofft. Stattdessen stand uns schon wieder eine mehrstündige Autofahrt bevor.

„Okay, noch eine Prise French Quarter und dann nichts wie weg hier!" Schnell zog ich eine Jacke über. Je eher wir gingen, desto früher würden wir zurück sein, um unsere Zelte abzubrechen. In flottem Tempo marschierten wir los.

Unvermittelt blieb Tobi vor einem Laden mit Voodoo-Artikeln stehen. Die kleinen Püppchen in der Auslage verfehlten ihre Wirkung nicht. Wie durch einen Magneten angezogen betraten wir den in ein schummriges Licht getauchten Laden. Allerlei Kuriositäten füllten die Regale. Pfeifen jeglicher Art und Größe und kleine Gerätschaften, deren Sinn und Zweck sich uns so gar nicht erschließen wollte. Und natürlich Unmengen dieser verheißungsvollen kleinen Stoffpuppen. Vielleicht war es nur das Wissen um ihren eigentlichen Zweck – ihr Anblick verursachte mir eine Gänsehaut. Die Stimmung im Raum hatte etwas Unheilvolles. Wir wandten uns gerade zum Gehen, als mein Blick auf eine halb geöffnete Tür am anderen Ende des Ladenlokals fiel. Ein großes Schild „Madame Bernard – Fortuneteller" ließ keinerlei Zweifel darüber aufkommen, was sich im undurchdringlichen Halbdunkel dahinter verbarg.

„Da gibt es eine Wahrsagerin", flüsterte ich Tobi andächtig zu. Ein leichtes Kribbeln meldete sich in meinem Bauch.

„Sollen wir uns die mal näher ansehen?", fragte Tobi eifrig. Okkultes hatte von jeher eine eigentümliche Faszination auf ihn ausgeübt und die bedrohliche Schwingung dieses merkwürdigen Ortes schien an ihm abzuprallen. Fröstelnd zog ich meine Jacke enger um mich.

„Ich traue mich nicht. Aber du kannst gern hineingehen, wenn du magst. Ich warte hier auf dich." Die Gelegenheit ließ er sich nicht entgehen.

„Dann wollen wir doch mal hören, wie viele Kinderlein uns beschert sind und was sonst noch so ansteht." Er zwinkerte mir fröhlich zu und verschwand im Zwielicht. Die Tür schloss sich hinter ihm. Plötzlich überkam mich das unangenehme Gefühl, vom Brustkorb aufwärts erdrückt zu werden. Ich japste nach Luft, suchte taumelnd nach Halt und floh panikartig aus dem unheimlichen Geschäft. Draußen angekommen lief ich ein Stück die Straße entlang, bis ich an einen Laternenpfahl gelehnt keuchend anhielt. Das tröstliche Tageslicht verfehlte seine Wirkung nicht. Langsam wurde ich ruhiger. Vorsichtig warf ich einen Blick zurück. Nichts Außergewöhnliches zu erkennen. Passanten beäugten mich argwöhnisch. Pärchen schlenderten Hand in Hand an mir vorüber. Alles völlig normal. Oder etwa doch nicht?

„Was bist du nur für ein entsetzlicher Angsthase", schalt ich mich selbst. Zögernd näherte ich mich Schritt für Schritt wieder dem furchteinflößenden Schaufenster des Voodoo-Shops. Obwohl ich all meinen Mut zusammennahm – der feindseligen Stimmung, die von den Püppchen auszugehen schien, wollte ich mich nicht noch einmal aussetzen und beschloss, auf dem Bürgersteig vor dem Laden auf meinen Liebsten zu warten. Die Zeit verging und eine undefinierbare Unruhe begann in meinen Eingeweiden zu rumoren. Nach einer Ewigkeit, was nach herkömmlicher Zeitrechnung wahrscheinlich einer halben Stunde entsprach, öffnete sich klingelnd die Ladentür und Tobi trat ins Licht der nachmittäglichen Sonne. Forschend blickte ich in sein Gesicht. Seine Miene war ausdruckslos und verriet keinerlei Gefühlsregung.

„Na endlich! Ich habe schon gedacht, sie haben dich entführt", meinte ich in einer Mischung aus Erleichterung und Vorwurf. „Das müssen ja bahnbrechende Erkenntnisse sein, die dich so lange an diesen schaurigen Ort gefesselt haben!"

„Von wegen. Totaler Quatsch", erwiderte er einsilbig. Ich sah ihn überrascht an.

„Warum bist du dann nicht früher gegangen? Was hat die gute Madame Bernard dir erzählt? Nun lass' dir doch nicht alles aus der Nase ziehen." Mein mulmiges Gefühl war mit einem Schlag verschwunden und ich platzte beinahe vor Neugier.

„Och, so dies und das. Nichts Weltbewegendes."

So sehr ich mich auch bemühte, ich erhielt keine befriedigende Antwort.

„Sei's drum. Wie viele Kinder bekommen wir denn?"

Er küsste meine Hand und lächelte gequält.

„Ich drei und du zwei."

„Was? Wie geht das denn?" Ich dachte nach, „dann müsstest du außer den beiden, die wir bekommen, logischerweise noch ein Kind mit einer anderen Frau haben."

Der Gedanke gefiel mir nicht sonderlich. „Oder vielleicht hast du alle drei Kinder mit einer Anderen und ich meine beiden auch nicht mit dir." Die Variante behagte mir noch weniger.

Alarmiert kam mir eine weitere Frage in den Sinn. „Bleiben wir denn überhaupt zusammen?"

„Ja, ich denke schon", entgegnete er ausweichend. „Wie wär's – gehen wir zu Taco Bell und futtern uns einmal quer durchs Sortiment?"

Ich gab auf. Warum sich das Herz durch so einen Unsinn schwer machen? Wer glaubt denn schon den Worten einer Kartenlegerin? Ich doch nicht. Und trotzdem – der Hauch eines unterschwelligen Unwohlseins blieb. Offensichtlich waren Tobi Dinge zu Ohren gekommen, die unserer Zukunftsplanung von Grund auf widersprachen. Ich fragte ihn nie wieder nach seinen Erlebnissen im Raum hinter dem Voodoo-Shop.

Der Rest des Urlaubs verlief entspannt und ruhig. Wir beeilten uns, nach Miami zurückzukehren und genossen noch einmal Sonne und Strand satt. Die Voraussagen der Madame Bernard verblassten hinter den glücklichen Erinnerungen an drei unbeschwerte Flitterwochen.

Zurück in Deutschland konnten wir uns lange Zeit das Gefühl der innigen Vertrautheit und Harmonie bewahren. Noch viele Jahre später und um unzählige Erfahrungen reicher sehe ich mich Abend für Abend ungeduldig an der Balkontür stehen, voller Vorfreude darauf, Tobis blonden Schopf in der Ferne auftauchen zu sehen. Ohne Übertreibung wage ich zu behaupten, dass das erste Jahr nach unserer Hochzeit eines der schönsten meines Lebens war. Eingebettet in eine zarte Wolke aus nie gekannter Geborgenheit erfuhr ich eine Leichtigkeit und Lebensfreude, die ich nicht für möglich gehalten hätte. Ausgestattet mit ehelichem Glück und neuem Selbstvertrauen hielt ich die Zeit für gekommen, meinen Psychotherapeuten nach vierjähriger Schwerstarbeit nun hinter mir zu lassen. Nur ich selbst konnte ermessen, wie groß seine Leistung und sein Beitrag zu meiner Fähigkeit, mich an einen Menschen binden zu können, wirklich war. Leider war mir nicht bewusst, dass die Untiefen meines komplexen Charakters bei weitem noch nicht ausgelotet waren. Aber es gibt wohl Regionen unseres Wesens, die wir nur auf uns allein gestellt durchschreiten und entdecken können – ungeahnte Dimensionen, auf die man erst dann zu stoßen vermag, wenn man sich ernsthaft dazu bereit erklärt, sich den Schatten in seinem Inneren mit allen Konsequenzen zu stellen. Im Moment hatte ich weder Lust noch Veranlassung, meinen düsteren Begleitern gegenüberzutreten. Das Dasein war froh und beschwingt, ich hungerte danach, jeden Augenblick zu genießen und mich nicht konfrontiert zu sehen mit Dingen, die in einem versteckten Winkel meines Herzens lauerten. Der liebevoll-strengen Führung meines Seelendoktors entzog ich mich jedenfalls erfolgreich.

Und weil meine rosarote Brille wie festgeschweißt auf meiner Nase saß, fuhr ich gemeinsam mit meinem Mann ein paar Monate später auf die Geburtstagsfeier von Vater Nummer eins. Er wurde 50 Jahre alt und das halbe Dorf war zur Teilnahme an diesem weltbewegenden Ereignis geladen. In einem Anfall von Großmut hatte er im Suff sogar Vater Nummer zwei mit einer Einladung beglückt. Diese neue und schwer nachvollziehbare Freundschaft hatte im Rahmen meiner Hochzeit ihren Anfang genommen. Bei der Gelegenheit waren sich meine beiden Vorzeigeväter, gemeinschaftlich dem Geist des Alkohols verfallen, nach jahrelanger gegenseitiger Ablehnung wohl offensichtlich näher gekommen. Ausgesprochen erfreulich.

Vater Nummer zwei hatte dann auch tatsächlich nichts Besseres zu tun, als mit seiner ebenfalls recht trinkfesten Gattin die pompöse Veranstaltung zu besuchen und sich über den gnadenlos zur Schau gestellten Wohlstand seines ehemaligen Widersachers zu ärgern. Über diese tragikomische Entwicklung hinaus zeigte mir das prunkvolle Fest einmal mehr mit aller Deutlichkeit, dass ich immer ein Fremdkörper in der Welt meines Erzeugers bleiben würde. Die rosa Wölkchen-Brille geriet – jedenfalls was die Betrachtung meiner väterlichen Bezugsperson anbelangte – gefährlich ins Rutschen. Mit großer Geste und salbungsvollen Worten bedankte sich Vater

Nummer eins bei Greti und Pleti, Hinz und Kunz dafür, dass sie zu seinem Wiegenfeste erschienen waren. Natürlich wurde auch die Familie mit Lob überschüttet. Tobi und ich fanden keine Erwähnung – obwohl wir keine Mühen gescheut hatten, trotz der großen Entfernung den Besuch möglich zu machen. Die fehlende Anerkennung traf mich weit härter als ich mir eingestehen wollte. Nicht zum ersten Mal wies sein Verhalten mir einen Platz auf den hintersten Rängen seiner Aufmerksamkeit zu – direkt neben der Toilettentür. Ich war für ihn kaum mehr als eine hohle Requisite, die man ab und an zu seinem Vergnügen hervorholt, um sie dann achtlos wieder in der Versenkung verschwinden zu lassen. Wie lange würde ich noch gegen dieses Gefühl der Ohnmacht ankämpfen müssen, das mich immer wieder aufs Neue befiel, wenn mir bewusst wurde, dass ich keine Chance auf einen noch so kleinen Platz in seinem Herzen hatte? Egal wie sehr ich mich auch darum bemühte, es würde niemals ausreichen. Ich schwor mir, ihm nun endgültig keine weitere Gelegenheit mehr zu bieten, mich zu verletzen. Wozu auch? Ich brauchte ihn heute weniger denn je. Das Schicksal hatte mir einen Erzeuger und zwei Statisten als Ersatzväter zugewiesen, aber gleichzeitig auch einen Ehemann, der das Wunder vollbracht hatte, mich all die Trauer und Einsamkeit meiner Kindertage vergessen zu lassen. Endlich war ich erwachsen und hatte einen Menschen an meiner Seite, dem ich bedingungslos vertrauen konnte. Wir würden unsere eigene Familie gründen und alles besser machen.

Tief in meinem Inneren begann sich ganz vorsichtig und leise der Wunsch nach einem Kind zu regen.

– 40 –

In der Bank drehte sich inzwischen das Rad des ewig währenden Umstrukturierungswahns munter weiter. Ohne Unterlass wurde zentralisiert und rationalisiert – die Experten hatten am grünen Tisch ein Idealbild entworfen und keine noch so ernüchternde Kundenbefragung würde sie daran hindern, ihre einmal gesteckten Ziele mit eisernem Willen weiter zu verfolgen. Unter der rücksichtslosen Profilierungssucht externer Berater hatten vor allem die Mitarbeiter in den Filialen zu leiden. Besonders hier sollte Personal eingespart werden, was zu immer größeren Engpässen an vorderster Kundenfront führte. Jetzt sollte gar die altehrwürdige Position des Filialdirektors, der von jeher den Geschäftskunden am Standort mit Rat und Tat zur Seite gestanden hatte, der Erzielung der viel propagierten Synergie-Effekte zum Opfer fallen. In Zukunft würde der Ansprechpartner für das entsprechende Kundensegment eben in einer anderen Filiale zu finden sein und kleinere Zweigstellen sollten, auf eine stark eingeschränkte Produktpalette im Privatkundenbereich reduziert, von sehr viel schlechter entlohnten Mitarbeitern geführt werden. Es war abzusehen, dass die hoch dotierten Bankdirektoren sich nur widerstrebend in ihre neue Position als Geschäftskundenbetreuer fügen und sich bestenfalls freiwillig in den wohl verdienten Vorruhestand verabschieden würden. Auf diese Art und Weise ließ sich wohl tatsächlich sehr viel Geld einsparen – wohlwissend um den höchst angenehmen Umstand, dass der gemeine Kunde zu träge ist, trotz anhaltendem Ärger über die ständigen Betreuerwechsel seine Konten zu einem anderen Kreditinstitut zu verlagern. Die aktuelle Reorganisation führte jedenfalls dazu, dass sich jeder Vertriebsmitarbeiter neu positionieren musste. Man kann sich vorstellen, welche Unsicherheiten und Existenzängste das mit sich brachte. Als Lateinerin aus Leidenschaft fiel mir dazu nur ein Spruch von Petron ein, der unsere Lage besser als jedes noch so teure Hochglanzpamphlet widerspiegelte:

„In meinem späteren Leben lernte ich, dass wir dazu neigen, jeder neuen Situation durch Umorganisation gerecht zu werden. Welch wunderbare Methode, uns die Illusion von Fortschritt zu geben und dabei in Wirklichkeit nur Verwirrung, Versagen und Demoralisierung zu erzeugen."

Treffender lässt sich kaum ausdrücken, dass wir in den letzten 2000 Jahren offensichtlich wenig gelernt haben und uns noch immer mit denselben Grundsatzproblemen herumschlagen wie unsere Kollegen in der Antike.

Dem Wissen um die Sinnlosigkeit der aufgezwungenen Betriebsamkeit zum Trotz widersetzte ich mich dem Zeitgeist nicht und machte mir pflichtschuldigst Gedanken darüber, in welchem Tätigkeitsfeld ich mir vorstellen konnte, mich künftig zu bewegen. In diese Überlegungen hinein platzte ein Anruf der Personalabteilung.

„Grüß Gott Frau Heller, mein Name ist Carola Straßer, ich betreue die Angestellten unseres Gästehauses in Kempfenhausen", sagte die weibliche Stimme am anderen Ende der Leitung freundlich.

„Was kann ich für Sie tun?" Ich hatte nicht die Spur einer Ahnung, was die nette Dame mit mir zu schaffen haben könnte.

„Wir haben ihren Lebenslauf studiert und festgestellt, dass Ihr Profil perfekt auf eine Stelle passt, die wir demnächst neu besetzen müssen. Haben Sie Lust, sich die Sache einmal anzuhören?"

Ich überlegte kurz. Ich konnte mir zwar nicht vorstellen, welchen Job es für mich in einem Gästehaus geben mochte, aber in Anbetracht der drohenden Veränderungen war jeder Anstoß von Außen willkommen.

„Gerne. Wann soll ich Sie besuchen?", antwortete ich deshalb leutselig.

„Nächste Woche Dienstag, um 18.00 Uhr im Hypo-Haus. Fragen Sie bitte am Empfang nach mir, ich werde Sie dann abholen."

Herausgeputzt in meinem nachtblauen Hochzeits-Escada-Kostüm fand ich mich zur verabredeten Zeit in der Verwaltungszentrale der Bank ein.

Frau Straßer führte mich in ein Büro in schwindelnder Höhe. Dieser Bereich des Hypo-Hochhauses war von jeher dem Vorstand und der Personalabteilung vorbehalten gewesen. Ehrfürchtig blickte ich mich um. Bis hierhin war ich zuvor niemals vorgedrungen.

„Bitte nehmen Sie doch Platz, Herr Maier wird sich gleich um Sie kümmern." Damit war sie verschwunden.

Steif saß ich einige Minuten lang auf meinem Stuhl und genoss die herrliche Aussicht. Der berüchtigte Föhn rückte die Alpen in greifbare Nähe. Die teils durch Wolken verdeckte untergehende Sonne zeichnete ein beeindruckendes Schauspiel aus rötlichem Licht und dunkelgrauen Schatten in die Dämmerung. Die Sorgen und Nöte eines einzelnen Menschen wirkten so klein und nichts sagend neben der Größe und Erhabenheit der Natur. Bisweilen überfiel mich diese Erkenntnis mit der Gewalt einer Flutwelle. So auch heute. Was immer das Gespräch für mich bereithalten mochte – es würde vielleicht mein Leben beeinflussen, nicht aber den ewigen Kreislauf außerhalb meiner kleinen Lisa-Welt. Insofern war der Ausgang völlig unerheblich. Wichtig war letztlich nur, dass ich mit meinem Tun niemandem wehtat und mir selbst treu blieb. Da draußen würde bis zum Ende der Zeit unbeeindruckt vom hektischen Getriebe der Menschheit ein Tag auf den anderen folgen – noch lange nachdem unsere Namen nichts mehr als verwitterte Schriftzüge auf wackeligen Grabsteinen waren. Mit diesen Gedanken erfüllte mich eine Entspannung und Ruhe, die ich im Zusammenhang mit einem Vorstellungsgespräch bisher nicht gekannt hatte. Ob sich aus dem heutigen Termin etwas entwickeln würde oder nicht, es war in Ordnung.

„Hallo Frau Heller, ich soll Ihnen ausrichten, dass Herr Maier in etwa zehn Minuten hier sein wird. Er ist noch in einer Besprechung." Die Worte der elegant gekleideten Blondine rissen mich aus meiner tiefen Versenkung zurück in die Wirklichkeit.

„Ja, ähm, ich bin nicht in Eile." Die Erde hatte mich wieder.

„Sagen Sie, kennen Sie vielleicht einen Dieter Heller?"

Auch das noch, jetzt erwartete man sicher von mir, eine Familienverbundenheit zu heucheln, die mir ferner nicht sein konnte.

„Ja, den kenne ich sogar sehr gut. Er ist mein Schwager."

Die Blonde warf mir einen merkwürdigen Blick zu.

„Der Dieter Heller aus der volkswirtschaftlichen Abteilung?"

„Genau der. Arbeiten Sie mit ihm zusammen?"

Sie presste die Lippen aufeinander. „Gott sei Dank nicht."

Hoppla, da war wohl jemand ganz auf meiner Wellenlänge.

„Sie scheinen ihn nicht sonderlich zu mögen?"

„Himmel hilf, den kann hier keiner leiden. Ein selbstverliebter arroganter Typ."

Ich grinste breit, hätte ich den Charakter meines Schwagers doch nicht treffender beschreiben können. Diese schonungslose Offenheit gegenüber einer völlig Fremden erstaunte mich jedoch nicht wenig.

„Ich verstehe sehr gut, was Sie meinen und kann Ihnen versichern, dass ich Ihre Ansicht zu hundert Prozent teile. Ich hoffe nur, dass mir meine erzwungene Verwandtschaft zu ihm hier nicht zum Nachteil gereicht!"

Sie lächelte liebenswürdig „Keine Sorge, die Gefahr besteht nicht. Ich denke, Sie sind schon hinreichend bestraft damit, sich mit einem solchen Menschen auch noch privat auseinandersetzen zu müssen …" Sie nickte mir freundlich zu und verließ eilig den Raum.

Unsicher darüber, was von diesem seltsamen Intermezzo zu halten war, entschied ich mich dafür, es von der humorvollen Seite zu sehen. Wie unbeliebt musste mein hochnäsiger Schwager eigentlich sein, dass derart deutlich gegen ihn Stellung bezogen wurde? Offensichtlich war ich nicht die Einzige, die mit seiner eigenwilligen Art nicht zurechtkam. Wie gut, dass die Damen und Herren hier Dieters neue Freundin Renate nicht kannten, dachte ich amüsiert, die war nämlich noch eine weit größere Herausforderung als er. Bei jeder Familienfeier spielte sie sich lautstark in den Vordergrund und stieß in ihrer Selbstherrlichkeit jeden, der nicht schnell genug in Deckung ging, gnadenlos vor den Kopf. In diesem Fall hatte ein ausgesprochen gewöhnungsbedürftiger Topf wohl tatsächlich den perfekten Deckel gefunden. Die beiden hatten sich wirklich verdient. Ich nutzte verständlicherweise jede nur mögliche Gelegenheit, diesem Duo infernale aus dem Weg zu gehen.

Mein aufrührerischer Gedankengang wurde unterbrochen, als ein sympathischer Herr in mittleren Jahren gemeinsam mit der mir bereits bekannten Frau Straßer den Raum betrat. Er reichte mir die Hand.

„Maier, ich freue mich sehr, Sie kennenzulernen, Frau Heller."

„Ganz meinerseits." Ich lächelte ihn abwartend an.

„Ich möchte nicht lange um den heißen Brei herumreden und komme deshalb direkt zur Sache. Wie Sie von Frau Straßer erfahren haben, dreht es sich um unser Seminar- und Gästehaus in Kempfenhausen. Unsere Hausdame, die wir im Übrigen über alle Maßen schätzen, ist schwanger geworden und nun suchen wir kurzfristig nach einem Ersatz. Bei der Durchforstung unserer Personalakten sind wir schließlich auf Sie gestoßen. Durch Ihre Bankausbildung und spätere Tätigkeit als Stewardess bringen Sie die wichtigsten Voraussetzungen mit, die diese Stellung erfordert: Flexibilität, tadelloses Auftreten, Diskretion und Improvisationstalent. Ganz zu schweigen von den erforderlichen Fremdsprachenkenntnissen." Er sah mich erwartungsvoll an. Mein Gehirn arbeitete auf Hochtouren. Die in Aussicht gestellte Tätigkeit war sicher abwechslungsreich und gut bezahlt – bedeutete wahrscheinlich aber auch auf freie Wochenenden in Zukunft verzichten zu müssen. Und was war, wenn ich schwanger wurde? Dann musste der arme Herr Maier in ein paar Monaten wieder seinen Personalstamm nach einem geeigneten Ersatz durchwühlen. Außerdem gab ich mich doch ganz bewusst und voller Begeisterung dem ruhigen Dasein als Ehe- und Hausfrau hin. Mit der Ruhe zumindest wäre es mit einem Schlag vorbei. Die Zweifel überwogen. Bei all dem Für und Wider war meine Entscheidung im Grunde schon gefallen. Obwohl ich wusste, dass ich ablehnen würde, ließ ich mir noch erklären, welche Tätigkeiten im Allgemeinen und Besonderen von einer Hausdame zu erledigen sind und zog mich dann mit dem Hinweis darauf, das Angebot noch mit meinem Mann besprechen zu müssen, aus der Affäre.

Zum ersten Mal war mir klar geworden, welch wichtige Rolle die Familienplanung bereits in meinen Überlegungen spielte. Es war an der Zeit, diesbezüglich langsam Nägel mit Köpfen zu machen.

Obwohl Tobias zur Baby-Frage nicht eindeutig Stellung bezog, verständigten wir uns darauf, künftig auf die Verhütung zu verzichten und abzuwarten, was passieren würde. Selbstverständlich war ich überzeugt davon, dass ich mich in naher Zukunft weniger um die Befindlichkeiten meiner Kunden als vielmehr um das Wohlbefinden eines Kindleins zu kümmern hatte und beschloss deshalb, in der Bank den Weg des geringsten Widerstandes zu gehen – will heißen, ich begleitete meinen Chef in seine neue Stelle. Er brachte mich als Vertriebsassistenz im Bereich Geschäftskunden unter. Sollte sich meine Nachwuchsplanung unerwarteterweise als Fehlzündung erweisen, konnte ich mich von dort aus immer noch zur Geschäftskundenbetreuerin weiterentwickeln. Ausgesprochen zufrieden mit mir und meiner umsichtigen Lebensführung lehnte ich mich in Erwartung eines in Bälde positiv reagierenden Schwangerschaftstests entspannt zurück.

Die Monate vergingen und es geschah – gar nichts. Ich begann nervös zu werden, die Tage zu zählen und darauf zu hoffen, dass meine wie ein Uhrwerk funktionierende Periode endlich ausbleiben würde. Sobald sich der erneute Misserfolg durch das verräterische Ziehen in meinem Unterleib ankündigte, war ich untröstlich. Ablenkung tat dringend not. Nachdem ich meine beruflichen Weichen allerdings gerade erfolgreich in Richtung Familienerweiterung gestellt hatte, konnte ich hier nun auf die Schnelle keine Ersatzbefriedigung für mein unerfülltes Mutterglück finden und so beschloss ich, meine Aufmerksamkeit einem neuen privaten Großprojekt zu widmen: Tobias hatte von seinen Eltern einen enormen Geldbetrag zum Erwerb einer Immobilie zur Verfügung gestellt bekommen und mein Mann und ich konnten uns nun auf die mühevolle Suche nach einem geeigneten Objekt begeben. Das erwies sich als weit schwieriger als ursprünglich vermutet. Aber es wirkte. Ich dachte nicht mehr Tag und Nacht über mein Versagen in puncto Schwangerschaft nach. Ab und an holte mich die Traurigkeit ein, aber im Großen und Ganzen war ich vollauf mit meiner neuen Aufgabe beschäftigt.

Monatelang besichtigten Tobi und ich jedes Wochenende zum Verkauf stehende Wohnungen.

Dabei ärgerte ich mich zunehmend darüber, dass er direkt im Anschluss daran das Ergebnis unserer Begehung ausführlichst mit seinen Eltern besprach.

„Willst du mit Mama und Papa einziehen oder mit mir?", pflegte ich ihn immer häufiger zu hänseln. „Wenn wir uns für eine Wohnung entschieden haben, kannst du sie doch immer noch mit ins Boot nehmen. Sie müssen wohl nicht zu allem und jedem ihre unmaßgebliche Meinung abgeben, oder?"

„Du weißt doch, wie sehr sie das alles interessiert. Schließlich geben sie uns einen Großteil des Kapitals – ohne sie könnten wir uns eine Eigentumswohnung derzeit überhaupt nicht leisten", meinte er beschwichtigend.

„Ach so, und deshalb dürfen sie mit darüber entscheiden, welche Wohnung wir nehmen? Ich habe manchmal das dumpfe Gefühl, dass unsere Ehe aus mehr als nur zwei Personen besteht. Soll ich dir was sagen, ich pfeife auf die Wohnung und auf das Geld deiner Eltern sowieso!" Ich wurde immer wütender. Gerade hatten mich meine Schwiegereltern in eine ausgesprochen peinliche Lage gebracht. Einer meiner Kunden aus der Bank hatte Tobi und mir seine zum Verkauf stehende Wohnung gezeigt. Wir waren begeistert, konnten allerdings nicht zuschlagen, da die Finanzierung außerhalb unserer Möglichkeiten lag. Trotzdem hatten Mama und Papa Heller nichts Besseres zu tun gehabt, als am nächsten Tag durch den Garten des Eigentümers zu schleichen und neugierige Blicke in das Innere des Hauses zu werfen. Dummerweise hatten sie sich dabei erwischen lassen. Als mein Kunde mir am nächsten Tag einigermaßen konsterniert erzählte, meine Schwiegereltern in seinem Garten angetroffen zu haben, wäre ich am liebsten im Erdboden versunken.

„Tobi, das Theater muss ein Ende haben – entweder wir nehmen die nächste einigermaßen akzeptable Wohnung oder wir lassen es ganz bleiben. Wir müssen die Notbremse ziehen bevor der Übereifer der beiden noch merkwürdigere Auswüchse annimmt und unsere Ehe dabei den Bach runtergeht!", schimpfte ich einige Tage nach dem unsäglichen Vorfall.

Mein Mann leistete keinen Widerstand und wir stürzten uns mit neuem Elan auf den Münchener Immobilienmarkt, um das Problem ein für alle Mal aus der Welt zu schaffen.

In einem Objekt, das eigentlich so gar nicht meinen Vorstellungen von schöner Wohnen entsprach, traf ich dann auf ihn. Einen winzig kleinen, flauschigen Traum mit eingedrückter Nase. „Was sind denn das für entzückende Wesen?", wandte ich mich an die hoffnungsfrohe Eigentümerin der schrecklichen Wohnung.

„Das ist unser letzter Wurf von silver-shaded Persern." Stolz zeigte sie auf einen mächtigen weißen Kater, „und da drüben steht der Papa, unser vielfach prämierter Lancelot."

Ausgerechnet Katzen. Seit dem Meuchelmord an meinem Zwergkaninchen hatte ich nicht mehr viel übrig gehabt für diese Gattung Haustier. Und außerdem die Toiletten – igitt. Und doch, die niedlichen Schneeflöckchen ließen mich nicht mehr los. Seit meiner Kindheit hatte ich mir nichts mehr so sehnlich gewünscht wie einen dieser grau melierten Wattebäusche mein Eigen zu nennen.

„Kommt überhaupt nicht infrage. Denk' mal an unsere Urlaubsreisen und im Übrigen geht das mit meiner Katzenallergie sowieso nicht." Tobi wehrte sich vehement gegen meinen unvernünftigen Wunsch. Ich wusste, dass er im Recht war. Trotzdem redete ich einen Tag lang nur noch das Allernötigste mit ihm. Kein Baby. Keine Katze. Ich war untröstlich. Ein lächerlich kindliches Benehmen, aber ich konnte einfach nicht anders.

Schließlich gab mein gutmütiger Tobi nach.

„Dann holen wir uns eben so ein Wollknäuel. Aber versprich mir, dass du ihn zurückgibst, wenn meine Allergie ausbricht." Ich drückte ihm einen dicken Kuss auf den Mund.

„Großes Ehrenwort. Danke, dass ich es versuchen darf …"

Eine Stunde später saßen wir umringt von kleinen Perserkatzen auf dem Wohnzimmerteppich des Züchters.

„Da ist ja eine wonniger als die andere. Welche sollen wir nehmen?" Ratlos blickte ich zu meinem Mann, der ebenso unschlüssig wie ich die kleinen Fellbündel betrachtete.

„Wir haben noch einen ganz hübschen Kater. Er sitzt da hinten unterm Sofa." Die Frau des Hauses deutete vage in Richtung der Couchecke.

Ich versuchte vergeblich im Halbdunkel etwas zu erkennen.

„Wir holen ihn mal raus, dann können Sie ihn sich ansehen." Schon war der Oberkörper des Züchters verschwunden. Als er wieder auftauchte, hielt er einen wütend strampelnden gräulich-weißen Fellzwerg in der Hand. Ein Blick in die zornigen grünen Augen genügte.

„Das ist er. Der oder keiner."

„Schatz, warum denn ausgerechnet der? Schau, all die anderen sind so lieb und anschmiegsam. Der scheint ein übler Einzelgänger und Krawallbruder zu sein." Tobi war alles andere als überzeugt von meiner Wahl.

Ich blieb stur. „Ist mir egal. Er ist es einfach, ich kann dir auch nicht sagen warum."

Einige Minuten verstrichen. Schließlich seufzte er ergeben. „Na gut, wenn's denn sein muss. Ist im Grunde ja sowieso deine Katze."

Selig drückte ich den kleinen Miesepeter an mich. Er verschwand sogleich im Ärmel meiner Jeansjacke und ward erst wieder gesehen, als wir zuhause ankamen. Unterwegs hatten wir sämtliche Accessoires, die die gepflegte Hauskatze von heute benötigt, eingekauft. Vom Kratzbaum über die Toilette bis zum Spielmäuschen – wir waren bestens ausgerüstet.

„Wie soll die kleine Plattnase denn heißen?" Grübelnd betrachtete Tobi das vorsichtig durch unser Wohnzimmer schleichende Katzenkind. „Kimba vielleicht?"

„Hm, wie ein Löwe wirkt er nicht gerade. Er ist so scheu und verunsichert – und doch hat er es geschafft, mich zu verzaubern." Versonnen beobachtete ich, wie der winzige Kerl einen geschickten Versuch unternahm, sich am Stamm unserer Zimmerpalme nach oben zu hangeln.

Natürlich – ich hatte des Rätsels Lösung. „Er heißt Merlin. Ein Zauberer, das ist er wirklich! Sieh ihn dir an, ist er nicht einfach hinreißend?"

„Das ist er, Schatz. Merlin gefällt mir gut und du weißt ja, dass es mir in erster Linie darum geht, dass du glücklich mit ihm bist."

Ich war ihm unendlich dankbar und betete darum, dass seine Allergie mir mein Ersatzmutterglück nicht wieder entreißen würde.

Meine Gebete wurden erhört. Warum auch immer – Tobi litt Höllenqualen in Gesellschaft von Katzen, der freche Merlin bildete wunderbarerweise die einzige Ausnahme.

Meine verbissene Suche nach einer Wohnung war schlagartig beendet. Monatelang widmete ich jede freie Minute unserem neuen Hausgenossen. Den unausgefüllten Platz in meinem Herzen konnte der muntere kleine Kerl zwar nicht gänzlich besetzen, meine Traurigkeit über die nicht klappen wollende Mutterschaft aber ließ er mich eine Zeit lang vergessen. Wie jedes Menschenkind auch forderte der kleine Perser energisch seinen Teil an Aufmerksamkeit und Zuwendung ein. Wenn ich die Wohnung verließ, folgte er mir bis zur Haustür und brach postwendend in jämmerlichstes Miauen aus. Oft kehrte ich wieder zu ihm zurück, um ihn noch einmal kräftig zu drücken und zu knuddeln. Von der Arbeit konnte ich nicht schnell genug nach Hause kommen, um mit ihm zu spielen. Nach wenigen Wochen waren wir bereits ein eingespieltes Team – gemeinsam jagten wir erfolgreich Fliegen, tollten mit seinem Mausi über Tisch und Stühle und schliefen eng aneinander gekuschelt auf dem Sofa. Auch Tobi hatte unser Katerle lieb gewonnen – einzig seine Eltern meldeten ernsthafte Bedenken an. Sie warfen Zeitungsartikel über Katzenallergie und deren Folgen in unseren Briefkasten und bombardierten mich mit Vorwürfen. Wieder einmal verstand ich nicht, warum jede unserer Entscheidungen durch die schwiegerelterliche Zensur gehen musste und machte keinen

Hehl daraus, dass ich es leid war, mich ständig für meine Lebensführung rechtfertigen zu müssen. Wie üblich wiegelte Tobi ab. Er wollte nicht offen gegen seine Eltern Stellung beziehen und hielt sich deshalb weitestgehend aus den Diskussionen heraus. Wir standen kurz vor einem dreiwöchigen Trip in die USA und er hoffte wohl, dass der Katzen-Clinch sich durch unsere vorübergehende Abwesenheit von selbst erledigen würde.

Der Urlaub wurde der schönste, den wir je gemeinsam verleben sollten. Wieder einmal besuchten wir den Grand Canyon und Las Vegas. Unser Abstecher im Yellowstone National Park war ebenso spektakulär wie mein Ritt durch das Monument Valley an der Seite eines waschechten Indianers. Wir legten eine Strecke von siebentausend Kilometern zurück und genossen jeden einzelnen Abstecher unserer Reise. Nur ein einziges Mal regte sich ein mulmiges Gefühl in meiner Magengegend: Wir waren auf dem Weg nach Phoenix und machten in der Wüste Station in der verlassenen Silberstadt Calico Ghost Town. In einem kleinen Laden suchten wir nach einem Andenken. Mein Blick fiel auf zwei verstaubte Buchstützen aus einem mir unbekannten bläulichen Halbedelstein. Versonnen strich ich über ihre angenehm kühle, glatte Oberfläche. Sie passten perfekt in unsere Bücherwand. Zögernd griff ich nach ihnen, um sie näher zu betrachten. Kalt und schwer lagen sie in meiner Hand. In diesem Moment schien ein Schleier die Sonne zu verdunkeln. Das Geschäft wirkte mit einem Mal stickig und feindselig. Eine düstere, nicht greifbare Vorahnung senkte sich über mich. Die Zeit schien still zu stehen. Ein Schauer lief über meinen Rücken und ich schüttelte mich, um die bedrohliche Atmosphäre zu vertreiben. Es wirkte. Der Bann war gebrochen. Der Laden war wieder in ein warmes Licht getaucht. Obwohl mich schlagartig die Gewissheit überkam, dass diese Steine Unglück brachten, nahmen wir sie mit. Ich wollte und konnte mich ihrer eigentümlich unheilvollen Ausstrahlung nicht entziehen. In den nächsten Monaten sollte ich noch oft bereuen, sie nicht wieder in das Regal zurückgestellt und einem anderen Käufer überlassen zu haben.

Bei aller Begeisterung über die beschwingten Ferientage – meine Hoffnung, im Urlaub endlich schwanger zu werden, erfüllte sich nicht. Zwar genoss ich nach unserer Heimkehr die Gesellschaft meines liebenswerten Katerles mehr denn je, die Trauer über den erneuten Fehlschlag aber war trotzdem groß. Ich redete mir ein, noch ewig Zeit zu haben, schließlich war ich erst Ende zwanzig – die wachsenden Bäuche ehemaliger Klassenkameradinnen straften dieses mühsam errichtete Bollwerk in meinem Inneren jedoch Lügen. Ich war verzweifelt. Tobi schien die Angelegenheit dagegen nicht weiter zu belasten.

„Es wird schon irgendwann klappen – wir haben noch so viele Jahre vor uns. Unser Leben könnte doch schöner nicht sein. Du musst es positiv sehen, Schatz – solange wir keine Kinder haben, können wir nach Herzenslust reisen." Mein Kopf stimmte ihm vorbehaltlos zu, während mein Herz weinte. Ich beschloss, ihn nicht weiter mit meinem unerfüllten Babywunsch zu belasten und mich davon abzulenken, ständig über die fruchtbaren und unfruchtbaren Tage meines Zyklus nachzudenken. Was wäre da zur Zerstreuung besser geeignet gewesen als der Immobilienmarkt? Jedes Wochenende stürzte ich mich nun wieder auf die neuen Angebote, vereinbarte Besichtigungstermine und suchte mein Heil in der Betriebsamkeit. Aber nicht nur die Tatsache, dass die ersehnte Familienerweiterung auf sich warten ließ, trübte meine junge Ehe. Ein Schleier lag seit unserem Urlaub auf meinem Gemüt. Eine nicht definierbare Unruhe hatte mich erfasst. Irgendetwas in mir war im Umbruch. Vorbei die Zeit, in der ich in freudiger Erwartung am Fenster stand, ungeduldig Ausschau haltend nach einem blonden Schopf, der in der Ferne auftauchte. Irgendetwas hatte sich verändert. Etwas, das ich nicht in Worte fassen konnte. Ein schwer greifbares Gefühl, das unaufhaltsam Gestalt annahm: Unsere Ehe war an einem Wendepunkt. Was war bloß geschehen? Waren wir in den letzten eineinhalb Jahren nicht glücklich gewesen? Die Antwort war so simpel wie ernüchternd: Das erste Jahr nach unserer Hochzeit war wie im Rausch vorübergezogen. Ich meinte erreicht zu haben, wonach ich mich gesehnt hatte, seitdem ich denken konnte – in eine Familie eingebettet zu sein, die mir Geborgenheit und Sicherheit gibt. Je mehr ich feststellte, einer Illusion aufgesessen zu sein, umso wütender grenzte ich mich ab. Mein treu sorgender Ehemann zeigte mir immer deutlicher, wer in seinem Leben wirklich die erste Geige spielte. Ich war es nicht. Es war seine Familie. Als solche bezeichnete er seine Eltern und seinen Bruder, nicht aber seine Ehefrau. Solange ich mich mit dieser Kernfamilie arrangierte, war alles in Ordnung. Forderte ich ihn jedoch auf, in einer Meinungsverschiedenheit für mich Stellung zu beziehen, wand er sich zunächst wie ein Aal, um letztlich mehr oder weniger offen die Position seiner Eltern zu vertreten. Ich war verletzt und suchte immer häufiger die Konfrontation, um endlich klar und deutlich von ihm zu hören, an wessen Seite er seinen Platz im Leben einzunehmen gedachte. Den Ablauf des nahenden Weihnachtsfestes sah ich als Indikator seiner inneren Einstellung an. Entsprechend verbissen kämpfte ich darum, meine Vorstellung von einem harmonischen Rahmenprogramm, das unserem Status als kinderlosem Ehepaar gerecht wurde, durchzusetzen.

„Ich hatte gedacht, du bist mit *mir* verheiratet und nicht mit der Rosenstraße Nummer 18", schleuderte ich ihm eines Morgens wütend entgegen, als er zum wiederholten Mal versuchte, mir einen Heiligabend im Hause seiner Eltern schmackhaft zu machen.

„Komm', Lisa, du weißt doch, wie sie sind. Meiner Mutter bedeutet das Weihnachtsfest alles. Sie freut sich das ganze Jahr darauf." Bittend sah er mich an. „Nur Heiligabend. Wir können nicht absagen."

Ich funkelte ihn an „Da täuscht du dich gewaltig. Ich kann und ich werde. Wo waren wir denn im letzten Jahr? Und im Jahr davor? Und vor drei Jahren? Richtig, mein Schatz – immer bei deinen Eltern. Vielleicht interessiert es dich zu hören, dass ich den Heiligen Abend auch gerne einmal gemütlich zu Hause verbringen würde. Haben wir denn kein Recht darauf, an so einem Tag einmal für uns zu sein?" Ich dachte nicht daran, einzulenken, wie ich es in diesem Punkt bisher immer getan hatte. Die Vorstellung meinen geliebten Heiligabend mit einem Snob wie Dieter und dessen grässlicher Freundin verbringen zu müssen, noch dazu bei meiner angeknacksten seelischen Gesamtwetterlage, war mir unerträglich.

Tobias fixierte mich kalt. „Ich werde das meiner Mutter nicht antun. Wenn du nicht mitkommen willst, dann bleib meinetwegen zu Hause. Vielleicht kann ich mich mit ihr darauf verständigen, dass ich bereits am Nachmittag zu ihnen gehe und zum Abendessen wieder zurück bin." Das war so gar nicht die Lösung, die mir vorschwebte. Warum konnte Tobias meinen Standpunkt nicht respektieren? Wahrscheinlich hatte ich einfach zu oft nachgegeben. Diesmal würde ich es jedenfalls nicht tun. Komme was wolle.

„Warum können wir denn nicht am 25. mittags zu ihnen gehen und unsere Geschenke austauschen? Ich möchte doch nur den Heiligen Abend für uns, nicht das gesamte Weihnachtsfest. Meine Güte, in anderen Familien macht man das genauso. Wir sind schließlich keine Kinder mehr. *Meine* Eltern haben im Übrigen das Weihnachtsfest seit Jahren ohne uns verbracht und es auch überlebt." Ich sah ihn flehentlich an, wohl wissend, dass seine Entscheidung für unsere Ehe weit mehr bedeuten würde, als über ein paar Stunden gemeinsam verbrachter Zeit zu verfügen.

„*Deine* Eltern haben sich ja auch vor Jahren bereits ganz uneigennützig nach Frankreich abgesetzt – wohl wissend, dass sie in Deutschland zwei Kinder zurücklassen, die alles andere als abgesichert sind." Die betont ironische Klangfärbung seiner Stimme verletzte mich tief. „Wogegen *meine* Eltern immer großen Anteil an unserem Leben und unserem Glück genommen haben und es heute noch tun. In wessen Wohnung leben wir denn? Wer gibt uns das nötige Startkapital für eine eigene Immobilie? *Deine* Eltern etwa? *Meine* Mutter erwartet keinen Dank von uns, sondern lediglich, dass wir, solange wir kinderlos sind, den Heiligabend in ihrem Haus verbringen. Das ist weiß Gott nicht zu viel verlangt. Ich denke gar nicht daran, ihr diesen Wunsch abzuschlagen, nach allem, was sie für mich oder vielmehr für uns getan hat!"

Ich wusste, dass ich dem nichts mehr entgegenzusetzen hatte und spürte, wie sich ein verräterischer Knoten in meinem Hals bildete. Das Schlimmste war, dass meine Forderungen sich im Licht seiner mehr als nachvollziehbaren Argumente als das entpuppten, was sie vordergründig waren: Die egoistischen Allüren einer verwöhnten Vorstadt-Ehefrau. Wie auch immer die Realität aussehen mochte, ich konnte und wollte noch nicht klein beigeben. Stolz kämpfte ich die aufsteigenden Tränen nieder und lieferte ihm die Vorlage, die Schlacht endgültig zu seinen Gunsten zu wenden und mir den Todesstoß zu versetzen.

„Mit anderen Worten – deine Eltern haben sich das Recht, über unser Leben zu bestimmen erkauft? Bist du derartig bestechlich? Ist Geld der ultimative Grund, warum ihr Ansinnen bei dir höher im Kurs steht als das meine?" Bevor seine schneidenden Worte mich erreichten, kannte ich die Antwort bereits.

„Sie ist meine Mutter und ich liebe sie über alles. *Das* gibt ihr das Recht, diese kleine Geste der Verbundenheit von mir einzufordern, nicht die finanzielle Unterstützung, die sie uns so großzügig zukommen lässt. Ich verstehe nicht, warum du so ein Drama veranstaltest. Himmel noch mal – es sind doch nur ein paar Stunden deiner wertvollen Zeit, um die wir hier streiten."

Es ging hier nicht mehr um den Heiligabend. Tobi wollte es nicht verstehen. Er wollte sich nicht zwischen seinen Eltern und mir entscheiden. Ganz selbstverständlich war er davon ausgegangen, dass ich mich klaglos in seine Familie integrieren lassen würde. Ohne einen Anspruch auf einen eigenen Standpunkt. Und ohne Widerstand. Es war an der Zeit, der unangenehmen Wahrheit ins Antlitz zu blicken. Ich straffte meine Schultern. Die Frage, die mir seit langem auf der Seele brannte, musste endlich gestellt werden.

„Wenn du zwischen deiner Familie und mir wählen müsstest – wie würde deine Wahl dann aussehen?" In Erwartung des finalen Schlages blickte ich ihm ruhig in die Augen.

Stumm griff er nach einer Zigarette. Unser Sein reduzierte sich auf das mechanische Klicken des Feuerzeuges. Sekunden tropften dahin, zäh wie Brei von einem Löffel. Reglos starrte er aus dem Fenster, um schließlich tief den Rauch in seine Lunge einzusaugen. Er wollte Zeit gewinnen. Doch der Fehdehandschuh war geworfen. Er stand mit dem Rücken zur Wand. Die

Schlacht würde in wenigen Augenblicken vorüber sein. So oder so.

Er seufzte. Zum ersten Mal zwang ich ihn dazu, Farbe zu bekennen. Sich ganz auf meine Seite zu stellen – oder eben nicht. Der innere Kampf, den er auszufechten hatte, spiegelte sich in seinen gequälten Gesichtszügen wider. Er musste eine Wahrheit formulieren, die wir beide kannten und ängstlich in unserem Inneren versteckt hielten. Eine Wahrheit, deren durchschlagender Wirkung wir uns nicht mehr entziehen konnten. Er senkte den Kopf.

„Ich würde mich für meine Eltern und meinen Bruder entscheiden." Die Antwort war leise, aber bestimmt. „Sie haben immer alles für mich getan, das bin ich ihnen schuldig."

Die traurige Ehrlichkeit in seinen Worten ließ das mühsam errichtete Gerüst der heilen Welt in mir zu Staub zerfallen. Ich nickte. Endlich hatte er ausgesprochen, worüber ich längst Gewissheit hatte. Nun war mir klar, woher die Unruhe kam, die zu meinem ständigen Begleiter geworden war. Mein sicherer Hafen war zerstört.

In den folgenden Wochen bemühten wir uns verbissen darum, die Kollateralschäden, die Tobis eindeutige Parteinahme hinterlassen hatte, zu kitten. Wieder einmal wurde mir klar, dass mir in diesem Leben keine Sicherheit im Außen vergönnt war. Stärke und Rückhalt galt es offensichtlich in mir selbst zu finden. Ich versuchte den schmerzlichen Stachel der Enttäuschung, den seine schonungslose Offenheit in mir zurückgelassen hatte, vor der Welt zu verbergen.

Weihnachten kam und ohne ein weiteres Wort darüber zu verlieren, begab Tobi sich am 24. 12. nachmittags zu seinen Eltern. Abends hatten wir ein Fondue geplant, mein Bruder Jan würde kommen. Ich hatte Tobis Eltern ebenfalls zu uns eingeladen, aber wie zu erwarten gewesen war, lehnten sie ab. *Sie würden den Heiligen Abend doch nicht auswärts verbringen.* Immerhin hatten sie sich endlich in ihr Schicksal, die Wahl unseres Haustiers nicht beeinflussen zu können, gefügt. Bei aller Traurigkeit über meine Rangfolge auf Tobis Zuneigungsskala sah ich dem Fest der Liebe durchaus entspannt entgegen.

„Mann, ist das ein Schneesturm da draußen. Hallo Schwesterchen, wie geht's?" Fröhlich tauchte Jan wie verabredet gegen 18.00 Uhr am Heiligabend auf und brachte einen Schwall kalter Luft in die gemütliche Stube. Er schnupperte.

„Rieche ich da einen Hauch von Schokoladenkuchen? Ich kann mich gar nicht daran erinnern, wann ich das letzte Mal etwas gegessen habe." Unschuldig sahen mich zwei leuchtend blaue Augen an und fixierten dann sehnsüchtig die auf dem Tisch stehende Plätzchendose.

Ich musste lachen. Mein stets hungriger Bruder war einfach unwiderstehlich in seiner jugendlichen Frische. Ich warf ein Kissen nach ihm.

„Stundenlang habe ich für unseren Nachtisch in der Küche gestanden, du Schuft. Aber was soll's? Nimm' dir die Kekse, aber lass' noch ein wenig Platz für das üppige Hauptgericht in deinem nimmersatten Bauch!" Triumphierend stürzte Jan sich auf das Objekt seiner Begierde.

Gerührt beobachtete ich, wie ein Plätzchen nach dem anderen in seinem Mund verschwand. Ihm fehlte unsere Mutter nach wie vor sehr. Tapfer versuchte er, diese Tatsache zu überspielen. Doch ich ahnte, wie es tatsächlich in ihm aussah. Der schwere Verkehrsunfall machte ihm noch immer sowohl körperlich als auch seelisch zu schaffen. Er fühlte sich verlassen und allein. Wie wichtig es für mich war, Jan an einem Tag wie diesem bei mir zu haben, konnte Tobi kaum ermessen. Ich argwöhnte, dass ihm Jans Einsamkeit auch nicht wirklich nahe ging. „Wenn Tobi gleich nach Hause kommt, geht's los."

Jan grinste. „Ich wusste doch, dass hier einer fehlt! Wo steckt er denn, dein Göttergatte?"

So beiläufig wie möglich erwiderte ich, dass er noch kurz zu seinen Eltern gefahren sei.

„Wir haben ausgemacht, dass er bis sieben Uhr wieder daheim ist." Beeilte ich mich auf Jans überraschten Blick hin anzufügen.

„Wie ich ihn kenne, wollte er auf die Berge von Geschenken, die es bei seinen Eltern immer regnet, wohl nicht verzichten. Da läuft die Sache bei uns doch deutlich bescheidener und relaxter ab, was Schwesterchen?"

Ich schmunzelte über seinen wissenden Gesichtsausdruck und beließ es dabei. Langsam stellte sich auch bei mir ein nagendes Hungergefühl ein.

„Ich werde schon einmal das Fett erhitzen, dann kann es, sobald Tobi zurück ist, losgehen."

Geschäftig hantierte ich in der Küche herum. Punkt sieben war der Tisch vorbereitet. Die appetitlichen Fleischhäppchen schimmerten verführerisch. Das Wasser lief mir im Mund zusammen. Jan und ich hatten uns bereits um den Fonduetopf positioniert.

Es wurde Viertel nach sieben. Ungeduldig warf ich einen Blick auf meine Uhr.

„Wo bleibt er denn nur? Sicher ist er immer noch damit beschäftigt, die Unmengen von Geschenken im Auto zu verstauen. Hunger!" Jan versuchte, die Situation von ihrer komischen Seite zu betrachten.

Wir warteten eine weitere Viertelstunde. Nichts.

„Mir reicht's jetzt. Lass' uns anfangen bevor das Fleisch anfängt von alleine fortzukrabbeln." Mühsam unterdrückte ich den aufkeimenden Zorn. So sehr ich mich auf unser alljährliches Fondue gefreut hatte, es wollte mir heute einfach nicht schmecken. Ich versuchte mir meine Wut über Tobis gedankenloses Verhalten nicht anmerken zu lassen.

Gegen halb neun klingelte das Telefon.

Unwirsch nahm ich den Hörer ab. Nur zu gut wusste ich, wer sich am anderen Ende der Leitung melden würde.

„Hallo Schatz, tut mir leid. Das dauert hier noch etwas. Ihr könnt schon mal ohne mich essen. Ich komme in einer halben Stunde."

„Nett von dir, so früh schon Bescheid zu sagen. Danke für deine aufrichtige Anteilnahme an unserem Wohlergehen. Wir haben bereits gegessen. Bis später." Ohne einen weiteren Kommentar seinerseits abzuwarten, legte ich auf und verharrte sekundenlang reglos neben dem stummen Telefon.

„Alles okay bei dir?" Jan hatte sich von seinem Platz erhoben und betrachtete mich besorgt.

„Klar. Alles bestens. Tobi kommt später. Wie gut, dass wir nicht auf ihn gewartet haben!"

„Zu freundlich von ihm, uns zu dieser vorgerückten Stunde über seine weiteren Pläne zu informieren." Mitleidig legte er mir den Arm über die Schulter. „Mach' dir nichts draus, Schwesterherz – Männer sind eben so."

„Bist *du* etwa auch so? Wenn ja, kündige ich dir hiermit umgehend die Freundschaft …" Krampfhaft versuchte ich, auf seinen scherzhaften Ton einzugehen und mir meine Betroffenheit nicht anmerken zu lassen.

„Selbstverständlich sind Anwesende immer ausgenommen, das weißt du doch! Und im Übrigen kannst du mir zwar die Freundschaft, nicht aber die Verwandtschaft kündigen. Was für ein Glück für mich." Er seufzte theatralisch. Aufmerksam und ein wenig beunruhigt blickte er in mein verschlossenes Gesicht. „Gibt es zwischen euch beiden Schwierigkeiten? Weißt du, Schwesterchen, kleine Brüder mögen ja zumeist nervig sein, bisweilen geben sie aber ganz passable Kummertanten ab …"

Ich schüttelte den Kopf und gab vor, eine verrutschte Kugel am Baum wieder befestigen zu müssen. Meine Körpersprache sagte wohl mehr als tausend Worte und doch war ich Jan dankbar dafür, dass er nicht weiter in mich drang. Ich war noch nicht dazu bereit, über meine Eheprobleme zu reden. Zunächst musste ich mir selbst darüber klar werden, wie es weitergehen könnte und ob ich mich in Zukunft überhaupt noch an Tobis Seite sah.

Meiner Unsicherheit in Bezug auf mein künftiges Eheleben begegnete ich, wie nicht anders zu erwarten gewesen war, mit hektischer Aktivität. Jedwede Ablenkung war mir willkommen, um mich nicht den Zweifeln in meinem Inneren stellen zu müssen. Einen Vorteil hatte Tobis Lieblosigkeit mir gegenüber immerhin mit sich gebracht – ich grämte mich nicht länger über das Ausbleiben einer Schwangerschaft. Stattdessen widmete ich mich hochmotiviert erneut der Aufgabe, dem Münchener Immobilienmarkt endlich ein geeignetes Objekt zu entreißen. Und tatsächlich – keine vier Wochen nach unserem verpatzten Weihnachtsfest wurde ich fündig. Eine Dreizimmerwohnung im Münchener Stadtteil Nymphenburg für einen

Preis von fast einer halben Million D-Mark schien nach monatelangem vergeblichen Suchen nun also unser kleinster gemeinsamer Nenner zu sein. Um ehrlich zu sein, hatte ich mir immer eine Wohnung im Grünen vor den Toren der Stadt ausgemalt, diesen Traum allerdings schon bald als unerreichbar begraben müssen. Tobis Einwände bezüglich eines zu langen Arbeitsweges wogen besonders schwer vor dem Hintergrund, dass die zur Verfügung stehenden finanziellen Mittel zum Großteil aus seiner Ecke kamen. Natürlich dementierte er vehement, das größere Gewicht in Bezug auf eine Entscheidung in die Waagschale zu werfen. Und doch war uns beiden bewusst, dass dem in letzter Konsequenz so war.

Im Auto debattierten wir heftig über die Vor- und Nachteile der soeben besichtigten Wohnung.

„Wenn es nach mir ginge, würden wir sie kaufen." Tobi war nach unserem Rundgang durch die 80 qm Siebziger-Jahre-Immobilie in bester Wohnlage restlos überzeugt. Zugegeben – die Anlage war ausgesprochen gepflegt und die Nähe zum Nymphenburger Park hatte ihren Charme, persönlich fand ich knapp 500 000 DM für drei Zimmer mit kleiner Küche allerdings reichlich überteuert.

„Die Wohnung hat sicher ihre Vorzüge, keine Frage. Wir dürfen aber die Schwachpunkte nicht verdrängen, nur weil wir es leid sind, jede Woche den Immobilienteil zu wälzen", entgegnete ich vorsichtig. „Das Baujahr an sich und die anstehenden Renovierungsarbeiten finde ich einigermaßen bedenklich. Die Frage ist doch, welchen Wiederverkaufswert solch ein Objekt überhaupt hat. Die Wohnblöcke aus den 70ern genießen nicht gerade den besten Ruf und wurden ganz sicher auch nicht für die Ewigkeit errichtet."

„Mag schon sein, allerdings wird der Immobilienmarkt in München laut einschlägiger Prognosen mittel- und langfristig eher noch anziehen und wir haben ja auch nicht vor, für alle Zeiten dort wohnen zu bleiben. Komm' Schatz, wir reden hier über einen Zeitraum von vielleicht fünf Jahren. Dann haben wir ein, zwei Kinderlein und müssen uns ohnehin etwas Größeres suchen. Bis dahin wird das Haus sicher nicht in sich zusammenfallen."

„Stehen mag es in paar Jahren wohl noch, aber renovieren müssen wir die Wohnung trotzdem, bevor wir einziehen können", brummte ich, „und außerdem – die Küche finde ich schlichtweg unmöglich."

„Haha, da wir beide ja eher wenig Zeit beim Kochen verschwenden, dürfte das wohl kaum der Knackpunkt sein. Im Grunde ist die Raumaufteilung perfekt für zwei bis zweieinhalb Personen." Er zwinkerte mir gut gelaunt zu. „Ich bin überzeugt, dass wir keinen schlechten Deal mit der Wohnung machen. Mein Arbeitsweg in die Innenstadt wäre erfreulich kurz und wir hätten trotzdem nicht nur Beton um uns herum. Du musst zugeben, dass die Lage spitzenmäßig ist. Und was die Renovierung anbelangt – da würde ich dir völlig freie Hand lassen."

Er sah mich erwartungsvoll an. Es waren Momente wie dieser, die mein Herz wieder für ihn erwärmten. Momente, in denen er mich voll jugendlicher Begeisterung anstrahlte. Ich spürte, wie die Mauer des Widerstandes in mir ins Wanken geriet. Nymphenburg war wirklich eine ausgezeichnete Adresse, was sich mit Sicherheit günstig auf den Wiederverkaufswert auswirken würde. Und hatte Vater Nummer eins, der abgebrühte Immobilienmogul, nicht immer gepredigt: „Nur drei Dinge sind beim Kauf eines Objektes wirklich von Bedeutung – Lage, Lage und nochmals Lage"? Diesem durchaus ernst zu nehmenden Ansatz wäre jedenfalls in vollem Umfang Genüge getan. Darüber hinaus hatte Tobi in einem Punkt sicherlich recht – die Wohnung war nur für einen relativ kurzen Lebensabschnitt gedacht. Wir würden dort nicht alt werden. In Anbetracht dieser Tatsachen war ich bereit, meine eigenen Wünsche zunächst zurückzustellen.

„Nun, das sind ja äußerst verlockende Aussichten. Bedeutet dir diese Wohnung tatsächlich so viel?"

Er nickte eifrig. „Ich würde gerne in den nächsten Tagen noch einmal mit meinen Eltern durchgehen und dann eine endgültige Entscheidung treffen. Ist das für dich in Ordnung?"

„Hm." Ich blickte starr aus dem Fenster. Das war so gar nicht, was ich zu hören gehofft hatte. Ohne es verhindern zu können, ärgerte ich mich darüber, dass er unsere Zusage einmal mehr von der Meinung seiner Eltern abhängig zu machen gedachte. Für ihn sprach immerhin, dass er mich zuerst nach *meiner* Meinung gefragt hatte, bevor er mit Mama und Papa in stundenlangen Telefonaten sämtliche Eckdaten bis ins kleinste Detail zu erörtern begann. Ich beschloss, mich aus den aufreibenden Verhandlungen, die nun zwangsläufig folgen würden, komplett herauszuhalten. Mit Sicherheit die einzige Möglichkeit, um nicht erneut meine Ressentiments gegenüber seinen Eltern anzufachen.

Zu meiner eigenen Überraschung schaffte ich es, die endlosen Diskussionen im Hause Heller einigermaßen gleichmütig über mich ergehen zu lassen. Nach exzessivem und zähem Wälzen sämtlicher Vor- und Nachteile, die die zum Verkauf stehende Wohnung so mit sich brachte, kam man irgendwann schließlich begeistert zu dem Schluss, dass die positiven Aspekte deutlich überwogen. Damit war klar – wir würden das Angebot annehmen. Bezeichnenderweise interessierten sich weder meine Mutter noch Vater Nummer eins oder drei sonderlich für unsere Ankündigung, demnächst eine Eigentumswohnung zu erwerben. Sie waren offensichtlich zu der lobenswerten Einsicht gelangt, dass wir mit Ende zwanzig durchaus selbst in der Lage waren, hinreichend durchdachte Entscheidungen zu treffen.

Nach den langen Monaten des unermüdlichen Suchens war mein Mann restlos davon überzeugt, zu guter Letzt doch noch die sprichwörtliche Nadel im Heuhaufen gefunden zu haben. Und da des Menschen Wille bekanntlich sein Himmelreich ist und ich ihn aus ebendiesem nicht vertreiben wollte, verhielt ich mich ruhig. Wir einigten uns darauf, dass das Eigentum am Grundstein unseres gemeinsamen Immobilienvermögens zu zwei Dritteln auf ihn und zu einem Drittel auf mich übertragen werden sollte.

Die Formalitäten waren schnell erledigt. Obwohl sich meine persönliche Begeisterung nach wie vor eher in Grenzen hielt, breitete sich selbst in mir langsam das wohl bekannt angenehme Gefühl der Aufbruchstimmung aus. Umzüge begannen gerade eine Art Leidenschaft von mir zu werden – was konnte es schließlich Spannenderes geben, als die Inneneinrichtung einer neuen Wohnung zu planen? Wie versprochen ließ Tobi mich, was die Renovierungsarbeiten anbelangte, völlig frei schalten und walten. Voller Enthusiasmus stürzte ich mich sogleich in sämtliche Bau- und Möbelmärkte der Region. Ärgerlich war nur, dass es noch eine Wartezeit von vier Monaten zu überbrücken galt, bevor ich mich ganz und gar der Ausstattung unseres neu erworbenen Eigenheims verschreiben konnte.

Der großen Aufregung folgte also erst einmal die noch größere Langeweile. Was sollte ich jetzt mit diesem plötzlichen Übermaß an Freizeit anstellen? Mit Reiten war momentan nicht viel los, da Bounty, der alte Haudegen, schon vor einiger Zeit in seinen verdienten Ruhestand geschickt worden war. Andere sportliche Aktivitäten? Nein danke. Ich war nie sonderlich bewegungsfreudig gewesen, und da ich glücklicherweise mit einer scheinbar durch nichts zu zerstörenden schlanken Linie ausgestattet war, gedachte ich diesen Zustand vorläufig nicht zu ändern. Jeden Nachmittag ab vier Uhr mit Merlin auf der Couch zu liegen, war allerdings auf Dauer auch nicht sonderlich befriedigend. Da fiel mir in einem kleinen Buchladen zufällig ein interessanter Band in die Hand. „Niemand stirbt für alle Zeit" – die reißerische These zog sofort meine Aufmerksamkeit auf sich. Fasziniert las ich die erste Seite. Am liebsten hätte ich mich an Ort und Stelle auf den nächsten Stuhl fallen lassen, um das Buch nicht aus der Hand legen zu müssen. Ich beherrschte mich widerstrebend und sauste auf dem schnellsten Weg nach Hause. Drei Tage später war ich um einige wesentliche Erkenntnisse reicher: Der Tod bedeutet nicht das Ende der Existenz und das Prinzip der Reinkarnation ist so selbstverständlich und unumstößlich wie das Amen in der Kirche. Nie zuvor hatte ich mich mit Fragen nach dem Sinn und Unsinn unseres Erdendaseins oder mit alternativen Denkansätzen in Bezug auf einen möglichen Fortbestand der Persönlichkeit nach dem körperlichen Exitus beschäftigt. Ich wusste nicht einmal, ob ich an Gott glaubte oder nicht. Und wenn es *ihn* denn gäbe – in welcher Erscheinungsform sollte man *ihn* sich vorstellen? Warum wurde er in unseren Breitengraden immer als Mann dargestellt? Allein die Tatsache, dass ein über alle menschlichen Belange erhabenes Wesen nur einem Geschlecht zugeordnet sein sollte, förderte meine trotzige Ablehnung der in erster Linie durch die Institution Kirche propagierten Vorstellungen. Jenseits meines Widerstands gegen verkrustete und überholte Glaubenskonstrukte spürte ich allerdings immer stärker ein drängendes Verlangen, dem Grund unseres Daseins auf die Spur zu kommen. In den vergangenen Jahren hatte ich mich eingehend mit der Analyse meiner Persönlichkeit sowie allen möglichen und unmöglichen äußeren Einflüssen auf meine innere Realität befasst. Ich war an einem Punkt angelangt, der mir keinen Raum für weitere Erkenntnisse mehr bot. Um eines Tages vielleicht tatsächlich bis zum Kern meiner verzwickten ureigensten Problematik vorzudringen, war es an der Zeit, neue Wege zu beschreiten und über die hingebungsvolle Nabelschau hinaus den Blick auf größere Zusammenhänge zu richten. Begeistert stellte ich fest, dass das meist mitleidig belächelte und nicht selten verspottete Gebiet der Esoterik einen unendlichen Fundus an Informationen und Desinformationen bereithielt. Um mir auch nur ansatzweise eine eigene Meinung bilden zu können, beschloss ich, meine Freizeit in den kommenden Monaten der kaum zu bewältigenden Aufgabe zu widmen, mich durch den nahezu undurchdringlichen Dschungel der esoterischen Literatur zu kämpfen. Ob Shirley MacLaines „Reisen zu sich selbst", Ernst Meckelburgs „Erkenntnisse über die Qualität der Zeit" oder Penny McLeans „Schutzgeister" – kein Werk erschien mir zu abstrus, um mich eingehend damit zu befassen. Vorbehaltlos näherte ich mich jeder noch so ungewöhnlichen Weltanschauung, in der Hoffnung, mir eines Tages den Luxus leisten zu können, meine eigene vertretbare Sicht der Dinge zu kreieren.

Im Rausch der blumig-ekstatischen Jenseitsvorstellungen erstand ich schließlich ein Aleister-Crowley-Tarotkarten-Deck. Die bunten Bilder übten eine beinahe magische Anziehungskraft auf mich aus. Hingerissen von ihren harmlos-frivolen bis düster-furchterregenden Motiven beschäftigte ich mich wochenlang mit deren möglicher Interpretation sowie den gängigen Legesystemen. Gerade zu einem Zeitpunkt, an dem die Innigkeit meiner Beziehung zu Tobias doch sehr zu wünschen übrig ließ, suchte ich häufig Bestätigung und Trost in der aufmunternden Auslegung der 80 Karten. Es versteht sich von selbst, dass meine Intention vornehmlich in der Offenlegung zukünftiger Ereignisse lag, anstatt sie – ihrer eigentlichen Bestimmung entsprechend – als Spiegel der Seele zu betrachten. Zwei Karten schienen mich regelrecht zu verfolgen: Die Liebenden und die Königin der Kelche. Bei Ersterer spricht bereits die Bezeichnung für sich und Letztere verheißt unter anderem eine bevorstehende Schwangerschaft. Wer wollte bei derart positiven Aussichten den Wahrheitsgehalt der Prophezeiungen anzweifeln? Ich jedenfalls nicht. Meine Freude über die Ankündigung des großen Glücks war riesig. Unser Umzug nach Nymphenburg würde unter einem guten Stern stehen und die ersehnte Familienerweiterung würde nicht mehr lange auf sich warten lassen. Bald hätte die Trübsal der vergangenen Monate ein Ende und meine Ehe würde wieder so leicht und unbeschwert sein, wie sie es einmal gewesen war. Das Leben war eben doch schön. Es kam nur darauf an, aus welchem Blickwinkel man es betrachtete! Meiner zumindest hatte wieder einmal diese freundlich rosarote Färbung angenommen. Netter Ehemann, wohl gesonnene Kollegen, eine beachtliche Eigentumswohnung und die Aussicht auf Nachwuchs – was will man da noch mehr?

In diese esoterisch verbrämte, aber ausgesprochen frohe Erwartung hinein platzte eines Tages eine neue Kollegin, die so gar nicht dem gängigen Klischee einer seriösen Bankbeamtin entsprach: Marlene Amberg war Mitte dreißig, kleidungsmäßig augenscheinlich einer Hippie-Kommune entsprungen und von ausgesprochen eigenwilligem Charakter. Misstrauisch beobachtete ich unseren schrillen Neuzugang. Sie war nicht der erste bunte Vogel, der mir im konservativen Umfeld der Bank über den Weg flatterte, aber irgendetwas an ihr machte es mir schwer, sie einzuschätzen. Auch sie hatte mich offensichtlich sofort ins Visier genommen. Tagelang umkreisten wir uns wie zwei Aasgeier ihre Beute. Jeder wartete darauf, dass der andere den ersten Schritt tat.

Unvermittelt trat sie eines Nachmittags nach Dienstschluss an meinen Schreibtisch.

„Mögen Sie Aroma-Lämpchen?"

Ich war gerade dabei, meine Sachen zusammenzupacken und hielt überrascht inne.

„Ja, sehr gerne sogar." Sie sah mich verschwörerisch an. Worauf wollte sie hinaus? Plötzlich fiel es mir wie Schuppen von den Augen. Sie gehörte auch zu *denen*. Ich lächelte wissend.

„Ich lese gerade ein interessantes Buch über geheime Botschaften in altägyptischen Tempelanlagen." Damit hatte ich mich als dem illustren Kreis der Esoterik-Anhänger zugehörig geoutet. Sie grinste zufrieden.

„War mir doch vom ersten Moment an klar, dass wir auf der gleichen Wellenlänge schwimmen. Wie sieht es denn bei Ihnen mit Kartenlegen aus?"

Ich kicherte. „Tarot. Beinahe täglich."

„Crowley?"

„Was sonst?"

„Klasse. Wollen wir uns mal treffen, um Erfahrungen auszutauschen?"

„Jederzeit gerne."

„Morgen Abend um sieben Uhr dreißig bei mir?"

„Ich komme. Soll ich was mitbringen?"

„Aber sicher doch. Eine Menge positiver Energie!"

Sie beschrieb mir den Anfahrtsweg zu ihrer Wohnung in Starnberg und fügte mit gesenkter Stimme hinzu: „Wir müssen vorsichtig sein. In der Bank darf niemand von unserer Lebenseinstellung erfahren. Allzu schnell wird man hier als Spinner abgestempelt. Glauben Sie mir, ich weiß, wovon ich rede."

Ich nickte brav. „Natürlich."

Selbstverständlich ging ich mit meinem bahnbrechenden neuen Erkenntnissen nicht bei meinen Kollegen hausieren. Dass ich mit meiner Ansicht, dass die Zeit im Grunde gar nicht existiert und lediglich eine Illusion unseres dreidimensionalen Gehirns ist, bei einem nüchternen Bankangestellten bestenfalls auf Ratlosigkeit stoßen würde, war mir klar. Umso größer war meine Freude darüber, endlich einen gleich gesinnten Gesprächspartner gefunden zu haben.

Pünktlich stand ich am nächsten Abend mit einem Sack voll bester Energie an Marlenes Tür.
Ihre Wohnung vermittelte den gleichen chaotischen Eindruck wie sie selbst. Überall lagen Steine und Mineralien unterschiedlichster Form und Farbe herum, im krassen Gegensatz zu Großmutters gehäkelten Spitzendeckchen auf sämtlichen Ablageflächen. Die Luft war erfüllt von süßlich-schwerem Moschus-Duft. Die berühmten Aroma-Lämpchen empfingen den Besucher bereits im Flur. Neugierig betrachtete ich ein über dem Türstock zum Schlafzimmer befestigtes Symbol. „Ein Pentagramm", murmelte ich verwundert.
„Zum Schutz gegen böse Geister", raunte Marlene mir zu und balancierte geschickt ein großes Tablett in Richtung Wohnzimmer. Ich lächelte. Marlene war mir sympathisch. In all ihrer Schrulligkeit. Geschäftig begann sie, den Tisch für unser Teestündchen zu decken.
„Als Töchter der Erdgöttin sollten wir uns duzen. Ist das okay?"
„Klar. Sag mal, du hast eben erwähnt, dass das Symbol über der Tür dem Schutz vor bösen Geistern dient – ich dachte immer, es sei ein satanistisches Zeichen."
„Ja und nein. Es wird zwar leider von beiden Seiten beansprucht, ursprünglich gehörte der so genannte Drudenfuß aber in die Ecke der weißen Magie und sollte Dämonen fernhalten. Die Satanisten haben es dummerweise auch für sich entdeckt, die fünf Zacken des Sterns ein wenig gedreht, sodass man in die Abbildung einen Ziegenkopf mit Hörnern hineininterpretieren konnte, und es fürderhin als ihr ureigenstes Symbol missbraucht. Du siehst also, schon ein einfacher Stern kann die widersprüchlichsten Bedeutungen in sich vereinen." Gut gelaunt goss sie den duftenden grünen Tee in zierliche Porzellan-Becher mit chinesischen Zeichen.

Ich schnupperte. „Hm, Jasmin-Aroma. Köstlich. Wohnst du eigentlich alleine hier?"

Ein schmerzlicher Ausdruck huschte über ihr Gesicht. Ungewollt hatte ich einen wunden Punkt getroffen.

„Ich bin geschieden, meine siebenjährige Tochter Amelie lebt bei ihrem Vater."

Ich war erschüttert. „Das tut mir schrecklich leid für dich. Es muss furchtbar sein, von seinem Kind getrennt zu werden! Wie oft darfst du sie sehen?"

„Sie besucht mich jedes zweite Wochenende. Glaube mir, Lisa, ich wünsche meinem ärgsten Feind nicht, durchzumachen, was ich erlitten habe, als man sie mir fortnahm."

„Wie ist es denn dazu gekommen? Normalerweise leben die Kinder aus gescheiterten Ehen doch bei ihren Müttern."

Sie lachte freudlos. „Mag schon sein. Er hat gekämpft wie ein Löwe und einfach die günstigere Ausgangsposition gehabt. Gemeinsam mit Ami lebt er im großen Haus seiner Eltern. Ist er arbeiten, wird mein Schatz von seiner ausgesprochen rüstigen Mutter gehütet. Das Gericht befand, dass Amelie es dort einfach besser hat als bei mir. Ich bin voll berufstätig und habe niemanden, der mir bei ihrer Betreuung helfen könnte."

„Wie traurig. Aber mit zwölf wird sie selbst entscheiden können, wo sie leben will. Vielleicht seid ihr in ein paar Jahren wieder vereint."

Meine ehrliche Anteilnahme schien ihr gut zu tun.

„Darauf hoffe und dafür bete ich." Minutenlang hing sie ihren Gedanken nach. „Nun weißt du auch, warum ich meinem Leben einen neuen Sinn geben musste. Die Leere nach dem Verlust meiner Tochter war unerträglich. In meinen Büchern und Karten habe ich Trost gefunden. Und glaube mir – ich weiß, dass etwas geschehen wird", sie streckte mir ihre Hand entgegen und schob den Ärmel ihres Pullovers zurück „schau, wie meine Härchen sich aufstellen. Irgendetwas Gutes kommt auf mich zu."

„Ein neuer Mann vielleicht, oder ein toller Job?" Meine Antwort war scherzhaft gemeint, aber Marlene schien meinen Einwurf überhaupt nicht wahrzunehmen. „Noch kann ich es nur ganz verschwommen spüren. Aber eine liebevolle Energie hüllt mich ein. Mein Schutzengel steht hinter mir und gibt mir Kraft und Zuversicht. Alles wird gut werden."

„Das ist sicher die richtige Einstellung. Wenn man fest daran glaubt, dass sich die Dinge zum Guten wenden, dann tun sie es auch. Hast du deinen Schutzengel schon einmal gesehen?"

„Nein, sehen kann ich ihn nicht. Aber seine Anwesenheit kündigt sich immer durch Schauer an, die über meinen ganzen Körper laufen."

Das musste ich erst einmal verdauen. Mein Schutzengel hatte mir noch nie seine Aufwartung gemacht. Jedenfalls nicht in einer Art, die in irgendeiner Form für mich greifbar gewesen wäre. Ganz im Gegenteil – wie oft im Leben hatte ich mich buchstäblich von allen guten Geistern verlassen gefühlt! Um ehrlich zu sein, stand ich den euphorischen Berichten über die heilende Macht unserer ätherischen Helfer mehr als skeptisch gegenüber. Andererseits verursachte mir die bloße Vorstellung, dass es um uns herum mehr geben könnte, als unsere menschlichen Sinnesorgane aufnahmen, ein wohliges Hochgefühl. Begierig wollte ich mehr von Marlenes Erfahrungen mit der anderen Seite hören. Ich wünschte mir so sehr, endlich den Beweis dafür zu bekommen, dass die Begegnungen mit Lichtwesen, über die ich so viel gelesen hatte, der Wahrheit und nicht der krausen Fantasie überspannter Möchtegern-Esoteriker entsprungen waren.

„Hast du schon einmal mit Magie zu tun gehabt?", fragte ich harmlos.

Entsetzt riss Marlene die Augen auf. „Gott bewahre! Hast du eine Ahnung, wie gefährlich das ist? Aber …", sie senkte ihre Stimme zu einem Flüstern, „schau mal hier, das ist ein Buch über weiße Magie." Fast andächtig reichte sie mir das gute Stück zur Ansicht.

„Was ist denn der Unterschied zwischen weißer und anderer Magie?" Verständnislos betrachtete ich den Wälzer in meiner Hand.

„Oje, ich sehe schon, du bist spirituell gesehen wirklich noch ein vollkommen unbeschriebenes Blatt." In gespielter Verzweiflung nahm sie das wertvolle Buch wieder an sich. Beleidigt über ihre schonungslose Offenheit machte ich mich über die Gebäckschale her.

„Ich war der Meinung, dass Magie eher etwas mit Spiritismus als mit Spiritualität zu tun hat."

„Ach, das ist doch Haarspalterei. Ich befasse mich seit Jahren mit diesen Themen und kann dir sagen, halte dich fern davon, sonst begibst du dich noch unbedacht in Lebensgefahr." Vertraulich beugte sie sich über den Tisch. „Wusstest du eigentlich, dass Bäume, die vom Hauptstamm aus in zwei gleich dicken Stämmen Richtung Krone weiterführen, ursprünglich Menschen waren, die aufgrund von böswillig angewandter Magie verkehrt herum in die Erde gerammt worden sind?"

Mir blieb der Keks im Halse stecken. Ich hustete. Wollte Marlene mich testen oder mir einfach einen Bären aufbinden? Ein Blick in ihr angespanntes Gesicht zeigte mir allerdings, dass sie es todernst meinte. „Wer hat sie denn in den Boden gesteckt?" Bei aller Erheiterung schaffte ich es, die Frage einigermaßen neutral klingen zu lassen.

„Natürlich die geistigen Helfer, die uns zur Seite stehen. Man kann ihren Schutz erbitten und dann kommen sie."

„Hast du das schon einmal versucht?" Ich zog es vor, die Sache mit den Bäumen nicht weiter zu verfolgen. Marlene schien mir noch weit schräger zu sein, als ich vermutet hatte.

„Die geistigen Helfer anzurufen? Ja, schon oft. Sie haben mir in vielen Situationen beigestanden."

„Das ist wirklich spannend. Kannst du mir zeigen, wie du mit ihnen in Verbindung trittst?"

„Sicherlich. Aber nicht heute. Die Stimmung ist nicht danach. So eine Kontaktaufnahme will sorgfältig vorbereitet sein. Wenn du Lust hast, können wir jetzt Karten legen."

„Warum nicht? Mal sehen, was sie uns mitteilen wollen."

Sie teilten mir das Übliche mit. Es würde eine Veränderung in meinem Leben geben und ich würde schwanger werden. Umzug und dann Baby. Na also.

In den nächsten Wochen traf ich mich regelmäßig mit Marlene. Ihre ausgefallenen Ansichten und ihre unangepasste Lebensweise bereiteten mir Vergnügen. Die Stunden mit ihr waren weniger informativ als ausgesprochen kurzweilig. Natürlich war ich mit nichten dazu bereit, ihre fast schon kindlich vereinfachte Sicht der Dinge zu adaptieren, vielmehr ging es mir im Umgang mit ihr darum, den tieferen Sinn unseres unermüdlichen Gestrampels auf Erden zu ergründen. Ich dachte nicht daran, mich wie die meisten meiner Freunde damit abzufinden, dass uns nach der großen Sause hier unten nichts als das gähnende schwarze Vergessen erwarten sollte. Zum wiederholten Male saßen wir also in trauter Teerunden-Zweisamkeit in Marlenes Wohnstube, als sie plötzlich mit einem ungewöhnlichen Anliegen herausrückte.

„Du stell' dir vor, ich bin wahnsinnig verknallt." Diese Eröffnung musste ich erst einmal sacken lassen.

„Das ist ja ein Ding. In wen denn? Ich hoffe, er ist auch in dich verliebt!"

„Das ist das große Problem. Er ist es nicht." Betrübt rührte sie in ihrer Tasse.

„Oje, du Arme. Was ist er denn für ein Typ?"

„Er ist Fitnesstrainer in der Muckibude, die ich zweimal pro Woche heimsuche. Er sieht umwerfend aus. Groß, schlank, durchtrainiert. Einfach göttlich."

Der hundertprozentige Frauentyp also. Herzlichen Glückwunsch. Ich war überzeugt davon, dass die etwas konfus wirkende, leicht pummelige Marlene nicht die Spur einer Chance hatte, bei so einem zu landen. Solch ein Mann pflegt an seiner Seite in der Regel eine perfekt gestylte, wasserstoffblondierte Barbiepuppe spazieren zu führen.

Ich sah sie mitleidig an. „Du solltest dich nicht zu sehr da hineinsteigern. Du weißt doch wie Männer sind …" Wie sollte ich ihr nur sagen, dass ihre Chancen, sich mit ihren Voraussetzungen einen solchen Fisch zu angeln, mit an Sicherheit grenzender Wahrscheinlichkeit gleich null waren?

„Ach was, die sind auch nicht anders als Frauen. Was meinst du, soll ich ihm meine Liebe gestehen?", unterbrach sie meinen tiefgründigen Gedankengang.

Ich seufzte. „Damit würde ich noch ein Weilchen warten. Vielleicht kannst du ihn davon überzeugen, erst einmal mit dir zum Essen zu gehen …"

„Hab' ich bereits versucht. Er wollte nicht." Trotzig warf sie ihren Kopf zurück. „Aber ich habe da so eine Idee, wodurch ich meine Erfolgsaussichten bei ihm ein wenig verbessern könnte!"

„Lass' hören." Mir schwante nichts Gutes.

„Ich habe dir doch damals, als du zum ersten Mal hier warst, dieses Buch gezeigt", begann sie zögernd. Ich nickte. „Das mit den Zaubersprüchen, ich erinnere mich."

„Da gibt es einen Spruch, der darauf abzielt, die Liebe eines Mannes zu entfachen."

„Ach wirklich? Sagtest du nicht, dass es lebensgefährlich sei, sich mit sowas zu befassen?"

„Jein. Schwarze Magie ist gefährlich, die Sprüche im Buch sind es nicht."

„Hm. Aber du willst doch mit dem Ritual nachhelfen, einem Menschen ohne sein Wissen deinen Willen aufzuzwingen. Wenn das nicht in die schwarze Ecke gehört, was denn dann? Du tust doch nicht ihm, sondern dir etwas Gutes damit …"

„Woher weißt du denn, dass ich ihm nicht auch einen Gefallen erweise? Ich würde einfach alles für ihn tun. Eine perfektere Freundin kann er sich gar nicht wünschen."

Sie wollte es offensichtlich nicht verstehen. Wohl wissend, dass sie jeden noch so sinnvollen Einwand mit ihrer eigenen verworrenen Logik niederschmettern würde, gab ich auf.

„Okay, du hast gewonnen. Was soll ich tun?"

Eifrig blätterte sie in ihrem magischen Buch. Plötzlich hielt sie inne. „Da – das ist es. Wir brauchen bestimmte Kräuter und Essenzen, die werde ich in der nächsten Woche besorgen. Am Tag des Neumonds müssen wir uns dann treffen und den Spruch aufsagen."

„Klingt unkompliziert. Wann ist denn Neumond?"

„Freitag in zwei Wochen, das habe ich bereits gecheckt. Hast du Zeit?"

Ich seufzte „Ich werde sie mir nehmen. Die Sache scheint dir ja viel zu bedeuten."

„Ungemein viel. Er ist der Mann meiner Träume."

Ich fragte mich, was ihr Traummann neben seinem schönen Körper noch zu bieten hatte. Marlene jedenfalls schien das nicht weiter zu interessieren. Innerlich schüttelte ich den Kopf über ihre oberflächliche, pubertäre Einstellung. Da ich an die Wirkung des Rituals aber nicht glaubte und die ganze Zauberspruch-Geschichte ohnehin für Humbug hielt, sah ich keinen ernsthaften Grund darin, ihr den Spaß zu verderben. Außerdem hatte das Gefühl, einmal eine richtige Hexe zu sein, einen ganz eigenen Reiz.

Zu allen Schandtaten bereit, stand ich zweieinhalb Wochen später wieder in Marlenes Diele. Merkwürdige Gerüche zogen durch die Wohnung. Kaum hatte ich mich meiner Jacke entledigt, da schob mich meine Freundin auch schon aufgekratzt in Richtung Wohnzimmer. „Überraschung", gluckste sie und deutete auf ihren grünen Ohrensessel. Dort lagen ineinander verschlungen zwei schlafende Siam-Katzen. Ich betrachtete sie verzückt. Es waren außergewöhnlich schöne Exemplare.

„Keine Hexe ohne Katze, die beiden werden die Wirkung des Zaubers noch verstärken", meinte Marlene zufrieden.

„Sag' bloß, du hast dir die beiden nur für den heutigen Abend ausgeliehen ...", ungläubig schüttelte ich den Kopf.

„Gott bewahre. Ich habe sie letzte Woche bei einem Tutzinger Züchter erworben. Sie haben meine Finanzplanung der nächsten drei Monate gesprengt. Aber was soll's? Sind sie nicht einfach unglaublich?"

„Ja, das sind sie tatsächlich. Schön, dass du nun nicht mehr so alleine bist."

„Das werde ich ab morgen sowieso nicht mehr sein", trällerte sie fröhlich. Ich hoffte inständig, dass sie nach ihrem heutigen Höhenflug nicht ungebremst in ein tiefes Loch sauste, wenn sie feststellen musste, dass ihr Objekt der Begierde sich nicht verhexen ließ.

„Wie heißen die beiden Schönheiten denn?"

„Maya und Mephisto. Sie sind aus einem Wurf."

„Welch ungewöhnliche Namen. Aber ich muss zugeben, sie machen der hoheitsvollen Eleganz ihrer Träger alle Ehre." Inzwischen war das Katzenpärchen erwacht und vier leuchtend blaue Augen musterten mich aufmerksam.

Marlene zupfte nervös an den Troddeln der Tischdecke herum. „Lass' uns jetzt anfangen. Ich habe alles bis ins kleinste Detail vorbereitet." Während sie begann, in einer Schale Räucherwerk und Kohle zu entzünden, machte ich es mir auf dem Sofa gemütlich und harrte entspannt der Dinge, die da kommen sollten. Nachdem Marlene ein paar brennende Kerzen nach einem scheinbar vorgegebenen System um die Schale herum drapiert hatte, nahm sie einen tiefen Atemzug und griff nach ihrem magischen Buch.

„Denk' nun ganz fest an den Namen Markus und konzentrier' dich dabei mit aller Kraft auf die Worte, die ich spreche. Wir beide müssen eins werden mit ihrem Sinn." Ich schloss meine Augen und tat, wie mir geheißen. In meinen Gedanken formulierte ich unablässig den gewünschten Namen.

Mit kräftiger, eindringlicher Stimme begann Marlene, nach einem kurzen Augenblick der meditativen Versenkung, wieder zu sprechen.

„Mächte des Tages und der Nacht, Hüter über Erde, Wasser, Luft und Feuer! Ich rufe euch an mir zu Willen zu sein! MARKUS sollt ihr an mich binden, nur bei mir darf Ruh' er noch finden. Eilt herbei, um zu erobern, schafft mit eurer ganzen Macht, was allein ich nicht vermag! Das verlang' ich, das begehr' ich, das befehl' ich zu erfüllen!"

Die Worte waren kaum verhallt, da brach die Hölle los. Die Flammen der Kerzen loderten auf, Maya sprang mit einem Satz von ihrem Sessel und raste wie von der Tarantel gestochen über den Tisch hinweg in Richtung Küche. Mephisto krallte sich wild fauchend in die Rückenlehne des Sofas. Sprachlos beo-bachtete ich das Geschehen. Seelenruhig stellte Marlene die umgeworfenen Kerzenständer wieder auf und kommentierte das Chaos mit einem lapidaren „Das scheint geklappt zu haben." Vorsichtig versuchte sie, ihren Kater von der Couch zu trennen. Ein einigermaßen schwieriges Unterfangen wie sich zeigte. Er hatte seine scharfen Krallen wie Widerhaken im Polster versenkt. Nach minutenlangem Gezerre schaffte Marlene es endlich, ihn loszueisen. Seine hellen Augen funkelten wütend.

„Er scheint ziemlich aufgeregt zu sein, ich werde ihn besser ins Schlafzimmer bringen, da kann er sich beruhigen", meinte sein Frauchen entschuldigend.

„Ich frage mich, was hier vor sich geht", ratlos blickte ich auf das harmlos wirkende Buch auf dem Tisch. „Du weißt wirklich nicht, was hier los ist?" Lachend verließ Marlene mit Mephisto auf ihrem Arm das Zimmer. Dass das Durcheinander in irgendeinem Zusammenhang mit unserem Ritual stehen konnte, hielt ich für ausgeschlossen. Hatten Rassekatzen nicht den Ruf, mental bisweilen ziemlich labil zu sein? Diese beiden waren es offensichtlich in besonderem Maße. Und die Kerzen? Hatte ich kurz bevor sie auflodertenn nicht einen deutlichen Windhauch gespürt? Sicher waren die Fenster nicht ganz dicht und es hatte einen leichten Durchzug gegeben. Ich zuckte die Schultern. Es gab also durchaus nachvollziehbare Erklärungen für das gerade erlebte Durcheinander. Mit Hokuspokus hatte das rein gar nichts zu tun. Gleichmütig wartete ich auf Marlenes Rückkehr. Summend erschien sie nach einigen Augenblicken in der Tür. „Ich habe einen Bärenhunger. Wie wäre es mit einer ordentlichen Portion Spaghetti Bolognese?"

„Für mich immer, das weißt du doch!" Nach wie vor war ich weit und breit für meinen gesegneten Appetit bekannt. Dass ich noch in Konfektionsgröße 36 hineinpasste, verdankte ich eher einer Laune der Natur als meiner Disziplin im Hinblick auf kulinarische Genüsse.

Der Abend neigte sich mit einem Berg meiner heiß geliebten Teigwaren friedlich seinem Ende entgegen. Maya und Mephisto ließen sich nicht mehr blicken.

Am nächsten Morgen klingelte in aller Frühe das Telefon. Ein Blick auf meinen Wecker zeigte mir, dass dies keine Uhrzeit war, zu der anständige Leute am Wochenende anriefen. Stöhnend zog ich mir mein Kissen über den Kopf.

„Vielleicht ist irgendwas passiert", murmelte Tobi verschlafen, machte aber keine Anstalten, sich zu erheben. Penetrant schellte es weiter. Schließlich war ich hinreichend genervt, um der anhaltenden Belästigung nicht länger standhalten zu können. Schimpfend stand ich auf und riss den Hörer von der Gabel.

„Ja!"

„Hallo Lisa, Marlene hier …"

Pause. Die Stimme am anderen Ende der Leitung brach ab. „Sag' mal, weißt du eigentlich, wie spät es ist?"

„Ungefähr sechs Uhr", die Antwort kam zögernd, kleinlaut. Sehr ungewöhnlich für meine sonst so selbstbewusste Freundin. Das schlechte Gewissen triefte mir aus dem Hörer entgegen. Ich seufzte. „Okay, was ist los?"

„Markus stand gestern Nacht vor meiner Tür."

„*Was?*" Mit einem Schlag war ich hellwach.

„Du hast schon richtig gehört. Er ist gekommen."

„Ich fass' es nicht! Wie hast du das denn geschafft?"

Sie räusperte sich. „Du weißt doch ganz genau, wie *wir* das geschafft haben."

„Das glaubst du doch wohl selber nicht. Woher kannte er denn deine Adresse?"

„Die hatte ich ihm schon vor zwei Wochen in die Hand gedrückt, aber er hat bisher keinen Gebrauch davon gemacht."

„Und mit welcher Begründung hat er es gestern getan? Hast du ihn angerufen, nachdem ich gegangen war?"

„Natürlich nicht. Das hätte ich nie gewagt. Er kam gegen ein Uhr. Ich hatte mich gerade ins Bett gelegt. Plötzlich klingelte es Sturm an der Haustür. Als ich feststellte, wer mich zu so später Stunde noch beehren wollte, bekam ich einen Mordsschreck, das kannst du mir glauben!"

„Und dann? Hast du die Tür geöffnet oder dich unter deiner Bettdecke verkrochen?"

„Ich habe die Tür geöffnet. Ich war neugierig, was ihn zu so später Stunde zu mir getrieben hat. Er sagte, dass er selbst nicht wisse, warum er mich unbedingt treffen müsse. Auf einmal wäre da ein ganz merkwürdiges Gefühl in seinem Inneren, gegen das er nicht ankäme. So etwas sei ihm noch nie passiert. Dabei hat er mich angesehen wie ein verliebter Dackel."

„Ist doch toll. Warum auch immer er diese plötzliche Anwandlung hat – genieß' es doch einfach", erwiderte ich trocken. Was Marlene bewusst oder unbewusst getan haben mochte, um ihren Markus zu sich zu lotsen, würde mir wohl verborgen bleiben – das Ritual hielt ich jedenfalls nicht für den Auslöser.

„Verstehst du es nicht oder willst du es nicht verstehen?", sie schrie nun fast, „ich habe ihn durch den Zauberspruch an mich gebunden. Er ist mir auf Gedeih und Verderb ausgeliefert. Ich muss die ganze Sache rückgängig machen, sonst fällt der Bann auf mich zurück!"

„Ich verstehe dich nicht, Marlene. Seit Wochen schwärmst du mir von diesem Typen vor. Tust alles, um ihn für dich zu gewinnen. Und nun hast du ihn endlich so weit und bist immer noch nicht zufrieden – was willst du eigentlich?" Ich war das Theater leid und wollte wieder in mein warmes Bettchen kriechen.

„Ja, ich wollte ihn um jeden Preis. Dass das Ritual allerdings so durchschlagend wirken würde, damit habe ich nicht gerechnet. Es macht mir Angst. Schreckliche Angst. Wir müssen es rückgängig machen. Sofort."

„Verstehe. Du willst die Geister, die du riefst, wieder loswerden. Hast du wenigstens, bevor du ihn wieder seinem eigenen Willen überlässt, ein wenig Spaß mit ihm gehabt?" Marlene registrierte die Ironie in meiner Stimme nicht.

„Nun ja, wir haben ein bisschen geknutscht. Dann habe ich ihn nach Hause geschickt. Ich wollte nicht, dass er etwas tut, das nicht seinem freien Willen entsprungen ist."

„Wie ritterlich von dir. Was erwartest du jetzt von mir?"

„Ich habe bereits nachgelesen, wie wir den Bann wieder aufheben können. Ich muss eine Puppe basteln, mit einigen Sprüchen belegen und sie schließlich in Flussnähe in der Erde vergraben."

„Auch das noch. Brauchst du mich dazu?"

„Allerdings, sonst hätte ich dich nicht in aller Frühe aus dem Bett geschmissen. Kannst du gleich kommen? Ich will diese schreckliche Sache hinter mich bringen."

Ich seufzte vernehmlich. „Frei nach dem Motto mitgefangen, mitgehangen – oder? Mir bleibt wohl nichts anderes übrig. Aber eines sage ich dir, so einen Blödsinn mache ich nicht noch einmal mit!"

„Keine Sorge, mein Bedarf an Liebeszauber ist für alle Zeiten gedeckt!"

Zwei Stunden später hatten wir dem vermeintlichen Spuk ein Ende gesetzt. Ich hielt die Sache noch immer für einen Scherz, Marlene allerdings war nach Beerdigung der selbstgebastelten kleinen Stoffpuppe unendlich erleichtert. Markus ließ sich bei ihr nie wieder blicken und sie erwähnte ihn mit keinem Wort mehr. Versteht sich von selbst, dass wir von weiteren Ritualen dieser Art künftig Abstand nahmen.

– 41 –

Während ich in meinen esoterischen Höhenflügen schwelgte, schlitterte Jan in seinem jugendlichen Leichtsinn auf ausgesprochen dünnes Eis.

„Hey, Schwesterchen, wie geht's denn so?" Bestens gelaunt stand er eines Abends vor meiner Haustür und hob mich übermütig in die Luft. „Lange nicht gesehen!"

„Und ob, viel zu lange, du treulose Tomate! Seit Weihnachten kein Lebenszeichen, ich dachte schon, du hast uns vergessen. Was gibt's Neues in der Welt der schnellen Beats?"

Jan veranstaltete mit wachsendem Erfolg große Techno-Partys. Mit seinem Job als Lagerist und der Durchführung seiner Events war er vollkommen ausgelastet. Dass ein Besuch der Schwester da nicht unbedingt erste Priorität hatte, nahm ich ihm nicht weiter übel.

„Da gibt es allerdings Neuigkeiten. Ausgesprochen Aufregende sogar." Er machte eine künstlerische Pause.

„Jetzt mach's nicht so spannend – bist du bei der Love-Parade dabei oder was?"

„Viel besser! Kennst du das ‚Nightwish' auf der Leopoldstraße?"

„Das ehemalige ‚Round 5'? Da drin habe ich wer weiß wie viele Nächte meines Lebens verbracht. Wieso? Was hast du damit zu tun?"

„Stell' dir vor, einziges Schwesterherz, ich bin der neue Pächter."

„Du bist ... der Pächter vom Round 5?" Ich schnappte nach Luft. Das waren weiß Gott Neuigkeiten! „Aber du hast doch gar keine Ahnung von Gastronomie! Läuft der Laden überhaupt noch? Seitdem sie das Konzept von Rock auf Pop umgestellt haben, bin ich nie wieder drin gewesen." Ich wollte ihm die Freude über seinen Coup nicht verderben und doch – die Vorstellung, dass Jan sich im Münchener Nachtleben gegen eine knallharte Konkurrenz behaupten musste, behagte mir gar nicht. „Du siehst mich wirklich geplättet, Brüderchen. Wie kam es denn zu diesem Wahnsinns-Deal?"

„Och, das ging irgendwie alles superschnell. Ich wollte den aktuellen Pächter eigentlich nur dazu bewegen, mir den Laden einmal in der Woche für eine Veranstaltung zur Verfügung zu stellen. Er fand mein Konzept genial und meinte, er würde mir das Feld gegen Zahlung einer Ablöse komplett überlassen. Et voilà – jetzt bin ich Chef!"

„Du liebes bisschen! Wie hoch war denn die Ablöse? Und wichtiger noch – was zahlst du monatlich an Pacht? Hast du dir die Bilanzen der letzten drei Jahre angesehen?"

Ob meiner geringen Begeisterung für sein neues Projekt wurde er ungeduldig. „Du glaubst doch nicht im Ernst, dass man zu Eduard Morina gehen und Nachweise für den Erfolg seiner Lokalitäten verlangen kann? Wer bin ich, dass ich dem ungekrönten König der Münchener Szene mein Misstrauen ausspreche?"

„Na hör' mal – ich habe nicht gesagt, dass du ihn um seinen Hausschlüssel bitten sollst, sondern lediglich um die Bestätigung, dass du nicht auf ein totes Pferd aufspringst. Wenn ein Herr Morina das nicht als völlig normales Geschäftsgebaren ansieht – Sorry, dann ist er eben kein vertrauenswürdiger Partner für solch eine Sache!"

Jan winkte ab „Der Laden läuft, das weiß ich. Nicht so gut wie vor drei Jahren, als sich die Leute am Eingang gestapelt haben, aber um die Kosten zu decken, reicht es noch immer problemlos." „Apropos – was musst du nun an Pacht berappen?"

Jan schob trotzig die Unterlippe vor. Er schien zu überlegen, ob die Nachricht nicht zu viel für meine schwachen Nerven war.

„Nun sag schon!" drängte ich ihn, auf das Schlimmste gefasst.

„Rund 40 000 Mark im Monat." Als er mein entsetztes Gesicht sah, beeilte er sich hinzuzufügen „wir reden hier von einer Toplage. Die hat eben ihren Preis."

Ich war alles andere als überzeugt. „Ich hoffe, du weißt, was du tust. Ich würde mich auf eine derart riskante Sache niemals einlassen."

„Erstens bin ich nicht du und zweitens kenne ich die Münchener Szene aus dem Effeff. Glaub' mir, ich habe mir das gut überlegt." Da er keine Lust auf weitere bohrende Fragen meinerseits hatte, bewegte er sich eilig in Richtung Haustür.

„Ich bin furchtbar im Stress, muss noch Getränke für heute Abend besorgen. Entspann' dich, große Schwester, es wird schon klappen. Wir lassen bis Ende Juni erst mal alles unverändert weiterlaufen. Einzige Neuerung sind die Techno-Partys, die jeden Freitag steigen. Im August schließen wir dann und bauen komplett um, damit wir Mitte September in neuem Glanz und mit überarbeitetem Konzept wieder öffnen können. Wünsch' mir Glück!" Mit den letzten Worten verschwand er bereits im Treppenhaus.

„Das tue ich", rief ich ihm nach, bevor er um die Ecke gebogen war und wiederholte leise für mich, „das tue ich wirklich von Herzen, kleiner Bruder."

In den nächsten Wochen hörte ich nur sporadisch von Jan. Die Umsätze in der Disco liefen schlecht, er pflegte das wage mit saisonal bedingten Schwankungen zu begründen. Ich war überzeugt davon, dass der durchtriebene Eduard Morina nur einen Dummen gesucht hatte, der hinreichend zahlungsfähig war, um ihm den Klotz an seinem Bein für eine unverschämt hohe Ablöse abzunehmen. Mein begeisterungsfähiger und leider allzu naiver Bruder war ein leichtes Opfer für ihn gewesen. Jan hoffte darauf, dass sich die Lage nach dem Umbau deutlich bessern würde. Ich betete darum, dass er Recht behielt und nicht blindlings in seinen finanziellen Ruin lief.

Inzwischen war die Zeit der Übernahme unserer Nymphenburger Eigentumswohnung endlich gekommen und ich war in jeder freien Minute mit den anlaufenden Renovierungsarbeiten beschäftigt. Jans existenzielle Probleme traten vor solch wichtigen Fragen, für welche Art von Parkett man sich nun im Wohnzimmer entscheiden solle, in den Hintergrund. Es verging kein Tag, an dem ich nicht im Dienste der Verschönerung unseres neuen Domizils im Einsatz war. Die Böden mussten erneuert, die hässlichen orange-farbenen Fliesen in der Küche abgeschlagen werden. Ganz zu schweigen von den kräftezehrenden Malerarbeiten. Sechs Wochen lang schufteten Tobi und ich bis zur Erschöpfung, dann war es so weit: Wir bezogen unser erstes eigenes Heim.

Bei all der Betriebsamkeit der letzten Monate hatte ich wenig Muße gefunden, mir über die Qualität meiner Beziehung zu Tobi ernsthaft Gedanken zu machen. Nach Außen hin schienen wir eine Bilderbuch-Ehe zu führen, ein Blick hinter die Kulissen aber brachte schwere Risse und Abnutzungserscheinungen ans Licht. Das innige Gefühl, das ich einst für ihn gehegt hatte, wollte sich auch nach unserem Umzug nicht wieder einstellen. Trotzdem kann ich nicht behaupten, dass ich unglücklich war. Im Grunde hielt ich es mit dem Motto einer berühmten Filmschauspielerin, die einmal gesagt hat, dass man mit dem Falschen wunderbar leben könne, bis der Richtige gefunden sei. Und mit Tobi lebte es sich schließlich nicht schlecht. Er war weder unfreundlich zu mir noch mangelte es uns am nötigen Kleingeld. Einzig seine oberflächliche Art, die Dinge zu betrachten, und seine hartnäckige Weigerung, mich als Familienmitglied ersten Ranges zu akzeptieren, bereiteten mir nachhaltige Kopfschmerzen. Aber es gab schließlich Schlimmeres. Geschlagen werden zum Beispiel oder kein geregeltes Einkommen zu beziehen. Erfahrungen solcher Art blieben mir immerhin erspart.

So saßen wir mit Ende zwanzig wie ein alterndes Ehepaar in unserem neuen Zuhause, das in meiner Wahrnehmung den Charme eines Museums versprühte: Die Räume vollgestopft mit mehr oder weniger kostbaren Antiquitäten und jeder Quadratmeter bis ins kleinste Detail durchgestylt. Nie lag irgendwo auch nur eine Socke herum. Der Wohnung fehlte die urige Gemütlichkeit, die das geordnete Durcheinander meiner ehemaligen Behausungen immer ausgeströmt hatte. Letztlich war mir klar, warum ich mich wie ein Gast im eigenen Reich fühlte – die Wohnung gehörte Tobi und obwohl er mir großzügig zugestanden hatte, einige Kleinigkeiten nach eigenem Gutdünken zu entscheiden – es war *sein* Platz, nicht meiner. Bei aller inneren Ablehnung meinem neuen Heim gegenüber genoss ich aber immerhin den Vorteil, dass sich mein Weg zur Arbeit wesentlich verkürzt hatte.

Nach wie vor machte ich nämlich jene Münchener Bankfiliale, in welche ich im Fahrwasser meines Chefs gewechselt war, als Vertriebsassistentin unsicher. Nicht gerade eine geistige Herausforderung, aber in Anbetracht der Unruhe in meinem Privatleben sicherlich vorübergehend eine ganz akzeptable Lösung.

So wären Tobi und ich wahrscheinlich noch jahrelang in trüben Beziehungsgewässern vor uns hingedümpelt, wenn uns nicht ein unvorhersehbares Ereignis schlagartig aus unserer Lethargie gerissen hätte. Ein Ereignis, das mir drastisch klar machen sollte, dass mein Platz überall auf dieser Welt war, nur nicht an seiner Seite.

Der Sommer war in unsere oberbayerischen Gefilde eingekehrt und wie jedes Jahr um diese Zeit nahte Schwiegermutter Lenis Geburtstag. Ein Freudentag für die gesamte Familie, keine Frage, jährte sich ihr Wiegenfest doch heuer zum 60. Mal. Selbstverständlich wollte Vater Heller seinem gehobenen Status Rechnung tragen und entsprechend vornehm feiern. Schließlich war man ja nicht irgendwer. Man gehörte im Würmtal zur besseren Gesellschaft und das will schon etwas heißen. Welche Lokalität wäre für so einen Anlass da passender als der Bogenhausener Feinkosttempel „Käfer"? Dort hatte man bereits Schwiegervaters Ehrentag angemessen begossen. So wurden die braven Söhne samt ihrem weiblichen Anhang für die nahende Schlemmerorgie eingeplant. Mit Grausen sah ich jenem denkwürdigen Tag im Juni entgegen. Meine freundschaftlichen Gefühle den Schwiegereltern gegenüber hatten sich im aufreibenden Tauziehen um unsere Eigentumswohnung merklich abgekühlt, von weiteren Sympathieträgern wie Tobis Bruder und dessen überspannter Freundin ganz zu schweigen. Wer noch so alles erscheinen würde, interessierte mich nicht im Geringsten. Ich sah nur diese bedrohliche Konstellation auf mich zurollen und suchte fieberhaft nach einem Ausweg. Ein Mauseloch, in das ich mich verkriechen konnte, um der hellerschen Meute zu entgehen.

So sehr ich mich aber auch drehte und wendete, mir fiel keine Ausrede ein, die mich vor diesem erzwungenen Zusammentreffen bewahren konnte. Da eilte mir ganz unerwartet mein Körper zur Hilfe, indem er die einzig wahre Reaktion auf mein Dilemma zeigte: Er wurde krank. Und was wäre besser geeignet gewesen, um einem Festmahl zu entgehen, als eine zünftige Magen-Darm-Grippe? Fast nichts. Pünktlich drei Tage vor Lenis rundem Geburtstag durfte ich mich mit ärztlichem Segen ins Bett legen. Eine Woche lang war ich krankgeschrieben und mitten drin Schwiegermutters Geburtstagsfest. Perfekt. Zufrieden knüselte ich mich mit Merlin an meiner Seite auf die Wohnzimmercouch und dankte meinem gut funktionierenden Biorhythmus für seine freundliche Unterstützung. Selbstverständlich würde Tobi mich in der hellerschen Runde angemessen vertreten. Wer könnte schließlich von mir verlangen, dass ich ausgerechnet mit Magen-Darm-Grimmen an einer derartigen Veranstaltung teilnahm? Nicht einmal die anhänglichen Heller-Eltern, davon war ich überzeugt. Da ich aber zeigen wollte, dass mir als loyaler Schwiegertochter Lenis großer Tag nicht gleichgültig war, ließ ich mich gnädig dazu herab, ihr am Geburtstagsmorgen unser liebevoll verpacktes Geschenk persönlich zu überbringen. Mein Mann zeigte sich äußerst zufrieden mit mir ob dieser großzügigen Geste. Immerhin war ich ja offiziell krankgeschrieben und musste eigentlich das Bett hüten.

Meinen angeschlagenen Zustand betonend überreichten wir pflichtschuldigst eine wirklich schöne Jugendstilvase mitsamt unseren wärmsten Empfehlungen für die kommenden Lebensjahre. Leni wirkte erfreut. „Die ist wirklich wunderschön! Wie lieb von euch. Schade, dass du heute Abend nicht dabei sein kannst, Lisa!"

Ich bedachte sie mit meinem zerknirschtesten Lächeln. „Mir tut das auch unheimlich leid, aber ich konnte seit Tagen außer Zwieback und Fencheltee nichts zu mir nehmen und mein Kreislauf ist am Boden." Das war nicht einmal gelogen.

Inzwischen hatte Vater Heller unbemerkt den Schauplatz des Geschehens betreten. „Ach, ist er das?", schneidend richtete er das Wort an mich „interessiert die gnädige Frau auch zu hören, wie es Leni gesundheitlich geht, seitdem wir wissen, dass du dich wieder einmal erfolgreich vor einem Familienabend drückst?" Ich starrte ihn entgeistert an. Nie hatte ich ihn in einem derartigen Ton reden hören. „Ich drücke mich nicht. Ich bin tatsächlich …", setzte ich zu meiner Verteidigung an.

„So furchtbar krank, dass du das warme Bettchen nicht für zwei Stunden verlassen kannst? Willst du mir das etwa weißmachen? Für wie blöd hältst du uns eigentlich?"

„Aber Papa …", tönte es vorsichtig aus Tobis Richtung. Mein Schwiegervater winkte ungeduldig ab. „Nein, Tobias, jetzt rede ich. Deine Mutter hat seit drei Tagen Herzrasen – seit dem Moment als deine liebe Frau uns wieder einmal eindrucksvoll gezeigt hat, dass sie mit uns nichts zu tun haben will. Ich habe es satt, mich immer und immer wieder von ihr vor den Kopf stoßen zu lassen, nach allem was ich, was wir für euch beide getan haben. Lisa ist nicht einmal ansatzweise dazu bereit, sich als Teil unserer Familie zu bekennen."

„Papa, so kannst du das wirklich nicht sagen …", versuchte mein mir angetrauter Ehemann zögerlich Partei für mich zu ergreifen. Wieder unterbrach ihn der väterliche Redeschwall. „Ich erinnere mich noch gut daran, als Lisas Vater 50 wurde. Bist du nicht von Wien für einen Tag ins Sauerland gefahren, um seinem Fest beiwohnen zu können? Zweitausend Kilometer für ein paar lächerliche Stunden? Nichts war dir je zu viel, wenn es um Lisas Familie ging. Und was tut sie im Gegenzug für dich? Was tut sie, um ihre Wertschätzung uns gegenüber zu beweisen?" Eisig blickte er erst mich dann Tobi an. „Richtig, sie tut nichts. Danke Lisa, dass du meiner Frau nicht nur das Weihnachtsfest, sondern auch den Tag, dem sie seit Wochen entgegenfiebert, verdorben hast!"

Wie versteinert starrte ich meinen entfesselten Schwiegervater an, jenseits jeglicher Möglichkeit, ein Wort zu meiner Entschuldigung zu formulieren. Die Tränen liefen mir in stummen Strömen über das Gesicht. Hilflos streckte ich meinem Mann die Hand entgegen, in der Hoffnung, dass er für mich sprechen würde. Im Vertrauen darauf, dass er für mich einstehen und mit klarer Argumentation darlegen würde, dass ich im Grunde meines Herzens weder bösartig noch selbstsüchtig war. Nur er konnte wissen, wie schwer es mir fiel, einen angemessenen Platz in seiner Familie einzunehmen. Nur er konnte ermessen, wie hoch meine innere Anspannung sein musste, dass ich davon krank wurde. Denn eines war klar: Ich simulierte nicht, sondern hatte tatsächlich mit den unangenehmen Symptomen zu kämpfen. Allein – er war zu schwach, um auch nur einen Versuch zu unternehmen, sich gegen seinen übermächtigen Vater aufzulehnen. Verunsichert blickte er von einem zum anderen. In die bedrückende Stille hinein, presste ich mühsam die einzigen Worte, die ich hervorbringen konnte „Ich möchte jetzt nach Hause. Es tut mir leid, dass ich Leni Kummer bereitet habe." Damit drehte ich mich um und ging niedergeschlagen in Richtung Haustür. Unglücklich folgte mir meine Schwiegermutter „Lisa, nimm dir das nicht so zu Herzen. Du weißt doch, wie empfindlich Hans reagiert, wenn er um mein Wohlergehen fürchtet. Wir haben dich gern, ob du heute Abend kommst oder nicht." Herzlich schloss sie mich in die Arme, bevor ich Tobis Elternhaus für immer den Rücken kehrte.

− 42 −

Von diesem Paukenschlag sollte sich meine zwar immer noch junge, aber seit einiger Zeit bereits kriselnde Ehe nicht mehr erholen. Ich hatte nicht nur meine Zuneigung für Tobias, sondern auch jeglichen Respekt ihm gegenüber eingebüßt. In meinen Augen war er nichts weiter als eine Marionette, die nach Belieben seiner Eltern tanzte oder es bleiben ließ. Nachdem ich den ersten Schock überwunden hatte, fasste ich den schwerwiegenden Entschluss, mir mittelfristig einen neuen Lebensmittelpunkt zu suchen, sofern nicht ein deutlicher Ruck durch Tobis Verhalten ging. Glücklicherweise stand ein gemeinsamer Urlaub in Frankreich vor der Tür, eine willkommene Gelegenheit, den dringend nötigen Abstand zwischen Tobis Elternhaus und uns zu legen. Vergeblich hoffte ich allerdings darauf, dass mein Mann sich vom Verhalten seiner Eltern distanzieren würde. Das Gegenteil war der Fall – bei allen möglichen und unmöglichen Gelegenheiten bedrängte er mich, von meiner Seite aus den Kontakt mit ihnen wieder aufleben zu lassen. Obwohl ich mich in dieser Sache stur stellte, war ich zum endgültigen Bruch mit ihm noch nicht bereit.

Wieder in Deutschland warfen große Ereignisse ihre langen Schatten voraus: Jan hatte es tatsächlich geschafft. Die Disco auf der Leopoldstraße war renoviert und würde in Kürze unter dem verheißungsvollen Namen „Insomnia" wieder eröffnet werden. Schlaflose Nächte standen uns in der Tat bevor. Allerdings in einem Rahmen, der selbst meine ausgesprochen blühende Fantasie sprengte.

Mit einem Techno-Event der Extraklasse sollte das neue Konzept an den Start gehen: Die Ausnahme-DJs Laurent Garnier und Tomcraft waren verpflichtet worden, um für eine überkochende Stimmung zu sorgen. Ersterer war, wie mir glaubwürdig versichert wurde, für eingefleischte Raver Weihnachtsmann und Osterhase in Personalunion. Es versprach also interessant zu werden. Obwohl ich mich noch immer eher der Rockmusik verbunden fühlte, wollte ich mir Brüderchens großen Auftritt natürlich nicht entgehen lassen.

Einige Tage vor der rauschenden Eröffnungsfeier besuchte ich Jan in seinem neuen Wirkungskreis. In meiner Sturm- und Drangzeit hatte ich mir an genau diesem Ort unendlich viele Nächte um die Ohren geschlagen. Ein merkwürdiges Gefühl, nun bei hellem Tageslicht in die Katakomben der dröhnenden Bassrhythmen zurückzukehren. Unten angekommen konnte ich meine Begeisterung nicht verhehlen: Der riesige Raum war schwarz gestrichen und dann mit neon-farbenen Zeichnungen von erlesener Güte versehen worden.

„Das hättest du nicht erwartet, stimmt's Schwesterchen?", sagte Jan zufrieden in Anbetracht meiner andächtigen Sprachlosigkeit. Ich schüttelte den Kopf: „Darauf kannst du wetten!"

„Es fehlt nur noch das Kunstwerk, das den Eingangsbereich zieren soll, ein Frauenkopf in Alienmanier, dann sind wir fertig." Ich war überwältigt. Nie hätte ich meinem kleinen Bruder zugetraut, ein solches Projekt durchzuziehen. Der Erfolgsdruck, der nun auf ihm lastete, musste enorm sein. Neugierig betrachtete ich die Wandmalereien und fragte beiläufig:

„Wer sind denn wir?" „Zwei Rumänen und ich – Marlon, der Künstler, der das alles hier geschaffen hat, ist gleichzeitig ein alter Hase in der Gastronomie. Er wird mir eine Zeit lang zur Seite stehen, bis das Geschäft läuft und ich alleine weitermachen kann. Alain, den Dritten im Bunde, habe ich von Morina übernommen. Er war als Oberkellner bei ihm angestellt und kennt den Laden wie kein anderer."

„Das hört sich ja genial an! Wenn du unter diesen Umständen keinen Erfolg hast, verstehe ich die Welt nicht mehr." Bevor Jan mir eine Antwort darauf geben konnte, schaltete sich eine auffallend grell geschminkte Blondine in unser Gespräch ein. Leutselig reichte sie mir die Hand und begann sogleich fröhlich zu plappern. „Hallo, ich bin Valentina! Mein Freund ist der Kunstmaler, der all diese Wände verschönert hat. Hat er das nicht wahnsinnig toll hinbekommen? Ich krieg' mich überhaupt nicht mehr ein! Komm' mit, ich muss ihn dir unbedingt vorstellen." Schon schob sich mich energisch in Richtung Bar. Fragend drehte ich mich zu Jan um, doch der dachte offensichtlich nicht daran, mir zur Hilfe zu kommen und zuckte nur grinsend die Schultern.

„Schau', da drüben steht er." Stolz deutete die blonde Sirene auf einen jungen Mann mit wallendem dunkelbraunen Haar. Er machte sich gerade an einem Gläserregal zu schaffen. Als er uns kommen sah, hob er lässig die Hand zum Gruß. „Hi, ich bin Marlon."

„Das ist die Schwester von Jan", stellte Valentina mich wichtig vor. Der hübsche Kunstmaler lächelte liebenswürdig.

„Soso, du bist demnach Lisa. Ich habe schon viel von dir gehört!"

„Oje, sicher nichts Vernünftiges …", antwortete ich ein wenig zu schnell, geschmeichelt durch die freundliche Aufmerksamkeit, die er mir entgegenbrachte.

„Ganz im Gegenteil, nur das Allerbeste!" Galant küsste er meine Hand. Ich war hin und weg. Er entsprach nicht nur meinem bevorzugten Typ Mann, er war auch noch überaus charmant. Seiner Freundin blieb die knisternde Spannung, die sich zwischen Marlon und mir zunehmend aufbaute, nicht verborgen. Sie beeilte sich, mich von ihrem Liebsten fortzuziehen. „Ich muss dich noch rasch mit Alain bekannt machen, er ist in der Küche. Die Eröffnung steht vor der Tür und die Jungs arbeiten rund um die Uhr. Du weißt schon – keine Zeit, um lange Reden zu schwingen." Der warnende Blick, den sie Marlon im Vorübergehen zuwarf, entging mir nicht.

Zuhause beim abendlichen Küchendienst geriet ich ins Schwärmen. „Stell' dir vor, Tobi, der Jan hat's tatsächlich geschafft. Er hat die schönste Disco, die ich jemals gesehen habe! Die Eröffnung darfst du dir auf keinen Fall entgehen lassen!"

Wenig begeistert rubbelte mein Mann die Pfanne in seiner Hand trocken. „Muss das unbedingt sein? Du weißt doch, dass ich mit Veranstaltungen dieser Art so gar nichts anfangen kann."

„Mag sein, aber du könntest das doch ausnahmsweise einmal für mich tun. Ich hab' es satt, jeden Abend mit dir vor dem Fernseher einzuschlafen. Wir sind doch noch keine 50!" Minutenlang widmete er sich eingehend der fachgerechten Behandlung unseres Spaghetti-Topfes. Plötzlich hellte sich sein Gesicht auf.

„Na gut, wenn es dir so viel bedeutet", lenkte er ein, um sogleich die Gunst der Stunde zu nutzen und sein ganz persönliches Anliegen hinterher zu schieben, „dann habe ich aber auch einen Wunsch anzumelden."

Alarmiert hielt ich inne, wohl wissend, was nun kommen würde. Stumm sah ich ihn an.

„Du weißt doch, wie sehr meine Eltern darunter leiden, dass du jeglichen Kontakt zu ihnen abblockst …"

„Ach, wirklich? Da gibt es ein bis zwei Gründe, die mein unerhörtes Benehmen vielleicht rechtfertigen könnten. Ich habe weiß Gott auch unter dem Verhalten deines Vaters gelitten. Die logische Konsequenz aus dem ganzen Theater ist doch wohl, dass wir uns künftig aus dem Weg gehen!"

„Ich gebe zu, dass er an Mamas Geburtstag etwas über das Ziel hinausgeschossen ist, aber er bereut das sehr und würde es gerne widergutmachen."

„So – würde er das? Warum hat er in den vergangenen Monaten dann nicht den Telefonhörer in die Hand genommen, um sich bei mir zu entschuldigen?"

Er seufzte. „Du kennst doch diese Generation. Ein Fehlverhalten offen zuzugeben bedeutet für sie den totalen Gesichtsverlust. Die Tatsache, dass Papa dich immer wieder mit ins Boot zu nehmen versucht, ist seine Art sich zu entschuldigen. Bitte, gib doch nach – mir zuliebe."

„Gut, lass' uns nicht mehr darüber reden und sag' endlich, was du konkret von mir willst." Ich war es leid, das Thema immer und immer wieder durchzukauen. Warum konnte Tobi mich nicht endlich damit in Frieden lassen? Warum wollte er mich mit aller Macht mit seinen Eltern an einen Tisch zwingen? Für mich war es eindeutig zu früh, die Kommunikation mit ihnen wieder aufzunehmen. Meine Wunde war noch zu frisch und die Tatsache, dass Tobi mich beinahe täglich mit diesem Thema konfrontierte, steigerte meine Ablehnung ins Unermessliche. Nach einer kurzen Pause setzte er vorsichtig an: „Wir wohnen hier nun schon fast vier Monate und ich würde meine Eltern und Dieter so gerne einmal zum Kaffee zu uns einladen." „Dann tu' das doch – wo ist das Problem?"

„Na ja, ich kann das doch nicht über deinen Kopf hinweg verabreden."

„Sag' mir einfach, welchen Termin ihr vereinbart habt und ich werde rechtzeitig das Feld räumen!" „Genau das ist doch das Problem", seufzte er unglücklich, „du sollst als Dame des Hauses eben nicht verschwinden." „Ich soll also nach allem, was passiert ist, mit euch einen auf happy Family machen? Sag' mal, tickst du noch ganz richtig? Außerdem kennen sie unsere Wohnung doch längst!"

„Lisa bitte", flüsterte er und nahm mich in die Arme, „tu' es für mich. Nicht für Leni oder Hans, nur für mich." Erschöpft lehnte ich meinen Kopf an seine Schulter. Diese nicht enden wollenden Querelen zerrten an meinen Nerven. „Okay, ich werde da sein. Aber verlange nicht von mir, dass ich so tue, als ob nichts gewesen wäre!"

Er drückte mich erleichtert. „Nein, das verlange ich nicht. Sei einfach nur da."

Ich fragte mich, wie sehr ihn seine Eltern unter Druck gesetzt haben mussten, damit er es auf sich nahm, in dieser Sache immer wieder mit mir in den Ring zu steigen.

Keine fünf Tage später fielen sie ein. Leni, Hans und Dieter. Betont fröhlich und leutselig. Mir drehte sich bei so viel gespielter Herzlichkeit buchstäblich der Magen um. Ich zwang mich, keine Miene zu verziehen.

„Die Räumlichkeiten sind euch ja wohl bekannt. Nehmt doch schon einmal im Wohnzimmer Platz, während ich den Kaffee hole."

Wenig begeistert musterte Dieter unsere Einrichtung. „Igitt, hier sind überall Katzenhaare! Wie hältst du das bloß aus, Tobi?" „Ist das nicht Gift für deine Allergie?", sprang Leni auf den gleichen Zug auf. Tobias zuckte die Achseln. „Bisher habe ich keine Beschwerden. Auf Merlin scheine ich aus irgendeinem perfiden Grund nicht allergisch zu reagieren." „Katzen sind einfach widerlich. Überall hinterlassen sie ihre Spuren. Und erst die Toilette! Pah, ich weiß, wovon ich rede – nur allzu plastisch sind mir die beiden Mistviecher meiner Ex-Freundin in Erinnerung, die sogar vor ihrem Bett nicht Halt machten. Pfui Teufel!" Gnadenlos stichelte mein Schwager weiter. Leni kicherte. „Dieter, du bist aber auch wirklich sehr pingelig, findest du nicht?" Ich hantierte nebenan in der Küche mit der Kaffeekanne herum und allen Anwesenden musste klar sein, dass ich jedes Wort hören konnte. Wütend kämpfte ich die aufsteigenden Tränen nieder. Warum ließ Tobias es zu, dass seine Familie mich derartig demütigte? Er wusste, wie sehr mein Herz an Merlin hing. Warum schlug er keine Bresche für uns? Warum schaffte er es nicht, nur ein einziges Mal zu zeigen, dass er auf meiner Seite stand? Die Antwort auf diese elementare Frage konnte trivialer kaum sein: Weil er der anderen Seite angehörte. Diese simple Erkenntnis hatte merkwürdigerweise eine befreiende Wirkung auf mich. *Die* würden *mich* nicht kleinkriegen. Keinem von ihnen würde ich jemals wieder eine Gelegenheit geben, mich zu verletzen. Was auch immer mein Mann tun oder lassen mochte – ein Treffen im hellerschen Familienkreis würde mit mir nie wieder stattfinden. Erhobenen Hauptes betrat ich das Wohnzimmer.

„Es ist doch gar nicht so schlecht gelaufen", meinte Tobias aufgeräumt, nachdem seine Lieben wieder verschwunden waren. „Ach, tatsächlich? Schön, dass wenigstens *du* es so siehst!" Der Sarkasmus in meiner Stimme hätte ihm eine Warnung sein sollen. Geflissentlich überhörte er ihn. „Und weil du so tapfer gewesen bist, gehe ich natürlich gerne mit dir zu Jans großer Eröffnung." Ich lächelte süßlich. „Wie ausgesprochen gnädig von dir, Schatz. Aber mach' dir keine Umstände. Ich habe bereits einen Kollegen eingeladen. Der freut sich schon riesig darauf, mit mir dorthin zu gehen."

„Davon hast du mir gar nichts erzählt. Ich freue mich auch darauf. Ehrlich." Beleidigt rückte er die verschobenen Sofakissen zurecht. Wenigstens äußerlich musste bei ihm alles seine Ordnung haben. Inzwischen war es mir vollkommen egal, ob die Party mit oder ohne ihn steigen würde, und ich hatte nicht die geringste Lust, weiter mit ihm zu diskutieren.

„Okay, du kannst es dir ja noch überlegen. Mir zuliebe musst du jedenfalls nicht mitkommen. Ich weiß ja, dass du mit der Musik rein gar nichts anfangen kannst." Und eine Spaßbremse ist das Letzte, was ich an dem Tag gebrauchen kann, fügte ich noch in Gedanken hinzu.

Schließlich war es so weit. Hunderte begeisterter Raver drängten sich erwartungsvoll in Jans neuem Techno-Tempel. Zufrieden beobachtete ich das fröhliche Treiben. Der Laden würde laufen, davon war ich überzeugt. Eine Zentnerlast fiel mir von der Seele. Ich hatte befürchtet, dass mein manchmal allzu blauäugiger Bruder sich mit dieser Sache ernsthaft übernommen hatte. Heute Abend wurde ich eines Besseren belehrt. Die Disco war rappelvoll, die Stimmung bombastisch. Wenn ich auch keinen rechten Unterschied zwischen den einzelnen DJs feststellen konnte, ich amüsierte mich glänzend und genoss die mitreißenden Techno-Beats. Selbst als Tobi trotz der überschäumenden Lebensfreude um uns herum kurz nach Mitternacht an unserem Tisch einschlief, konnte das meine gute Laune nicht trüben. Ich tanzte noch stundenlang ausgelassen mit meinem Kollegen weiter.

Es war das erste und letzte Mal, dass mein Mann sich meinen von nun an häufigen Ausflügen ins „Insomnia" anschloss. Während ich in den kommenden Wochen mehr Nächte in Jans Disco als zu Hause in meinem Bett verbrachte, hielt er brav die Stellung vor unserem Fernseher. Er schien sich keinerlei Gedanken darüber zu machen, warum ich kaum noch Interesse daran zeigte, meine Zeit mit ihm zu verbringen. Offensichtlich vertraute er darauf, dass unsere langjährige Beziehung auch diesen Sturm überstehen würde, und bemerkte dabei nicht, dass ich ihm längst entglitten war und mir peu à peu mein Leben nach Tobi aufbaute.

– 43 –

„Hi Lisa, hast du Lust, mit mir die Tür zu beaufsichtigen?" Marlon, inzwischen zum Mädchen für alles avanciert, funkelte mich herausfordernd an.

„Warum nicht? Ich habe sowieso gerade nichts Besseres zu tun!" Als Türsteher einer Diskothek auf der Leopoldstraße fühlte man sich ohnehin schon ausgesprochen wichtig, und wenn man dabei noch mit einem attraktiven Kunstmaler zusammenarbeiten durfte, machte es umso mehr Spaß. Einzig die Tatsache, dass nach der fulminanten Eröffnungsfeier die Gäste immer häufiger ausblieben, dämpfte meine Begeisterung empfindlich. Zunächst konnte ich mir nicht erklären, warum die Umsätze derartig einbrachen, bei genauerer Betrachtung aber wurde mir klar, dass der miserable Sound und damit die schlecht eingestellte Musikanlage die Schuld an der Misere trug. Jan schaffte es nicht, dieses Problem in den Griff zu bekommen. So wurde die Lage von Woche zu Woche bedenklicher. Allen war klar, dass mein Bruder nur noch einen Schritt vom Abgrund entfernt stand und die Verzweiflung erfasste das gesamte Team. Marlon und Alain konnten wenigstens zu irgendetwas nütze sein, ich jedoch stand hilflos daneben und musste ansehen, wie Jan sein Leben mit Karacho vor die Wand fuhr. Er hatte bereits hohe Kredite aufgenommen, wenn er noch zwei Monate so weiter machte wie bisher, würde er nicht nur pleite sein, sondern Jahre seines Lebens damit verbringen, den ungeheuren Schuldenberg wieder abzutragen. Ich betete zu allen Gottheiten, die mir bekannt waren, das drohende Desaster abzuwenden.

Etwa eine Stunde hatte ich mit Marlon an der Tür gestanden. Kaum ein Gast war erschienen. Erst recht niemand, den man hätte abweisen müssen.

„Lass' uns zur Alabama-Halle fahren und Flyer für unsere After Hour verteilen. Da drüben findet heute Abend ein Rave statt, vielleicht können wir ein paar Leute dazu bewegen, nachher noch bei uns vorbeizukommen." Er versuchte sich seinen Frust nicht anmerken zu lassen.

„Einen Versuch ist es immerhin wert", antwortete ich bedrückt. Besser ein paar Werbeprospekte an den Mann bringen als unnötig herumzusitzen und mit zunehmender Verzweiflung auf Leute zu warten, die nicht kamen. „Ihr könnt meinen Golf nehmen", Alain warf uns seinen Schlüsselbund zu, „aber macht mir bloß keine Delle rein!" „Geht klar. Danke, Bruder!"

Verwirrt sah ich von einem zum anderen. „Ich wusste gar nicht, dass ihr Geschwister seid!"

„Wie kommst du denn darauf, sehen wir uns etwa ähnlich?" Alain rümpfte entrüstet die Nase.

„Du meinst, weil ich ihn Bruder genannt habe? Das ist in unseren Kreisen eine andere Bezeichnung für Freund." Marlon schien sich köstlich über meine Unwissenheit zu amüsieren.

„Was sind denn das für Kreise?"

„Wir sind die Kinder der Nacht, weißt du. Bei uns gelten andere Gesetze als bei euch Tagmenschen. Ihr folgt euer Leben lang dem gleichen langweiligen Trott, wir haben unsere eigenen Regeln. Wenn du willst, zeige ich dir meine Welt – das heißt, falls Jan noch eine Weile durchhält." Die Vorstellung, seine Welt und vor allem ihn näher kennenzulernen, verursachte mir ein durchaus wohliges Kribbeln im Bauch. Er gefiel mir weit besser als ich mir eingestehen wollte. Ich überlegte, was es wohl bedeuten mochte, mit einem Mann wie ihm zusammen zu sein. Das totale Kontrastprogramm zu Tobias – soviel war jedenfalls sicher.

„Er hat erzählt, dass du verheiratet bist." Seine beiläufige Feststellung klang eigentlich mehr nach einer Frage. Sie holte mich schlagartig aus meinen Gedanken zurück in die Gegenwart. „Wer hat das gesagt?"

„Jan."

„Hat er das? Nun, er muss es wissen, er war schließlich mein Trauzeuge."

Marlon blickte mich durchdringend an und widmete dann scheinbar seine ganze Aufmerksamkeit dem Verkehr. Nach einigen Minuten wandte er sich erneut an mich.

„Wenn du verheiratest bist, wo steckt dann dein Ehemann? Ich meine, du verbringst so viel Zeit bei uns in der Disco, dein Mann wird doch wohl kaum zu Hause sitzen und darauf warten, dass du dich irgendwann einmal bei ihm blicken lässt, oder?"

„Irrtum", erwiderte ich säuerlich, „genau das tut er."

Verwundert schüttelte er den Kopf. „Verstehe einer die deutschen Männer! Ich würde niemals erlauben, dass sich meine Frau, noch dazu wenn sie so fantastisch aussieht wie du, nächtelang alleine herumtreibt. Was ist denn das für eine merkwürdige Ehe?"

„Wahrscheinlich keine mehr." Meine leisen Worte waren nicht für seine Ohren gedacht, doch er hatte sie sehr wohl verstanden. Sein zufriedenes Grinsen ließ keinen Zweifel darüber aufkommen, dass ihm diese Nachricht durchaus genehm war.

Obwohl ich weiter gewissenhaft meiner Arbeit in der Bank nachging und auch mit Tobias keinen unfreundlichen Umgangston pflegte, fand mein eigentliches Leben nur noch spät abends statt. Voller Erwartung und Faszination stieg ich auch während der Woche immer häufiger in die Welt der Nachtmenschen hinab. Schlaf wurde zur Nebensache. Tagsüber hielt ich mich mit Energydrinks wach, nachts war mein Adrenalinspiegel ein Garant dafür, weit über meine körperlichen Möglichkeiten hinaus feiern zu können. Der Grund, warum ich mich von Jans Diskothek so gar nicht mehr lösen konnte, waren nicht nur die Techno-Rhythmen, die mir inzwischen in Fleisch und Blut übergegangen waren, sondern vor allem die Anziehungskraft, die Marlon auf mich ausübte. Wann immer ich ihn mit seinen langen wehenden Haaren und seiner zerrissenen Jeans auftauchen sah, begann mein Herz schneller zu schlagen. Noch warf ich aus sicherer Entfernung einen Blick in seine Welt, die sich mir bisher nur in Filmen und Skandalblättchen erschlossen hatte. Drogen, Kriminalität und Geld waren die Rädchen, die diese Daseinsform jenseits des Tageslichts am Laufen hielten.

Mein Bruder war auf ein derart gefährliches Pflaster durch nichts vorbereitet worden. Völlig überfordert verfiel er immer mehr in eine dumpfe Verzweiflung, unfähig den rasenden Zug anzuhalten, der ihn in Kürze mit sich in den Abgrund reißen würde.

„Lass' uns eine halbe Stunde in ein Café gehen, ich muss hier mal raus." Müde ergriff Marlon meine Hand und zog mich die Treppe hinauf in Richtung Ausgang. Das Insomnia hatte bereits seit einigen Stunden geöffnet, aber wie üblich waren nur wenige Gäste erschienen. Stumm gingen wir Hand in Hand langsam die Leopoldstraße hinunter. An einem Straßencafé machten wir Halt. Für Oktober war es ungewöhnlich warm und wir einigten uns darauf, uns draußen niederzulassen. Erschöpft ließ er sich auf einen Stuhl fallen.

„Mit Verlaub gesagt – du siehst ziemlich mitgenommen aus." Die Äußerung konnte ich mir in Anbetracht seiner zusammengesunkenen Erscheinung nicht verkneifen.

„Wundert dich das? Tagsüber kümmere ich mich um die Werbung und suche nach finanziellen Spritzen, die Jan noch ein Weilchen über Wasser halten, nachts bin ich für den reibungslosen Ablauf in der Disco zuständig – ich komme als Erster und gehe als Letzter. Ich lebe nur noch von Red Bull, eine ätzende Blasenentzündung macht mir zu schaffen und ich kann mich nicht mehr daran erinnern, wie es sich anfühlt, mehr als vier Stunden am Stück zu schlafen. Ich bin am Ende."

Nachdenklich betrachtete ich sein blasses Gesicht.

„Warum tust du das alles? *Du* kannst die Sache doch jederzeit hinschmeißen. *Dein* Geld geht hier schließlich nicht den Bach hinunter."

„Weil Jan mir leidtut und mein Geld sehr wohl auch auf dem Spiel steht", antwortete er eine Spur zu heftig. Erschrocken entzog ich ihm meine Hand.

„Hey, tut mir leid, dass ich dich angeschnauzt habe. Aber ich kann einfach nicht mehr. Wenn Jan jetzt aufgibt, habe ich drei Monate lang umsonst geschuftet. Er hat mir die Gemälde noch nicht bezahlt, weißt du. Wir haben verabredet, dass ich mein Geld erst dann bekomme, wenn der Laden genügend Einnahmen abwirft. Dass das bisher nicht der Fall war, brauche ich *dir* ja nicht zu erzählen, oder?"

Eine Weile schwiegen wir uns an. Die Situation war für alle Beteiligten verzweifelt, das ließ sich nicht mehr leugnen.

„Wovon lebst du denn im Moment?", nahm ich den Faden wieder auf.

Er lachte spöttisch. „Buchstäblich von der Hand im Mund. Die Umsätze benötigen wir, um Getränke anzuschaffen und die DJs zu bezahlen. Für mich bleibt da nicht viel übrig." Eine bessere Gelegenheit, mehr über ihn zu erfahren, würde sich so schnell nicht bieten. Endlich konnte ich die Fragen anbringen, die mich so brennend interessierten. Wie es sich mit seiner Freundin verhielt, zum Beispiel. Ich bemühte mich, meinen wohl überlegten nächsten Satz so gleichmütig wie möglich klingen zu lassen.

„Wo wohnst du eigentlich? Bei Valentina? Mir ist aufgefallen, dass ich sie seit der Eröffnung nicht gesehen habe. Will sie mit uns auf einmal keinen Kontakt mehr haben?"

„Was diese Frau treibt, ist mir vollkommen egal – ich habe ihr im übrigen Hausverbot erteilt. Wir haben eine Zeit lang zusammengelebt, bis sie mir aus heiterem Himmel meine Sachen vor die Tür geschmissen hat. Sämtliche Papiere, meine Klamotten – alles ist auf der Straße gelandet. Die ist nicht ganz richtig im Kopf. Das ist mir spätestens klar geworden, als sie ihre Wohnung angezündet hat."

„Das ist ja furchtbar! Was machst du denn jetzt?"

Er schenkte mir ein schiefes Grinsen. „Ich wohne im Insomnia! Nein, Spaß beiseite. Ich habe mir ein Zimmer in einer WG genommen. Leider konnte ich bisher nicht ein einziges Mal meine Miete bezahlen. Wenn das so weiter geht, werde ich da bald rausfliegen."

„Meine Güte, das ist alles ganz schrecklich – Jan für den Rest seines Lebens verschuldet und du, und wer weiß wer noch alles auf der Straße. Wenn so die Freiheit jenseits des Büroalltags aussieht – na vielen Dank!"

„Es werden auch wieder ...", jäh brach er ab und blickte angestrengt die Straße hinunter.

Auch ich registrierte den wild gestikulierenden Mann, der in schnellem Tempo auf uns zukam. „Ist das nicht ..."

„Olaf." Ergänzte er erschrocken. Jans ukrainische Spülhilfe hatte uns noch nicht ganz erreicht, als Marlon bereits losrannte. „Da ist irgendetwas passiert, zahl' du bitte den Kaffee für mich. Bis gleich." Weg war er. Beunruhigt beeilte ich mich, die Rechnung zu begleichen und meinerseits in die Diskothek zurückzukehren. Am Eingang traf ich auf den betrübten Olaf.

„Was ist geschehen?", fragte ich ihn atemlos.

„Jani sich schlagen mit Sandro. Oh Gott oh Gott." Niedergeschlagen deutete er die Treppe hinunter. „Da unten alles kabutt. Kein Musik mähr."

In Panik drängte ich mich an ihm vorbei und stolperte die Treppe hinab. Eine bedrückende Stille empfing mich. Nur langsam gewöhnten sich meine Augen an die Dunkelheit. Zunächst nahm ich nur vereinzelte Gäste wahr, die einigermaßen ratlos in die Runde blickten. Mit blutender Nase kam Jan scheinbar aus dem Nichts auf mich zugewankt.

„Ich habe den Teufel gesehen, ich habe den Teufel gesehen!" Wirr vor sich hinbrabbelnd verschwand er hinter der Bar im Büro. Verzweifelt sah ich ihm nach. Trotz meiner Sorge um ihn entschied ich, mich erst später um ihn zu kümmern. Im Moment war es wichtiger, die Anlage wieder in Gang zu bekommen, damit die wenigen zahlenden Gäste nicht auch noch verschwanden. Am DJ-Pult erkannte ich Marlon, der in ein lebhaftes Gespräch mit Sandro, Jans bevorzugtem Discjockey, verwickelt war. Plötzlich setzte die Musik wieder ein. Ich atmete erleichtert auf. Wenigstens etwas. Da ich hier offensichtlich nicht gebraucht wurde, machte ich mich auf die Suche nach Jan. Ich traf ihn in seinem Büro an. Zusammengesunken saß er auf einem völlig deplatziert wirkenden, abgewetzten Sofa und sah mich verstört an.

„Jan, um Himmels willen, was ist passiert?" Vorsichtig setzte ich mich neben ihn.

„Ich habe es in seinen Augen gesehen." Seine Stimme klang abwesend.

„Was hast du gesehen? In wessen Augen denn?"

Keine Reaktion. Sacht berührte ich ihn am Arm. „Hey, sprich' doch mit mir! Was hast du gesehen?"

„Das Böse." „Das Böse?", wiederholte ich verwundert.

„Ich habe den Teufel in Sandros Augen erblickt." Unglücklich versuchte ich mir einen Reim auf Jans Gefasel zu machen. Es wollte mir nicht gelingen.

„Hast du Alkohol getrunken?"

„Nein, und doch habe ich es gesehen", murmelte er.

Ich gab es auf. Mit ihm würde ich im Moment nicht weiterkommen.

„Jan, lass' dich von Olaf nach Hause fahren und schlaf' dich erst mal aus. Marlon kann sich um den Laden und um Sandro kümmern – komm', ich bringe dich nach oben."

„Ich will ihn nie mehr wiedersehen. Nie mehr."

„Ist in Ordnung, wir werden das alles klären."

Widerstandslos ließ er sich von mir zu seinem Auto führen. Glücklicherweise wusste Olaf, wo er ihn hinbringen musste. „Bleib' heute Nacht bei ihm, ich glaube es wäre nicht gut, ihn alleine zu lassen." Ich war froh, meinen Bruder aus der Schusslinie zu bekommen.

Der Ukrainer nickte eifrig. „Ich werden mirr kümmern um Jani. Du können beruhigt hirr bleiben." „Danke, ich weiß, dass ich mich auf dich verlassen kann. Bis morgen."

Ich winkte den beiden zum Abschied zu und begab mich zurück in die Dunkelheit des Insomnia. Alles war wieder friedlich. Sandro stand an den Plattentellern und zog ungerührt sein Programm durch. Ein paar Leute tanzten. An der Bar traf ich auf Marlon. Er machte mir ein Zeichen, ihm ins Büro zu folgen.

Aufgeregt zündete er sich eine Zigarette an. „Jetzt dreht dein liebes Brüderchen völlig durch."

Sein hochmütiger Ton ärgerte mich. Es stand ihm nicht zu, so über Jan zu sprechen, ob er im Recht war oder nicht.

„Ich habe nicht die Spur einer Ahnung, was hier abgegangen ist, Jan war nicht ansprechbar. Allerdings glaube ich nicht, dass er ohne die geringste Veranlassung plötzlich ausgeflippt ist", antwortete ich aufgebracht. Es war ein kläglicher Versuch, mich schützend vor den kleinen Bruder zu stellen, obwohl ich im Grunde selbst zu der Überzeugung gelangt war, dass sein desolater nervlicher Zustand den ganzen Schlamassel ausgelöst hatte.

„Ach, das glaubst du nicht? Ich kann dir sagen, was hier los war. Jan hat Sandro mehrmals angemeckert, etwas anderes aufzulegen – als der darauf nicht reagiert hat, hat er einfach Sandros Platte vom Teller gerissen und dabei irgendwelche Regler verstellt. Dann war der Saft weg und unser DJ verständlicherweise stocksauer. Ich meine, du musst dir das mal vorstellen, er gehört zu Münchens Top-Acts und arbeitet hier für ein Taschengeld. Damit nicht genug – er muss sich auch noch von einem Jungspund wie Jan sagen lassen, was er auflegen soll. Das lässt sich ein Profi wie Sandro verständlicherweise nicht gefallen!"

„Was heißt hier, nicht gefallen lassen? Das ist ja wohl leicht untertrieben! Jan hatte eine blutige Nase und war total durcheinander."

„Verwirrt war er schon den ganzen Abend, das geht mit Sicherheit nicht auf Sandros Konto. Weiß der Geier, was er geschluckt hat. Sandro hat ihm ins Gesicht geboxt, damit er endlich aufhört, da oben wie ein Verrückter herumzukrakeelen." Er schüttelte deprimiert den Kopf. „Jan bringt sich noch um Kopf und Kragen, wenn er so weitermacht!"

„Mag sein, aber noch ist er hier der Boss und seine Entscheidungen müssen akzeptiert werden. Er will Sandro nicht mehr sehen. Irgendwie verständlich, oder?"

„Da dürften sich die beiden ausnahmsweise einig sein – ich kann mir kaum vorstellen, dass ein DJ, der etwas auf sich hält, nach so einem Affront noch einmal hier erscheint! Du akzeptierst hoffentlich, dass ich in der Sache weder für den einen noch für den anderen Partei ergreifen werde."

„Wie auch immer – ich bin todmüde und haue jetzt ab. Du hast hier alles im Griff, oder?"

Zum ersten Mal seit der dramatischen Schlägerei an diesem verkorksten Abend spiegelte sich die Andeutung eines Lächelns in seinen eingefallenen Gesichtszügen.

„Klaro, aber mit dir macht's bedeutend mehr Spaß! Kommst du morgen?"

„Mal sehen, ich denke schon. Sofern mich nach der Arbeit nicht der Schlaf übermannt!"

In den nächsten Tagen blieb Jan der Disco fern. Im Angesicht des drohenden Untergangs verließen ihn seine Kräfte. Ich wünschte so sehr, ihm helfen zu können – eine Möglichkeit zu finden, das Unvermeidliche abzuwenden. Aber es gab einfach nichts, das ich hätte tun können. Seine letzte Chance war Vater Nummer eins. Doch, wie zu erwarten gewesen war, vertrat dieser die Meinung, dass man die Suppe, die man sich eingebrockt hatte, auch selbst auslöffeln musste. Jan würde von seiner Seite nicht die geringste Unterstützung bekommen und seine Tragödie auf sich alleine gestellt zu ihrem unausweichlichen Ende bringen müssen. Die Haltung meines Vaters überraschte mich nicht wirklich. Für ihn waren wir inzwischen nicht einmal mehr Kinder zweiter Klasse. Wir waren zu Unpersonen geworden. Zu Verlierern, die in seinem erlesenen Umfeld keine Lebensberechtigung hatten.

− 44 −

„Ich denke, dass heute zur After Hour an die hundert Leute erscheinen werden." Marlon lehnte sich gut gelaunt über den Tresen und prostete mir mit einem Glas Wasser zu. In der vergangenen Woche war die Anzahl der Gäste merklich angestiegen und er schöpfte wieder Hoffnung. Jan war seit dem Vorfall mit Sandro nicht auf der Bildfläche erschienen, hielt sich aber täglich über den aktuellen Stand der Dinge auf dem Laufenden. Er mied die bedrückende Dunkelheit des Insomnia und nahm sich eine Auszeit. Ich ahnte, dass er sich innerlich für den Schlussakkord wappnete. Was Marlon im Moment erfolgreich verdrängte, war ihm nur allzu deutlich vor Augen – die leicht erhöhten Einnahmen bedeuteten keine Rettung mehr. Das Schiff war unaufhaltsam am Sinken. Vertieft in meine schwermütigen Gedanken saß ich auf einem Barhocker und spielte abwesend mit einem Feuerzeug.

„Hey, träumst du?" Liebevoll tippte Marlon mir an die Schulter und drückte mir einen Kuss auf die Backe. Ich fuhr zusammen. In diesem Augenblick schoss Olaf lachend ein Foto von uns. „Das ist dein Scheidungsbild", flüsterte Marlon mir leise ins Ohr und entfernte sich rasch in Richtung Eingang, um dem Türsteher ein paar Anweisungen für die bevorstehende Party zu erteilen. Inzwischen war es sechs Uhr morgens und die ersten Gäste würden nicht mehr lange auf sich warten lassen. Ich war froh, auf sein freches Attentat nicht reagieren zu müssen. Die Spannung zwischen uns beiden wurde von Tag zu Tag offensichtlicher, es war nur mehr eine Frage der Zeit, wann sie sich entladen würde.

„Es geht los! Hast du Lust, mir an der Kasse Gesellschaft zu leisten? Dann laufe ich nicht Gefahr einzuschlafen!" Marlon war zurück und knuffte mich freundschaftlich in die Seite.

„Okay, wenn du mir versprichst, meinem Mann keine weiteren Scheidungsgründe zu liefern!"

„Versprechen kann ich das leider nicht, aber ich werde es immerhin versuchen." Er lächelte schelmisch. Warnend hob ich den Zeigefinger, „mach' mir keinen Ärger, hörst du?"

„Würde ich nie tun – jedenfalls nicht ohne dein Einverständnis." An Schlagfertigkeit mangelte es ihm wirklich nicht. Nicht zum ersten Mal bewunderte ich seine guten Deutschkenntnisse. Als ich ihm diesbezüglich einmal ein Kompliment machte, erzählte er mir geschmeichelt, dass er in seiner Heimatstadt Sibiu eine deutsche Schule besucht habe. Was für ihn als Kind eine furchtbare Last gewesen war, erwies sich später, als er aufgrund von politischer Verfolgung aus Rumänien fliehen musste, als Segen.

„Was wetten wir, dass heute siebzig Leute auf die Party kommen?", übermütig funkelte er mich an.

„Ich bin überzeugt, dass es weniger sein werden. Schau mal, wir haben fast sieben Uhr und erst fünfzig zahlende Gäste. Es müsste schon ein Wunder geschehen, damit sich noch ein paar hierher verirren!"

„Wunder geschehen, wie wir wissen. Also was wetten wir?"

„Ich wette nie."

„Ich glaube, heute ist ein perfekter Tag, um damit anzufangen." Er ließ nicht locker. Ich warf einen Blick auf meine Armbanduhr. Die Wette würde ich mit ziemlicher Sicherheit gewinnen.

„Na gut, weil du's bist. Um was wetten wir also?"

„Was schlägst du vor?"

„Ich wünsche mir eine CD von Rammstein. Für dich brauchen wir uns gar nichts überlegen, weil ich sowieso Recht behalte."

„Gut, falls ich wider Erwarten trotzdem gewinne, hätte ich gerne einen Kuss von dir."

Schnell streckte er seine Hand aus. „Abgemacht?" Zögernd schlug ich ein. „In Ordnung."

Nervös beobachtete ich, wie just in diesem Augenblick eine Gruppe von etwa zehn Leuten die Treppe herunter kam.

„59", Kommentierte Marlon zufrieden.

„Mag sein, das war's jetzt aber auch."

„Abwarten. Ich hätte dir ehrlicherweise sagen sollen, dass ich noch nie in meinem Leben eine Wette verloren habe."

„Dann wird es höchste Zeit", konterte ich trocken.

Tröpfchenweise erschienen nach und nach weitere Besucher.

„67. Nur noch drei!" Siegessicher straffte er die Schultern.

Ein weiterer Blick auf meine Uhr zeigte mir, dass wir die Kasse schließen konnten. Ich atmete auf. „Du hast verloren, es ist acht – Zeit zusammenzupacken. Also Rammstein – nicht vergessen!" „Lass' uns noch zehn Minuten warten, dann gebe ich auf."

Ich seufzte. „Meinetwegen."

Kurz darauf bewegten sich fünf neue Gesichter auf uns zu.

„Gewonnen!", jubelte Marlon unbekümmert und quittierte die erstaunten Mienen der Gäste mit einem breiten Grinsen. Erwartungsvoll sah er mich an. Vorsichtshalber trat ich ein paar Schritte zurück.

„Okay. Ich weiß. Ein Kuss von mir. Bekommst du nächstes Mal, ich muss jetzt los." Seinem enttäuschten Gesichtsausdruck zum Trotz schnappte ich mir meine Jacke und beeilte mich, den Heimweg anzutreten.

„Wettschulden sind auch in Deutschland Ehrenschulden, weißt du das nicht?", rief er mir nach. „Doch, das weiß ich sehr wohl. Aufgeschoben ist ja nicht aufgehoben, bis bald!"

Um weiteren Konfrontationen dieser Art vorläufig aus dem Weg zu gehen, machte ich in den folgenden Tagen einen großen Bogen um das Insomnia und versuchte stattdessen, meine durcheinander geratene Gefühlswelt zu sortieren. Eines war mir in den letzten Wochen zunehmend klar geworden – was auch immer aus dem Kunstmaler und mir werden würde, meine Zeit mit Tobias neigte sich ihrem Ende entgegen. Mit der gleichgültigen Einstellung, die er mir gegenüber an den Tag legte, konnte und wollte ich nicht länger leben. Zwei Worte hämmerten monoton in meinem Kopf: Weg hier. Sie schienen jeden noch so berechtigten Zweifel an der Sinnhaftigkeit einer Flucht aus meiner angenehm gesicherten Existenz zu übertönen. Und so beschloss ich, mich einfach fallen zu lassen – in ein Leben, das unvorhersehbarer und aufregender nicht hätte sein können.

„Ich habe schon gedacht, du kommst überhaupt nicht wieder. Wo warst du denn so lange?" Marlon konnte seinen Frust über meine einwöchige Abwesenheit kaum verbergen. Offensichtlich war er nicht daran gewöhnt, abgewiesen zu werden.

„Ach, ich hatte ziemlich viel zu tun. Du magst es vielleicht nicht glauben, aber ich habe da noch ein bis zwei Pflichten jenseits der nächtlichen Schlaflosigkeit."

„Hm. Du hast dich also nicht nur rargemacht, um dich vor der Einlösung deiner Wettschulden zu drücken?"

„I wo. Das würde ich doch nie tun." Ich zwinkerte ihm fröhlich zu, in der Hoffnung, unsere alte Unbefangenheit wiederherzustellen und fügte mit einem übertriebenen Augenaufschlag hinzu „Ehrlich."

Er lächelte spitzbübisch. „Dann bin ich ja beruhigt und kann mir meinen Gewinn später bei dir abholen! Alain ist heute nämlich erst ab ein Uhr verfügbar und ich muss mich bis dahin um die Bar kümmern. Versprichst du mir, nicht wegzulaufen?"

„Versprochen." „Großes Ehrenwort?" Statt einer Antwort warf ich mein Feuerzeug nach ihm. Lachend fing er es auf, drückte es liebevoll an sich und verschwand hinter der Bar.

„Verrückter Kerl." Ich schüttelte den Kopf und überlegte, wie es wohl sein mochte, von ihm geküsst zu werden.

Zwei Stunden später wusste ich es. Und noch weit mehr. Dieser Kuss, für den wir keinen unromantischeren Rahmen als den Platz vor der Eismaschine hatten finden können, markierte den endgültigen Wendepunkt in meinem Leben. Nie zuvor hatte ich eine Erregung von derartiger Intensität verspürt. In diesem Moment der beinahe schmerzlichen Nähe wurde mir bewusst, dass wir auf unerklärliche Weise miteinander verbunden waren. Ich gehörte zu ihm und er zu mir. Wir stammten aus verschiedenen Welten, unsere Erfahrungen im Leben konnten unterschiedlicher kaum sein – und doch war da ein Strom, der uns unaufhaltsam immer näher zueinander trieb. Wie im Rausch erlebte ich, dass die Wellen der Glückseligkeit über mir zusammenschlugen. Eine blitzartige Erkenntnis folgte der anfänglichen Sprachlosigkeit. Ein plötzliches Wissen darum, dass etwas Bedeutendes geschehen war. Etwas, das ich in meinem bisherigen Leben nie erfahren hatte. Ein Gefühl von unbeschreiblicher Zärtlichkeit erfüllte mein Sein – mit fast dreißig Jahren durfte ich es endlich erleben: Ich war unsterblich verliebt.

– 45 –

„Tobias, ich muss dringend mit dir reden!" Nervös schaltete ich das Fernsehgerät ab. Zwei Tage waren seit dem alles verändernden Kuss vergangen. Zwei Tage, in denen ich mich zwischen Euphorie und Verzweiflung, zwischen der Hoffnung auf eine erfüllendere Partnerschaft und der Angst vor einer zerstörten Existenz aufgerieben hatte.

Misstrauisch äugte mein Mann mich über die Fassung seiner Brillengläser hinweg an. „Was gibt's denn so Wichtiges? Hat dein Arbeitgeber etwa Konkurs angemeldet?"

„Viel schlimmer. Es geht um unsere Ehe. Um die Art, wie wir seit Monaten miteinander umgehen. Das kommt einer Bankrotterklärung gefährlich nahe, fürchte ich."

„Aha. Mal wieder. Ich dachte, wir haben unsere Positionen in den letzten Wochen und Monaten hinreichend geklärt."

„Haben wir das? In erster Linie hat doch jeder getan, was er wollte, ohne auf den anderen die geringste Rücksicht zu nehmen. Fällt dir nicht auf, dass wir seit geraumer Zeit nur noch nebeneinander her leben?"

„So drastisch würde ich das nicht sehen. Wir haben immerhin gerade erst eine Wohnung gemeinsam renoviert und eingerichtet. Wir fahren demnächst zusammen in den Urlaub – mehr tun andere Paare doch auch nicht."

„Anderen mag das vielleicht genügen, mir aber nicht! Ich finde es ätzend, nach außen hin den Schein der perfekten Ehe aufrechtzuerhalten, während in Wahrheit der Lack längst ab ist!"

„Aber Schatz, was erwartest du denn? Nach fünfzehn Jahren Beziehung noch Schmetterlinge im Bauch? Oder jeden Tag Rosen auf deinem Nachttisch?"

„Wohl kaum. Es sind die ganz einfachen Dinge, nach denen ich mich sehne – das Weihnachtsfest gemeinsam zu verbringen beispielsweise oder das Gefühl zu haben, dass mein Mann aus vollster Überzeugung wie ein Fels hinter mir steht. Warum kannst du das nicht begreifen?"

Ungeduldig winkte er ab. „Das haben wir doch schon tausendmal durchgekaut. Es gibt eben äußere Zwänge, denen ich mich beugen muss. Dazu gehört unter anderem der Umgang mit meinen Eltern. Wenn du das so nicht akzeptieren kannst, müssen wir halt weiter an einer irgendwie gearteten Lösung deines Problems arbeiten."

„Danke, Tobi, das ist genau mein Stichwort. Ich habe die einzig vernünftige Lösungsmöglichkeit nämlich bereits gefunden – sie heißt Scheidung. Vielleicht kapierst du jetzt endlich, dass *mein* Problem längst auch zu *deinem* Problem geworden ist."

Ungläubig starrte er mich an. „Das meinst du nicht im Ernst, oder?"

„Das meine ich sogar bitterernst. Wir eiern seit Monaten im Kreis herum, keiner von uns ist bereit, sich auch nur ansatzweise zu bewegen. Der Zeitpunkt, umkehren zu können, ist längst verstrichen. Erinnerst du dich, wie verzweifelt ich dich darum gebeten habe, München mit mir zu verlassen und in Hamburg noch einmal neu anzufangen? Ich wusste, dass diese Möglichkeit, die sich uns so unverhofft bot, die einzig realistische Chance darstellte, unsere angeschlagene Ehe zu retten. Aber du hast dich wie ein Berserker dagegen gewehrt. Eines weiß ich heute jedenfalls – für keine Frau der Welt wärst du bereit, dein gewohntes Umfeld und deine Familie hinter dir zu lassen. Nun wirst du *mich* wohl oder übel hinter dir lassen müssen – aber das dürfte dir ja nicht allzu schwer fallen, schließlich hast du aus meiner Rangfolge in deiner Gunst nie einen Hehl gemacht."

Tobias zeigte sich weder sonderlich erschüttert, noch unternahm er einen ernsthaften Versuch, mich von meinem Vorhaben ihn zu verlassen abzubringen. Obwohl mein Entschluss, die Scheidung einzureichen, bereits vor unserem Gespräch festgestanden hatte, enttäuschte mich seine offen zur Schau gestellte Gleichgültigkeit. Verbittert gestand ich mir ein, dass es wohl wirklich höchste Zeit war, der Lieblosigkeit dieser Beziehung den Rücken zu kehren.

Ohne zu zögern, beauftragte ich schon am folgenden Tag einen Anwalt, die nötigen Schritte einzuleiten.

Marlon war über die ungeahnt rasche Entwicklung der Dinge verständlicherweise höchst erfreut. „Ich möchte so schnell wie möglich mit dir zusammenziehen – dass du jeden Tag zu ihm nach Hause gehst, ist mir unerträglich", meldete er am Abend bereits seine Ansprüche an. Ganz im Gegensatz zu ihm hielt ich es für ratsam, ein wenig auf die Bremse zu treten und inne zu halten. Ich war in den letzten Tagen derart rasant nach vorne geprescht, dass mir ganz schwindlig davon wurde. Meine eigene Courage ließ mich nun zurückschrecken.

„Grundsätzlich sehe ich das genauso, möchte aber auch nichts überstürzen, verstehst du? Unsere Wohnung ist groß genug – Tobias und ich sind von Tisch und Bett getrennt, was für das obligatorische Trennungsjahr von Bedeutung ist. Ich möchte mir meine nächsten Schritte in aller Ruhe überlegen und nicht Hals über Kopf irgendwelche emotionalen Entscheidungen treffen, die ich vielleicht in ein paar Wochen bereits bereue! Die Frage ist, ganz nebenbei bemerkt, doch auch – wie sehen deine eigenen Pläne aus? Das Insomnia wird dich finanziell auf Dauer nicht über Wasser halten, das wissen wir beide. Womit gedenkst du also in Zukunft deinen Lebensunterhalt zu verdienen?"

Zärtlich nahm er meine Hand. „Das wüsste ich auch gerne, glaub' es mir! Schatz, eines habe ich dir bereits gesagt und möchte es noch einmal mit allem Nachdruck wiederholen: Ich bin ein armer Schlucker, ein Habenichts. Ich kann dir den Lebensstil, den du verdienst, nicht bieten. Was ich dir aber im Überfluss geben kann, ist Liebe. Meine berufliche Zukunft ist mehr als ungewiss. Viel habe ich nicht gelernt. Die Fähigkeiten, die ich mitbringe, kann ich an einer Hand abzählen: Ich verstehe gut zu malen, zu kochen, zu singen und zu lieben. Wenn dir das genügt, dann komm' mit mir. Und wenn du dich für mich entscheidest, verspreche ich dir, alles, was in meiner Macht steht, zu tun, um dich glücklich zu machen."

Seine simple und ehrliche Liebeserklärung rührte mich zu Tränen. ‚Ja', schrie mein Herz, nimm' sein Angebot an! ‚Was zögerst du noch?'

Mein Leben lang hatte ich mich verzweifelt nach Liebe gesehnt. Wie sollte ich etwas so Einmaliges und Wunderbares jetzt mit Füßen treten? Was waren schon Sicherheit und finanzielle Vorteile gegen dieses warme Gefühl, sich in einem anderen Menschen komplett zu verlieren? Außerdem hatte ich mein eigenes Auskommen, ich war was meinen Lebensunterhalt anbelangte, im Grunde unabhängig. Selbst wenn Marlon kein Geld nach Hause brachte, konnten wir mit meinem Gehalt überleben. Wir würden keine großen Sprünge machen, aber für das Nötigste würde es reichen. Ein Blick in seine liebevollen braunen Augen genügte mir, um zu wissen, dass ich bereit war, jedes noch so große Wagnis auf mich zu nehmen, um mit ihm zusammen zu sein.

Ein halbes Jahr, nachdem Tobi und ich stolz unsere Eigentumswohnung bezogen hatten, war ich erneut damit beschäftigt, Umzugskisten zu packen. Die meisten Möbel würde ich zurücklassen, ich wusste ohnehin nicht, wo ich sie unterbringen sollte. Zunächst wollte ich mir in der Nähe ein Zimmer zur Untermiete nehmen – in der Hoffnung darauf, dass das Schicksal mir kurzfristig einen verstohlenen Hinweis zukommen ließ, wohin meine Reise als nächstes gehen könnte.

Der erbetene Fingerzeig erreichte mich einige Tage später mit einem so gewaltigen Donnerschlag, dass mein Leben endgültig aus den Fugen geriet.

– 46 –

„Heute Abend werden wir die Miete für den halben Monat einnehmen!" Marlon putzte hingebungsvoll die Bar, als ich gegen neun Uhr das Insomnia erreichte. Meine Stimmung pendelte im Minutentakt zwischen überschäumender Glückseligkeit und abgrundtiefer Verzweiflung. Ich hatte nicht die geringste Ahnung, wie ich mich nach meiner Trennung von Tobias positionieren sollte. War ich Single? War ich mit Marlon liiert? Wollte ich das überhaupt sein? Die Antwort war ein ebenso inbrünstiges wie eindeutiges Jein. Seltsamerweise lösten sich die berechtigten Zweifel meiner Vernunft jedes Mal in Luft auf, sobald ich in seine Nähe kam. Nun war es wieder soweit – das Pendel schlug auf Wolke sieben: Ja, ich wollte bei ihm sein, gegen alle Widerstände und mit ganzem Herzen! Verliebt beobachtete ich ihn. Seine Zuversicht in Bezug auf die heutigen Umsätze konnte ich allerdings nicht so recht teilen.

„Woher willst du wissen, dass es besser laufen wird als sonst?"

„Weil wir gleich einen absoluten Geheimtipp an den Turntables haben – das hat sich in der Szene wie ein Lauffeuer herumgesprochen." Vergnügt summte er vor sich hin.

„Dein Wort in Gottes Gehörgang!" Zu gerne wollte ich glauben, dass es mit den Einnahmen endlich aufwärtsging, nach den schlechten Erfahrungen der letzten Wochen vermied ich es jedoch, mich vorbehaltlos seinen allzu optimistischen Prognosen anzuschließen. Die Enttäuschung würde mir im Zweifelsfall umso stärker auf's Gemüt drücken.

Meinen düsteren Erwartungen zum Trotz begann sich der Club gegen elf Uhr mehr und mehr zu füllen. „Ich hab's doch gewusst! Jetzt geht es bergauf!", jubelte Marlon. Die Stimmung unter den Ravern war wirklich glänzend. Ausgelassen drückte er mir einen Kuss auf den Mund. „Komm' Schatz, lass' uns am Marienplatz noch ein paar Flyer verteilen, dann geht hier nachher richtig die Post ab!" Ich ließ mich nicht zweimal bitten, hätte ich es doch als Frevel empfunden, nicht jede noch so kleine Chance auf höhere Einnahmen auszureizen. Bester Laune zogen wir mit einer Handvoll Werbeprospekten los.

Als wir nach zwei Stunden zurückkehrten, erwartete uns ein mittleres Desaster. Die Leute waren weg. Fast alle.

„Verdammt, was ist hier los?", schrie Marlon den verzweifelten Alain an. Resigniert zuckte dieser die Schultern. „Jan hat den DJ ausgewechselt. Dann sind die Leute abgehauen."

„Ist der völlig übergeschnappt? Wo steckt er?"

„Ich denke, er ist im Büro und beklagt seinen drohenden Konkurs."

„Der ist ihm bei dem Mist, den er hier veranstaltet auch sicher!" Fluchend machte Marlon sich auf die Suche nach dem Urheber der Katastrophe. Ich verspürte nicht die geringste Lust, Zeuge der nun zwangsläufig folgenden Auseinandersetzung zu werden. Unglücklich ließ ich mich auf einen Barhocker sinken. Nicht zum ersten Mal fragte ich mich, was in meinem Bruder wohl vorging. Warum tat er so etwas? Längst hatte ich jeglichen Zugang zu ihm verloren. Er wollte kein Mitleid und erst recht keine Ratschläge. Wir redeten miteinander wie Fremde, die sich zufällig ab und an begegneten. Wenn ich nicht selbst mit ihm untergehen wollte, war es an der Zeit, mich aus seinem Leben zurückzuziehen. Ich litt entsetzlich unter seiner ausweglosen Situation und hatte dabei weiß Gott meine eigenen Probleme. Weswegen sollte ich mich noch zusätzlich mit den Seinigen befassen, zumal er auf meine Unterstützung so gar keinen Wert zu legen schien? Hatte er sich eigentlich jemals mit *meinen* Dramen befasst? Wusste er, was ich in unseren Jugendjahren durchgemacht hatte? Würde es ihn überhaupt ansatzweise interessieren? Traurig gestand ich mir ein, dass wir zwar den Großteil unseres Lebens nebeneinander verbracht hatten, uns dabei aber weit fremder waren als zwei Brieffreunde aus Pakistan und Honolulu. Ohne mich noch einmal umzudrehen, verließ ich das Insomnia.

Wie gerädert schleppte ich mich am nächsten Morgen zur Arbeit. Seitdem mein Gefühlsleben so gänzlich außer Kontrolle geraten war, konnte ich mich nur noch mit Mühe auf vielversprechende Vertriebsaktionen und die täglich anfallenden Festgeld-Verlängerungen konzentrieren. Ich hatte gerade die zweite Dose Flying Horse geleert, als Marlon anrief.

„Hallo Lisa, wieso bist du gestern so plötzlich verschwunden, noch dazu ohne dich von mir zu verabschieden? Habe ich etwas falsch gemacht?" Seine Stimme klang bedrückt. Sofort meldete sich mein schlechtes Gewissen. Er trug schließlich an der ganzen Misere keine Schuld. „Nein, das hast du nicht", beeilte ich mich zu versichern, „aber ich kann einfach nicht mehr. Das ganze Durcheinander mit Tobi, Jans drohende Insolvenz und meine Beziehung zu dir – mir wächst langsam alles über den Kopf. Ich muss versuchen, irgendwie zur Ruhe zu kommen. Es macht mich fertig, tatenlos mit ansehen zu müssen, wie mein kleiner Bruder in sein Unglück rennt, und werde mich deshalb bei euch nicht mehr sehen lassen." Schweigen am anderen Ende der Leitung.

„Bist du noch dran?"

„Ja. Ich muss dir auch etwas sagen." Er verstummte. Mir schwante nichts Gutes.

„Was ist denn nun schon wieder passiert? Ist das Insomnia endlich abgebrannt?" Ungeduldig klopfte ich mit einem Lineal auf die Schreibtischunterlage. Das Letzte, was ich jetzt hören wollte, war eine weitere Katastrophenmeldung.

„So ähnlich. Was mich anbelangt jedenfalls. Ich bin nicht mehr dabei."

Langsam dämmerte mir, was er mir mitteilen wollte.

„Du hast dich mit Jan gezofft und er hat dich rausgeschmissen?"

„Könnte man so sagen. Wir haben uns ziemlich in die Haare bekommen wegen seines hirnrissigen DJ-Wechsels gestern Abend. Er war ähnlich daneben wie bei seinem Streit mit Sandro. Irgendwann wurde es mir zu viel und ich habe ihn gepackt und in eine Ecke geschleudert."

„Bist du verrückt geworden? Wie kannst du denn so etwas tun?" Ich war entsetzt. Mir blieb im Moment wirklich nichts erspart.

„Er hat ständig mit seinen Händen vor meinem Gesicht herumgefuchtelt. Das kann ich auf den Tod nicht ausstehen. Ich habe ihn mehrmals gewarnt, aber er hat einfach nicht aufgehört. Dann bin ich explodiert."

„Auf so eine Art und Weise kann es doch nicht enden! Wir müssen uns unbedingt mit ihm zusammensetzen!"

„Das sehe ich genauso. Ich möchte mich gerne mit ihm versöhnen – ohne Vermittler ist das allerdings ziemlich aussichtslos. Wirst du mit ihm reden?"

„Okay, ich werde versuchen, euch wieder zusammenzubringen und mich danach endgültig aus den Angelegenheiten meines Bruders heraushalten."

„Das kann ich verstehen. Danke. Heute Abend um zehn vor dem Insomnia?"

„In Ordnung. Bis dann!"

„Ich hab' dich wahnsinnig lieb!"

„Ich dich auch."

Trotz der niederschmetternden Nachricht musste ich lächeln. Wie schön hätte doch alles sein können ohne diese schrecklichen Verwicklungen um uns herum.

Tobias hatte inzwischen verständlicherweise keinerlei Verlangen mehr nach meiner Gesellschaft. Wir gingen uns weitestgehend aus dem Weg und obwohl er mich nicht dazu drängte auszuziehen, ließ er mich deutlich spüren, dass ich in „seiner" Wohnung nicht länger erwünscht war. In sämtlichen finanziellen Belangen hatten wir uns bereits gütlich geeinigt – er würde die Nymphenburger Eigentumswohnung behalten und mir mein dafür eingebrachtes Eigenkapital, was nebenbei bemerkt nicht sonderlich hoch war, zurückerstatten. Auch in Bezug auf unser gemeinsam erstandenes Mobiliar gab es keinen Streit. Trotz allem wollten wir friedlich auseinandergehen. In dieser letzten Phase ersparten wir uns gegenseitige Anschuldigungen. Warum es mit uns nicht geklappt hatte, war bedeutungslos geworden. Über unser Scheitern empfanden wir keine Wut, nur unendliche Traurigkeit. Es gab keinen Gewinner, keinen Verlierer, keinen Schuldigen, keinen Betrogenen. Aktionen hatten zu Reaktionen geführt und das Ergebnis war das Ende unserer Ehe. So einfach war das.

„Wo nimmst du bloß die Kraft her, das alles durchzuziehen?", fragte er mich einmal.

„Ich habe keine Ahnung – aus der Liebe vielleicht?"

Er dachte kurz über meine Antwort nach und fügte leise hinzu: „Du bist zu beneiden."

Ich räusperte mich. „Du weißt, wer letztlich unsere Ehe auf dem Gewissen hat, oder?"

Er nickte zögernd. „Ja, das weiß ich. Diesen fragwürdigen Orden dürfen sich meine Eltern ans Revers heften."

Beneidenswert – so fühlte ich mich im Moment wahrlich nicht, inzwischen hatte nämlich zu allem Überfluss meine Mutter gleich einem Racheengel den Schlussakt der Tragödie für ihren großen Auftritt genutzt.

„Von dir kommen mir ja einige ausgesprochen unschöne Dinge zu Ohren." Energisch betrat sie eines Abends mein Noch-Domizil in Nymphenburg und kam wie üblich ohne Umschweife zur Sache. Ich rüstete mich innerlich für die große Schelte.

„Von wem auch immer du deine Informationen bezogen hast, es wäre doch schön, wenn du dir meine Sicht der Dinge anhören würdest, *bevor* du mich verurteilst!" Ich schaffte es, meiner Stimme einen einigermaßen gelassenen Klang zu verleihen, obwohl es in mir im Angesicht ihrer unverkennbaren Angriffslust bereits zu brodeln begann.

„Die brauche ich mir gar nicht erst anzuhören, weil es in dieser Sache nur eine einzige wirklich richtige Sicht der Dinge gibt!" Ihr eisiger Ton ließ keinen Zweifel darüber aufkommen, welche Rolle sie mir in dieser Angelegenheit zuzuweisen gedachte – natürlich die der Ursache allen Übels. Wohl wissend, dass es völlig aussichtslos war, sie von ihrer einmal gebildeten Meinung abzubringen, befand ich mich in meiner Defensive bereits auf verlorenem Posten. Ich schwieg. Sollte sie doch glauben, was sie wollte. Ähnlich meinem Bruder hatte sie sich nie wirklich auf mich eingelassen – was hatte ich also zu verlieren?

„Dass du dich zu den Vorwürfen nicht äußern willst, beweist deine Schuld überdeutlich", nahm sie das Gespräch nach einer kurzen Pause wieder auf. Mir gefror das Blut in den Adern unter den anklagenden Blicken ihrer grün-blauen Augen.

„Zu welchen Vorwürfen denn? Dass ich beschlossen habe, Tobi zu verlassen? Ich bin erwachsen und muss meine Entscheidungen vor niemandem rechtfertigen. Wenn ich der Meinung bin, dass meine Ehe am Ende ist, betrifft das ganz alleine Tobias und mich und sonst niemanden!" Meine mühsam erkämpfte Haltung geriet ins Wanken. Gerade von ihr, die sie mir eine Kindheit im Chaos beschert hatte, war ich mit Nichten gewillt, mir Vorhaltungen in Bezug auf meine bevorstehende Scheidung machen zu lassen. „Immerhin haben wir keine Kinder, deren Leben wir durch unsere Trennung zerstören könnten!", den Zusatz konnte ich mir nicht verkneifen.

„Wage es ja nicht, *mir* vorzuwerfen, dass ich deinen Vater verlassen habe! Für Jan und dich habe ich jahrelang auf alles verzichtet – und wie wird mir das gedankt?" Ihr hochmütig schrilles Lachen erfüllte den Raum. Ich hasste sie dafür. Und für die Tatsache, dass sie mir keine Möglichkeit einräumte, in einer Situation wie dieser mit ihr ein halbwegs sachliches Gespräch zu führen.

„Wie soll dir das schon gedankt werden? Was hast *du* eigentlich mit der ganzen Sache zu schaffen? Halt' dich doch einfach da raus und lass' mich meine vermeintlichen Fehler alleine machen!"

„Wer redet denn hier von dir und deinen Fehlern? Du hältst dich für den Nabel der Welt, oder? Die, um die sich immer alles drehen muss. Meine Liebe, du kannst mir glauben, was du treibst, interessiert mich nicht im Geringsten, obwohl ich zugegebenermaßen nicht verstehe, was du an einem hässlichen Zwerg wie diesem Marlon findest – aber das ist nicht meine Baustelle. Mir geht es einzig und allein um Jan. Dein so genannter Freund und Ehebrecher hat ihn schwer verletzt – dein Bruder ist mit Würgemalen am Hals in ärztlicher Behandlung.

Ich nehme dir nicht übel, dass du deinen Mann verlassen hast, aber ich nehme dir nachhaltig übel, für wen du das getan hast!"

„Die Sache mit Jan tut mir unendlich leid – aber was geschehen ist, ist nicht allein Marlons Schuld. Ich finde es unfair von dir, dass du nur die eine Seite der Medaille betrachtest! Mein lieber Bruder hat sich in den letzten Wochen wie ein Verrückter gebärdet – darüber kann das gesamte Team des Insomnia ein Lied singen."

„Ich pfeife auf diese entsetzliche Disco und erst recht auf die Leute, die damit zu tun haben – sie sind ausnahmslos das Allerletzte! Was ich nun betreiben muss, ist Schadensbegrenzung. Dein Bruder steht kurz davor, sich das Leben zu nehmen – was meinst du, wie eine Mutter sich in so einem Moment fühlt? Und wie meinst du fühlt es sich erst an, wenn man feststellen muss, dass der Grund für den furchtbaren Zustand des Sohnes nicht zuletzt das Verhalten der eigenen Tochter ist?"

Fassungslos starrte ich sie an. Sie sah in mir tatsächlich die Ursache für Jans Untergang. Das konnte einfach nicht wahr sein! Wer war denn in den letzten Monaten hier präsent gewesen – sie oder ich? War sie etwa dazu verdammt gewesen, hilflos Jans eklatante Fehler in Bezug auf das Führen eines solchen Unternehmens mit ansehen zu müssen? Jetzt, wo das Kind endgültig in den Brunnen gefallen war, tauchte sie plötzlich auf wie der Phönix aus der Asche und schlug wahllos auf jeden ein, der sich nicht rechtzeitig in Sicherheit bringen konnte. Wohlgemerkt auf jeden, außer auf ihren ach so unschuldig in Schwierigkeiten geratenen Sohn. Dass sie sich wie ein Bollwerk hinter ihn stellte, dafür hatte ich Verständnis, nicht aber dafür, dass sie es auf meine Kosten tat. Nicht willens, mir noch länger ihre bodenlosen Schuldzuweisungen anzuhören, riss ich demonstrativ die Haustür auf. „Wenn das deine Wahrheit ist, fordere ich dich auf, umgehend meine Wohnung zu verlassen! Verschwinde aus meinem Leben!"

Wortlos ging sie an mir vorbei und bedachte mich mit einem Blick, der Medusa zur Ehre gereicht hätte. Im Treppenhaus drehte sie sich noch einmal um. „Das wirst du eines Tages bereuen." Die Kälte in ihrer Stimme ließ mich erschaudern. Ich fragte mich, was ich Unsägliches verbrochen hatte, um eine solche Mutter zu verdienen.

Die Stille, die sich augenblicklich über mich senkte, hallte in meinen Ohren. Ich schloss die Tür, vergrub mein Gesicht in den Händen und weinte.

Mein Versuch, zwischen Marlon und Jan zu vermitteln, endete nicht weniger verheerend. Auch aus diesem unerfreulichen Zusammentreffen konnte man nur die deprimierende Konsequenz ziehen, sich in Zukunft möglichst weiträumig aus dem Weg zu gehen. Objektiv betrachtet schien der familiäre Super-Gau in Wirklichkeit nur einem einzigen Zweck zu dienen: Ich war gezwungen, zwischen meiner Loyalität gegenüber Mutter und Bruder und meiner Liebe zu einem Außenseiter zu wählen. Hätte ich Marlon in dieser Situation verraten, wäre ich um keinen Deut besser als Tobias. Im Grunde genommen wurde mir durch das gnadenlose Verhalten meiner Familie die Entscheidung, um die ich seit Wochen vergeblich gerungen hatte, abgenommen. Die Zeit der Unsicherheit war vorüber. Allen Widrigkeiten und den Unkenrufen meiner Freunde zum Trotz war ich endlich dazu bereit, mich offen zu Marlon zu bekennen und meinen Weg an seiner Seite fortzusetzen.

– 47 –

„Wie machen wir zwei denn jetzt weiter?" Nachdenklich spielte ich mit Marlons langen Haaren. Die Nacht hatte ich neben ihm auf seiner alten Matratze auf dem Fußboden verbracht. Weniger Komfort war kaum vorstellbar und doch fühlte ich mich so glücklich und ausgeglichen wie lange nicht mehr. Nachdem ich meine Ängste hinter mir gelassen und mich ganz auf seine Seite gestellt hatte, war auf einmal wieder alles möglich. Wir könnten ins Ausland gehen oder einfach irgendwo anders ganz von vorne anfangen. Uns eine gemeinsame Existenz aufbauen, fernab von den Querelen, die uns hier regelrecht zu verfolgen schienen. Auf jeden Fall musste ich schleunigst die Wohnung in Nymphenburg verlassen. Der Cut mit meiner Familie schloss auch Tobias mit ein. Mein neues Leben hatte begonnen. In ihm war kein Platz mehr für die Protagonisten einer vergangenen Ära. Tief in Gedanken versunken beobachtete ich zwei große Fliegen, die unverdrossen ihre Kreise um die Deckenlampe zogen.

Zärtlich beugte Marlon sich über mich.

„Mach' dir keine Sorgen, mein Schatz – davon bekommt dein schönes Gesicht nur Falten! Der gute Marlon hat nämlich bereits eine Idee, wohin die Reise gehen könnte. Ich bin so unendlich stolz auf dich. Auf deine Stärke, deine Ehrlichkeit und deinen Mut, einem Outlaw wie mir zu folgen." Liebevoll streichelte er meinen Nacken.

Ich lächelte schief. „Na ja, wo die Liebe eben hinfällt …" Unbeeindruckt zog er mich näher an sich, meinen scherzhaften Ton ignorierend.

„Ich habe niemals eine Frau so sehr geliebt wie dich, das schwöre ich dir, bei allem, was mir heilig ist." Er holte tief Luft. „Willst du mich heiraten?"

Mir stockte der Atem. Ein Antrag in unserer diffusen Lage? War er komplett übergeschnappt?

„Muss ich dir diese Frage hier und jetzt beantworten?"

„Nein, das musst du nicht, obwohl ich mich über eine positive Antwort natürlich sehr freuen würde …" Er runzelte die Stirn. Sein Heiratsantrag hing zwischen uns wie eine unsichtbare Mauer. Einfach zur Tagesordnung überzugehen und so zu tun, als wäre nichts gewesen, war unmöglich. Mit Bedacht wählte ich meine nächsten Worte.

„Meinst du nicht auch, dass es für eine so schwerwiegende Entscheidung ein wenig früh ist? Wir haben da außerdem das marginale Problem, dass ich derzeit noch verheiratet bin."

„Das wird sich ja Gott sei Dank in absehbarer Zeit ändern."

„So schnell, wie du dir das denkst, geht das auch wieder nicht. Erst einmal muss das erforderliche Trennungsjahr überstanden sein. Ich würde folgenden Vorschlag machen: Lass' uns die Frage zurückstellen, bis ich auch vom Gesetz her wieder frei bin. Hat sich unsere Beziehung in dieser Zeit bewährt, kann ich mir keinen Grund vorstellen, warum wir nicht heiraten sollten." Meine ausgesprochen diplomatische Antwort schien ihn zufrieden zu stellen. Die Wolken auf seiner Stirn verzogen sich schlagartig. Fröhlich sprang er in seine Jeans. „Komm' zieh' dich schnell an! Ich möchte einen Ausflug mit dir machen, der unser Leben maßgeblich beeinflussen könnte!"

Seine Begeisterung wirkte ansteckend. „Tatsächlich, wohin soll's denn gehen?"

„Lass' dich einfach überraschen, mein Herz. Ich habe da noch ein Eisen im Feuer, von dem ich dir bisher nichts erzählt habe!"

Er lotste mich zunächst auf den Parkplatz zu meinem schwarzen Ford Escort. Motorisiert ging es daraufhin kreuz und quer durch München, um schließlich auf die Autobahn in Richtung Deggendorf aufzufahren. Ich hatte nicht die Spur einer Ahnung, welches Ziel wir ansteuerten. Nach weiteren 100 Kilometern, wir hatten gerade Dingolfing passiert, wies er mich an, die nächste Ausfahrt zu nehmen. Ich tat wie mir geheißen. Die Gegend war mir völlig unbekannt.

„Sag' mal Marlon, sind wir hier etwa in Niederbayern?"
„Sieht verdächtig danach aus, nicht wahr?"

„Kannst du mir vielleicht endlich erklären, was wir ausgerechnet in diesen trostlosen Gefilden zu schaffen haben?"

„Abwarten." Einsilbig studierte er einen Zettel, den er kurz nach dem Verlassen der Autobahn aus der Tasche gezogen hatte. „Da vorne ist ein Schild „Erling" – da fährst du rechts."

Nachdem wir uns weitere acht Kilometer durch die Wallachei geschlagen hatten, deutete er plötzlich aufgeregt auf einen lang gezogenen Bau, der ein ausgesprochen ungepflegtes Terrain zierte. „Dort drüben ist es – du kannst den Wagen auf der Wiese abstellen!"

„Du lieber Himmel, was ist das denn?" Mein Entsetzen war nicht einmal gespielt. Marlon sprang mit einem Satz aus dem Auto. Widerstrebend folgte ich ihm.

„Das ist unsere Zukunft, mein Schatz!" Stolz nahm er meine Hand und führte mich zur Tür des heruntergekommenen Gebäudes. Ich schluckte. Unsere Zukunft hatte ich mir irgendwie prächtiger vorgestellt.

„Und was sollen wir mit diesem abgetakelten Objekt anfangen?"

Verständnislos schüttelte er den Kopf. „Eine Diskothek eröffnen – was denn sonst?"

Ich wusste nicht, ob ich lachen oder weinen sollte. Gerade hatte mein kleiner Bruder in diesem schwer kalkulierbaren Business eine Bauchlandung besonderer Güte hingelegt, nun ging mein Liebster mit derselben haarsträubenden Idee ins Rennen.

„Fandest du die letzten Monate im finanziellen Chaos etwa so angenehm, dass du unbedingt den gleichen Fehler begehen musst?" Alles in mir wehrte sich dagegen, das wenig einladende Gebäude auch nur zu betreten. Ungeduldig winkte er ab.

„Das hier ist etwas ganz anderes! Jan hat von Gastronomie keine Ahnung – ich dagegen weiß genau, was ich tue! Im Übrigen verlangt die Eigentümerin des Anwesens, eine Landshuter Brauerei, lediglich eine monatliche Pacht von 2000 Mark. Zudem reden wir hier nicht nur von einer Kneipe und der Diskothek, sondern auch von einer 4-Zimmer-Wohnung, die sich direkt darüber befindet. In München würdest du allein dafür eine höhere Miete bezahlen. Das *kann* überhaupt nicht schief gehen!"

Die inkludierte Wohnung war natürlich ein schlagendes Argument. Irgendwo mussten wir uns schließlich niederlassen – warum also nicht hier? Sicher, Niederbayern war nicht Kanada oder Neuseeland, aber fürs erste wäre es vielleicht tatsächlich eine Perspektive.

Marlon spürte, dass meine Stimmung zu seinen Gunsten kippte. Triumphierend zog er einen Schlüssel aus der Tasche und wedelte damit vor meiner Nase herum. „Tatatata, damit du nicht meinst, wir würden die Katze im Sack kaufen. Gnädige Frau, erweisen Sie mir die große Ehre, Sie durch mein Schloss geleiten zu dürfen?" Seine jungenhafte Unbeschwertheit brachte mich zum Lachen. Wagemutig betrat ich mit ihm das Reich der Ratten, Mäuse und Spinnen.

Das Innere des Hauses erwies sich als ebenso schauderhaft wie der erste Eindruck hatte befürchten lassen. Im vorderen Bereich befand sich eine Art Bistro und darüber die gepriesene, völlig verwahrloste Pächterwohnung. Man erreichte sie durch eine reichlich lädierte schmale Holztreppe. Stumm folgte ich Marlon von Zimmer zu Zimmer. Nach Beendigung des Rundgangs konnte ich nicht mehr an mich halten.

„Was für eine Zumutung! Du glaubst doch nicht im Ernst, dass ich mit dir in einem Dreckloch wie diesem hausen werde?"

Beleidigt griff er nach einer Zigarette. „Ich sage doch nicht, dass du morgen hier einziehen sollst! Gib' mir vier Wochen Zeit und du wirst sehen, was für ein Schmuckstück ich daraus machen werde." Gespannt sah er mich an – wohlwissend, dass er noch einiges an Überredungsarbeit würde leisten müssen. „Schau mal, Merlin hätte einen Garten ganz für sich alleine – was meinst du, wie glücklich der hier wäre! Bitte gib mir doch eine Chance dir zu beweisen, was in mir steckt. Ich weiß, dass ich das schaffen kann!"

Ich versuchte, mir das Leben in diesem Gemäuer plastisch vor Augen zu führen. Ein paar neue Teppichböden, Raufasertapeten an den bröckelnden Wänden, vielleicht einige ausgesuchte Möbelstücke … könnte tatsächlich ganz nett werden.

Das Badezimmer dagegen … ich schüttelte mich vor Abscheu. Und überhaupt – "wo ist eigentlich die Küche?"

"Die braucht man hier nicht – du musst nur die Treppe hinunter gehen und stehst bereits im riesigen Gastro-Bereich." Schon zog er mich hinter sich her nach unten.

"Du hast die Diskothek noch gar nicht gesehen!" Über staubige Bretter und Unmengen beschädigter Kartons gelangten wir in den hinteren Bereich des Etablissements. Marlon öffnete vorsichtig eine quietschende Metalltür, schaltete die grelle Neonbeleuchtung ein und gab den Blick frei auf einen erstaunlich großen Gastraum. Linker Hand befand sich eine sicher sieben Meter lange Theke, vor uns die großzügig bemessene Tanzfläche. Rechts davon identifizierte ich so etwas wie ein DJ-Pult. Man benötigte nicht viel Fantasie, um sich vorzustellen, wie hier bis spät in die Nacht getanzt und gefeiert wurde. Zum ersten Mal, seitdem wir das Gebäude betreten hatten, fühlte ich eine leise Zuversicht in mir aufkeimen.

"Und das soll alles nur zweitausend Mark im Monat kosten?" Verwundert ließ ich erneut meine Blicke durch den weitläufigen Raum schweifen, "da muss doch irgendwo ein Haken sein."

Marlon strahlte wie ein Kind am Weihnachtsabend. "Absolut kein Haken, Schatz! Wir müssen das Glück nur mit beiden Händen greifen. Es schreit buchstäblich danach!" Seine Begeisterung hätte beinahe auf mich übergegriffen, wenn mir nicht die ungeklärte Frage der dringend notwendigen Renovierung Sorgen bereitet hätte. "Ich muss zugeben, ich bin beeindruckt. Wenn du mir jetzt noch glaubhaft versichern kannst, dass die Heinzelmännchen sich der anstehenden Arbeiten annehmen werden, bin ich mit im Boot."

Er schmunzelte. "Die Heinzelmännchen konnte ich leider nicht verpflichten, dafür aber Olaf samt seiner Freundin. Die Armen stehen nämlich seit Jans Pleite auf der Straße."

"Selbst Olaf wird nicht kostenlos für dich schuften. Außerdem brauchst du jede Menge Material, wie willst du das bezahlen?", gab ich zu bedenken.

"Das habe ich längst durchkalkuliert. Olaf und Mona arbeiten zunächst für freie Kost und Logis. Sie wollen sich in einem der oberen Zimmer einrichten. Wenn die ersten Umsätze da sind, werde ich ihnen die geleistete Arbeit sofort bezahlen. Die beiden sind damit einverstanden. Und was die Materialkosten anbelangt – auch dafür habe ich eine Lösung gefunden: Wolfgang, ein alter Freund von mir, ist bereit, zehntausend Mark für die Renovierung zur Verfügung zu stellen – dafür übernimmt er später zum Nulltarif den Bistro-Bereich. Um vor Ort zu sein, wird auch er ein Zimmer im ersten Stock beziehen. Uns bleiben dann immer noch zwei Zimmer zur freien Verfügung übrig. Wenn wir es zu fünft mit aller Kraft anpacken, können wir in sechs Wochen eröffnen!" Offensichtlich hatte er sich bereits eingehend mit der Übernahme des Lokals beschäftigt. Seine Ansätze klangen durchaus durchdacht und realisierbar. Bis auf die Tatsache, dass ich mich niemals dazu überreden lassen würde, mir mit Olaf, Mona und dem ominösen Wolfgang ein Badezimmer zu teilen, war ich gar nicht mehr so abgeneigt, mich für seine Pläne zu erwärmen. Irgendwie musste es schließlich weitergehen.

„Wie ich sehe, hast du dir für alle denkbaren Einwände meinerseits bereits ein passendes Gegenargument zurechtgelegt. Im Grunde hast du recht – was soll bei zweitausend Mark Miete im Monat schon groß schiefgehen? Einen solchen Betrag wird man immer erwirtschaften können. Und mit der Unterstützung von Olaf ist es wahrscheinlich auch möglich, den Laden kurzfristig auf Vordermann zu bringen. Ich fürchte nur, dass zehntausend Mark für Material nicht ausreichen werden. Aber wie ich dich kenne, wirst du auch das Problem noch mit Bravour lösen." Bewundernd und nicht ohne Stolz betrachtete ich ihn. Er war so jung und voller Tatendrang, ich war mir sicher – was immer auch kommen mochte, er würde jede Herausforderung mit Leichtigkeit meistern.

Wenige Tage später unterzeichnete Marlon den Pachtvertrag mit der Landshuter Brauerei und begab sich mit seinem Tross nach Erling, um schnellstmöglich die umfangreichen Umbauarbeiten in Angriff zu nehmen. Ich zog derweil das sicher-sterile Umfeld der Bank vor und nahm mir ein möbliertes Zimmer ganz in der Nähe der Filiale. So blieb ich, wenn alle Stricke reißen würden, wenigstens finanziell unabhängig.

Mit Feuereifer stürzte Marlon sich auf die Aufgabe, mir in Erling ein einigermaßen akzeptables Ambiente zu schaffen. Die Pächterwohnung war tatsächlich nach wenigen Tagen bereits recht ansehnlich – und wenn mir das gemeinsame Bad auch ein nachhaltiger Dorn im Auge war, so konnte ich doch wenigstens die Wochenenden ohne allzu großen Ekelfaktor bei ihm verbringen. Alles in allem war ich durchaus nicht unzufrieden mit den Umständen, die mein neues Leben so mit sich brachte.

Nachdem ich nun praktisch den gesamten Teil meiner Familie mütterlicherseits sowohl aus meinem Gedächtnis als auch aus meinem Adressbuch radiert hatte, beschloss ich, zur Abwechslung einmal wieder mit Vater Nummer eins Kontakt aufzunehmen. Gänzlichst im luftleeren Raum ohne jedes familiäre Band zu schweben, fand ich doch weniger schön, als ich ursprünglich angenommen hatte. In gespannter Erwartung wählte ich seine Telefonnummer und hatte Glück – er meldete sich höchstpersönlich.

„Müller."
„Hallo, Papa, Lisa hier." Stille.
„Hallo …?"
„Ja, ich habe schon verstanden. Was verschafft mir die außergewöhnliche Ehre deines Anrufs?"
Sein abweisender Tonfall irritierte mich. „Ich wollte dich über den aktuellen Stand der Dinge informieren und dir meine neue Anschrift mitteilen."
„Danke, nicht nötig. Ich bin bereits im Bilde. Hans hat mich vor einigen Wochen angerufen und erzählt, was du so treibst. Ich ärgere mich seitdem grün und blau, dass ich dir vor zwei Jahren eine derart teure Hochzeit ausgerichtet habe! Eines muss man deinem Bruder und dir wirklich lassen – ihr zwei seid immer für eine negative Überraschung gut!"
Ich hatte nicht damit gerechnet, dass er mich mit offenen Armen empfangen würde, seine unverhohlen feindselige Haltung aber erschreckte mich. Kleinlaut setzte ich zu einem Erklärungsversuch an. „Tobias und ich – wir hatten seit längerer Zeit Probleme …"

Schneidend fiel er mir ins Wort.

„Ach, tatsächlich? Wie ich das von hier aus beurteilen kann, hattet ihr vor allem *ein* Problem: Es hat lange braune Haare und kommt aus Rumänien."

„Marlon war nicht der Grund für unsere Trennung! Als ich ihn kennenlernte, war meine Ehe bereits am Ende", widersprach ich heftig, „wäre ich ihm ein Jahr früher begegnet, hätte ich ihn kaum wahrgenommen! Du kannst aus 600 Kilometern Entfernung doch überhaupt nicht beurteilen, was wirklich bei uns los ist!"

„Erzähl' mir, was du willst – ich weiß, was ich weiß! Und eines glaub' mir – Tobias zu verlassen war der größte Fehler deines Lebens. Ich kenne Typen wie diesen – wie heißt er? Marlon? – von denen habe ich genügend auf meinen Baustellen herumlaufen. Alles Gauner und Abzocker. Aber wenn du der Meinung bist, dass das der Weg ist, den du gehen musst – dann tu', was du nicht lassen kannst. Auf meine Hilfe kannst du, wenn es brennt, aber nicht zählen!"

Das genügte. Wie hatte ich nur so blöd sein können, wider besseren Wissens darauf zu hoffen, dass es so etwas wie eine Vaterfigur für mich geben könnte – eine Rückendeckung, die ohne Wenn und Aber hinter mir stand, wenn alle Dämme brachen? Im Grunde tat mein Erzeuger nichts anderes als sich und seinen Prinzipien treu zu bleiben. Mangelnde Konsequenz konnte man ihm wahrlich nicht vorwerfen. Ich verspürte keine Lust mehr, mich weiter mit ihm zu unterhalten.

„Ich habe dich nie um deine Unterstützung gebeten und werde das auch künftig nicht tun, darauf kannst du dich verlassen! Um eines möchte ich dich aber trotzdem bitten: Kümmere dich um Jan. Es geht ihm soweit ich weiß sehr schlecht, er braucht deine Hilfe. Dringend."

„Fang' du nicht auch noch damit an! Durch deinen Schwiegervater bin ich längst über den Mist informiert, in den sich dein lieber Bruder hineinmanövriert hat. Man hat mir mitgeteilt, er sei akut selbstmordgefährdet. Pah – soll ich dir was sagen? Das interessiert mich nicht die Bohne. Soll er sich doch umbringen, wenn er meint, er kann seine Angelegenheiten nicht alleine in Ordnung bringen! Was für ein Schwächling.

Für solche Leute ist eben kein Platz auf dieser Welt. *Ich musste mich auch auf mich selbst gestellt durchkämpfen. Meine Eltern hätten mir den Hintern versohlt, wenn ich derartig schwachsinnige Geschäfte getätigt hätte!"*

Bis in die Grundfesten meiner Seele erschüttert beeilte ich mich, das Gespräch zu beenden.

„Ich hoffe für dich, dass du nicht wirklich meinst, was du gerade gesagt hast. Ich melde mich irgendwann wieder bei dir – bis dahin alles Gute!"

Ohne seine Antwort abzuwarten, legte ich auf. Dass er mein Verhalten als verwerflich ansah – gut, damit konnte ich notfalls leben. Nicht aber mit den Aussagen, die er in Bezug auf Jan getroffen hatte. Was war er nur für ein Mensch? Welche moralischen Grundsätze galten für ihn? Zum ersten Mal hatte er mich die scheußliche Fratze, die sein Wesen wirklich ausmachte, unmaskiert und in all seiner Gemeinheit sehen lassen. Auf weitere Einblicke in die grauenerregenden Abgründe seines Charakters war ich verständlicherweise nicht erpicht.

Die Erkenntnis, dass ich nun endgültig alleine im Leben stand, verursachte mir bei näherem Hinsehen nicht einmal Unbehagen. Das lag wohl in erster Linie daran, dass es in meiner Wahrnehmung bisher nie wirklich anders gewesen war. Und – so ganz allein war ich objektiv gesehen ja auch nicht. Ich hatte einen Mann an meiner Seite, der mich bei jeder sich bietenden Gelegenheit mit unendlicher Liebe und Zärtlichkeit überschüttete und ich hegte die berechtigte Hoffnung auf eine rosige Zukunft.

– 48 –

„Nur noch vier Wochen bis zur Eröffnung – Sambakpula, Schatz, wir müssen dringend eine Betriebsgenehmigung einholen", bemerkte Marlon beiläufig. Seine ganze Aufmerksamkeit galt dem riesigen Gemälde, das eine Wand des Disco-Bereiches zieren sollte. Fasziniert beobachtete ich, wie er mit sicherem Pinselstrich einen lebensechten Zauberer erstehen ließ.

„Von solchen Dingen habe ich nicht die leiseste Ahnung. Wohin muss man sich wenden, um eine derartige Genehmigung zu bekommen? Und überhaupt – wir haben noch nicht einmal einen Namen für den Laden!"

„Hm, darüber habe ich mir auch schon Gedanken gemacht. Wie fändest du ‚Wizards of the Sonic'?"

„Hört sich gut an, eignet sich aber eher als Songtitel – viel zu lang für eine Diskothek."

Grübelnd trug er eine weitere Schicht Farbe auf. „‚Demons and Wizards' vielleicht?"

„Klingt mir zu sehr nach 70er Jahre Rock. War ein Album-Titel von Uriah Heep."

„Aha, wusste ich nicht. Wie wäre es denn mit ‚Spellbound'?"

„Erinnert mich irgendwie an einen Song von Warlock, aber ich muss zugeben – hat was!"

„Bei deinem Faible für Musik erinnert dich jedes englische Wort an irgendeinen Song, darauf können wir keine Rücksicht nehmen …" In Windeseile hatte er seinen Pinsel aus der Hand gelegt und zog mich an sich. „Also einigen wir uns auf ‚Spellbound', bevor ich dich auf der Stelle vernasche?"

Lachend wand ich mich aus seiner Umklammerung. „Okay, du hast gewonnen – wir nehmen Spellbound und du bringst friedlich deinen Zauberlehrling zu Ende!"

„Abgemacht, ich male weiter und du besorgst uns beim Bürgermeister endlich die vermaledeite Genehmigung."

Einen Termin im Rathaus der kleinen Gemeinde zu bekommen, erwies sich als schwieriger als erwartet. Nachdem man uns eine Woche lang immer wieder vertröstet hatte, war es nun endlich soweit – wir wurden zur Audienz beim hochwohlgeborenen Herrn Burgermoaster gerufen.

Der griesgrämige Mann hinter dem schweren Eichenschreibtisch ähnelte einer leicht untersetzten Ausgabe von Peppone. Seine abwehrende Körperhaltung ließ erahnen, dass er weit Wichtigeres meinte zu tun zu haben, als sich mit zwei „Zuagroastn" – will heißen Neuankömmlingen in seiner Gemeinde – zu befassen.

„Griaß Äahna God, wos ko i füa Äahna tun?", kam er sogleich zur Sache.

„Wo sind wir hier bloß gelandet?", raunte ich Marlon zu.

„Im Hinterland der tiefsten Provinz", flüsterte er zurück, bevor er dem Erlinger Würdenträger leutselig die Hand reichte, „Grüß Gott, ich heiße Marlon Albin – meine Freundin Lisa Müller und ich möchten in Ihrer schönen Gemeinde ein paar Arbeitsplätze schaffen."

Hellhörig geworden wies der Herr Bürgermeister auf die beiden freien Stühle vor seinem Schreibtisch.

„Des hamma gern. Und an wos hättens da dacht? Nehmens doch bittschön Plotz."

„Wir haben im Erlingerfeld einen stillgelegten Gastronomiebetrieb gepachtet. Im Moment sind wir damit beschäftigt, die Geräume zu renovieren. Um wie geplant in drei Wochen eröffnen zu können, benötigen wir noch Ihr Einverständnis."

Die Miene unseres Gegenübers verfinsterte sich. Offensichtlich hatte er an eine andere Art von Arbeitsplätzen gedacht. „Jo mei, des is a hoaklate Sach! Ihnen is scho klar, dass des Erlingerfeld a reins Wohngebiet is, oda? Bevor i mi zwecks dera Gnehmigung äußern kannt, müaßtens Äahna erst amoi mit die Nachbarn arranschiern!"

Alarmiert blickte ich zu Marlon. Auch er schien über diese Forderung einigermaßen beunruhigt.

„Und wenn wir die Zustimmung der Nachbarn nicht bekommen, was geschieht dann?"

„In dem Fall müaßtens Äahna ans Landratsamt wendn. Dort werdens dann entscheidn, ob's dia Gnehmigung kriagn oda neet."

„Aber, Herr Bürgermeister, ich hatte in einem kleinen Ort bei Stuttgart bereits einen ähnlichen Betrieb – über die Genehmigung dafür wurde damals allein im Rathaus entschieden …"

„Des mog scho sei – bei uns läuft des hoit anders!" Damit erhob er sich und schüttelte erst mir und dann Marlon die Hand. „I wünsch' Äahna ois Guate!"

Die Unterredung war beendet. Schweigend verließen wir die Räumlichkeiten der Gemeinde.

Die Reaktion der Nachbarn auf unsere Ankündigung, direkt vor ihrer Haustür einen Jugendtreff zu eröffnen, konnte gegensätzlicher kaum sein. Die einen waren begeistert, die anderen schworen Stein und Bein, uns mit allen zur Verfügung stehenden Mitteln daran zu hindern, unsere Pläne in die Tat umzusetzen.

Ich war verzweifelt. „Was machen wir jetzt bloß? Du hast bereits so viel Geld investiert – wenn wir die Genehmigung nicht bekommen, stehen wir vor einem riesigen Scherbenhaufen! Ganz zu schweigen davon, dass wir halb Niederbayern mit Plakaten zugepflastert haben, damit wir am Tag der Eröffnung nicht alleine dastehen."

Marlon ließ sich nicht aus der Ruhe bringen.

„Lass' dich doch von den Miesmachern da drüben nicht so verunsichern! Natürlich werden wir eröffnen. Hier war jahrelang eine Disco und keinen hat's gestört – warum sollte das Landratsamt uns wegen zwei oder drei Wichtigtuern den Betrieb untersagen?"

„Du hast doch gehört, was der gute Herr Bürgermeister gesagt hat – ohne Zustimmung der Nachbarn keine Genehmigung!"

„Das stimmt so nicht ganz. Er hat gesagt, wenn wir das Okay der Nachbarn nicht bekommen, kann *er* uns keine Genehmigung für den Betrieb der Gaststätte geben, das Landratsamt jedoch sehr wohl. Du wirst sehen, die werden sich dort nicht gegen unsere Eröffnung sperren, schließlich sind sie hier doch froh über jeden Arbeitslosen, der von der Straße weg ist. Ich werde gleich morgen nach Dingolfing fahren und mich darum kümmern."

Marlons unerschütterliche Zuversicht zu teilen wollte mir einfach nicht gelingen. Nervös kehrte ich nach München zurück, um meiner eigentlichen Arbeit als Vertriebsassistenz nachzugehen.

Leider zeigte sich am nächsten Tag, dass meine düsteren Vorahnungen nur allzu begründet waren. Das Landratsamt dachte überhaupt nicht daran, uns so mir nichts dir nichts die Betriebserlaubnis für die Gaststätte zu erteilen. Entnervt berichtete Marlon mir am Telefon von seiner ernüchternden Erfahrung mit der deutschen Bürokratie.

„Die geben mir keine Genehmigung, weil ich Ausländer bin, kannst du dir das vorstellen? Noch nie hat mich ein Mensch derart herablassend behandelt wie dieser junge Typ da eben auf dem Amt!"

Ich seufzte. „Nun kapierst du endlich, dass Bayern nicht Baden-Württemberg ist! Mein Onkel hat einmal gesagt, dass man speziell um Niederbayern eine Mauer ziehen und keinen mehr herauslassen sollte – so Unrecht hat er scheinbar nicht. Aber die Erkenntnis bringt uns jetzt auch nicht weiter. Gibt es irgendetwas, das wir gegen den Amtsschimmel unternehmen können?"

„Ich habe bereits die Brauerei eingeschaltet – schließlich haben die ja auch ein Interesse daran, dass wir den Laden zum Laufen bringen. Man hat mir versprochen, sich der Sache anzunehmen."

Ich konnte ein hysterisches Lachen nicht unterdrücken. „Es wird Wochen dauern, bis die Herrschaften zu einer Einigung kommen! Wir können doch nicht tatenlos darauf warten, pleitezugehen, bevor wir überhaupt richtig angefangen haben!"

„Red' doch keinen Unsinn – wir sind weit davon entfernt, pleitezugehen! Wenn wir bis zur geplanten Eröffnung keine Genehmigung bekommen, werden wir eben ein paar Tage später aufmachen. Kein Grund, sich derartig aufzuregen! Vertrau' mir, ich kriege das hin."

„Na gut, wenn du meinst. Aber vergiss' nicht, dass demnächst die erste Pacht fällig wird. Wenn wir nicht eröffnen, haben wir auch keine Einnahmen. Dass Wolfgangs Geld längst weg ist, brauche ich dir wohl nicht zu erzählen." Und dass ich meinen mühsam zusammengehaltenen Notgroschen nicht in Erling versenken werde auch nicht, dachte ich im Stillen.

„Ich werde einen Weg finden – mach' du in München dein Ding und überlass' den Rest mir! Wir sehen uns dann am Wochenende. Ciao." Gereizt legte er den Hörer auf.

Die angespannte Lage begann sich bereits auf unser Verhältnis auszuwirken. Er war nicht mehr der strahlende Held meiner Träume, der Supermann, dem ich zutraute, die Welt aus den Angeln zu heben. Ganz im Gegenteil – im Geschäftsleben leistete er sich Schwächen, die ihn um Kopf und Kragen bringen konnten. Dass er eine Unternehmung wie das „Spellbound" nicht mit mehr Voraussicht angegangen hatte, nahm ich ihm nachhaltig übel. Schließlich stand nicht nur seine eigene Existenz, sondern auch die seines Freundes auf dem Spiel.

Um es kurz zu machen – die groß angekündigte Eröffnung fand in Ermangelung einer Betriebsgenehmigung nicht statt. Einige Dutzend Jugendliche standen im Erlingerfeld vor verschlossenen Türen. Ich konnte mich nicht dazu durchringen, mir eine derartige Blöße zu geben und mit ihnen zu plaudern. Marlon indes nahm unsere Niederlage bemerkenswert gelassen hin und erklärte den Leuten auf der Straße geduldig Stunde um Stunde, wie es zu der bedauerlichen Panne hatte kommen können. Nachdem vor unserer Gaststätte endlich Ruhe eingekehrt war, stürmte er bestens gelaunt die Treppe hinauf in unser Zimmer.

„Lisa, du wirst sehen, es ist nur noch eine Frage von Tagen, bis wir die Genehmigung endlich haben und dann geht's hier richtig ab! Da draußen war die Hölle los, die Leute warten nur darauf, dass wir endlich aufmachen. Die Jungen haben hier keinen Ort, an dem sie sich treffen und Spaß haben können –

der Laden wird brummen!" Sein Optimismus wirkte ansteckend.

Zufrieden kuschelte ich mich an ihn und gähnte. „Dann können wir ja beruhigt in die Zukunft blicken!" Kurze Zeit später hatte ich mich auf unserer durchgelegenen Matratze eingerollt und schlief selig.

Als ich am Morgen aufwachte, fand ich den Platz neben mir leer vor. Die Bettdecke war noch immer säuberlich zusammengefaltet – Marlon hatte sie offensichtlich seit gestern nicht benutzt. Mein Wecker zeigte 7.13 Uhr an. Verwundert setzte ich mich auf. Wo mochte er stecken?

Gerade hatte ich beschlossen, mich anzuziehen und auf die Suche nach ihm zu gehen, als sich mit einem Ruck die Tür öffnete und Marlon reichlich betrunken ins Zimmer getorkelt kam. „Moin", nuschelte er, ließ sich angezogen auf seine Seite der Matratze fallen und begann augenblicklich zu schnarchen. Ich schüttelte ihn heftig an der Schulter. Keine Reaktion.

„Was soll das denn? Wach' auf, ich will mit dir reden!", schrie ich ihn an.

Ungerührt schlief er weiter. Wütend schlüpfte ich in Jeans und Sweat-Shirt. Nun saß ich hier mitten im niederbayrischen Nirgendwo, hatte keine vernünftige Wohnung mehr und stattdessen einen Partner, der seinen Frust im Alkohol ertränkte. Na bravo. So hatte ich mir das Leben in Marlons schillernder Künstlerwelt wahrhaftig nicht vorgestellt. Bedrückt lief ich stundenlang alleine über Felder und Wiesen. Zum ersten Mal kamen mir Zweifel an der Sinnhaftigkeit meiner spontanen Aktionen. Hatte ich vielleicht überreagiert? War mein Verhalten Tobi gegenüber wirklich fair gewesen? Eines wurde mir in diesem Moment schmerzlich bewusst – ich vermisste meinen Mann ganz furchtbar. Aber für Reue war es zu spät. Ich war zu weit gegangen, es gab keinen Weg mehr zurück in mein altes bürgerliches Dasein. Ich sehnte mich danach, in unserem stilvollen Schlafzimmer aufzuwachen, mir die Augen zu reiben und festzustellen, dass das gesamte letzte Jahr nichts weiter als ein nicht enden wollender Albtraum gewesen war. Ehrlicherweise gestand ich mir jedoch ein, dass ich zu der misslichen Lage, in der ich mich heute befand, maßgeblich beigetragen hatte. Marlon wäre der perfekte Mann für eine Affäre gewesen – und was hatte ich getan? Im Überschwang meiner außer Kontrolle geratenen Hormone gleich meine gesamte Existenz über Bord geworfen. Leider kam die Einsicht reichlich spät und ich würde nun höchstselbst einen Weg aus der Misere finden müssen. Auf Marlon konnte ich dabei nicht zählen, das war klar. Er war mit sich und seinen Unzulänglichkeiten hinreichend beschäftigt. Lamentieren und den Kopf in den Sand zu stecken half auch nicht wirklich weiter und so befand ich, dass es an der Zeit war, meinem Leben wieder einen angemessenen Rahmen zu verschaffen. Liebe allein reichte wohl doch nicht aus, um wunschlos glücklich zu sein.

„Ich habe nachgedacht", begrüßte ich Marlon nach meinem ausgiebigen Spaziergang. Es war bereits Mittag und er lag immer noch auf seiner Matratze. Verschlafen blinzelte er mich an.

„Mir tut jeder Knochen weh. Kannst du mir vielleicht ein Aspirin bringen, Schatz?"

Ich kramte in meiner Handtasche.

„Keine mehr da, sorry. Kommt davon, wenn man die ganze Nacht durchsäuft!"

Wütend setzte er sich auf. „Wie ausgesprochen freundlich von dir! Weißt du eigentlich, was es heißt, hier Tag für Tag bis zum Umfallen zu schuften und dann festzustellen, dass alles umsonst war? Du sitzt gemütlich in München und amüsierst dich, während ich hier seit Wochen nichts anderes sehe als dieses entsetzliche Feld vor unserem Fenster! Du hast kein Recht, mir vorzuwerfen, dass ich nach einem Reinfall wie gestern einmal abschalten muss!"

„Erstens *arbeite* ich in München und davon profitierst du ganz erheblich. Zweitens war es deine ureigenste Entscheidung, dich neben diesem Feld niederzulassen – du erinnerst dich, ich fand diesen Ort vom ersten Moment an ätzend. Wie auch immer, ich kann so nicht weitermachen. Ich brauche eine vernünftige Wohnung und wenigstens den Anschein von Normalität. In München hause ich in einer größeren Besenkammer und hier müssen wir uns zu fünft eine Toilette teilen. Auch du brauchst ein wenig Abstand von Erling, das merkt man überdeutlich – lass' uns in der Nähe eine vernünftige Wohnung mieten, damit ist uns beiden gedient." Er nickte bedächtig.

„Die Idee ist sicher nicht schlecht, Wohnraum ist in dieser Gegend einigermaßen erschwinglich – aber willst du etwa jeden Tag 120 Kilometer nach München zur Arbeit fahren? Alleine die Benzinkosten würden uns auffressen."

„Natürlich kann ich die Strecke nicht jeden Tag zwei Mal zurücklegen. Das kleine Zimmer in der Nähe der Filiale würde ich behalten und nur am Wochenende nach Hause kommen. Aber dann kann ich mich wenigstens darauf freuen, hierher zu fahren. Verstehst du das?"

„Ja, das tue ich. Du gehörst nicht in eine Umgebung wie diese, das ist mir gestern klar geworden. Lieber zahle ich ein paar Mark Miete zusätzlich als unsere Beziehung aufs Spiel zu setzen."

Erleichtert strahlte ich ihn an. „Dann lass' uns gleich eine Zeitung besorgen und mit der Suche beginnen!"

Die passende Wohnung war schnell gefunden. 4 Zimmer, Küche, Bad. Eigentlich zu groß für zwei Personen, aber wer würde sich schon über zu viel Platz beschweren? Nun konnte ich mich von den drängenden Problemen in Erling wenigstens räumlich abgrenzen. Das war auch bitter nötig, die Querelen mit dem Landratsamt wollten nämlich kein Ende nehmen. Während ich mich eines Morgens in der Bank mit Kontoeröffnungen und einem Scheckkartenbetrugsfall herumärgerte, erhielt Marlon schließlich eine endgültige Absage, was die Erlaubnis betraf, im Bereich Dingolfing einen Gastronomiebetrieb führen zu dürfen.

„Diese Schweine haben mich alles renovieren lassen und teilen mir nach sechs Wochen in einem Zweizeiler mit, dass ich meine Sachen packen kann." Über das Telefon konnte ich spüren, dass er der Verzweiflung nahe war. „Lisa, ich habe hier alles auf eine Karte gesetzt, was soll ich jetzt machen?"

„Auf alle Fälle nicht die Nerven verlieren. Hast du schon mit der Brauerei gesprochen?"

„Pah, die haben mir ganz lapidar erklärt, dass sie in diesem Fall leider nicht helfen können."

„Was für Mistkerle – lassen dich wochenlang dort investieren und dann im Regen stehen!"

„Sie meinten, wir sollen versuchen, die Betriebserlaubnis auf eine andere Person laufen zu lassen." „Was für eine andere Person denn? Wolfgang vielleicht?"

„Um Gottes willen – damit er mich dann bei der ersten Meinungsverschiedenheit vor die Tür setzt? Du weißt doch, wie unausgeglichen er ist. Das tue ich mir nicht an! Außerdem hatten wir doch sowieso vor, den Laden zum Laufen zu bringen und uns dann mit der Ablöse in der Tasche schnellstens etwas Anderes zu suchen. Das können wir vergessen, wenn Wolfgang am Drücker sitzt!"

„Aber ich sehe keine andere Möglichkeit, wenn du das Spellbound überhaupt noch eröffnen willst."

„Bevor ich mich von einem Verrückten wie Wolfgang abhängig mache, schmeiße ich hier lieber alles hin und verschwinde ins Ausland! In Deutschland werden einem sowieso nur Knüppel zwischen die Beine geworfen – so sehr ich mich auch bemühe, es gibt immer einen Neider, der mich bremst! Der einzige Grund, nicht sofort abzuhauen, bist du. Ich will dich nicht verlieren und ich glaube immer noch, dass Erling eine Goldgrube ist, mit der wir uns eine gemeinsame Existenz aufbauen können. Denk' mal nach – es gibt da außer Wolfgang noch jemanden, dem sie die Betriebserlaubnis nicht verweigern können …"

„Du meinst doch nicht etwa, dass der Laden auf meinen Namen laufen soll? Das kann unmöglich dein Ernst sein!"

„Schatz, das ist doch eine reine Formalität! Sämtliche Verträge und damit auch die finanziellen Verpflichtungen im Zusammenhang mit der Gaststätte würden natürlich weiterhin auf mich laufen. Damit hättest du nicht das Geringste zu tun! Es ist unsere einzige Chance, die Sache zu einem halbwegs vernünftigen Abschluss zu bringen. Du kannst mich jetzt einfach nicht hängen lassen!"

„Bei aller Liebe – ich habe von Gastronomie so viel Ahnung wie ein Fisch vom Fahrradfahren. Mein Job ist es, in der Bank genügend Geld für unsere Miete und unsere Lebenshaltung zu verdienen – und genau das tue ich auch. Nie und nimmer werde ich den gleichen Fehler begehen wie Jan und mich auf ein derart unkalkulierbares Risiko einlassen!"

Zwei Tage später ging ich mit Marlon zum Dingolfinger Landratsamt, um die Betriebserlaubnis für das Spellbound auf meinen Namen zu beantragen.

Ein argloser Zeitgenosse könnte jetzt meinen, dass das Trauerspiel um die Eröffnung unserer Disco durch mein beherztes Eingreifen ein gutes Ende gefunden hat und alle Beteiligten von nun an glücklich und zufrieden im Erlingerfeld ihre Tage fristeten. Zugegeben – so hätte die Geschichte enden können. Tat sie aber nicht.

Kein noch so krauses Münchener Gehirn hätte den nächsten Coup eines offensichtlich geschmierten, niederbayerischen Beamten ersinnen können.

„Das kann einfach nicht wahr sein, ich dreh' durch!" Fassungslos warf Marlon mir einen Brief vor die Füße. Es war Samstagmorgen und ich freute mich auf ein gemütliches Wochenende in unserer feinen neuen Wohnung. Die Vorbereitungen für den erneut angesetzten Eröffnungstermin des Spellbound liefen derweil auf Hochtouren. In fünf Tagen würde es endlich so weit sein.

Vorsichtig warf ich einen Blick auf den Briefkopf.

„Das Landratsamt", murmelte ich, „ist das meine Betriebserlaubnis?"

„Sie ist es, aber lies bis zum Ende!" Die Bitterkeit in Marlons Stimme jagte mir Angst ein. Schnell überflog ich die wenigen Zeilen. Man hatte mir die Genehmigung für die Gaststätte erteilt, aber … Meine Augen weiteten sich vor Schreck.

„Das können sie doch nicht tun!", schrie ich entsetzt.

„Das geht mit Sicherheit auf das Konto unseres lieben Nachbarn Hamberger. Man hat mir erzählt, dass er letzte Woche auf dem Amt war, um mit allen Mitteln unsere Eröffnung zu verhindern. Wie du siehst, war er erfolgreich."

„Sperrzeit 22.00 Uhr – das bedeutet das endgültige Aus für uns!"

Marlon spuckte angewidert einen Traubenkern in die Luft. Er landete auf dem Küchentisch. Ungeduldig schnipste er ihn auf den Fußboden.

„Da sie einer unbescholtenen deutschen Staatsbürgerin nicht grundlos die Genehmigung verwehren können, wollen sie uns auf diese perfide Weise aushungern. Aber nicht mit mir, das schwöre ich dir! Nicht mit mir! Ich werde kämpfen bis aufs Blut!"

„Die sitzen am längeren Hebel, kapier' das endlich! Der Kampf ist vorüber!" Ich war nun ebenfalls wütend. Auf Marlons Unfähigkeit. Auf den fiesen Beamten, der uns das angetan hatte. Auf Niederbayern im Allgemeinen. Und auf die geballte Ungerechtigkeit dieser bösartigen Welt im Besonderen.

„Der Kampf ist dann vorbei, wenn *ich* es sage! Und ich bin noch lange nicht fertig mit diesem Schwein von Beamten!"

„Spar' dir dein großspuriges Gequatsche! Wir sind am Ende, so oder so. In eine Diskothek geht man *ab* 22.00 Uhr, selbst hier in der Provinz!"

„Dann ändern wir vorübergehend eben das Konzept. Am Freitag wird auf jeden Fall eröffnet. Keine Disco, sondern eine Cocktailbar mit Musik. Das letzte Mal standen Unmengen junger Leute vor unserer Tür – wenn ich es schaffe, die zu mobilisieren, wird selbst dieser Beamtenfurz in Dingolfing nicht mehr umhin können, uns eine anständige Betriebserlaubnis zu erteilen. Notfalls werde ich vor Gericht ziehen."

Resigniert zuckte ich die Schultern. „Mach', was du willst, aber halt' mich da raus!"

Die Eröffnung fand wie geplant statt. Die Gaststätte war voller Menschen, als wir um zehn Uhr die Musik abdrehen und unsere Gäste zum Gehen auffordern mussten. Ungläubiges Kopfschütteln allenthalben. So etwas hatte es in diesem verschlafenen Winkel der Erde noch nicht gegeben. Die meisten glaubten wohl zunächst an einen Scherz, verzogen sich aber nach und nach, als sie erkannten, dass die Party tatsächlich schon vorbei war. Um Viertel nach zehn stand bereits die Polizei vor der Tür, um sicherzustellen, dass sich auch der letzte Besucher schleunigst entfernte. Unsere liebenswürdigen Nachbarn hatten wirklich ganze Arbeit geleistet.

Trotz der widrigen Umstände ließ Marlon es sich nicht nehmen, unsere so genannte Cocktailbar von nun an jeden Abend für einige wenige Gäste zu öffnen. Tagsüber stritt er regelmäßig derartig hartnäckig mit dem zuständigen Beamten im Landratsamt, dass ich nicht umhin kam, ihm bei allem Ärger eine gewisse Hochachtung zu zollen. Man konnte ihm vielleicht vorwerfen, dass er die ganze Sache von Grund auf falsch angepackt hatte, nicht aber, dass er zu schnell die Flinte ins Korn warf.

Die Enttäuschung über den ausbleibenden Erfolg seiner Unternehmung ließ ihn immer häufiger zum Alkohol greifen. Nächtelang lag ich wach und wartete darauf, dass er volltrunken nach Hause getaumelt kam. Dass er auf dem Heimweg dabei über Wochen hinweg unfallfrei blieb, grenzte an ein Wunder. Inzwischen war ich froh, sonntagabends wieder in die trügerische Sicherheit meiner Münchener Existenz zurückkehren zu können. Je verbissener Marlon an Erling festhielt, umso klarer wurde mir, dass es so nicht weitergehen konnte. Meine Gefühle für ihn hatten sich in all dem Durcheinander um die fehlende Betriebserlaubnis merklich abgekühlt. Ich war es leid, mit jemandem zusammen zu sein, der das Chaos beinahe magisch anzuziehen schien und so fasste ich den Entschluss, meinen Lebensmittelpunkt wieder ausschließlich nach München zu verlegen und Marlon samt seinem gastronomischen Tohuwabohu hinter mir zu lassen. Einzig die Tatsache, als offizielle Betreiberin der Gaststätte eine gewisse Verantwortung zu tragen, bereitete mir noch Kopfschmerzen. Einerseits konnten Marlon und Konsorten mich mit Verstößen gegen die Sperrzeit in Teufels Küche bringen, andererseits brachte ich es nicht übers Herz, das Gewerbe von einem Tag auf den anderen abzumelden und ihnen dadurch auch das letzte bisschen Hoffnung zu nehmen.

In meine separatistischen Gedankengänge hinein platzte eine Bombe, mit der im Moment niemand so wirklich gerechnet hatte: Ich war schwanger.

Marlon nahm die frohe Botschaft einigermaßen ungerührt zur Kenntnis. Er hatte aus früheren Beziehungen bereits das eine oder andere Kind – mein Zustand war in seinen Augen somit kein Grund zu großen Gefühlsausbrüchen. Die Grundstimmung, die er in dieser Sache durchscheinen ließ, war allerdings positiv.

Die Reaktion meines Noch-Ehemannes fiel verständlicherweise deutlich unterkühlter aus.

„Dir ist schon klar, dass deine Schwangerschaft, solange wir nicht geschieden sind, vor dem Gesetz auf mein Konto geht, oder?", meinte er konsterniert, als ich ihm die frohe Botschaft am Telefon überbrachte.

„Wie das denn? Wir sind doch offiziell getrennt und unsere Scheidung läuft bereits – da muss ich mich doch ungestraft einem neuen Partner zuwenden dürfen …"

„Das deutsche Recht besagt, dass jedes Baby, das in einer noch bestehenden, gültigen Ehe zur Welt kommt, automatisch als Abkömmling des Ehemannes gewertet wird."

„Dann sage ich eben bei seiner Registrierung auf dem Standesamt, dass nicht Tobias Heller, sondern Marlon Albin der Vater ist. Das kann ja wohl so problematisch nicht sein!"

„Du kannst denen erzählen, dass George Clooney oder der Papst der Vater ist – das interessiert absolut niemanden, wenn wir zum Zeitpunkt deiner Entbindung nicht rechtmäßig geschieden sind!"

„Aber wir können doch *beweisen*, dass *du* keinesfalls an der Zeugung beteiligt warst."

„Allerdings – durch einen Vaterschaftstest. Weißt du eigentlich, was der kostet?"

„Keine Ahnung, ein paar Hundert Mark nehme ich an."

„Eher ein paar Tausend. Und nachdem du kaum ein Interesse daran haben wirst, die Angelegenheit richtig zu stellen, wird das an mir hängen bleiben. Dass du mich wegen eines durchgeknallten Künstlers verlässt ist eine Sache, mich aber zum offiziellen Ernährer seines Sprösslings zu machen, eine andere. Ich hoffe sehr, dass du die Fairness aufbringst, die Geschichte so zu Ende zu bringen, dass mir daraus keine Kosten entstehen!"

Das leuchtete mir ein. Der arme Tobias. Nicht nur, dass ich ihm die Schmach antat, nach unserer hartnäckigen Kinderlosigkeit einfach so schwanger zu werden, er musste im Zweifelsfall für das Kuckucksei auch noch aufkommen. Nicht zum ersten Mal in meinem Leben drängte sich mir die berechtigte Frage auf, was zum Teufel mit dem deutschen Rechtssystem los war. Mein Vater, der schwerreiche Bauträger, konnte seine ureigenste Nachkommenschaft über Jahre hinweg ungestraft mit ein paar Mark Unterhalt abspeisen, mein Noch-Ehemann sollte dagegen für ein Kind aufkommen, das nicht einmal von ihm war? Verdrehte Welt. Selbstverständlich setzte ich alle Hebel in Bewegung, um meine Scheidung voranzutreiben und uns die Prozedur der Vaterschaftsklärung zu ersparen.

Glücklicherweise traf ich dabei auf eine verständige Richterin, die sich der Dringlichkeit meines Anliegens nicht verschloss und sogleich das Verfahren einleitete.

Im 4. Monat meiner Schwangerschaft war ich ebenso rechtmäßig wie glücklich von Tobias geschieden.

Ungeachtet der chaotischen äußeren Umstände, die mein Leben seit einigen Monaten auszeichneten, freute ich mich unterdessen riesig über meinen Zustand. Wie lange hatte ich mir doch ein Baby gewünscht – nun war es endlich so weit. Die Tatsache, dass meinem sich ankündigenden Lebensglück der passende Ernährer fehlte, störte mich dabei eher wenig. Hatte ich mich in den letzten neunundzwanzig Jahren nicht weitestgehend allein durch alle Stürme laviert? Ich sah keinen Grund, warum sich das künftig ändern sollte.

Eine Frage drängte sich bei aller Begeisterung immer hartnäckiger in den Vordergrund: Konnte ich mich in einem Moment wie diesem allen Ernstes vom Vater des kleinen Wesens, das spürbar in meinem Bauch heranwuchs, trennen? Und wollte ich das überhaupt? Die aufregende Zeit ganz ohne einen Partner durchstehen – die Freude, das Glück, die

Schmerzen mit niemandem teilen? Für Marlon hatte ich sämtliche familiären Bande gekappt, ich stand isolierter auf der Welt als jemals zuvor. Konnte ich es mit derart rudimentären sozialen Bindungen überhaupt schaffen, eine halbwegs gute Mutter zu werden? Das war nämlich mein erklärtes Ziel, von dem Augenblick an, in dem der rote Strich auf dem Teststreifen die beginnende Schwangerschaft signalisiert hatte. Bei all meinen Überlegungen war mir sonnenklar, dass Marlon so gar nicht dem gängigen Klischee eines treu sorgenden Familienvaters entsprach. Er hatte keinen vernünftigen Beruf und würde wahrscheinlich nie genug Geld verdienen, um außer sich selbst noch eine kleine Familie über Wasser halten zu können. Aber er liebte mich. Aufrichtig und unerschütterlich. Konnte ich dem Baby seinen Vater vorenthalten, nur weil dieser gewissen monetären und gesellschaftlichen Anforderungen nicht gerecht wurde? Und bedeutete bürgerlicher Wohlstand wirklich mehr als das seltene Glück, einen Menschen an seiner Seite zu haben, für den man etwas ganz Besonderes war? Nein, so oberflächlich konnte und wollte ich nicht sein, hatte ich eine solch niederträchtige Behandlung in meiner Ehe mit Tobias doch selbst auf eindrucksvolle Art und Weise erfahren müssen. Nichts war wichtiger als der Zusammenhalt und die tiefe Verbundenheit zweier Menschen, allen Widrigkeiten unseres Daseins zum Trotz. Wider jegliches Kalkül war ich nun bereit, mich den Herausforderungen, die ein Leben in Marlons Dunstkreis naturgemäß mit sich bringen würde, zu stellen. Wir würden es schaffen – in Erling oder woanders. Sollten wir das Spellbound tatsächlich aufgeben müssen, waren vielleicht zwanzigtausend Mark verloren – ein überschaubarer Betrag, den wir nach und nach abstottern würden. Außerdem gab es ja auch die Möglichkeit, dass ich in Zukunft die Brötchen verdiente und er zu Hause das Baby betreute. Die Weichen in der Bank ließen sich noch problemlos auf Karriere stellen. Für eine kleine Familie wäre mein Verdienst in jedem Fall ausreichend. Von einer Woge der Zuneigung getragen, tat ich das einzig Richtige: Ich nahm Marlons Heiratsantrag an.

Wenige Monate, nachdem vor dem Münchener Amtsgericht meine Ehe mit Tobias geendet hatte, fand ich mich eines spätsommerlich schönen Morgens auf einem kleinen Standesamt in Niederbayern wieder, um mit Marlon meinen zweiten und endgültigen Bund fürs Leben zu schließen.

Zunächst einmal wurden wir allesamt durch die verschlossene Eingangstür ausgebremst.

„Wahrscheinlich hat der Herr Bürgermeister vergessen, dass er heute arbeiten muss", orakelte Marlon in gespielter Verzweiflung. In seinem Anzug und der eleganten Krawatte erinnerte er weit weniger an einen seriösen Bräutigam als an einen Kölner Karnevalsjecken.

„Lasst uns mal einen Blick auf die Bekanntmachungen in dem Schaukasten da vorne werfen – da finden wir sicher auch euer Aufgebot." Meine Freundin Erika, die ich als meine Trauzeugin benannt hatte, hielt sich wie üblich lieber an Tatsachen als an Marlons wenig fundierte Prophezeiungen.

„Sieh' an – richtiger Ort, richtige Zeit. Wir haben jedenfalls keinen Fehler gemacht." Zufrieden positionierte sie sich wieder vor der Tür. Der Rest der gut gelaunten Gesellschaft, bestehend aus Erikas Ehemann und einem ortsansässigen Hypnotiseur samt Ehefrau tat es ihr gleich. Der Schmalspurmagier mit Künstlernamen Alerich stammte aus Marlons Umfeld und sollte sein Trauzeuge sein. Vor kurzem hatten sich die beiden im Rahmen einer Hypnose-Show, die Alerich im Spellbound abgespult hatte, kennengelernt. Persönlich waren weder er noch seine überdrehte Frau mir sonderlich sympathisch, aber ich gedachte mich mit meinem inzwischen kugelrunden Bauch ohnehin schnellstmöglich wieder zur Ruhe zu begeben – und bis dahin konnte ich mich ja an Erika halten.

Einige Minuten später tauchte auf dem Parkplatz ein roter Ford Sierra auf. Der Bürgermeister in höchst eigener Person. Wir spendeten erleichtert Applaus.

„Entschuldigens bittschön die Verspätung, meine Damen und Herren, aber i wurd aufg'halten", rief er uns im Näherkommen zu.

Eilig versammelten wir uns in dem mit Blumen geschmückten Trauzimmer des kleinen Standesamtes, wo der leutselige Herr Bürgermeister sogleich zur Sache kam. Zumindest konnte man den Eindruck gewinnen, das dem so war. Ich verstand nämlich kein einziges Wort. An Marlons ratloser Miene konnte ich erkennen, dass es ihm nicht besser erging. Ich drehte mich zu Erika herum und formte stumm die Worte: „Verstehst du was?" Lachendes Kopfschütteln war die Antwort. Irgendwie typisch. Da saßen wir nun – endlich dazu bereit, uns todernst und mit allen Konsequenzen das Ja-Wort zu geben und hatten nicht die Spur einer Ahnung, was der Standesbeamte uns eigentlich erzählte. Ich kicherte. Wenn unsere Ehe sich als ebenso erheiternd wie unsere Trauung erweisen würde, konnte eigentlich nichts mehr schief gehen. Ein Blick in Marlons bewegtes Gesicht bewies mir mehr als tausend Worte, dass ich die richtige Entscheidung getroffen hatte. In seinen Augen spiegelte sich eine Mischung aus Heiterkeit, Stolz und Glück. In diesem Moment wusste ich, dass es nichts gab, das uns zu trennen vermochte. Keine Gaststätte, keine Sperrzeit, keine Geldnot. Dem Alkohol versprach er im Wissen um seine Verantwortung mir gegenüber abzuschwören – gemeinsam würden wir nun die Stolpersteine, die das Leben für uns bereitzuhalten gedachte, überwinden. Wir ergänzten einander auf nahezu perfekte Weise – sein Talent und seine Begeisterungsfähigkeit gepaart mit meiner Disziplin und Zielstrebigkeit ergaben ein unschlagbares Team.

Aus den Erfahrungen meiner Jugend und den Tiefschlägen meiner ersten Ehe war ich letzten Endes gestärkt hervorgegangen. Nichts würde mich davon abhalten, es mit meiner eigenen kleinen Familie besser zu machen. Niemand würde mich daran hindern, dem kleinen Wesen in meinem Bauch das zu geben, was ich selbst so schmerzlich entbehrt hatte – eine glückliche und unbeschwerte Kindheit.

Die Zukunft konnte beginnen.

ENDE BAND I

– Ellie Field –

1965 in Arnsberg/Deutschland geboren, absolvierte nach einer unbeschwerten Kindheit und Jugend in Bayern zunächst eine Banklehre. Daran anschließend folgte eine zweijährige Tätigkeit als Stewardess. Nach einem längeren Aufenthalt in Frankreich und der Erlangung eines reichen Schatzes an beruflichen Erfahrungen in unterschiedlichsten Bereichen des Bankensektors lebt sie heute mit ihrem Ehemann und ihren beiden Kindern in der Nähe von Basel.

Alles Zufall? Wohl kaum.
Gerti Puschitz

In Anbetracht dessen, dass sie für ihre langjährige Ehe keine Rettung mehr sah, entschloss sich Gerti Puschitz im Jahre 2003 zur Trennung und begann auf Grund einer neuen Beziehung, die sie in ein Wechselbad der Gefühle stürzte, mit dem Schreiben eines Tagebuchs, aus dem das Buch „Alles Zufall? Wohl kaum." entstand. Nach und nach erkannte sie, wie schlecht mit ihr umgesprungen wurde. Sie erkannte für sich aber auch, dass ihr diese Beziehung bestimmt war, dass sie notwendig war, um den richtigen Weg zu finden, um die richtigen Dinge und die richtigen Menschen schätzen zu können. Sie weiß, dass es keine Zufälle im Leben gibt, dass man lernen muss, die Zeichen des Lebens zu deuten.

ISBN 978-3-902536-06-8 · Format 13,5 x 21,5 cm · 580 Seiten
€ (A) 22,90 · € (D) 22,30 · sFr 40,10

Endlich frei von dir!
Hanna Steinegger

Der Roman schildert auf ironische und dennoch gefühlvolle Weise, wie die siebenundvierzigjährige Agathe als Ehefrau des selbstherrlichen und egoistischen Harald Schneeberger widerstandslos und gehorsam dessen despotisches Verhalten erträgt, bis sie nach 30 Jahren Ehe ihrem Leben endlich eine drastische Wendung gibt. Dem Schicksal bereits mutlos ergeben, beschert ihr der Zufall eine Begegnung mit einer früheren Affäre Haralds. Da sie anfangs von dieser Tatsache nichts wissen, entwickelt sich zwischen den beiden Frauen eine tiefe, ehrliche Freundschaft. Aus dem hässlichen Entlein Agathe wird mit Hilfe ihrer Freundin Lana ein stolzer Schwan, selbstbewusst, eigenständig, unabhängig.

ISBN 978-3-85022-082-8 · Format 13,5 x 21,5 cm · 456 Seiten
€ (A) 21,90 · € (D) 21,30 · sFr 38,50

Liebe, Hoffnung und Berechnung

Anni Fluckinger

Dieses Buch handelt davon, dass ich einen Mann kennenlernte, den ich für Geld heiraten sollte, damit er eine Aufenthaltsgenehmigung für Deutschland bekommen würde. Ich verliebte mich in ihn und half ihm. War mir sicher, dass er dasselbe für mich tun würde. Das böse Erwachen kam bereits kurz nach unserer Hochzeit. Es begann ein bitterer Kampf.

ISBN 978-3-85022-207-5 · Format 13,5 x 21,5 cm · 254 Seiten
€ (A) 16,90 · € (D) 16,40 · sFr 30,10